U0671524

盛与废宴墟

新时期小说中的历史记忆

沈杏培 / 著

九州出版社
JIUZHOUPRESS

图书在版编目（CIP）数据

废墟与盛宴：新时期小说中的历史记忆／沈杏培著
. --北京：九州出版社，2022.9
　　ISBN 978-7-5225-1137-5

　　Ⅰ.①废… Ⅱ.①沈… Ⅲ.①小说研究—中国—当代
Ⅳ.①I207.42

　　中国版本图书馆 CIP 数据核字（2022）第 160587 号

废墟与盛宴：新时期小说中的历史记忆

作　者	沈杏培　著
责任编辑	沧　桑
出版发行	九州出版社
地　址	北京市西城区阜外大街甲 35 号（100037）
发行电话	（010）68992190/3/5/6
网　址	www. jiuzhoupress.com
印　刷	唐山才智印刷有限公司
开　本	710 毫米×1000 毫米　16 开
印　张	17
字　数	305 千字
版　次	2023 年 5 月第 1 版
印　次	2023 年 5 月第 1 次印刷
书　号	ISBN 978-7-5225-1137-5
定　价	95.00 元

★版权所有　侵权必究★

自 序

立言著述对于我们这些经年与文字为伍的人来说，无疑是一种巨大的诱惑和动力。人生之舟已行至而立和不惑之间，此书才行将付梓，算不得年少负才，笔者也不以为庸懦无能而自责。荀子云："君子之学也，以美其身；小人之学也，以为禽犊。"修养自己的品性与视为馈赠取悦他人，是君子和小人求学目的的分歧所在。

"学问之道无他，求其放心而已矣。"古语的意思是说，做学问不是为了别的，而是为了找回那失去了的本心和做人的道理。现在看来，对于我们这一代人来说，这是一种奢望，或是一种宏愿吧。对于笔者来说，这本书的意义非常重要，这里面融入了笔者学术起步阶段的热情、困惑和跬步向学的自励和学术尝试，是笔者人生前一阶段的总结和蹒跚学步的印迹。笔者曾想过给此书取名"学步集"，有起始、效仿和稚拙之意。从笔者内心来讲，一方面笔者非常珍惜读博前后这几年的学术热情和状态；另一方面，笔者对这种摸索期的研究实践有着清醒的认识、自省，甚至警惕：毕竟作为"学徒"或在"学步"时，学习、模仿是最为重要的，不能因为邯郸学步或是鹦鹉学舌般走了几步、亮了两嗓，便自觉已自成一音或独步江湖了，学步期和学声期的学究气、少厚重等积习应逐步剔除。

关于这本书的选题，先寥寥数语交代一番。这本书的题目是《废墟与盛宴：新时期小说中的历史记忆》，此处的历史记忆特指关于20世纪六七十年代的历史记忆。当下社会语境中，很多人用很多方式在谈这段历史。笔者出生于1980年，虽没有经历过这段历史，但它却和笔者的生活有着千丝万缕的联系，笔者的爷爷在20世纪60年代中期是一个县级市中心小学的校长，后自缢身亡。彼时，笔者的父亲方才十三岁，年幼的父亲从此的人生轨迹陡转，成绩优异的他自此辍学，开始了迄今为止仍旧漂泊和辛劳的人生，父亲当过船工、裁缝，后来办厂，如今已逾花甲之年的父亲仍然常年奔波晋、苏两地经营着他的生意。

笔者一直觉得父亲暴躁的脾气和辛劳疲惫的半生，都是始于爷爷的离世，那段历史改变了这个家庭的结构，更改写了这个家庭中每个人的命运。因而，选择这样一个话题，实是笔者对这个跟笔者的家族生存息息相关的历史事件的一次隐秘的探源。在完成这本书的过程中，笔者数次与父亲讨论这段历史。父亲读书甚多，尤其是中共党史和军事史，很多时候我们父子会连续两三个小时兴致勃勃地谈论着这个话题。博士论文完稿后的那年春节，笔者将书稿带回去，父亲戴着老花镜靠在床头批阅书稿的场景至今仍历历在目。那几年，笔者的文章陆续发在某些品质优良的刊物上时，以及获得某些奖时，笔者都要打电话或当面告诉父亲，父亲都会笑着分享笔者的成绩，很有兴致地听笔者眉飞色舞地讲述。某种程度上，这本书是写给笔者的父亲母亲的。笔者无法经历过他们年轻时的岁月，也无暇为他们的大半生写传，但笔者可以用这些研究性的文字去理解他们曾经历的岁月，切入那段影响他们命运的年代和历史事件。

　　主书名命为《废墟与盛宴》，包含了对社会历史和文学现象的一种描述以及笔者的一些期待。这段历史无疑是一段历史的废墟，时至今日，文学知识分子对这段历史的叙事热情并未减退，只是以这场灾难为对象的文学远未达到壮阔、伟大的境地。"国家不幸诗家幸，赋到沧桑句便工。"笔者总在想，我们的"不幸"已经够深重的了，诗家之兴和文学之兴，扛鼎之作和旷世大作为何还是缺席？这本书包含了笔者对这个问题粗浅的追问。笔者坚信，历史废墟一定能够催生出文字的盛宴和文学的盛世。

　　按照惯例，新人出书，总该请长者写序或是名家赐言，以致推举或是扶掖。笔者也有过此想，无奈不成，原因想必是写序毕竟是件"苦差"，无论是通盘谈论著述，还是述及点滴学术交往，总得认真浏览书稿或是冥思苦想恰当言辞，褒赞过度则有吹嘘之嫌，批评太多又有负作者，太长写起来太累，太短又不尽意。长者和名家也不易，面对恳切的索序者，估计都想一推了事，有时实在人情难为，便要苦了自己。一两次尝试后，笔者决定不再为难笔者的长者和前辈们。笔者自己写上几句，坦陈心迹，说书说己，寥寥数语，以作序言。

　　至于本书如何，诸君朋友鉴之！

目 录
CONTENTS

导　论

一、核心概念释义

"叙事"与"历史记忆"是本书涉及的两个重要概念。在一般意义上,叙事是指"用语言,尤其是书面语言表现一件或一系列真实或虚构的事件"①(热拉尔·热奈特 Gérard Genette),希利斯·米勒(J. Hillis Miller)在《解读叙事》中进一步对叙事进行解释,"这一概念暗含判断、阐释、复杂的时间性和重复等因素"②,叙事之所以具有这种功能,是因为"叙述也是诊断,即通过对符号的识别性解读来进行鉴别和阐释。叙述者是明白之人,但却往往说出或者写出谜一般的话或者隐喻。尽管从表面上看,这些话十分清晰明白地表达了其所指,但读者却不得不设法解开其中的谜"③。因而,华莱士·马丁(Wallace Martin)认为,叙事成为"一种基本解释模式",应运用于社会科学和自然科学的各个领域,叙事几乎"无所不在"④。

在对叙事的诸多定义中,法国结构主义叙事学的代表人物热拉尔·热奈特的理论成果颇有见地,对本书的研究有较大的借鉴意义。热奈特从三个层面界定叙事的内涵,第一层是"叙述话语","指陈述语句,口头的或书写的话语""陈述语句、叙述话语或原文本身称为叙事文";第二层是"叙述内容","指构成这段话语主题的一连串真实的或虚构的事件,以及它们之间的各种关系,如

---

① 王先霈,王又平. 文学理论批评术语汇释 [M]. 北京:高等教育出版社,2006:345.
② 王先霈,王又平. 文学理论批评术语汇释 [M]. 北京:高等教育出版社,2006:347.
③ 王先霈,王又平. 文学理论批评术语汇释 [M]. 北京:高等教育出版社,2006:345-347.
④ [美]华莱士·马丁. 当代叙事学 [M]. 伍晓明,译. 北京:北京大学出版社,1990:240-241.

衔接、对比、重复，等等。"有时热奈特也用"故事"一词表示叙述所指或内容①；第三层是"叙述行为"，是指"产生该话语的或真或假的行为"②。热奈特还以《奥德修纪》为例，分别说明他所理解的叙事所指的内容。"叙述话语"是指该诗中"卷九至卷十二中主人公对腓依基人所讲的那番话语，即这四卷诗本身，也就是说，荷马写的那一段声称为忠实记录的文字"；"叙述内容"是指"尤利西斯自从特洛亚失陷直到他来到卡吕蒲索女神的居处，这期间他经历的所有冒险事件"；"叙述行为"是指尤利西斯可能真实也可能虚构地讲述关于冒险和屠杀自己妻子的求婚者的情节。热奈特还指出了三者的关系以及已有研究的偏颇，他说："没有叙述行为，便没有陈述语句（此处'陈述语句'与'叙述话语'同义——另注），有时甚至会没有叙述内容。因此，令人奇怪的是，叙事文理论至今很少关心陈述行为问题，几乎把全部注意力集中在陈述语句及其内容上，比如说，尤利西斯的经历时而由荷马讲述，时而由尤利西斯自己讲述，这似乎全然无足轻重。但是大家知道，过去柏拉图并不认为这个题目是不屑一顾的。"③

　　另外一个核心概念是"历史记忆"。本书考察的对象是四十余年来（1977年至今）中国历史记忆题材小说及其叙事的演进。需要指出的是，在本书中，笔者将新时期以来当代小说关于 20 世纪六七十年代的历史记忆，统一简称为"历史记忆"。从内容上说，新时期以来的历史记忆小说是指将 20 世纪六七十年代作为特定记忆和主要叙事的小说类型；从时间来看，是指新时期以来，从1977 年至今的四十余年间关于那段历史记忆的小说创作。所谓历史记忆叙事，是包括作家以小说这一文体书写这段历史时采用的结构、视角、话语、修辞手法等在内的意义和范畴。历史记忆叙事本身毕竟还只是一个文学叙事、文学形式或所谓讲故事的方式，我所要关注和考察的是历史记忆小说在不同的时期，在主导性文化影响或多元文化语境下呈现出怎样的叙事特征和叙事范式，在这些叙事形式的背后蕴藏着怎样的社会因素、审美观念、历史意识、文化因素、意识形态力量、作家的文学观，等等的变迁。因此，对每一阶段历史记忆叙事的分析，笔者是通过热奈特所界定的叙事的"叙述话语""叙述内容""叙述行

① 张寅德. 叙述学研究：法国现代当代文学研究资料丛刊 [M]. 北京：中国社会科学出版社，1989：188-190.

② 王先霈，王又平. 文学理论批评术语汇释 [M]. 北京：高等教育出版社，2006：347.

③ 张寅德. 叙述学研究：法国现代当代文学研究资料丛刊 [M]. 北京：中国社会科学出版社，1989：189.

为"三个层面的解读，最终落实在每一阶段历史记忆的叙事重心和叙事意图的分析上，梳理这一小说现象变迁的内在根源，揭示这一具有思想史意义的命题在文学叙事中的演变规律及其存在的不足和缺陷。从更宽泛的意义上来说，本书既在执着于追问当代作家如何建构历史记忆叙事这一文学命题，同时在深层意义以及价值探寻上，又在追问当代作为知识分子的作家如何应对自己民族的精神苦难、如何中断或修复这段历史带来的民族创伤记忆和创伤情感、如何阐释与处理这一20世纪中国文人所直面的最为痛苦又丰饶的文化遗产和精神遗产。故而，在这个层面上，笔者愿意将本人的研究指向与目的带上思想史的意义和特点。

本书试图考察创作兴盛的历史记忆小说在各个不同时期的叙事范式和方法，以及影响这些叙事在不同阶段生成、变异、兴盛、衰微与递嬗的原因和力量。就研究历史记忆叙事而言，重点并非在于对这类小说的形式层面进行技术化的剖析，而在于深入历史记忆小说的内部，挖掘作家叙述历史记忆的动因、他们存在的困惑，以及不同时代的不同作家叙述历史记忆时的重心和策略的不同，研究这种"不同"所蕴含的时代原因和个体因素分别是什么。正如热奈特所说的："一般诗学，尤其是叙事学不应当局限于分析现存的形式或主题，还应当探索可能的领域，甚至'不可能'的领域，在这条不该由它划定的边界上不做过分停留。"① 热奈特所规定的通过叙事这种理论去探讨文学的"可能"，尤其是"不可能"领域的深意，正是笔者在本书中所要索解和追问的。

二、研究历史记忆的意义和方法

（一）历史记忆小说叙事流变史的研究意义

历史记忆叙事本质上是以文学的形式对接思想史和社会史的命题，在虚构或真实的艺术形式中追问、建构、反思历史，完成历史叙述的任务。因而，历史记忆叙事并不是一个纯粹的文学命题，而是夹杂着政治反思、历史评价、重构记忆等政治学、历史学、社会学与思想史学科及层面的任务与功效。换句话说，在新时期以来的文化语境中，历史记忆叙事既作为文学叙事存在，又作为非文学叙事存在。本作为一项文学研究，我所要追问的是，作为一种历史记忆的20世纪六七十年代是如何被当代作家叙述，这种历史记忆受到了哪些非文学

---

① 王先霈，王又平. 文学理论批评术语汇释［M］. 北京：高等教育出版社，2006：341.

因素的影响。所以，研究历史记忆叙事的价值也就包含了深入不同时期的文学与不同作家群体和个体间，探寻有哪些因素制约着历史记忆的走向与变异，而这些因素也影响着历史记忆的形成与定型，影响着这类小说作为一种自主性的历史小说的存在。大致说来，这种影响力量包括文学制度、读者、主流意识形态和市场等。研究历史记忆叙事，理应包含着离析出强行楔入这种文学叙事中的权力、意识形态、市场等非文学因素，探究它们是以何种方式进入文学的，是强行进入还是作家自觉接受"招安"，是异化篡改了文学本身还是文学与非文学因素的合力而致。

西方马克思主义重要批评家杰姆逊（Fredric R. Jameson）在他的著作《政治无意识》中曾分析意识形态对文学内容和文学形式编码及其介入的普遍现实。法国思想家福柯的知识考古学与知识谱系学主要研究的就是"话语"与"权力"之间的相互关系。福柯认为人和主体完全受制于权力的制约和塑造，话语总是被规训、被制度化。因而，他所关注和研究的是揭示权力与话语的这种重要关联；也就是说，所谓"话语"和"主体"都是被权力浸淫和控制着的。福柯指出他这一理论的主要任务是："在于发现知识理论是在什么样的基础上成为可能的，是在什么样的知识系统中被构建的，究竟在什么样的历史先在假设条件下思想才会出现。"① 可以说，中国的历史记忆叙事话语并非一个纯文学概念，自立于权力和意识形态之外的自足空间，文学在不同的发展阶段都或多或少地会受到这些因素的影响。在政治气候紧张与主流意识形态格外关照文学时，历史记忆叙事中的这种权力与政治的因素较多而显在，即使是处于相对宽松的语境下，权力与意识形态也会以隐秘的方式悄悄渗透到这种叙事的结构内部。在一些研究者看来，"叙事无法超越的唯一限制只是意识形态。叙事总是意识形态的叙事，它与历史（历史本身）的关联也总是某种意识形态性关联。"② 因此，考察历史记忆叙事及其文学实践，除了要考察权力与意识形态这一广泛意义上的政治与历史记忆叙事之间错综复杂的关系，还需考虑这种文学在权力与政治的影响下是如何获得和保持其文学的自主性。文学以及文学场域的自主性的建立是近些年来学界和部分学者非常关切的问题，这是由于中国近百年，尤其是当代文学的自主性一直阙如，文学追随着社会革命、建设、政治、战争的

① 李杨. 抗争宿命之路："社会主义现实主义"（1942—1976）研究 [M]. 长春：时代文艺出版社，1993：前言 6.
② 孟悦. 历史与叙述 [M]. 西安：陕西人民教育出版社，1998：引言 2.

步伐，充满工具性和实用性，其自身唯一的主体性和自主性被忽略。就拿新时期以来的文学来说，文学的自主性并不被人称道。新时期初期至 20 世纪 80 年代的文学，虽走出了社会的阴霾和文学的萧瑟，但由于受制于忽冷忽热、时紧时松的政治环境和社会语境，并未取得自主性发展，国家主流话语操控着文学的方向。20 世纪 90 年代以来，随着经济体制的转型和商品文化的崛起，文学进入了多元化的发展时期。

从影响角度看，影响历史记忆叙事的因素包括广泛意义上的政治、市场等。即考察历史记忆叙事在不同的文化语境下形成何种形态，它与权力、市场、文学制度间是一种什么关系，这些因素如何建构或影响作家的历史记忆；在这些因素影响下，作家的历史记忆叙事呈现出怎样的叙事特色、选取了哪些叙事策略和叙述话语、侧重于哪些叙述重心、彰显或隐秘传达了怎样的叙述意图。同时，受制于此番因素，历史记忆叙事的自主性很大程度上在作家笔下得到了实现。除此之外，20 世纪 80 年代中后期，随着文学书写中的"去政治化"潮流契合人们长期被政治捆绑和裹挟的厌弃心理，"去政治化"的文学实践成为此后直至当下人们趋之若鹜，甚至无须重申的写作常识，年轻的以及更年轻的作家或学者们大张旗鼓、义愤填膺地挥舞着后现代主义各种解构和颠覆的理论与主张的旗帜，消解、驱逐着包括政治、意义、价值、深度在内的内涵，卸下了政治重负和言道言志使命的文学得到了前所未有的闲适和空灵。但是，这些没有深度，没有指向，没有意义索解，在形式迷宫转圈或是探遍民间奇风异俗的写作很快遁入了一种渴望回归和救赎的境地（20 世纪 90 年代中期，先锋小说的集体转向就是一个明证）。于是，近些年，学界提出了"再政治化"的口号。这种文学"再政治化"的实质，正如有些学者所指出的，"当代中国文学的'再政治化'（Repoliticization），实际上就是文学实践在决不放弃自主性原则或理想的前提下，在对文学自主性原则的捍卫与追求的过程中……不是应该规避'政治'，而是应该充分增强自己久已匮乏了的'政治自觉'"①。因此，对于历史记忆小说及其叙事来说，在离析出影响历史记忆的政治、文化力量等诸多因素，并对此保持警醒的同时，要努力建构具有文学本体和审美特质的自主性文学样式。同时，面对 20 世纪 80 年代后期越来越"去政治化"、一味远离政治而遁入个体经验、放弃反思和追问的写作现实，我们又应该适时地从理论和批评角度提出

---

① 何言宏. 当代中国文学的"再政治化"问题［J］. 南京师范大学文学院学报，2004（1）：157-159.

对历史记忆叙事有必要性的"再政治化"命题，以匡正创作中的这种集体倾向。提出历史记忆叙事的"再政治化"问题，并非要求作家都回到历史记忆叙事在主题、题材、语言、人物形象上打上直观鲜明的政治与意识形态烙印的时代，而是呼吁作家以开放的政治观念和政治自觉进行文学实践，参与到文学场域的重建中，更为重要的是参与到民族精神文化遗产的反思、民族集体记忆重构的实践中去。

（二）研究历史记忆小说的方法和思路

历史记忆小说及其叙事是当代文学中重要的小说现象，现有的大量包含了文本细部研究，主题学研究（如人道主义主题、知识分子精神），叙事内容（人物形象、思想内容）、叙事方法或文学策略的研究成果。然而，这些研究对于这一小说现象而言，缺少从发生学和变迁史的角度阐释其在不同阶段、不同创作主体、不同社会语境下生成、变异的动因，以及这种变迁所昭示的文学史意义和思想史意义。本书以四十年来历史记忆小说及其叙事演进为中心，分析历史记忆小说在不同发展时期中所形成的叙事特点，尤其注重分析历史记忆小说在阶段性的演进和变迁过程中，究竟有哪些因素和条件帮助其形成了这些特点，并促成了这种演进与变迁的发生，也试图分析有哪些因素影响且左右了这类小说的思想内容及其艺术特征的形成以及不同时段间发生的演进与变迁。事实上，这些因素包括主流意识形态和政治文化、市场因素、代际文化差异、历史观念、文学制度、读者因素、作家的文学审美观念。

本书采取宏观把握与个案分析相结合、文本解读与思潮解析相结合的研究方法，运用历史学、叙事学、社会学分析历史记忆小说的叙事演进。本书围绕历史记忆小说的叙事演进这一中心论题，考察这类小说在不同时期的历时性发展及其特点。陈述历史记忆小说在每一阶段的特点，即归纳总结出每一阶段历史记忆小说的叙述内容、叙述方法和叙述重心所呈现出的特点；其次，分析历史记忆叙事在不同阶段间发生流变的影响因素，注重从宏观上探究不同时期、不同阶段这些历史叙事类型与叙事特点的形成原因。具体来说，考察这些不同叙事形态的历史记忆小说受到哪些因素的影响，在不同因素的制约下，这些文本是否呈现出一些规律性的特点（如代际化、意识形态化）；最后，考察这些不同因素从哪些方面、以何种方式影响和制约了历史记忆小说叙事。本书初步从作家文学观念变迁、作家生命周期和历史记忆体验差异（从代际切入）、作家历史观的差异、社会因素（意识形态的制导、市场的要求、读者的接受程度等）

的影响等角度分析不同历史记忆叙事形成的原因。

本书还通过对历史记忆叙事演进的历史性考察，厘清它在不同时期的叙事特征以及流变轨迹，并在此基础上分析历史记忆叙事发展和演进的一般规律（从叙事走向、叙事类型的形成、作家的历史记忆文化心理等向度着手）；进而从文学观念、文学形式等方面探究这类小说为新时期文学带来哪些影响，即这种小说现象从叙述形态、历史观念、文学观念、思想价值等方面给新时期文学带来哪些新的因素和重要价值。另外，本书也指出了历史记忆叙事存在的不足和发展瓶颈。

三、学术史视域中的历史记忆叙事研究

在四十余年的文学长廊中，以20世纪六七十年代的历史记忆作为叙事对象的作品除小说外，还包括回忆录、自传、忆旧散文、报告文学等写实性文学。因而，小说与这些写实性文体对这段特定历史的共同书写和反思构成了新时期四十年文学中的一个重要文学现象。小说被认为是新时期国人谈论、叙述这段历史的"主要方式"①。的确，历史记忆叙事是一个具有深刻思想史意义的文学命题，无论是"伤痕""反思"小说，还是先锋小说、新生代小说，或是所谓老、中、青几代作家，都涉及过此领域，为三十多年的新时期文学留下了大量历史记忆小说文本。从思想的深度和艺术的表现手法来看，这些文本又呈现出渐进式、参差性与时代性的特点。也就是说，中国作家的历史记忆叙事结束了新时期之初在情感层面的纾解等后，自20世纪90年代以来，已不再局限于呈现历史本身，而是摆脱了意识形态式的写作，开始从文化史、思想史以及人性与道德的角度切入。尤其是21世纪以来，随着王蒙《狂欢的季节》（2000年）、阎连科《坚硬如水》（2001年）、刘醒龙《弥天》（2002年）、迟子建《越过云层的晴朗》（2003年）、东西《后悔录》（2005年）、王安忆《启蒙时代》（2007年）、范小青《赤脚医生万泉和》（2007年）、苏童《河岸》（2009年）的陆续问世，关于20世纪六七十年代的历史记忆书写再次成为不容低估的文学现象。

学界对历史记忆小说的研究始于20世纪70年代末期。作为新时期文学滥觞的"伤痕"文学以及随后的"反思"文学应运而生，然而此时，在文学研究中，关于历史记忆小说及其叙事并没有被当作一个独立的研究对象，即它们尚

---

① 许子东. 为了忘却的集体记忆：解读50篇文革小说 [M]. 北京：生活·读书·新知三联书店，2000：2.

未从文学思潮中剥离出来，进一步说，它们仍是被置放在"伤痕""反思"小说思潮的视域下获得评价的。如今，"伤痕""反思"小说在文学史中已获得约略一致的阐释，透过文学史对这些思潮的经典表述，我们可以看出历史记忆小说在发轫阶段与文学思潮中的这种共生关系。王庆生在《中国当代文学史》中指出，"伤痕""反思"小说的主要思想倾向是揭露和批判"文化大革命"所造成的影响，展现这段历史给人民带来的精神上和肉体上的创伤；在表现内容上，则集中描写这段历史造成的家庭悲剧、对知识分子的戕害，以及给青年一代造成的心灵创伤、知青在这段历史中的遭遇、政治对农村经济和生活的破坏，等等①。这个论断比较中肯地概括了"伤痕""反思"小说的思想指向与表现内容，实际上也是对这类小说在其诞生之初的主题内容上的准确归纳。

对这种历史记忆小说较早进行整体研究和系统梳理的是许子东，他在20世纪90年代后期创作了的《为了忘却的集体记忆》一书。许子东在研究方法上主要借鉴了波洛普（Vladimir Propp）分析俄国民间故事所采取的功能分类与情节归类的方法，对50篇该类题材小说（1977—1996年）的情节模式与角色功能进行提炼和剖析，将众多小说分为四种基本叙事类型②。应该说，许子东对这类小说的研究有开风气之先的引领作用。同时，这种研究对小说中人物角色与情节模式细致入微的分析，以及对小说文本内部的解读都是相当到位的。但许子东的研究所呈现出来的不足与缺陷也是显而易见的。第一，该研究在获得基本叙事模式后，里面有大量的篇幅是用小说文本的细节和内容来归纳和佐证叙事模式，并未对叙事类型的意义以及其外部成因加以探究。从学理上讲，他只回答了这类小说及其叙事类型"是什么"的问题，至于"为什么""怎么样"，即这类叙事何以这样形成、有哪些制约因素、又具有哪些典型意义，该研究并未触及。这种只回答文学现象的"存在之由"，置"变迁之故"于不顾的研究路线不能不说是某种缺憾。由于波洛普的方法属于结构主义的分析方法，结构主义的特点之一是认为共时性优于历时性，即"它的焦点宁愿集中在通过时间上的一个瞬间的关系上，而不放在贯穿时间的关系上。因此它所注重的就是静态结构的研究（即共时性研究），而排斥与否定动态的历史的研究（即历时性研

---

① 王庆生. 中国当代文学史 [M]. 北京：高等教育出版社，2003：277.
② 这四种叙事模式为：一、契合大众审美趣味与宣泄需求的灾难故事；二、体现"知识分子—干部"忧国情怀的历史反省；三、先锋派小说的"荒诞叙述"；四、"红卫兵—知青"视角的"文革"记忆。参见许子东. 为了忘却的集体记忆 [M]. 北京：生活·读书·新知三联书店，2000.

究）"。"结构主义者专注于符号，特别是语言符号问题，而不关心作为符号系统的语言与历史—文化本体之间的内在关系"①。因而，结构主义的这种偏向与缺陷，决定了许子东的研究在注重文本分析的同时，有意淡化作家背景、文化规范、意识形态规约等外在因素，甚至对它们"视而不见"；第二，许著选定的小说的时间界限大致是从 1977 年到 1996 年。中国新时期文学发展到 20 世纪 90 年代前期时，从文学潮流与文学发展的走向来看，尚具有潮流性、整体性，新时期文学共识与思潮化的特点仍有迹可循。但在 20 世纪 90 年代中期之后，社会语境呈现多元化的特点，文学随之发生深刻变化，作家从自身观念到创作，都开始脱离新时期的共识与潮流框架。从历史记忆小说的创作来看，共同经验下的历史记忆书写解体，个性化、经验化的历史记忆书写增多。因此，在这一背景下，20 世纪 90 年代中期至今，这期间产生的大量历史记忆小说文本亟待我们的系统梳理与研究。

除了这些较少的专著与专章论述外，近些年有部分博士、硕士学位论文对该课题有所涉猎。这些论文有的考察人道主义话语在历史记忆小说中的变迁，有的以先锋小说中的历史记忆作为研究对象进行研究，有的挖掘这类小说中"人"的主体精神的变化，这些视角、方法各异的探究极大地丰富了这一领域的研究。较早将这类历史记忆小说作为学术问题进行探讨的是《文学自由谈》《开拓文学》编辑部在 1988 年举办的关于文学与历史记忆的文学沙龙。文学沙龙的参与者认为，对这段历史的否定不应仅是列在文件上的否定，而应是从民族灵魂、民族心理等方面深层次的否定，"要作哲学的、文化的、历史的、政治的、经济的、社会的、民族的、乃至于人种学的、心理学的全面透视与解剖"。对于这类小说的创作，有的学者忧心忡忡地指出应以"抢救"的危机感待之，因为有感于时间的消逝以及历史见证者、参与者渐渐老去，死去，所以提出我们应以"抢救"的心态对待这段历史，"对题材来一个抢救。抢救这样一批精神文物"②。许子东对 20 世纪 80 年代两部作品，即《血色黄昏》《上海生死劫》③的解读也属于较早专论历史记忆问题的论文，该研究跳出"伤痕""反思"等

---

① 陈晓明，杨鹏. 结构主义与后结构主义在中国［M］. 北京：首都师范大学出版社，2011：59-61.

② 《文学自由谈》《开拓文学》编辑部. 文学与"文革"［J］. 文学自由谈，1989（1）：5-11.

③ 许子东. 对"文革"的两种抗议姿态：《上海生死劫》与《血色黄昏》［J］. 读书，1989（5）：60-66.

潮流的框架，联系两篇小说各自的东西方文化背景与语境，分析了两部作品在自传内容、结构、叙事姿态上的差异，指出两位作家对这段历史不同的抗议姿态。《血色黄昏》坚持的是一种在伦理秩序中自下而上的情感申诉，夹带着东方式的忍让；而《上海生死劫》的作者由于置身于一种自由与法权的语境中，她站在一种有宗教感支撑的人权立场上，因此她在文化心理上不向迫害她的政治文化秩序认同。这种解读重视东西方文化语境对作家处理历史记忆和经验的作用，并注重分析不同文化传统对作家处理历史记忆与叙事姿态产生的深远影响。同时，从文本出发，又能兼顾文本所置身的文化语境以及后者对前者的渗透与影响。这种批评方法具有较高的学术价值，也是后来众多历史记忆小说研究者所缺乏的。

刘江和邹忠民的论文对历史记忆小说的研究有所深化。刘文①分析了 20 世纪 90 年代中期以前的这类小说在视角、笔法、心境等因素上的变化轨迹：由政治视角到文化视角；反思内容由极"左"路线到"国民性弱点"；表现方法由凸现到隐现；感情由激昂到冷静。但该文由于对少数作品内容与叙事上的简单归纳总结，在批评方法、学术见解上缺乏新意。邹文②指出 20 世纪 90 年代中期以前的该类型小说，从创作方法到思想内涵均未达到上乘水平，虽然作家使用了传统现实主义、伪现实主义、漫画式或闹剧式的脸谱化刻画人物的方式、浪漫与诗化手法，但这些创作缺乏自觉的历史意识和独立的审美意识，也缺乏强大深邃的思想力量。同时，邹文还特别指出，这类小说创作水平之所以不高，主要原因在于创作主体独立人格和批判意识的缺失，"难以在纷繁的世态中保持一种独立的心灵和人格，缺乏讲真话的素质和胆识，排抗着其自身批判品格的张扬，导致独立创造精神的孱弱"。这一见解相当犀利地指出了这一时期该题材小说的不足与弊病，颇有见地。樊星的文章③则考察了关于这段历史的纪实类和回忆录题材等写实性文学作品，对这段历史的发起者与参与者的心理动因作了细致的分析，剖析了这些文学中的民间思想先驱者的精神、红卫兵的心路历程、普通人关于这段历史的记忆等重要命题，为研究历史记忆小说和反思这段历史提供了较为理性的切入视角。

进入 21 世纪后，历史记忆小说的研究进入了更为成熟和丰富的阶段。随着

---

① 刘江. 论"文革"题材小说的嬗变 [J]. 广西社会科学, 1994（1）：98-103.
② 邹忠民. 历史的失语症——"文革"题材创作论 [J]. 小说评论, 1995（5）：70-76.
③ 樊星. "文革记忆"——"当代思想史"片断 [J]. 文艺评论, 1996（1）：29-38.

21 世纪 90 年代中后期文学的外部环境与作家文学观念的急剧变化，历史记忆小说的创作日趋多元化，同时也表现出更为个人化、经验化以及突破单一政治视角而采用文化视角、民间视角等多重手法书写历史的特征，创作数量较为庞大，佳作精品不断涌现，批评家和研究者对此进行了跟踪研究。张志忠的《从狂欢到救赎》① 对新世纪前两年包括《狂欢的季节》《坚硬如水》《黑山堡纲鉴》《蒙昧》《大浴女》在内的 5 部这类题材作品进行了细读。在借用"狂欢化"理论对文本和人物进行剖析的同时，指出了这些作品在反省与追问这段历史方面存在一定的缺陷，并呼吁对历史记忆的研究应有新的理论与多学科的并举，应建立关于这段历史的"社会学""群众心理学""政治—经济—文化"的互动作用课题。这对历史记忆的文学研究有一定的启发意义。葛红兵的文章② 略述了2002 年的几部重要的有关该类题材的小说文本。文章中指出懿翎、魏微、沈乔生等人的作品都采取了少年视角与成长小说的叙事模式来反映 20 世纪六七十年代的生活，这是从宏大的政治视角转向个人视角与经验的叙事。"这类小说在规避既有集体经验对个体写作的侵蚀，保持个体经验的厚重与独立方面有较大优势。"他还指出，这些多样化的个体历史记忆叙事在处理这一集体经验与历史创伤时，缺少超越个体意识与个体体验（身份）以关照人类困境的胸怀与气魄。另外，如张景兰的《"苦难与知识分子"的再解读》③ 等系列论文分别考察了这类小说的知识分子视角、民间立场等问题。张光芒、童娣的论文④ 对这类小说中的革命群众形象进行了归类分析，并对革命群众参与革命的内在动因作了剖析，包括意识形态下群众的非理性信仰、民间生存的无奈卷入、个体在革命与政治中的张扬等几种动因。王立新等人的研究⑤ 则从文学的治疗功能出发，指出历史记忆叙述对于抚平历史灾难后留下的精神创伤和痛苦记忆具有积极的治疗作用。他们认为，在新时期后产生的一大批历史记忆小说，主要通过落难秀才或农家女、大团圆、知识分子忧国忧民等传统叙事的结构与元素来治疗人们的精神创伤，这不同于西方以辛格为代表的作家，辛格等人在反映犹太人经历

① 张志忠. 从狂欢到救赎：世纪之交的文革叙述 [J]. 当代作家评论，2001（4）：28-37.
② 葛红兵. 2002 年的文革叙事 [N]. 中国文化报，2002-12-25 第 3 版.
③ 张景兰."苦难与知识分子"的再解读——"新时期"初期"文革"小说文化原型的知识分子视角 [J]. 上海师范大学学报（哲学社会科学版），2004（6）：87-91.
④ 张光芒，童娣."想象的共同体"的解体——论新时期文学的"文革叙事"及"革命群众"的形象塑造 [J]. 山东师范大学学报（人文社会科学版），2005（6）：32-35.
⑤ 王立新，王旭峰. 传统叙事与文学治疗——以文革叙事和纳粹大屠杀后美国意识小说为中心 [J]. 长江学术，2007（2）：69-74.

大屠杀后的痛苦时，是采用回归西方上帝信仰和犹太教传统的叙事方式来医治精神创伤的。

除了这些专著或专题性的研究外，这类小说的大量研究成果集中在对单篇历史记忆小说文本的解读与研究中。这些散见的研究成果与学术见解中同样不乏具有真知灼见。这段历史在当代作家笔下可以作为题材来书写，但有时又作为制约人的思维、情感、语言的重要因素，该如何界说和阐释这种历史记忆叙事的趋向？针对这一问题，有的研究者提出了这段历史记忆的非题材化，即20世纪六七十年代的这段历史，"可以成为一种关系、模式、心态、心理"，作为一种典型或原型，"它承载了许多文化、心理、政治与语言的信息"①。这一提法丰富了对这类小说的研究思路，对于一些较为重要的历史记忆因素但题材的显在特征又不是特别明显的小说文本而言，研究找到了切入的角度。如对王蒙、阎连科的历史记忆小说可从语言的生成机制上探讨，毕飞宇的小说则可从这段历史对人物关系和心理的影响切入。王尧在《"思想事件"的修辞——关于王安忆〈启蒙时代〉的阅读笔记》一文中，充分肯定了这段历史是一个有着巨大的阐释空间的历史事件，并将这场革命视为"思想事件"，而包括《启蒙时代》在内的《金牧场》（张承志）、《无风之树》（李锐）、《暗示》（韩少功）等作品，都呈现出关注和叙述思想事件的特征。他还认为，"当我们用文学的方式来对一代人的心灵历程'揭秘'时，叙述'思想'及'思想资源'无疑是一个途径"②。

可以说，以20世纪六七十年代的历史记忆作为叙事内容的小说，并不是一般意义上的小说类型，而应将其看作一种具有历史反思、社会群体记忆的建构、民族创伤情感的弥合等多重意味的文学命题。在当代很多作家看来，这段历史不仅仅是一个写作题材，也是从中国自身的历史深渊中产生出来的浩劫，"它所带来的幻灭和悲哀，它对于历史面貌的深刻影响，对于生命和人性的煎熬，几乎是难以穷尽的。作为世界历史中的重大事件，它绝不仅仅是和中国人有关的一件事情"③。所以，我们应当充分重视这类具有思想意义的文学文本——尽管中国当代作家对这段历史的叙述其中还远未完成，充满着种种危机和困境。从研究现状来看，对这一课题的深入研究和缜密梳理还有待继续。具体而言，这

①　毕飞宇，汪政. 语言的宿命 [J]. 南方文坛，2002（4）：26-33.

②　王尧. "思想事件"的修辞 [M]. 北京：人民文学出版社，2008：100.

③　李锐谈"最接近诺贝尔奖"传言 [J]. 凤凰周刊，2006（35）：72-74.

一课题的学术增长点表现在如下一些方面：

首先，对这四十多年的历史记忆叙事进行整体考察时，我们会发现这一类型的小说创作实绩是相当可观的。这期间作品之多、佳作之多、作家之众，似乎可与新时期以来的任何小说思潮相媲美。需要追问的是，面对当代林林总总不同类型的历史记忆叙事，是哪些因素制约和影响了这些小说的发展走向和叙述重心？这类小说给当代文学带来哪些变化和启示（文学观念、叙事方式）？这类小说的文学史意义和学术价值在哪里？历史记忆小说的内在困境和缺陷何在？从历史记忆小说的具体影响因素来看，作家的代际文化差异、历史意识与历史观的不同影响着这类小说的发展走向。同时，文学观念的变迁、意识形态因素以及读者与市场因素对这类小说的形成与叙事分野起着不可忽视的作用。前面我们谈到，许子东的研究对这类小说的叙述类型虽做了归纳和梳理，但并未追问这一现象的变迁原因，后来涌现出的对历史记忆叙事的大量研究也鲜有对此进行深刻探讨的。王国维有言："凡事物必尽其真，而道理必求其是，此科学之所有事也；而欲求知识之真与道理之是者，不可不知事物道理之所以存在之由，与其变迁之故，此史学之所有事也。"① 因而，在包括许子东在内的很多研究者已经对这种历史小说的内部研究做了大量工作，并已获得这种文学现象"存在之由"的情况下，如果说要试图对这一课题的研究进行创新的话，那么，从以上这些角度综合考察这类小说的生成与差异成因是可行之举。实际上，这不仅是从发生学的意义上对当代文学这一重要文学现象进行溯源式探究，也是从学理上追问这一文学现象"变迁之故"的必然要求。

其次，这段历史既是作家的个体经验，也是作为民族的共同经验。20 世纪80 年代中期以前，这段历史更多是作为一种公共经验，是在一种非文学的政治导引策略与感性层面的情感纾解上被书写的。随着社会语境的开放、文学审美观念的多元化，作家的历史记忆书写逐渐跳出"大一统"的思潮流派，并突破公共经验的拘囿，即这段历史在更为个人化、经验化以及多元化的叙述方法上被广泛书写。这是文学回归自我，摆脱其工具身份和载道言志重负而获得解放的表现。不同的作家用不同的方式切入这段历史，形成了异彩纷呈的历史记忆叙事。

但是，若仅仅将这段历史当作一种个体经验，不能将它上升为人类的"类经验"，那么，中国文学的大气象仍然不会出现，这种由历史记忆题材创作出的

---

① 王国维. 王国维论学集 ［M］. 北京：中国社会科学出版社，1997：404.

杰出而伟大的作品依旧不会产生。因而，当20世纪90年代的中国作家获得了多元化、多样化的基于个体经验的历史记忆叙事后，有一个问题就显得非常紧迫而必要，那就是：如何处理集体经验与个体经验，如何将丰富驳杂的个体经验转化为整体性的文化反思与文学叙事。这看似是把文学叙事拉回工具论的老路，但四十年来，这段历史的身影从未离开过文学书写。我们不应忽略20世纪六七十年代的历史在建构当代文学叙事生态、作家文化记忆和历史叙述等方面的重要作用，理应重视这段历史叙事对于当代文学史、思想史、知识分子精神史所具有的深远意义。从这个角度看，这段历史经验不仅是当代作家、知识分子、普通大众的个体经验，更是超越个人的类经验、民族创伤、集体事件和共同记忆。面对这段历史或类经验时，我们可以喁喁私语、各言其是，但更应有超出个体关怀和个体经验、表达人类共同经验的历史担当与叙事智慧。在此之上，考察当代作家书写这段历史时的叙述重心，如何从历史记忆的共同言说过渡到个人言说，就成为不可忽视的问题了。

最后，作家的知识分子立场与精神和历史记忆叙事的深层关系是考察历史记忆小说不容忽略的一个方面。从新时期以来的小说创作来看，当代几乎所有的作家都曾或多或少地涉及历史记忆题材。作为作家实现自我的重要方式，小说在这其中无疑承载了当代作家参与反思历史和言说历史的重要思考。换句话说，作为知识分子的当代作家，对这段深重的民族灾难历史、创伤性集体记忆的思考和反省，以及由此形成的知识分子历史记忆叙事，包括关于历史记忆的话语与叙事方式的变迁，都从不同侧面集中昭示了当代知识分子的心灵史与精神轨迹。这种精神轨迹和心灵史比较有代表性，原因如下：第一，这种书写是群体性的；第二，这种书写是持续性的，在40余年的不同发展阶段里，这种书写从未间断过；第三，更为重要的是，这种书写是围绕着20世纪六七十年代这段20世纪中国重要的历史时期和民族悲剧所展开的。

因而，考察当代知识分子在历史记忆问题上所昭示的精神发展史是研究这类小说的另一视角。历史记忆题材的小说所表现出的当代知识分子与历史、政治的敏感和复杂程度，比起其他题材（如乡土、两性、家族等），可以说有过之而无不及。因而，作家如何处理历史记忆叙事，作家的历史观念如何影响历史记忆生产，意识形态的规约、作为治疗历史创伤或契合大众消费的时代要求是如何制约、改变、塑造作家的历史记忆叙事，这些问题都值得细细探析。可以说，如果不通过这一角度去考察当代作家与知识分子反思历史的方式以及何种因素制约了历史记忆叙事，很可能会忽视这一主题在当代知识分子笔下得到群体性书写的丰富意义：历史记忆叙事突出地呈现当代知识分子的历史反思品格、对民族历史的追问和未来发展的想象；比起其他题材，历史记忆叙事更为集中地昭示当代知识分子面对民族悲剧与历史灾难时可贵的反思意识、责任意识，以及这种精神中可能存在的不足和缺陷。

除了以上几点亟待深刻思考和学理性的研究外，历史记忆叙事流变中的市场因素与读者因素的诱导、经济体制的制约、政治文化的影响也都是不容忽视的问题。罗贝尔·埃斯卡皮（Escarpit Robert）在 20 世纪中期就提醒我们，"在了解作家的时候，下面这一点不能等闲视之：写作，在今天是一种经济体制范围内的职业，或者至少是一种有利可图的活动，而经济体制对创作的影响是不能否认的。在理解作品的时候，下面一点也是要考虑的：书籍是一种工业品，由商品部门分配，因此，受到供求法则的支配"①。20 世纪 90 年代中期以后，随着经济体制的转型和文化语境的多元化，商品经济和消费文化得到长足发展，小说创作受到经济发展形态以及附着其上的文化形态的影响，已是不争的事实。可以说，历史记忆叙事文学中发生了很大的变迁，读者的审美接受、市场的畅销与否以及政治文化等因素都对这种历史记忆生产形成了不同程度的影响，分析这些因素与小说的历史记忆的互动关系具有重要意义。

从读者接受的角度考察不同历史阶段的读者和评论者对历史记忆叙事的阅读差异，以及这种接受差异对历史记忆叙事的反作用，是研究历史记忆叙事的另一条可尝试的路径。罗贝尔·埃斯卡皮在他的《文学社会学》中专门论述作家与读者的"文化修养的共同性"问题，这一概念内涵接近"民族精神"和"时代精神"。在他看来，文化修养的共同性以及作家所隶属的社会集团决定了作家所选用的文学题材及形式、语言手段、风格。埃斯卡皮认为身处 20 世纪的法国的莫里哀仍然具有蓬勃的生命力，但同时，他也发现观众圈子缩小了。于是他悲观地预言：当我们的文明（其实指文化修养的共同性）跟莫里哀身处的法国所具有的共同之处，其消失之日就是莫里哀衰老和死亡之时。可见，文化修养共同性的变化必然会致使新的读者群体接受视野和审美眼光的变迁。具体到 20 世纪六七十年代，对于这一时期的历史，不同的人对此有着不同的记忆与理解。亲历这段历史的人、成长于这段历史的人以及在这段历史之后成长起来

---

① ［法］罗贝尔·埃斯卡皮. 文学社会学［M］. 王美华，于沛译. 合肥：安徽文艺出版社，1987：32.

的人，逐渐形成有差异的认知群体，任何一个群体内部尚且不能因为所谓文化修养共同性而达成对同一问题的大致相似的认知，更何况在不同社会语境和文化背景下成长起来的人们。这种差异性致使几代作家在历史叙事的文化心态、历史观念、美学追求上呈现出很大的不同。从读者接受角度来看，由于20世纪80年代至90年代，新世纪这些不同阶段具有不同的社会语境、文化主流、审美心态，促使埃斯卡皮所说的文化修养的共同性也已丧失。因此，不同阶段的读者以及读者在不同阶段对历史记忆叙事的理解与接受都会形成较大的差异。这种差异以及接受的变迁史是否对作家的历史记忆叙事形成反作用，如果形成了反作用，那么它以何种方式，在多大程度上制约或影响了作家的创作，这些都有待进一步研究。应该说，随着文化潮流和审美心态的变化，新的读者群体关于这段历史的史识和接受方式必然也发生着巨大变迁。因而，从读者的接受角度分析历史记忆叙事的影响以及读者的阅读心理，成为一个可以切入和分析的视角与方法。

第一章

历史废墟与小说流变——历史记忆叙事的阶段史和流变史

第一节　新时期之初政治文化规约下的历史记忆叙事（1977—1985 年）

　　新时期伊始的小说，在内容和题材上是从声讨和反思 20 世纪六七十年代这段历史开始的，作为流派的"伤痕""反思"小说在内容层面和思想指向上都属于历史记忆叙事。新时期之初的历史记忆叙事主要集中在政治层面的控诉和民族创伤情感的文学纾解上。如果说 1985—1986 年间"文学主体性""文学向内转"等文学事件和口号标志着"人"的意识的苏醒与"人"的话语的建立，那么 1977—1985 年间的历史记忆叙事更多表达的则是"国家意识"和"民族意识"。在当时的主流话语中，关于 20 世纪六七十年代历史叙事的小说是被当作一种政治副本来读解的，这些小说从剖析各种社会现象入手，揭露"四人帮"的反革命本质，"启迪人们识别真假马克思主义、真假社会主义"[①]。所以，笔者把 1985 年作为历史记忆叙事形成分水岭的年份，就是因为在此之前，"人"的话语权和文学的主体性地位尚未建立，而 1985 年是文学发生巨变的年份，"1985 年是思想爆发的一年，更是艺术革命的一年，从文学到美术、音乐、电影等等，几乎所有的艺术类型都呈现出新奇而又灿烂的面容"[②]。总之，从社会思潮、文化语境、作家的文学观念及其文学实践来看，1985 年无疑成为新时期文学发展的转折点。考察这几年的历史记忆叙事，会发现它们并没有脱离所谓的"新时期共识"和"共同经验"，而是与主流话语、文化规范有着复杂的缠绕关

---

① 中国社会科学院文学研究所当代文学研究室. 新时期文学六年［M］. 北京：中国社会科学出版社，1985：146-147.

② 尹昌龙. 1985：延伸与转折［M］. 济南：山东教育出版社，1998：24.

系，并明显受到当时政治文化语境的影响与制约。

因而，本节从作家的文学策略、小说文本中的话语形态及其消长等角度再现新时期之初的文学制度、文化规范、政治文化氛围，以及这些政治文化内容及其语境如何制约和影响作家的创作心理与历史记忆模式形成的情况。

一、历史记忆的时间构置与时间政治

从叙事学的角度看，小说的时间包含"叙事时间"和"故事时间"两个序列，克里斯蒂安·麦茨（Christian Metz）、热拉尔·热奈特、茨维坦·托多洛夫（Tzvetan Todorov）等人对此都达成了共识。在托多洛夫看来，故事时间和叙事时间分别指被描写的时间性和描写这个世界的语言的时间性，而且事件发生的时间顺序与语言叙述的时间顺序之间的差别是显而易见的。对这组时间概念，克里斯蒂安·麦茨进一步进行了阐释，"叙事文是一个具有双重时间性的序列……所讲述的事情的时间和叙事文的时间（所指的时间和能指的时间）。这种二元性不仅可以造成时间上的扭曲，而且，更根本的是，我们由此注意到，叙事文的功能之一即是根据一种时间去创造另一种时间"①。新时期之初的历史记忆叙事在时间叙事上常常启用这对序列。

历史记忆小说在叙述 1966—1976 年这段历史时，往往包含"讲述故事的时间"和"故事发生的时间"，前者一般是指这段历史之后，后者则是包括这段历史在内的极"左"年代或此前的战争年代。两种时间的设置并非结构上可有可无的形式问题，而是代表了作家的历史认识、历史态度。这种时间标识在小说中是非常明晰的，而且通常采取回叙式叙事，即站在当下讲述历史与之前的社会悲剧。乌里·玛戈琳（Uri Magorian）在《过去之事，现在之事，将来之事：时态、体式、情态和文学叙事的性质》一文中，从新叙事学的理论立场出发，对回叙或回顾式叙事的意义与功能有着很精辟的解释，"当被叙述事件过程在文本中呈现为先前事件，在观察之前已经完成，我们面对的显然就是叙事回顾，即对早先事情的重构，把早先的状态和事件组合成具有统一结构和意义的总体"②。因而，在这类历史记忆书写中，这种时间结构本质上想要说明的是：当下已经历了拨乱反正，历史功过与是非都已尘埃落定，这个时间是"合法性"时间。所以，当下的立场与视角符合历史发展和社会进步，这种合法性叙事基

---

① 王先霈，王又平. 文学理论批评术语汇释［M］. 北京：高等教育出版社，2006：359.

② ［美］戴卫·赫尔曼. 新叙事学［M］. 马海良，译. 北京：北京大学出版社，2002：93-94.

点的获得也使作家具备了反思 1966—1976 年这段历史的理性和正义性。这段时期的小说基本上都有这两种时间，作家有时直接站在当下，表达如下感想：以受害者的姿态控诉历史的残酷，以豁达者的身份彰显对历史的宽容，以思想者的口吻追问历史悲剧的动因，以历史正义的面孔谴责政治暴力。这种当下叙述所包含的不仅有《重逢》① 中朱春信式的对革命小将怀有的情感和道义上的真诚忏悔，而且有《剪辑错了的故事》② 中老寿农民式的廉价乐观心态，更不乏《记忆》中秦慕平式的在饱经历史的沧桑后痛苦而健忘地背转身去：

> 但如今，一九七八年春天的他，已经几乎不愿再稍加回顾。它们虽曾在他的记忆中留下痕迹，但都被他那理智和开朗的思绪冲淡了，抹平了。③

在热奈特等人看来，故事时间和叙事时间在顺序上通常是不协调的，"叙述事件（话语时间）的顺序永远不可能与被叙述时间（故事时间）的顺序完全平行；其中必然存在'前'与'后'的相互倒置。这种相互倒置的现象应该归咎于两种时间性质的不同：话语时间是线性的，而故事时间则是多维的。两者之间既不可能平行，则必然导致错时"④。因而，小说层面的不同"时间"各自所包含的情感基调、价值判断是相互区别的，即 1966—1976 年这段历史作为一种文化废墟和历史黑洞，它无疑是混乱、动荡、非理性的；"新时期"则意味着历史重回正轨，合乎理性的现实时间，是小说叙事的"此在"。新时期小说的叙述逻辑通常是站在"此在"的立场上，批判并反思"彼在"历史的荒诞、非人性和黑暗，以"此在"的正义颠覆、否定"彼在"历史的非正义性。在 20 世纪 70 年代末 80 年代初的大量小说中，我们轻易就能看到作家流露出的这种亢奋的现实激情和达观的历史理性。有人说，1978 年的历史叙事"意味着体验共同的解放、拥抱共同的复活节，它仿佛传达了这个民族共同的情感与幻想，共同的精神向往与内心需求，它是人们激情奔涌的新的源头，往日的心灵创痛因它的涤荡抚慰而休止并且康复，因此，这也是又一个'结束或开始'的年代、又一段'激情岁月'"⑤。然而，从历史的反思深度与小说的思想意义来看，这些小

---

① 金河. 重逢 [J]. 上海文学，1979（4）：14-25.
② 茹志鹃. 剪辑错了的故事 [J]. 人民文学，1979（2）：65-76.
③ 张弦. 记忆 [J]. 人民文学，1979（3）：13-20.
④ 王先霈，王又平. 文学理论批评术语汇释 [M]. 北京：高等教育出版社，2006：361.
⑤ 孟繁华. 1978：激情岁月 [M]. 济南：山东教育出版社，1998：1.

说有着显可易见的缺憾：虽然"它以传统的英雄情怀和启蒙话语参与了动员民众、决裂旧的意识形态和共同创造未来、走向彼岸的意志"，但在反思历史、剖析历史悲剧时，显然"过多地关注于经验的切肤之痛，它忽略了人经过危机之后内心的荒芜和无动于衷，而仍以不可扼制的澎湃激情兴致盎然地倾诉苦难，使这一文学潮流显现了不大的文化气象和胸襟"①。这一观点较为深刻地指出了新时期之初的历史叙事的内在不足和发展困境。

小说中的时间并不是一个简单的形式概念，而是包含着丰富的政治、文化和历史的内涵。对时间的研究，通常被置于科学研究、哲学思考以及作为叙事虚构等层面。彼得·奥斯本（Peter Osborne）在他的《时间的政治》一书中指出："时间，作为19至20世纪欧洲哲学的难题，以其极不同于以前呈现为哲学问题的稳定特征的范例的方式，缠绕在历史问题与死亡问题这种新的双重形式中。"他甚至认为"现代性是某种形式的历史时间。"② 巴赫金也非常重视小说中的时间和空间形式，他尤其看重时间，他觉得"可以直截了当地说，体裁和体裁类别恰是由时空体决定的；而且在文学中，时空体里的主导因素是时间"③。很多学者都认为中国古代小说，包括《三国演义》《红楼梦》等在内的古典叙事，对于时间的审美方式和价值取向属于以过去为楷模的循环时间观。④近现代以来，线性时间观和进化论时间观逐渐成为小说中时间观的主流。那么，新时期之初的历史记忆叙事在启用两种叙事时间时呈现出怎样的时间观，这种时间观与当时的主流政治文化又有怎样的关联，如何认识这种"时间的政治"和"政治化的时间"？

新文化运动以后，随着进化论的盛行，传统的循环式的时间观遭到破坏，取而代之的是进化论的时间观。这种崭新的时间观，"在新旧时间观的转换中起了决定性的作用。它不仅是摧毁传统文化时间观的利器，也是新时间观形成的内在依据"。而且这种"新的时间观最初无疑充满了生气，它有力地支持了现实和文化双重意义上的革命"。应该说，这一进化的时间观，始终存在于从五四新文学开始一直到新时期之初的小说中。笔者在前面论述时已经指出，这种时间观操纵下的叙事时间与故事时间、现在与过去的分界非常明晰，由此产生的合

① 孟繁华. 1978：激情岁月 [M]. 济南：山东教育出版社，1998：1，52.
② [英] 彼得·奥斯本. 时间的政治：现代性与先锋 [M]. 王志宏，译. 北京：商务印书馆，2004：5，8.
③ [俄] 巴赫金. 小说理论 [M]. 白春仁，等译. 石家庄：河北教育出版社，1998：275.
④ 黄子平、尤西林等人都持此论. 分别见黄子平. "灰阑"中的叙述 [M]. 上海：上海文艺出版社，2001；尤西林. 现代性与时间 [J]. 学术月刊，2003（8）：20-33.

法与非法、正确与谬误的价值判断也很明确。能获得如此泾渭分明的效果，主要原因在于："新时间观据此把历史截然而划分为过去、现在和未来；而既然'光明在前'，未来即是希望，朝向未来的现实突然也就具有了非同寻常的涵义；唯独过去成了一个负责收藏黑暗和罪恶的包袱"①。所以，在这一时期的"伤痕""反思"小说中，"创伤成为'混乱'的'过去'所发生的故事，而我们'现在'正在走向完美的'未来'"②。也就是说，这里的时间不但有等级，还有优劣与新旧之分。有评论者甚至将这种等级化的时间称为"时间神话"——时间本身并无目的、权力与等级，然而，当进化论的认识观投影到时间的认识与历史的观照上时，时间即变得不再纯粹。这种"时间神话"的显性标志便是文学史与批评话语中有关"新纪元""新时期"等语汇的诞生。这些语汇本质上内含的是社会形态、权力主体及其话语规范的变迁。"这里对时间制高点的占领同时也意味着对价值制高点和话语权力制高点的占领。每一个类似的宣言实际上都在无意识地重复着同一个信念，即我们属于未来，我们不属于过去。我们属于光明，我们不属于黑暗！"③ 新时期的小说以这种时间观认识和反思历史时，表现出了狭隘和粗浅的缺陷。

在这种进化论的时间观影响下，"未来"被赋予了政治合法性和历史正当性，是希望和价值的所在，而"过去"则是黑暗、反动的，需要被遗弃。因此，忘记过去，相信未来，成了这些小说的潜在意旨。不难发现，在作家们所倡导的这种忘记过去和相信未来的潜在意旨之间，缺少了一个重要的环节，即作为现代公民或知识分子的作家对民族浩劫和历史悲剧应该有的自剖、反思和追问。也就是说，当代作家以丧失自我主体性和理应具备的历史反思精神为代价，一味对时间神话认同和盲从④。所以，这些小说"虽然也表现了对一小段历史的悲剧思考和体验，但人为将历史予以断裂式的处理，却把这些悲剧和苦难喜剧化了……历史和所谓的'创伤记忆'在被唤起的同时，也被予以集体地删改和

---

① 唐晓渡. 时间神话的终结 [J]. 文艺争鸣，1995（2）：9–17.
② 李敏. 时间的政治——以"伤痕"和"反思"小说中的创伤叙事为例 [J]. 山东社会科学，2007（2）：42–46.
③ 唐晓渡. 时间神话的终结 [J]. 文艺争鸣，1995（2）：9–17.
④ 唐晓渡在《时间神话的终结》一文中从当代作家对"时间神话"的建构和遵从出发，深入分析了当代知识分子自立和反思精神的缺失，进而合理并有效地解释了中华人民共和国成立后何其芳、郭沫若等人失语的文学现象（文学史上称为"何其芳现象"或"郭沫若现象"）。参见：唐晓渡. 时间神话的终结 [J]. 文艺争鸣，1995（2）：9–17.

忘却"①。

纵观作家对时间的构置方式，我们可以看出，此时的小说在叙述1966—1976年的历史创伤时所启用的时间并非一个简单的技巧与形式问题，而是一种"有意味的形式"。这时作家笔下的时间基本上属于政治化的、新旧分明的时间，这一等级化了的时间序列影响了小说叙事结构和叙事节奏的形成，在深层上隐含了当时社会语境和政治文化规范对作家进行历史叙事与价值评判的影响。政治文化与时间艺术的这种互动关系，正如有些研究者在考察"十七年"时期的革命历史小说中的时间时所指出的那样，"在这里，时间的'新'与'旧'显然已经变成了修辞的中心，之前与之后的叙事被赋予了完全不同的美学与政治内涵，它控制了小说的叙事节奏和发展进程，也规定了小说的艺术氛围的风格基调"②。这句话同样适用于此时期的小说时间。可以说，新时期之初小说中的这种时间缠绕，以及作家自觉服膺并采用符合主流的时间序列，无疑受到当时文化语境与政治文化的影响。在一些小说理论家看来，故事时间和叙事时间的构置与缠绕"是意识形态的，其中包括政治的、伦理的、文化的等等方面"③。而且，对于新时期之初的这些小说而言，"本来并不包含价值判断的时间刻度因为革命而有了好与坏的区分，对时间的修辞成为革命意识形态的一部分，时间问题演变为政治问题"④。因而，我们在这里所说的时间是被政治文化所规定的时间，其受到政治文化的制约，同时含有政治文化与主流意识形态的内容。

二、政治文化影响下的话语颉颃：多重话语的共生与冲突

"话语"原本是西方现代语言学的一个重要概念，后逐渐上升为一种理论形态，被应用到哲学、历史与文学批评中。福柯认为，"话语是权力的各种运作方式体现得最为显著、同时也最难识别的地方，它与实践紧密相连。渗透于话语之中的权力支配着生活的各个领域，也制约着主体的形成，话语就是权力的传播者和替代品"⑤。以话语理论或从话语角度切入文本是解读文本的一种行之有效的批评模式。尤其对新时期处于复杂政治环境和社会语境中的小说而言，我

---

① 张清华. 时间的美学——论时间修辞与当代文学的美学演变［J］. 文艺研究，2006（7）：4-16.
② 张清华. 时间的美学——论时间修辞与当代文学的美学演变［J］. 文艺研究，2006（7）：4-16.
③ 伍茂国. 现代小说叙事伦理［M］. 北京：新华出版社，2008：210.
④ 李敏. 时间的政治——以"伤痕"和"反思"小说中的创伤叙事为例［J］. 山东社会科学，2007（2）：42-46.
⑤ 童庆炳，曹卫东. 西方文论专题十讲［M］. 北京：高等教育出版社，2005：174.

们更应打破单一的社会学的解读方式，尝试利用多种途径，从不同侧面、不同角度展示这些文本的丰富内涵与思想。由于当时社会文化思想的复杂化和文学语境的多元化，新时期的很多文本，不仅仅被当作文学文本，也是那个时代思想文化和社会政治的副本，小说在那个时代真正充当了时代"晴雨表"，发挥其作用。时过境迁，我们在重回历史情境、试图重新阐释和阅读这些经典时，应该最大限度地还原当时的思想文化和政治意识形态语境，理性地进入这些文本内部，离析出其中的文学因素与非文学因素，辨别文学的内部真相究竟是怎样的，又有哪些文学的内部精神被后来的阅读者或研究者所忽略。

为了集中说明问题，在这里笔者以茹志鹃的《剪辑错了的故事》为例，解读这部作品中的话语缠绕与交锋。实际上，这部小说的重心并非简单落在干群关系的重新检讨问题上。值得我们重新关注的是，小说中不同话语的申诉、不同价值立场的冲突和不同思想信念的交锋。

《剪辑错了的故事》的主人公老寿是一个经历过新旧时代的农民党员。小说中的冲突首先表现在老寿拥有的双重身份的冲突。作为党员，他服从组织，以大局利益为重，组织纪律性强；作为农民，他务实，重物质生存，朴素正直，对形式主义与官僚主义的不正之风深恶痛绝。两种身份及其相应的价值立场冲突的产生，这主要体现在上交征购粮、砍伐梨树等事情上。一方面，身为农民的他深切同情和理解农民物质资源的贫乏、食不果腹的现实，因而，坚决不同意老甘等人大搞浮夸风，粮食产量"放卫星"的政治行为。但老寿毕竟还是一个老党员，在这一身份面前，他常常自省，担心自己成为革命的绊脚石，便有意以此身份压制其农民身份。老寿的痛苦来自他在两种身份与话语间的游移，但在高度政治化以及日常生活被编织进社会政治的现实中，政治身份与政治话语无疑是强势身份与强势话语。而且，老寿作为一个农民党员，他对政治的信仰、对党的忠诚是发自内心的，他也极其珍视自己的这种身份。

在中国革命史上，被卷进或身处革命运动潮流中，且获得政治身份的农民，尤其是老一代农民，他们身上的革命色彩（政治性）与农民色彩（民间性）的混杂是个颇具意味的话题。革命与政治赋予了他们一定的政治身份或革命色彩，使他们表现出区别于一般农民的精神面貌和行为方式。但他们的思维方式、伦理情感等还固着于封闭自足的乡土社会结构与小农经济模式，革命色彩与乡土色彩，先进性与落后性（原始性）难免交错在一起。老寿痛苦的根源就是这两种身份、两种话语立场的冲突。在小说中，民间话语与政治话语、民间伦理与政治伦理，各自发生激烈对峙并以前者的溃败而告终。尤其到了第二回合的砍伐梨园的冲突中，小说中用这样的文字表达了在政治话语与权威下，老寿的个人恐惧和民间话语的退却：

> 老寿一想到这里，心里顿时害怕起来，吓得手脚都凉了。可不得了，咱这不是有点反领导的意思了吗？……甘书记劝我要听党的话，难道自己真的跟党有了二心？
>
> "杀了头也不能有这个心啊！"老寿陡地站了起来，当即离了窝棚，当即走出梨园，当即找到支部书记老韩的家里，他要原原本本，向党反映反映自己的思想，表明自己跟党没有二心。①

新时期之初的文学在为农民阶级"画像"和代言他们的历史地位及思想心声时，农民阶级及其话语尚未能摆脱或超越社会政治与意识形态，他们仍活在历史造就的创伤性记忆和政治带来的习惯性桎梏与恐惧中。这篇小说较为真实地呈现了农民阶级面对政治时的这种话语申诉与溃败的悲剧。

《剪辑错了的故事》是对两个不同时段历史的交叉叙事。在"大跃进"中，两股力量龃龉不断。如在粮食危机面前，老甘因迂回斗敌而面临粮食短缺，此时，老寿并不宽裕，从他将家里仅有的粮食装进干粮袋可看出，他几乎是倾其所有。同样面对利益纷争与价值诉求差异，战争中两种话语与两种力量并无多少罅隙和冲突，这是什么原因？是老寿们在家国危亡面前深谙民族大义所致？似乎不全是，毕竟绝大多数务实尚实的农民不会为了一个高贵的名声置自己陷入无粮草的绝境于不顾。值得注意的是，小说中多次写到老甘在受捐前后对老寿的承诺和对美好未来的描摹——"将来我们点灯不用油，耕地不用牛，当然也有各种各样的果园。"因而，面对现实困境和倾囊相助老甘可能带来的生活的凄苦，老寿也会用他笃信的这种共产主义社会的美好图景开导其妻。可见，民间话语自觉让位于政治话语并非来自后者对前者的暴力征服，而是源于前者对后者绘制理想蓝图的憧憬、信任和向往，以及继而产生的信念折服和情感认同。这里的话语交锋充分说明了一点，即"更为重要的是，'话语'更能显现文学的意识形态性质——文学并非单纯个人话语行为，而是许多因素或关系相互作用的社会话语活动"②。

也可以说，政治征服民间在此处并非依靠强权，而是将对理想未来与美好生活的虚设作为一种信念，引导百姓克服、忍耐眼前的困苦，从而让渡眼前的

---

① 茹志鹃. 剪辑错了的故事［J］. 人民文学，1979（2）：65-76.
② 童庆炳. 文学理论教程［M］. 北京：高等教育出版社，1998：86.

利益。这种虚幻的理想主义类似于一种"准宗教",能有效克制和规约遵循者的行为与思想。"为了祖国的幸福、伟大和独立,一个真正的人要毫不动摇地奉献出自己的生命,因为没有祖国幸福、伟大、独立的生活,不仅是痛苦的,而且是可耻的……爱国主义情感、思维、信念、行为教育的复杂性和无与伦比的独特性,就在于在普通的生活中、在日常劳动中。"① 现实化的理想和超越功利的爱国主义催生了人们对现实困苦的忍耐和放眼未来的信仰。

那么,文本中的多重话语,哪些是文学的最初旨意,哪些是当时历史语境的话语真相,这些话语冲突和交锋隐藏着作家怎样的犹豫和言不由衷?这似乎是个相当驳杂的问题。驳杂的表现之一便是这些不同话语体系真假的难辨性。韦恩·布斯(Wayne Clayson Booth)曾根据叙述者与作品思想意义的距离提出了"可靠的叙述者"和"不可靠的叙述者"这组概念。里蒙-凯南(Shlomith Rimmon-Kenan)曾指出这二者在小说文本中不易分辨的特点,即"许多文本都使人很难确定其叙述者究竟可靠还是不可靠,如果是可靠的,也难以确定究竟可靠到什么程度。有些文本——可以称之为模棱两可的叙事——则使人根本不可能作出这样的判断,它们使读者始终在两个相互排斥的选择之间来回摇摆"。而这种"不可靠叙述"产生的根源在于:"他难免会受到知识有限,亲身卷入事件以及价值体系有问题这类束缚,由此常常产生不可靠的可能。"② 在韦恩·布斯看来,叙述者的思想规范接近或合乎隐含作者与作者的思想规范被称为可靠叙述,而"不可靠的叙述者依靠他们距离作者的思想规范有多远,依据他们在什么方向上背离作者的思想规范,存在着显著差别"③。新时期文本中充满了多种话语的交锋,这些不同的话语立场、话语身份与力量构成了所谓作品或作家的思想规范。重新阐释这些文本,则意味着挖掘那些被忽略、被压抑的话语体系与话语立场,真实再现历史语境中这些文本的复杂性和丰富性。新时期小说文本内部多重话语的共生与交锋包含的是:新时期之初,文学在反思历史、修复创伤性的民族记忆和建构新的社会理想过程中,尚未完全走出中华人民共和国成立以来主流文化和特定政治文化语境确定的叙事序列和叙事惯性,文学叙事仍在既定的政治意识形态与叙事准则框架内滑行,但随着历史航向的拨正和社会语境的开放,文学的春天已经来临。因而,作家的价值观与文学审美观念必

---

① [苏] B. A. 苏霍姆林斯基. 怎样培养真正的人 [M]. 蔡汀,译. 北京:教育科学出版社,1992:303-304.

② [以色列] 里蒙-凯南. 叙事虚构作品 [M]. 姚锦清,黄虹伟,傅浩等译. 北京:生活·读书·新知三联书店,1989:186.

③ 王先霈,王又平. 文学理论批评术语汇释 [M]. 北京:高等教育出版社,2006:387.

然发生相应的变化，与主流话语相差甚远的异质话语和个体话语渗透到文本世界中，宣告了文学在大时代变动下的自身嬗变。而它们随后尽管被当作异端来"争鸣"和检讨的话语及立场恰恰是文学在 20 世纪 80 年代中期逐渐回归本体，重获"主体性"的重要推动力量和组成要件。

三、政治文化规约下的历史记忆叙事的突围：从规训走向反叛

文学与政治及意识形态的关系，是文学史上老生常谈且永不过时的话题。政治文化对文学的影响在整个 20 世纪都或明或暗地发生着，二者可谓如影随形。而且，对于作为虚构叙事的小说来说，"叙事的社会本质在于它的意识形态属性，叙事的内容与方式都体现着一定的意识形态特征"①。再加上 20 世纪中国社会特定的社会环境与政治文化语境，实际上，"在 20 世纪的大多数年代里，文学的政治化趋向几乎是文学发展的主要潮流。文学与政治的特殊关系，无疑是最为显性的文学发展的特征之一"②。从文学的发展来看，政治文化对文学的影响并未因新时期的来临就迅即消失。从国家主流意识形态及其文艺制度、方针政策来看，尽管作用于文学的主流政治的具体形态发生了变化，但文学从属或受制于政治的现实并未有任何变化。如有的研究者所指出的，新时期文学的这种政治文化特性表现在："文艺政策的调整与制定、文学体制的重新建构、文化官员领导作用的发挥、文学媒体的恢复与新创以及评奖制度的实施，都是极为重要的制度性因素。这些形形色色的制度安排，共同构成了'文革'后中国文学发生与发展的政治文化语境。"③

由于文学本质上是一种意识形态，在不同历史时期，尤其在革命与政治运动高涨时期更要受到严格控制。因而，产生于新时期的文学以及本书具体论述的历史记忆叙事，无疑具有了政治性与意识形态性。这番强烈的政治性，正如论者指出的，"20 世纪文学的发展，确实时时受制于特殊的政治文化语境与氛围，这不仅体现在许多文学作品所表露出的在题材上的政治化特征、在题旨上的意识形态化倾向，而且全面体现在整体的文学目的和文学观念上"④。从题材

---

① 童庆炳. 文学理论教程 [M]. 北京：高等教育出版社，1998：301.
② 朱晓进. 从政治文化的角度研究中国二十世纪文学 [J]. 文学评论，2001（5）：155-157.
③ 朱晓进等. 非文学的世纪：20 世纪中国文学与政治文化关系史论 [M]. 南京：南京师范大学出版社，2004：358.
④ 朱晓进等. 非文学的世纪：20 世纪中国文学与政治文化关系史论 [M]. 南京：南京师范大学出版社，2004：3.

来讲，新时期之初的"伤痕""反思"小说围绕着极"左"政治思想和民族悲剧进行追问和反思，其政治性非常明显，"真实地反映了社会历史生活，契合现实中人们普遍的生活情感，并且与十一届三中全会（1978年12月）的精神和思想解放的路线相一致，所以，在短短的两年里迅猛地扩展和深入"①。在主题表达上，新时期的小说主动呼应主旋律、遵循政治文化规约，具有政治文化色彩和意识形态化倾向。比如，古华创作《芙蓉镇》的题旨是"寓政治风云于风俗民情图画，借人物命运演乡镇生活变迁，力求写出南国乡村的生活色彩和生活情调来"②。对于《许茂和他的女儿们》，周克芹曾这样表露自己当时的创作心态："党的培养，人民的哺育，人生的磨练，我从青年进入中年，我既是一个必须贯彻上级方针政策的农村基层干部，又是一个必须从事劳作以供家养口的农民。"③ 在创作观念上，以"右派分子"和知青作家为主体的创作群体彰显出的政治色彩同样是显见的。这种太过强烈的政治色彩也成为这些小说被研究者诟病的重要原因，"创作主体一方面在政治意识和创作思维上受到主流话语的束缚和历史惯性的牵制，'一体化'的思想痕迹较重；另一方面当时作家对现实主义的理解、运用也并非是准确、全面、深刻的"④。所以，新时期的小说是在高度政治化的语境下生产、出版和流通的。从当时的文学实践来看，政治文化对文学的这种影响和规约，不仅表现为文学界的"清污运动"、各式"论争"、某某"事件"等具体的政治化规约，更表现在其试图通过这种规约形成符合政治文化以及进行社会主义现代化建设这一要求的社会文化心态、政治风尚和审美倾向。不符合这种主流话语的任何"异端"都将遭到整肃。无论是"《苦恋》风波"创作者最后的检讨，还是思想理论权威与政治权力部门介入并合力整肃《人啊，人!》《晚霞消失的时候》等一大批所谓争鸣小说，都显示了政治文化对文学的强力影响，而在这种干预与规约下，作家从理念到创作，最大限度地被政治"驯服"和"收编"了。礼平在多年后回顾《晚霞消失的时候》时，谈到了自己当时在与思想理论权威和意识形态主管部门的多次谈话后，不得不改变立场的无奈和惊恐，"更何况，在政治上还有风险。谁知道将来又会有什么运动？所以我在脑子里转了转，考虑自己是继续由着性子做下去，还是在策略上做出谨慎一些的选择？这时时间已经不多了。而我最后决定是：退却。我相信我捅的

① 金汉. 中国当代文学发展史［M］. 上海：上海文艺出版社，2002：387.
② 古华. 芙蓉镇［M］. 北京：人民文学出版社，2000：213.
③ 周克芹.《许茂和他的女儿们》创作之初［M］//彭华生，钱光培. 新时期作家谈创作. 北京：人民文学出版社，1983：170.
④ 金汉. 中国当代文学发展史［M］. 上海：上海文艺出版社，2002：388.

乱子已经够大了，它远远超出了我最初的预料。我开始转而信奉'适可而止'的古训和'见好就收'的俗言。于是，我决定激流勇退，不再做一个满怀着颠覆冲动的'不良少年'"。这种影响和妥协甚至成了他一生的瓶颈与困境，"我突然惊慌地发现，我再也写不出那么自如的文字了。我开始进入了一种写作的'失语'状态"①。

尽管新时期之初的文学受制于政治文化和意识形态的影响是客观而巨大的，但此时的社会语境逐渐宽松，随着经济体制的转型、思想观念的解放和国门的打开，中国文学在20世纪80年代中期恢复了与世界文学的交流和往来。文学回归自我，摆脱束缚的态势潜滋暗长，如春潮涌动。从文学与政治文化的关系看，政治文化对文学的影响日趋松动，文学从政治文化和主流规约下产生偏离，异质于政治文化及其要求的话语立场、情感申诉随之产生②。

从叙事作品的话语系统和内部结构来看，通常包括历时性向度的表层结构和共时性向度的深层结构。深层结构是由于"具体的叙述话语同产生这些话语的整个文化背景之间存在着超出话语字面的内在意义关系"。而且"深层结构根植于一定文化中的深层社会心理，往往呈现为暧昧多义的状态，造成译解的困难和歧义"③。可以说，在新时期之初包括《剪辑错了的故事》《记忆》在内的一大批小说，其表层结构与内容无疑具有主流话语所规定和要求的情节内容、叙事形态、价值立场；也就是说，小说的表层结构无论在主题思想还是人物精神特质等层面都呼应并属于主流叙事，但在小说的深层结构中又包含了个体价值的吁求，启蒙主义和人道主义话语的伸张。重读这些作品，意味着试图通过"对同一部作品深层结构的分析"来"得出不同层次、不同角度的多种结果"④，挖掘并还原文学的真相。

新时期之初的政治文化语境与主流意识形态对文学无疑发生着巨大的制约作用，此时的政治文化对历史记忆叙事的这种影响和作用不仅表现在内容与主题上的主流化，也表现在作家思想情感上的意识形态性和文学观念的政治化。

---

① 礼平. 写给我的年代——追忆《晚霞消失的时候》[J]. 青年文学, 2002 (1): 4-21.
② 《记忆》《晚霞消失的时候》等小说在"国家—民族"的宏大叙事话语与表层结构中已包含了情爱话语、人道话语、启蒙话语的涌动与自觉申诉。限于篇幅，此处不做展开。贺桂梅与何言宏等学者对这一问题已有所涉及，二人的研究分别见贺桂梅. 新话语的诞生——重读《班主任》[J]. 文艺争鸣, 1994 (1): 17-20; 何言宏. 正典结构的精神质询——重读靳凡《公开的情书》和礼平《晚霞消失的时候》[J]. 上海文化, 2009 (3): 86-95.
③ 童庆炳. 文学理论教程 [M]. 北京: 高等教育出版社, 1998: 311-312.
④ 童庆炳. 文学理论教程 [M]. 北京: 高等教育出版社, 1998: 312.

尽管个体话语和各种异质话语充斥在这一时期的小说文本中，传达出挣脱、冲破主流话语和政治理性的努力，但这番潜隐的努力毕竟是一种内在情绪和纤弱的反抗，还不足以在整体上颠覆和消解共同经验与主流文化既定的叙事框架和表现深度。台湾学者钱永祥曾在与钱理群的学术通信中谈到新时期文学对这段历史（1966—1976）进行叙事的缺陷问题，他认为对于当代作家来说，作家本人的反思与回顾究竟如何进行是个很重要的问题，但很多作家的历史经验完全是被界定的，"任何人的任何'文革'经验，后面总应该有个'我'在经历这些经验。我的意思是说，每个人，在任何时候，都会意识到自己在做什么，也就是会对自己做的事情赋予意义，赋予诠释，即使都是官方的语汇，也要经过自己的发挥和确认。我不太容易读到'文革'一代描述和分析自己在这个层次上的记忆"。进而，他指出，"在我读到的东西里，我苦于看不到回忆者借时间的隔离而稍事抽离，为着反思的需要，而用主体性撑出来的一种叙事角度。我不禁好奇，'文革'一代自己的话在哪里"①？钱永祥先生的判断较为深刻地指出了新时期小说关于这段历史的记忆与叙事存在的缺陷和内在困境。这种缺陷和困境，在历史记忆小说里表现为历史叙事缺少作家（或知识分子）的主体性、个人话语意识薄弱。随着社会文化语境的逐渐宽松，文学"向内转"和作家的自我主体性的建立，这一偏向得到了很大程度的扭转，"主体性的叙事"维度和方法在多样化的历史记忆叙事中逐步得到确立。

第二节　作家主体意识觉醒时期的历史记忆　　叙事（1985—20 世纪 90 年代中期）

一、文学转型与历史记忆重心的迁移

　　20 世纪 80 年代中期是新时期文学的转型期，这无疑是文学史上一个不争的事实。中国社会的经济体制改革、政治民主化进程到了 80 年代中期都取得了长足的发展，这些均归功于十一届三中全会及时将以阶级斗争为纲的错误方针纠正为以经济建设为目标的历史转轨，至此，现代化建设成为中国社会的主要目标和核心话语体系。为了达到这一目标，政治、经济、文化的多元与深刻改革

---

① 钱永祥. 台湾著名学者钱永祥先生的来信［M］//钱理群. 追寻生存之根：我的退思录. 桂林：广西师范大学出版社，2005：51.

几乎同步进行。加上 20 世纪 80 年代中期国门打开，西方的社会思潮和文化思想蜂拥而入，开放的格局与政治、经济的转型直接促成了文化与文学的转型。这种转型不仅表现为文化思想与文学观念的深刻变化，同时也表现为作家主体意识、自我意识和文学本体在长期的政治与意识形态的压制下开始自觉并如地下蓄势待发的岩浆般喷薄欲出。

如今当我们再次审视 20 世纪 80 年代文学发生转型的社会语境和文化语境时，我们会很快列出在 20 世纪 80 年代中期前后具有变革意义的一系列命题、现象或事件：方法年、人道主义讨论、异化、人的主体性、文学"向内转"，等等。这些命题不完全属于文学命题，有的甚至是哲学、思想史、社会学的命题，当它们集中在 20 世纪 80 年代中期这个激情而多变的时代出现时，既成为社会转型的促进力量，其本身也是社会转型的产物。"转型是一场深刻而广泛的社会变革，其影响所及决不局限于政治、经济或物质文明的领域，而且也涉及人的文化价值观念、社会心理、行为方式等方方面面。文学艺术或审美文化作为时代的'晴雨表'，与它产生其中的社会文化环境（尤其是与审美文化关系特别紧密的社会心理），存在密切的联系。"① 因而，可以说，20 世纪 80 年代文学的转型并非只是文学努力与发展的结果，而是连接着社会经济体制、政治体制的深刻转型以及文化价值体系、文学艺术观念的历史变迁等多种因素。纵观中国百年文学的历史沿革与转型轨迹，每每在社会动荡或急剧变革时期，包括文学在内的艺术样式都要经历观念和样式、表现形态、社会功能与艺术本体等因素的变革和转型。如果从社会转型宏观层面的意义与本质内涵来看，它是"社会中的传统因素与现代因素此消彼长的进化过程"并且，"在某种意义上说，它又与我们通常所理解的'现代化'存在着一定的关联"②。应该说，新时期以来的中国文学已经数度经历了这种转型，如果我们将转型着眼于生活经济、政治样式的急剧变化，生活核心价值观念的明显更替，以及文学观念与文学表现方式的显著递嬗，那么，这种转型的节点大致包括：十一届三中全会和"伤痕""反思"小说的出现；20 世纪 80 年代中期文学主体性和作家主体地位的获得；20 世纪 90 年代市场经济和商品消费文化崛起后日益边缘化、世俗化和个人化的文学创作……每一次的文学转型，文学观念、文学功能与文学的表现方式都会发生或大或小的历史性变革。从新时期以来的几次文学转型来看，文学逐渐跳出

---

① 陶东风. 社会转型期审美文化研究［M］. 北京：北京出版社，2002：1.
② 李友梅等. 快速城市化过程中的乡土文化转型［M］. 上海：上海人民出版社，2007：29，28.

国家意识形态与主流话语的制度性制约，其自律性与自主性逐渐增强，作家的主体意识与个性意识日渐复苏，文学的转型越来越接近于文学本体意义上的"现代化"追求与实现。

文学的转型影响着文学的总体叙事，以及文学在不同阶段、不同题材上的叙述方式与叙述重心。那么，新时期文学为什么在20世纪80年代中期发生转型，究竟发生了哪些转型，这种转型对于1966—1976年的叙述方式与重心有何影响？简而言之，影响或促成新时期文学在20世纪80年代中期发生转型的因素众多，其中起着主导和相当重要作用的，首先表现为政治语境和国家意识形态的逐渐宽松。国家意识形态之所以在20世纪80年代中期趋向宽松，其深层原因又在于十一届三中全会后的"新时期"将经济建设和实现现代化作为国家与民族的核心命题和话语体系。尽管文学与政治的暧昧而复杂的关系一直到20世纪90年代才趋向真正意义上的松散，但作为总体意义上的政治任务压倒一切以及文学从属于国家政治与意识形态的政治态势和文学现实发生了根本性的扭转。经济建设与改革以及现代化建设作为民族与国家的当前任务，在一定程度上疏离了政治与民众精神及现实的紧密联系①，这为文学摆脱政治与意识形态的重负、获得自主性提供了重要的外部环境。其次，作为社会核心价值体系的魅力型权威认同价值体系在20世纪80年代中期解体。20世纪80年代中期的这种转型承续70年代末思想解放及随后经济体制和政治体制的强势转型，下接90年代市场经济和消费文化兴起致使的文学转型。作为社会总体价值体系和信念，魅力型权威认同价值体系在80年代中期前后呈现出式微和瓦解的趋势。不过，"表面上中心价值体系的崩溃导致的是文化脱序、道德混乱，但殊不知这种脱序和混乱正为文学艺术的创新、蜕变、实验创造了一种较为宽松自由的文化心理空间"②。传统的解体、文化价值的失范和尚未建立的新的价值体系，为文学的转型提供了乱序中的真空和理论上的可能。最后，这次文学的转型与西方文学的引入这股强劲的外力有关。很多研究者注意到了20世纪80年代的翻译文学对中国诸多文学现象（现代派、先锋文学）产生的影响。实际上，20世纪80年代对包括西方文学在内的哲学、社会学、心理学等不同领域著作的翻译，直接接通了中国与世界文化及文学搁置良久的联系，国内文学界重新开始了学习与接收。也正是通过翻译文学，中国作家完成了中国文学与世界文学的融汇和交

---

① 这里所说的只是政治的影响在一定程度上削弱与隐蔽，并未真正彻底的消失与取消，比如1983—1984年的"清除精神污染"运动、20世纪80年代对《公开的情书》《晚霞消失的时候》《飞天》的公开批判显示了政治对文学及知识分子话语的影响。

② 吴义勤. 中国新时期文学的文化反思 [M]. 南京：江苏文艺出版社，2009：19.

流，"新一轮'文学翻译'的出现（如法国'新小说'、拉美'魔幻现实主义文学'），或作家的每一次'出访'归来，都会成为酝酿、讨论、推动新一波'文学思潮'的'外部因素'，包含了新时期'文学思潮'之建立的秘密"①。

因而，对于20世纪80年代的文学而言，这种转型其一表现在文学主体性和文学本体意识的自觉。此处，我并不想对"主体性"这一重要思潮进行历史梳理，也无意对20世纪80年代众多学者在建构主体性问题上的优劣功过进行臧否。从这一命题提出后的效应与对文学的影响来看，20世纪80年代中期以后，人的主体性和文学主体性已经得到了作家与批评家的共同承认，成为社会重要的思想命题以及文学自觉追求的价值目标。正如研究者所指出的，"这种主体性话语的发展和确立，正表明80年代进入中期以后在文学基本理论、文学基本观念、文学基本思维方式方面，已全面地、正面地建述了自身的话语体系"②。其二，这种转型表现为作家的创作观念、文学思维和文学表现方式的变化。现实主义的审美原则与创作规范越来越遭到作家的唾弃，文学作为工具与政治附庸的处境越来越不被作家所容忍。在渐趋松散的意识形态与多元的文化语境下，传统现实主义一统天下的局面被打破，附着在现实主义美学原则之上的真实与虚构、历史与现实、典型与一般等范畴的界限逐渐被打破。加上从20世纪80年代前期就开始引进的西方文学和思潮，崭新的文学思维和文学叙事更加有力地冲击着作家的旧有观念，促使着作家实现新的文学秩序的建构。有些研究者将新时期文学的这种转型概括为从惯性写作到自觉写作、从一元到多元、从中心到边缘、从浮躁到放松的动态转换过程③，这实际上是从更为细致和具体的转型方式出发，论述了新时期文学在文学主体性、文学观念和文学叙事上发生的这种深刻转型。

从文化姿态和精神气质上讲，20世纪80年代中期转型后的文学远离传统、张扬自我个性（这种个性既是作家自我的独特个性，又是文学所展示出来的文学风格），有时甚至表现出坚定地保卫自身特色的这种倾向，"个性主义在此首先不涉及对世界、历史独特而深刻的见解，不涉及对自我的主动反思和为自我设立一个超越性目标，而主要是为主体设立一种保护自身独立性和自由的屏障，是在世界咄咄逼人的状态下使自身不被整体化吞没的个体化努力"④。这既是一

---

① 程光炜. 文学史的兴起：程光炜自选集 [M]. 郑州：河南大学出版社，2009：224.
② 尹昌龙. 1985：延伸与转折 [M]. 济南：山东教育出版社，1998：96-97.
③ 吴义勤. 中国新时期文学的文化反思 [M]. 南京：江苏文艺出版社，2009：12.
④ 薛毅. 主体的位置与话语——当代小说中的后现代问题 [M] //张国义. 生存游戏的水圈. 北京：北京大学出版社，1994：168.

种文学主张，也是保卫文学主体性和作家主体性的思想立场。在这种价值追求和文学立场下，中国新时期文学自文学寻根开始，就发生着急剧的新变，经过"伤痕""反思"小说后，"新的时代精神的历史指向不仅仅停留在社会政治的层面上，而且深入到了整个民族的文化心理结构中"。20 世纪 80 年代中期前后的小说使新时期文学真正获得了异于"1966—1976 年"与"十七年"时期的文学叙事与价值追求，"以往的小说美学几乎是吊死在诸如故事性、情节性、因果联系、大团圆结局之类的单向直线的老树上，一九八五年的一些小说创作突然发现，不仅故事情节可以淡化、因果联系可以打破、即使是所谓的结局似乎也可以省略的"①。小说在主题上呈现出非概括性、非确定性、非言传性②的特征，而先锋小说在 80 年代中期的出现进一步解放并拓宽了新时期文学的表现形式和形态。先锋小说从语言和文学形式上借鉴了西方现代派，甚至后现代主义文学的诸多内容，极大地丰富了中国文学的叙事与表现。这种文学潮流不断更替、文学观念和文学表现的丰富多元以致"乱花渐欲迷人眼"的盛况，甚至让作家们自己都开始惊呼"进入了一个文学试验的时代"③。

这种文学转型以及所引领的作家文学观念和文学叙事的变化直接影响了文学叙事此时在历史记忆书写上的变化。"伤痕""反思"小说时期的历史叙事，其叙述重心落在对错误政治和历史劫难的批判性讲述，以及对于劫后民族国家及其政治的合法性论证上，这种写作并未从根本上脱离"十七年"时期与"1966—1976 年"时期文学的写作惯性和叙述方式。现代派、寻根小说、先锋小说则全面颠覆了这种书写模式，从主题层面来看，不再是去印证、附和主流话语规范，不再以揭露和批判为价值旨归，而是选择淡化主题，使之呈现出高度的象征化、寓言化倾向；从叙事形态来看，作为"大历史"和故事主要情节的历史，逐步过渡为小说的背景、碎片化的痕迹、荒诞变形的历史，但 20 世纪六七十年代作为笼罩全篇的压抑性情绪以及毁灭性的异己力量的一面在小说中被强化；从叙述这段历史的方式来看，客观写实、场景式直描的方式减少，幻想、夸张、变形、感觉的成分增多，1966—1976 年作为历史、写实的一面渐渐向心理化、感观化以及寓言化和象征化的这一面转变。

---

① 李劼. 新的构建，新的超越 [J]. 当代文学研究，1986（2）：61-63.
② 潘新宁. 主题模式蜕变与主体性重心转移——新时期小说变异研究之一 [J]. 小说评论，1988（4）：17-22.
③ 冯骥才. 面对文学试验的时代 [J]. 中国现代、当代文学研究，1986（5）：33-36.

二、历史记忆叙事与文化寻根

从思潮流派的角度看，"伤痕""反思"小说在 1981 年至 1982 年前后达到高潮，此后势头渐减，寻根小说在 1984 年开始形成一股势不可挡的潮流，成为至今仍被评论界争论不休的文学现象。尽管任何一部文学史在描述 20 世纪 80 年代中期多元复杂的文化语境和疾速交替的文学潮流时都给予了寻根小说毋庸置疑的空间和位置，但寻根小说作为一块多义而含混的文学版图，理论界从未停止对它的阐释和批评。笔者的考察并不是要对这一现象的研究进行学术梳理，而是试图探寻作为一种持续性书写的历史叙事（1966—1976 年）发展到这一时期呈现出何种特征和形态。20 世纪 80 年代中期，中国文学迎来了思想文化的多元共生和各种艺术方式的创制，正所谓处于文学的巨大转折和转型期。关于这十年的历史记忆在经历了"伤痕""反思"的集体式政治控诉后，在社会转型和作家创作发生裂变的历史时期是否还会被作家关注，若得到关注，它又会以怎样的叙事形态和知识话语呈现呢？

进入新时期，关于这段历史的记忆与叙事并未消匿，"仍为许多作家所直接或间接关注"①。由于整个文化语境的转换和思想领域的开放，对社会历史的反思和书写彰显出新的特征，即这一时期的思想文化，相对于"伤痕""反思"时的"整体性反'文革'的政治文化批判，开始了一种虽不轰轰烈烈却有某种集合性的'现场转移'，逐渐从直接的政治批判现场，转向非直接性的'文化'时空中"②。正是在把这段历史作为封建文化残余的历史清算中，历史的反思与政治层面的暴露很快转向文化层面的反思，反映到文学上便有了寻根文学。当然，寻根文学的产生是个复杂且充满歧义的历史过程，与中国 20 世纪 80 年代中期的文化热、西方现代派的引荐、拉美文学的崛起和魔幻现实主义文学获得诺贝尔奖对中国作家的震撼、当代一批中青年作家与批评家并非完全自觉的理论倡扬和创作实践等因素都有着千丝万缕的联系。但无论如何，文化热的兴起以及文化寻根的出现，将 20 世纪 80 年代以"知青"为主体的文学书写由此前政治文化规约下的书写引入到了更为广阔而自由的文化视域下，这是对文学的极大解放。正如研究者所说，无论是关于这段历史的记忆、知青记忆，或者改革想象，"这些躁动的文学热点，都在文化这一博大的命题下，最终找到了安静

---

① 洪子诚. 中国当代文学史 [M]. 北京：北京大学出版社，1999：243-244.
② 姚新勇. 悖论的文化 [M]. 南京：江苏教育出版社，2002：51.

而深沉的河床"①。而且，撇开寻根小说对中国传统文化的清理以及在文化的现代性走向上所做的有益探索外，它对于中国小说与新时期文学的本体发展和走向也起着巨大的作用。这一时期，无论是小说在象征、隐喻、寓言等方面对于西方现代派文学的效仿，还是文体革命②的发生，抑或小说语言、结构的变革，都不应忽视寻根文学所造成的影响。考察这一阶段的历史记忆叙事，笔者依然关注作家的叙述话语、叙述内容以及在价值层面的叙述重心和价值立场。以这一时期几部重要的寻根小说为例，笔者将分析作家如何处理历史的话语言说和历史讲述，这些小说包括：阿城的"三王"：《棋王》（《上海文学》1984年第7期）、《树王》（《中国作家》1985年第1期）、《孩子王》（《人民文学》1985年第2期）；莫言的《透明的红萝卜》（《中国作家》1985年第2期）；朱晓平的《桑树坪纪事》（《钟山》1985年第3期）；张炜的《古船》（《当代》1986年第5期）。

（一）寻根小说表现历史的叙事手法和话语形态

《棋王》从题材上看属于知青小说，它反映知青生活，但与早期控诉极"左"政治的历史归罪式写作以及同一类型的《本次列车终点》的理想幻灭式写作都不同，它带有明显地从文化反思切入20世纪六七十年代的知青生活。小说主要塑造了棋呆子王一生这个形象，这个出身贫寒、家境窘迫的农家子弟在知青群体中是个异类：嗜棋如命、吃相极恶。小说的前半部分极写王一生对吃食的专注与贪婪，后半部分写他的精湛棋艺。从历史叙事的角度看，《棋王》并非是对20世纪六七十年代这段大历史图景的正面书写，而是以知青的日常生活作为对象，叙述重心放在王一生的"爱吃"和"嗜棋"上，他的"吃"与"棋"又和他悲苦黯淡的前世今生以及知青的命运沉浮联系在一起。小说在描述"吃"时，突出了人物在特定历史情境下的"饥饿感"。不论是王一生极度关注"吃"（随时伺机寻吃食，争辩的是文学故事中的吃，吃时是异常的小心翼翼与虔诚），还是知青群体经常以"精神会餐"画饼充饥，或是知青们由于没有油，吃得胃发酸，又或是偶尔觅得食粮后，穷凶极恶"扫荡"殆尽的场面，都指向了20世纪六七十年代物质与经济的困顿。故事背景在一个精神高度亢奋、政治高度森严而物质极度贫乏的年代，其经济、政治与心理的发展是错位、畸形的。

① 尹昌龙. 1985：延伸与转折［M］. 济南：山东教育出版社，1998：37.
② 李洁非认为寻根文学催发了20世纪80年代中期的小说文体革命，小说艺术及其发展走向了它的更新阶段。参见：李洁非. 寻根文学：更新的开始（1944—1985）［J］. 当代作家评论，1995（4）：101-113.

《棋王》通过"饥饿"这一意象切入了那个激情年代人们身体与精神深处中的虚弱和创痛。同时，小说对王一生的命运书写，又隐含着对制约知青命运的社会等级秩序与政治权力进行的有效敞开。"脚卵"倪斌作为与王一生对比着写的另一类知青，他出生显赫、家境富裕，父母与上层政权交往甚密，因而他可以带着其他知青进出地区文教书记家中，可以替王一生求得参加象棋比赛的机会，而他本人也用家里的字画作为馈赠讨得书记欢心，实现自己调回城里的愿望。相比之下，王一生则要凄惨得多。他卑微而屈辱的身世（母亲是旧社会窑子里的，经历几次婚姻）受人诟病，又因误撕造反派的檄文被拿获，成为政治上的无辜牺牲品。王一生的精神支柱并非政治的激情与知青回城的向往，而是亡母的爱、活着的无忧之乐。相对于倪斌为调回城里用尽心机，他心胸恬淡，不思调动大业，沉浸在下棋的乐趣中，对权贵以及向权贵示谄的行为深恶痛绝。倪斌将自家珍贵的明朝乌木棋送给书记作为交易，同时为他争取到参赛资格时，王一生认为"被人作了交易"，无法忍受，拒绝通过官方权力的干涉和滥用获取特权。可以说，王一生用一种近乎傻气的单纯和清高杜绝政治权力的渗透，拒绝着特权对自己的照顾，这是一种精神姿态和出世的文化象征。阿城赋予傻气执着的王一生浑然天成的传统文化色彩，这种文化精神及其塑形的人格使他成了阿城笔下对抗现实困顿与极"左"政治的理想人物。

《棋王》并没有正面书写动乱年代的群情或群像，也没有借助宏大叙事直面历史暴动与风云际会，而是以一个民间底层小人物来演绎大时代的外壳与内核，"为我们留下了变幻浮动的政治闹剧后面普通人民沉著凝定的面容"，"为那个必须彻底否定的'革命'提供了一份份由人民情绪和心理的真实记录组成的严峻的判决词"①。

《树王》讲述的是知青与农民之间两种价值观的对立。知青被下放农场，他们热情豪迈，战天斗地，力图要在砍伐山林的伟业中干出业绩。面对村里人视为神树的巨树，以李立为代表的知青则将其当成迷信且欲砍伐掉，将此算作自己的功绩；而作为复员军人的村民"肖疙瘩"誓死保卫树王，但在支书的干预与支持下，树王还是被砍掉了，肖疙瘩郁郁而终。这个悲剧故事隐含的叙述意图还是指向对20世纪六七十年代的历史批判。李立秉承与代表的是当时官方的价值观：自视为进行着共产主义伟业，以革命者自居，将民间安逸自足的秩序与自然、文化生态看作是封闭落后。被肖疙瘩等村民视为神明、当作"如娃儿

---

① 曾镇南. 异彩与深味——读阿城的中篇小说《棋王》[J]. 上海文学，1984（10）：77-80.

般长大"的树王在知青眼里成了封建迷信，被视为他们垦殖大业的路障。肖疙瘩作为现实中与自然有着极深感情的"树王"试图用自己的执着与身躯保护树王，却在支书与知青形成的同盟攻势下败下阵来。小说叙事隐含的是两种价值观的对立与冲撞：知青们代表的是所谓进步的价值理性，即革命，威严地扫荡一切；而肖疙瘩坚持保存自然生态与民间秩序，人与自然和谐共处，赋予自然人的情感。前者以正义面孔与暴力冲动击垮了后者。巨树是一种象征，既是民间既有生态的自然物象，更是以肖疙瘩为代表的民间理性和价值体系。巨树的轰然倒塌不仅是肖疙瘩拼尽气力捍卫自然尊严的失败，也是他所代表的民间价值理性的崩溃。

如果说《棋王》《树王》等作品从边缘生存和底层地理空间刻画了在严酷年代，底层人民的生存意志，暴露了政治的残酷，那么《桑树坪纪事》则是对另一地理空间下人的生存状态的书写，他们承担着历史与文化的双重重负。《桑树坪纪事》在十年动乱的背景下展开，但它的宗旨已不是揭露那个年代的动乱和血污①，而是要在西部地理版图上彰显由政治动荡与西北农村庞大的历史惯性、文化积淀造就的悲剧生存。小说虽写到20世纪六七十年代，但这段历史已不是这篇小说的叙述重心，文化性桎梏下的悲剧生存才是小说的叙述指向，历史只充当了一个道具性或背景式的存在；《透明的红萝卜》亦是如此。谈及这篇小说创作的初衷时，莫言曾说，刚开始并没有想到要写这段生活，因为要正面描绘20世纪六七十年代的生活，难度是很大的。面对这种困惑，莫言说："我只好在写的时候，有意识地淡化政治背景，模糊地处理一些历史的东西，让人知道是那个年代就够了。我觉得写痛苦年代的作品，要是还像刚粉碎四人帮那样写得泪迹斑斑，甚至血泪斑斑，已经没有多大意思了。"② 在这一文学观的影响下，莫言描绘了一个笼罩在特定的政治背景下，交融着苦与乐、爱与欲，充满虚幻神秘而又伤感沉闷的文学世界。在文学史上，《透明的红萝卜》对新时期文学的文体革新和美学风格的革命性意义是毋庸置疑的事实。这篇小说凝聚着莫言对一种叙事风格、一种美学特色、一种语言体式的追求。作为一种文学风格，它在当时被一些批评者称为"模糊美学"。小说的这种叙事，有故事有情节，但重心又似不在对故事的讲述与结构情节的营建上，而在于营造一种空灵神秘的意境。莫言自己说，这篇小说"并没有想到要谴责什么，也不想有意识

---

① 金燕玉. 啊，西部的人，西部的人生——读《桑树坪纪事》 [J]. 钟山，1985（5）：215.

② 有追求才有特色——关于《透明的红萝卜》的对话 [J]. 中国作家，1985（2）：202-206.

地去歌颂什么"。他将笔触伸向了人复杂的内心，因为"一个人的内心世界哪怕是一个孩子的内心世界，也是非常复杂的"①。所以，小说中不管是饱经风霜、吟唱着苍凉戏文的老铁匠，还是妒忌着小石匠与菊子恋情的小铁匠，抑或从不讲话却敏于声、色，备受成人欺凌的小黑孩，都是一个个鲜活的生命个体，在特定时代与生活的重负下，他们的内心都充满了压抑与忧伤。小说将大的时代背景做了虚化处理，在穷困与重压下将人性的温暖与阴鸷、柔情与忧伤、情欲与欢笑，通过他自己称之的"夸张与变形"，在封闭而枯燥的集体生产劳作（打铁、碎石、筑坝）中释放出来。

由上可见，寻根文学带来了历史叙事和小说书写上的认知方式、感受方式和表达方式的变化。这种变化在感受方式和表现手法上体现为从传统的写实到重感觉以及采用象征、语言、夸张、变形等一系列西方现代主义的手法，在内容和认知上体现为从原来的"政治—历史"层面到"文化—心理"的转向。从叙事方式来看，寻根文学之前的历史叙事重情节与故事，大都采用现实主义的写实手法，人的社会身份、政治序列在20世纪六七十年代的大历史中得到敞开；在寻根小说中，情节与故事被淡化，人的文化心理、文化人格与传统或现实的冲突成为人的价值冲突和悲剧命运更为深广的原因，这种变化实际上是李庆西所提到的动作冲突向内在的价值冲突的转变，时空范畴向心理范畴的转入。在这篇研究寻根小说的重要论文中，李庆西还指出，"寻根派"作家从西方现代派中吸取种种艺术方式，试图以注重主体超越的东方艺术精神去重新建构审美逻辑关系，通过这些感受与认知方式达到主体境界的升华，以及对现实生存的超越②。在笔者看来，寻根作家这种注重主体超越的美学思想实际上可以从两个方面理解。一是从叙事角度看，寻根小说为了达到主体的超越或超然，并非像"伤痕""反思"小说中涌现出过多泪水与泛滥的情感因素，必须在审美方式和距离上与对象拉开一定空间。因而，小说常常采取间离式叙事，比如在《棋王》《树王》中让知青"我"作为王一生命运遭际或旁观树王悲剧的视点人物，"我"充当的是事件见证者的角色，因相对中立的价值立场而与当事人（王一生与李立）保持着某种距离，这种距离让"我"获得一种客观的眼光；《桑树坪纪事》中以知青"我"多年后重访桑树坪的回叙式视角展开，回忆多年前"我"在桑树坪和李金斗身边所经历的历史，回叙是种必要的审美间离，它避免

---

① 有追求才有特色——关于《透明的红萝卜》的对话 [J]. 中国作家，1985（2）：202-206.

② 李庆西. 寻根：回到事物本身 [J]. 文学评论，1988（4）：14-24.

因主体与审美对象太近而导致评价和叙述失当；《透明的红萝卜》以不说话的小黑孩作为感知或视点人物，更是达到了审美陌生化的效果。这种陌生化"就是给我们提供一个观照生活的新的视点，并使我们在文学中不是印证熟识的生活而是发现新奇的生活，改善和改变我们世俗的、常态的生活感觉进而改善和改变我们的生命活动方式，与我们面对的生活建立一种新的关系"①。此类间离方法让审美主体与客体之间保持着必要的距离，避免了"伤痕""反思"小说中存在的"太多的泪水，以及被动地'反映'社会现实"② 的倾向。二是从寻根文学的思想价值来看，它带来了作家主体意识和自我意识的觉醒及自觉。寻根文学是"伤痕""反思"小说的接续，是对后两者拘囿于政治层面的反拨，进而将触角延伸到文化与传统层面。它还是对大一统模式下作为政治工具论的文学和作为大历史、为人民代言的现实主义文学的扬弃，因为在后两者的文学中，作为个体的"我"总是被历史、人民、政治这些宏大命题与声音捆绑或淹没，寻根文学是对这种文学的反叛。青年学者贺桂梅也在一篇文章中提到过这一点，"不同于'右派'作家与秩序的共生性（认同/臣服），'造反'/'革命'经验确实在很大程度上唤起这一代人的主体意识"③。1982 年，中国文坛围绕"现代派文学"展开过一场轰轰烈烈的论争，论争的缘起是高行健 1981 年出版的《现代小说技巧初探》所引发的西方现代派文学在中国的接受问题，其核心是中国小说的现代意识以及与西方文学在创作方法和技巧上的汇通。尽管在此论争前后，文学创作中已经出现了王蒙、宗璞等人创作的具有西方特色的意识流小说，但中国小说的这种向现代派靠拢与欧化的走向并未在现实中结出真正的果实，原因在于中国作家自觉的民族文化本位态度④，以及 1983—1984 年思想文化界

① 张志忠. 陌生化：感觉的重构——谈莫言的创作 [J]. 文学自由谈，1988（1）：119-122.
② 李洁非. 寻根文学：更新的开始（1944—1985）[J]. 当代作家评论，1995（4）：101-113.
③ 贺桂梅. "叠印着（古代与现代）两个中国"：1980 年代"寻根"思潮重读 [J]. 上海文学，2010（3）：94-102.
④ 在刘心武：《在"新、奇、怪"面前》（《读书》1982 年第 7 期）和王蒙：《致高行健》（《小说界》1982 年第 2 期）两文中，刘和王都提出了外来的文化"要和中国的东西相结合""要顾及中国当前实际情况"，这种自觉的本土意识与民族文化本位的思想限制了当代作家在 1982 年前后对西方现代派及其文学的接受与大规模的效仿。而寻根文学正是在自觉的抵御西方文学及其话语甚至"抱着与西方现代派文学争一争话语权的目的"（李洁非语）之情境下出场的。

"清除精神污染"时现代派文学也被列入批判对象①。在政治壁垒的狙击和当时"文化热"勃兴之势的簇拥下，一批作家和批评家从理论及创作上转向了对文化的追寻与言说。这一转变正如有的批评家所意识到的，"从新时期文坛的'现代派'到'寻根热'，是一部分中国作家自我意识逐渐深化的过程"②。

从价值体系来看，寻根小说在传统（文化）与现实的层面上追溯人的命运，书写人的生存，与此前刘心武、王蒙等人的政治与人生、历史与现实、理想与遭际不同，后者的重心是通过对苦难的咀嚼和对光明的确信完成对现实政党政治的肯定，取消对非理性过去的归咎。因此，他们常常在政治、历史层面楔入个体的理想与肉体的受难，继而又以政治历史理性收回个体呻吟与消极的权利，实现对宏大历史及现实政治的话语肯定。寻根小说在价值体系上已跳出这一框架，虽然也触及革命、历史与政治，但这些在小说中已沦为一种背景，并不是小说申诉的着力点。寻根小说真正追求的是，在这些模糊的背景下上演具有主体意识和生命意识的人的悲喜剧，在更为久远的传统与文化中探讨"人"的存在。

（二）文化寻根视域下历史记忆叙事的新变与价值诉求

考察新时期历史记忆题材小说及其叙事在寻根前后的历时性演变轨迹与新变，为的是探索在不同文化背景下，是何种因素在哪些方面影响着这一特定历史叙事或文学讲述的内涵，这种历史叙事与文学讲述的变迁又昭示着哪些文化性、思想性或意识形态性因素的作用。

在寻根小说、先锋小说之前，关于20世纪六七十年代的历史记忆叙事一直属于一种基于现实主义表现手法及技巧的、和主流话语具有同构性的"大历史"与"共识性"、意识形态性的文学叙事。随着20世纪80年代中期"文学是人学"、主体性等命题的提出且逐渐深入人心，作家的主体意识和个体意识渐渐苏醒。20世纪80年代的政治环境虽时紧时松，但总体上的社会语境开始开放，加上文学创作和理论研究"向内转"，以及西方现代派和各种思潮的涌进拓宽并丰富了作家的艺术思维和手法，这些为中国文学突破现实主义一元化、逃离拘囿在"政治—历史"叙事与价值纬度上的文学成规提供了先期条件。从这个层面说，新时期文学的变革首先是通过现代派、寻根派和先锋派这几个文学潮流完成的。对于"在'工具论'教条管制下的寻根派作家"而言，他们找到的"一

---

① 李洁非. 寻根文学：更新的开始（1944—1985）[J]. 当代作家评论，1995（4）：101-113.

② 李庆西. 寻根：回到事物本身 [J]. 文学评论，1988（4）：14-24.

种金蝉脱壳的转移性策略，那就是将现实的生存境遇复制到文化与风俗的图景之中"①。因此，寻根作家在处理 20 世纪六七十年代这一重要的历史境遇时，没有试图正面大历史的面容，而是极力对之作虚化和背景化处理，正如法国人诺埃尔·迪特莱（Noel Dutrait）在读解阿城的小说时所指出的那样，"他用知青七十年代在乡下的生活作为一种背景而不是主题。现实只不过像他的人物行进的框架使他感兴趣"②。

可以说，在对历史的叙述、文化的寻踪、现实的指陈上，寻根作家回避着政治文化与意识形态话语的侵扰，采取着"去政治化"的叙事策略。对政治文化与主流规范的这种不合作的反抗姿态，应该说是作为寻根文学创作主体的知青一代的精神底色。李庆西在近年重新反思寻根文学的论文中指出知青作家当时的这种心理症结："作为红卫兵与知青一代，寻根派作家时至今日似乎尚未度过自己的青春反叛期。他们不像当时中年一代作家对于体制有着较强的依附感，对于意识形态的精神枷锁显然更难以忍受。他们在政治上更坚决地告别了革命。"③ 然而，一味地"去政治化"，一味地遮蔽意识形态并非长久之计，面对意识形态的屏障，总该找到一种调和或替代的书写机制。寻根作家便是将他们的笔触伸向了自然深林、蛮荒疆域，以此构成他们面临的现实矛盾的想象性解决方法，在这种文字的世界重温昔日荣光④，实现隐秘的"去政治化"书写或改写政治。所以，很多人认为文化于寻根作家而言只是一个幌子，是一种叙事策略，甚至被滥用。诚然，寻根作家为了确立自己的历史地位，建立自己的知识话语形态和文学版图，不得不清理并突破前辈作家的文学叙事和精神遗产，寻求留给他们的空间，应该在彻底的"破"之后才能"立"。因此，从精神姿态，到对历史的态度，到创作手法，寻根作家们都在另寻新宗，他们"唯一的突围路径只能是告别革命，在'国家—政治'以外去寻找审美对象……'文化'是虚晃一枪，只是为了确立一个价值中立的话语方式。这是一个叙事策略，也是价值选择"⑤。正是在文化的外衣下，寻根文学完成了对宏大历史与政治的言说，使得当代作家对这段历史的检讨和书写进入了"文化—心理"阶段，较之此前的"历史—政治"层面的归罪与反思向前推进了一步。

① 李庆西. 寻根文学再思考 [J]. 上海文化，2009（5）：16-24.
② 刘阳. 冷峻客观的小说：阿城小说的写作技巧 [J]. 当代作家评论，1994（6）：87-91.
③ 李庆西. 寻根文学再思考 [J]. 上海文化，2009（5）：16-24.
④ 钟文. "寻根文学"的政治无意识 [J]. 天涯，2009（1）：191-201.
⑤ 李庆西. 寻根文学再思考 [J]. 上海文化，2009（5）：16-24.

三、历史记忆叙事与先锋小说

本雅明（Walter Benjamin）在《小说的危机》一文中这样描述作家与其书写对象的关系："从史诗的角度看，生存是一片海洋。再没有比海洋更像史诗的了。当然，人们可以以不同的方式面对海洋——比如，躺在沙滩上，听浪花拍岸，或者收集被海水冲上来的贝壳。史诗作者正是这么做的。你也可以泛舟海中。为了各种各样的目的，或者压根儿什么目的也没有。你可以扬帆出海，渐行渐远，此时你的视野中将不再有陆地，只有海天一际。这正是小说家之所为。"① 面对现实生存这一片浩瀚的"海洋"，艺术家们可以用不同的方式去建构自己的艺术世界，从而成就自己的"史诗"。也可以说，本雅明的这番话揭示出包括文学在内的各种艺术形态具有多样性和丰富性的普遍原因：不同的切入现实的方式以及纷呈的表现形态。当中国新时期小说发展到 20 世纪 80 年代中后期时，我们看到了作家们展示出如本雅明所说的带着"各种各样的目的"和"不同的方式"进行小说创作形成的文学盛况。在主流文学史所勾勒的小说思潮演变史与发展链上，伤痕小说——反思小说——改革小说——寻根小说——现代派小说——先锋小说——新写实小说……基本反映了新时期伊始直至 20 世纪 90 年代中期的小说演进形态，这一历史性发展的潮流递嬗包含着多种潮流的共时性并存。本雅明所说的那种丰富性从时间上看大略是 1985 年前后，从小说现象的角度，看主要体现为现代派小说和先锋小说的出现。在文学史上具有转型与转折意义的 1985 年，当代作家关于 20 世纪六七十年代的书写及其叙事也经历着一种深刻的变化。自此开始，对 20 世纪六七十年代和当代历史的书写仍为许多作家所直接或间接关注，但迥异的历史认知和艺术表现已经出现。寻根小说与先锋小说都诞生于这一背景之下。此处主要考察先锋小说关于 20 世纪六七十年代书写的形态及其成因。

由于"先锋"这一本来意义上的军事术语在指称文学时不仅指语言与叙事方式上的革新，更包含文学观念、思想精神与文化态度上的打破陈规、独树一帜和引领风骚，因而，中国新时期文学视野中的先锋文学或先锋小说，从概念、内涵到外延，均是一种长久以来备受争议的文学语汇与文学现象。从词汇的源头意义与内涵认定上，笔者比较倾向欧仁·尤奈斯库（Eugene Ionesco）的界

---

① ［德］瓦尔特·本雅明. 写作与救赎：本雅明文选［M］. 李茂增，苏仲乐，译. 上海：东方出版中心，2009：70.

定，即先锋派应当是执着于艺术探索的"艺术和文化的一种先驱的现象"①。所谓先锋小说，是指那些与西方现代哲学思潮、美学思潮以及现代主义的文学创作密切相关并且在其直接影响之下的一批文学创作②，其创作主体的内心思想和审美理念上具有超前性、开创性、独异性等禀性③。从涉猎的所谓先锋作家来看，主要包括：1985 年开始以别致的先锋姿态亮相文坛的马原、残雪，以及马原之后以鲜明的叙事风格和革新精神出现的，更为年轻的苏童、余华、格非、叶兆言、洪峰等人。作为流派的先锋小说在 20 世纪 90 年代中期开始式微。本书涉及的先锋小说文本主要包括（按原始刊发时序的先后列举，下文引用之处都出自原刊，不再选用其他选本）：残雪《山上的小屋》（《人民文学》1985 年第 8 期）、《黄泥街》（《中国》1986 年第 11 期）、《苍老的浮云》（《中国》1986 年第 5 期）；马原《错误》（《收获》1987 年第 1 期）、《旧死》（《钟山》1988 年第 2 期）；余华《一九八六年》（《收获》1987 年第 6 期）、《往事与刑罚》（《北京文学》1989 年第 2 期）；刘勇《追忆乌攸先生》（《中国》1986 年第 2 期）；苏童《桑园留念》（《北京文学》1987 年第 2 期）、《乘滑轮车远去》（《上海文学》1988 年第 3 期）、《伤心的舞蹈》（《上海文学》1988 年第 10 期）、《舒家兄弟》（《钟山》1989 年第 3 期）。

（一）独特叙事策略操持下的历史经验

新时期现代化与民主化进程加速发展的历史时期，先锋作家出场。此时，国家意识形态和主流话语规范愈加宽松，社会语境趋于多元，人的主体意识和个体意识逐渐复苏，而这些恰恰是在国门打开后与蜂拥而至的西方文化和社会思潮的碰撞中同步进行的。从文学的发展来看，作家创作观念和文学理想发生着巨大的变化，现实主义的创作理念和方法越来越被后起的作家厌弃，创新的焦虑和超越前辈的苦恼与作家们如影随形，他们甚至也在惊呼"进入了一个文学试验的时代"④。"伤痕""反思"小说专注民族创痛和历史暴政的诉说，寻根小说将反思的触角伸向了民族心理和传统文化的深层，将"政治—历史"的写作纬度推向了"文化—心理"的层面，以刘索拉、徐星为代表的现代派作家书

---

① ［罗马尼亚］欧仁·尤奈斯库. 论先锋派［M］//法国作家论文学. 王忠琪，等译. 北京：生活·读书·新知三联书店，1984：568.

② 李兆忠. 旋转的文坛——"现实主义与先锋派文学"研讨会纪要［J］. 文学评论，1989（1）：23-30.

③ 洪治纲. 守望先锋：兼论中国当代先锋文学的发展［M］. 桂林：广西师范大学出版社，2005：13.

④ 冯骥才. 面对文学试验的时代［J］. 中国现代、当代文学研究，1986（5）：33-36.

写了反抗现代社会的非理性精神和这一过程中的"情绪历史"①；而先锋小说则在文体试验、语言方式和叙事风格上极大地开拓了中国新时期小说的空间。论述先锋小说叙事方式和文体特征的大量专著及成果都提到了它的"元小说"叙述、反讽、拼贴、空缺、游戏等叙述策略。在文学观念与文学叙事发生变革的背景下，先锋作家不同于"右派"作家和知青作家群，后二者在新时期很快进入社会体制与序列中，获得他们的社会身份和文化身份，其文学作品也随之获得主流认可和经典地位，而先锋作家不同，尽管他们中的少数人具有知青经验（如马原）与文学渊源（如叶兆言），但总体上他们是历史暴政的非亲历者或边缘者，这种历史的匮乏部分决定了他们的文学资源与文学书写难以与前辈作家匹敌。文学是在不断的创作和砥砺中获得新生的，先锋作家正是在前辈作家对现实主义的忠实践履和温文尔雅的叙事风格中开始游离和挥戈的。

先锋作家如何叙述 1966—1976 年这段历史，这是一个不能一劳永逸的问题。因为被归到先锋旗帜下的那些作家在出世之初都是以极大的叛逆和独异的文学形态走上文坛的。这些被批评家称作为"顽童"的先锋们"喝"的是西方现代主义的"乳汁"，他们以现代主义的精神勇气和有后现代主义倾向的姿态与策略，反叛并超越传统和现实主义的写作。每个先锋作家都是一个异数，他们在书写这段历史时呈现出不一样的历史观念和叙事策略，具体来看，如下几点值得探析。

第一，20 世纪六七十年代由"历史"和"情境"转变为"故事"。

讲述 20 世纪六七十年代的这种历史记忆并不是先锋小说的专属，先锋作家的前辈们早已将这类题材的故事讲得丰富而多姿，因而，面对这个无法绕过的写作矿藏和民族精神内伤，该如何叙述与切入，成了作家不得不面对的问题。在先锋小说之前的小说中，20 世纪六七十年代在更多时候是被当作历史，而且是异质于历史正途的历史来处理的，也就是视之为所谓历史进程中的弯路或错误发动的历史运动。所以，对它起源的考释、责任归咎的判断、暴虐与残酷的政治场景的描绘，以及非人性本质的揭露成为"伤痕""反思"小说的切入方法。应该说，这段历史的完整性、真实性在这些作家笔下得到了切近历史真相的书写。然而，先锋作家如何理解这段历史，是常规地书写，还是反常规地建构新的叙事法则？这种叙事焦虑正如研究者所指出的那样，打破、挑战和解构已有历史记忆的叙事模式，便是先锋派作家叙述 1966—1976 年历史的写作前提。于是，先锋作家便诉诸"反常规"的叙事。这种建构首先就表现为 20 世纪

---

① 洪子诚. 中国当代文学史 [M]. 北京：北京大学出版社，1999：337.

六七十年代由"历史"和"情境"向"故事"转变。也就是说，先锋作家放弃了对历史正义与谬误的正面、直接的追问，不再以历史的代言人自居，历史往事与历史经验成为一种故事性的素材与碎片化的情节片段。在一些评论家眼里，先锋作家的"叙事不是为了故事的清晰，而是一种精力过剩的自我表演"①。在先锋小说中，20世纪六七十年代的大历史消失了，我们看到的是这段历史的后半期知青躁动、阴郁的生活场景（《错误》《上下都很平坦》），疯子在想象中集施虐和受虐于一身的自戕（《一九八六年》），个体在这段历史中成长的暴力或灰暗的画面（《桑园留念》《舒家兄弟》），梦境一般荒诞、无序的黄泥街人的生存现实（《黄泥街》）。从叙事的方法来看，小说在文本层面直接出现具有"讲故事"标识的语汇，如"这个故事比较更残酷的一面我留在后边，我首先想的是这样可以吊吊读者的胃口"（马原《错误》）。从这些被故事化的历史中可以清晰地看出，曾作为大历史的客观的20世纪六七十年代被个体成长的经验、情绪化的历史所取代，这段历史从而更趋向经验化、个体化、碎片化，而且小说更为关注这段历史所造就的心理结构、人格症候与人性变异。这种倾向无论是在《一九八六年》还是《黄泥街》都表现得极为充分。从某种程度上说，当这一段历史成为故事后，故事本身其实并不是最重要的，如何讲述故事，如何处理这些故事以及它们所凝聚的文化心理、历史暴政与象征隐喻可能才更重要。当然，以变革文学叙事和进行文体试验为最大能事的先锋小说，常常又是在形式和叙事的层面进行着罗兰·巴特（Roland Barthes）所说的"不及物"书写，也就是说故事很多时候是服从叙事的，叙事和语词的狂欢是它们的首要目的。正如南帆所言："作家无力主宰、干预、重塑外部世界，他们只得向话语领域退缩，使用语词建筑自己的王国。""先锋小说开始伸张叙事话语的自身权力……某些时候，语词本身即是最终目的。"②

第二，整体叙事趋向零散化。

先锋小说在文化精神上是反中心、反主义、反传统的，其写作姿态表现为语言与形式至上的倾向。借助后现代主义的形式与技巧，先锋作家无情地拆解着意义与深度、中心与整体，使他们的文本在诉说历史时呈现出历史的拼贴与碎片化、人物的虚化、时间与结构的凌乱化特征。先看拼贴与碎片化的叙事策略。"一般说偏重生活纪实的作家不会选择这类方法，现实生活或社会历史，人们总爱作理性思考，以一种逻辑的方式把一切生活规则明确化。"但对那些喜欢

---

① 南帆. 文学的维度［M］. 北京：中国人民大学出版社，2009：157.

② 南帆. 文学的维度［M］. 北京：中国人民大学出版社，2009：160.

精神探险或对历史现实进行超越性写作的作家们来说，"他一定会把精神结构与现实生活进行碰撞，醉心于捕捉精神的碎片作一些神秘的探索，那就无论如何也离不开碎片思维的零乱与开放，以及拼贴的结构能力"①。在我们考察的这些小说中，带有后现代主义印记的拼凑、并置、碎片化的手法被大量应用，以此构置了具有独特风格和意蕴的文本世界。如马原的《错误》典型地采用了此法。小说描写的是知青在知青时代后期的生活，围绕着这样几个故事片段展开：遗失军帽、搜寻军帽、与黑枣打架双双致残、怀疑并打残二狗、江梅生子、赵老屁失踪。小说在短小篇幅中置放了这些情节与内容，片段与片段间的呈现并未按正常的事理与逻辑，前后顺序与因果关系被打乱，小说通过大量"又是后话，后话不提""我刚才忘了叙述一个比较关键的细节"等具有预叙、插叙或补叙功能的语汇，随时中断或补充那些关键性的情节，从而有意地延宕故事秘密的揭晓，并在必要的时候让真相大白。读《错误》，使人不得不惊叹于这个"玩弄圈套的老手"（吴亮语）也是一个讲故事的高手。因而，可以这样说，先锋作家并非绝对玩弄技巧和沉迷形式，他们作品的故事性也很强。但不同的是，讲故事的方式发生了极大的变化，一个个好的故事，甚至故事串被叙述者强行打乱了发展逻辑和先后顺序，通过拼贴、并置的方式来进行重新组合，这种技术性的调整在重构故事的呈现形态之后获得了较强的悬念感和新奇感，虽给读者带来阅读上的反复揣摩和频频回顾的劳累，但还是形成了崭新的审美效果。可以说，此番叙述策略的应用，牵引和主导着小说的逻辑进展和读者的审美期待。

在先锋作家笔下，历史被拼贴，也是被碎片化的，即20世纪六七十年代的历史不再是作为一段善恶分明、因果相承的整体性历史，而是化为一张张碎片，杂乱地呈现出来。余华在《一九八六年》《往事与刑罚》中以骇人听闻的血腥场景展示浓缩了历史暴政和历史记忆的自戕、施虐、受虐以及用自我的身体实践古代种种酷刑的画面。《往事与刑罚》中刑罚专家和陌生人眼中的历史凝聚在四个历史时间节点上，对往事的回首意味着对这四个时间及其行为客体依次实施车裂、宫刑、腰斩和棒击的历史回顾。刑罚专家眼里的历史并不是完整的，他惶惑不安和戮力而为的是要完成刑罚的完整性，其自缢身亡即是在连缀历史之于刑罚或刑罚之于历史的完整性。残雪更是将恶浊的现实图景、荒诞的梦境与恐怖的历史记忆化作一个个梦幻般污秽、灰暗、离奇的片段，这些片段又是由大量破败、恶心的意象组成的。比如《黄泥街》《苍老的浮云》中就充斥着这种意象链：恶臭的飘着动物死尸的水沟、火葬场、骷髅、乌鸦、蝙蝠、烂了

---

① 刘恪. 先锋小说技巧讲堂［M］. 天津：百花文艺出版社，2007：207.

肚子的猫、手上长满了鳞片的男孩。大量破败、灰暗而作呕的意象或物象构成一个绝望窒息、压抑无光的世界。在这个世界中：自然环境恶劣污染，动物发疯癫狂，人爱干坏勾当、设机关算计他人、常做噩梦、精神恍惚而充满邪恶和暴躁狂想、对政治极度恐惧，人与人之间的对话永远是词不达意的梦呓。残雪说："迄今为止我所做的工作，就是将人心里面那些深而又深的处所的风景描绘给人看。我所描写的就是、也仅仅是灵魂世界，从一开始我就凭直觉选择了这个领域……黑暗的王国是密不透风、令人窒息的场所，人在世俗中生出热的血、沸腾的力，为的是深入那种场所去探险，去体验那种可怕的自由与解放。"① 借助这些碎片化的、无序的生活场景，残雪想要达到的是对灵魂世界的深度开掘，以及实现她自己理想中的诗性精神和对生存的形而上的追问，"越是那些外表褴褛、猥琐、自我囚禁、猜疑、陷害、嫉恨的角色，越是表达着内在的诗性精神。例如早期作品《苍老的浮云》中的虚汝华、更善无、母亲、麻老五，等等，他们是麻木的肉体中永不安息的灵魂，即使肉体已是如此的惨不忍睹，精神依然在奇迹般的存活……我内心的黑暗是我最爱的所在，灵感从那里源源不断流出，所有的人物和背景都超越了世俗的美和丑、善与恶，带有形而上的意味"②。

　　这一时期在先锋作家的笔下，大写的人、英雄人物或具有深度精神特质的人被消解了，福斯特（Edward Morgan Forster）所说的"扁平人物"或恩格斯所谓的"典型环境中的典型人物"均销声匿迹，取而代之的是如草芥如蝼蚁般的小人物、情绪癫狂躁动或有精神创伤的异人、怪人。不仅如此，先锋作家甚至放弃了"文学是人学"的教条律令，将小说中的人物变为高度抽象化的艺术符号，用人物的职业指称人物，如司机、算命先生、警察，或用人物的穿着指代人物，如穿风衣女子、穿裙子的少女，甚至在《世事如烟》等篇幅中以数字"1234567"指代人物。先锋作家充当了叙述的暴君，强行将有血有肉的人物从小说中驱逐出去，在他们眼里，"人物都是符号，人物都是我手里的棋子"③。经典现实主义写作中所精心建构的人学观念以及人的主体性在先锋小说这儿发生了急转，"先锋小说的形式主义策略把'人物'改变为故事中的一个角色——身份不明、性格特征不突出、经常分裂、变异的人物，或者改变为一个符号——人物是在隐喻的、象征的或寓言的水平上得到描写，人物不过是可供分

---

① 易文翔，残雪.灵魂世界的探寻者——残雪访谈录 [J].小说评论，2004（4）：25-30.
② 林舟.走向纯净的虚无——对残雪的书面访谈 [J].花城，2000（2）：194-191.
③ 余华，洪治纲.火焰的秘密心脏 [M] //洪治纲.余华研究资料.天津：天津人民出版社，2007：19.

析的语义学标志"①。形式策略上的这种操持来自先锋作家对"人"观念上理解的变化，"事实上我不仅对职业缺乏兴趣，就是对那种竭力塑造人物性格的做法也感到不可思议和难以理解。我实在看不出那些所谓性格鲜明的人物身上有多少艺术价值……我更关心的是人物的欲望，欲望比性格更能代表一个人的存在价值"②。

除了以上几点，先锋小说中的视角趋于多样化，小说中时间错乱、结构零散，这些都加速了先锋小说在叙事上从整体走向零散化和碎片化的过程。叙事上的这种零散化显然打破了历史的整体性，而作为历史的 20 世纪六七十年代也被七零八乱地嵌在这些先锋文本中。问题是，作为整体的历史消隐之后，先锋作家如何表述这段历史，先锋作家如何在这些极具形式主义的文本中楔入独具特色的思考？"由于摆脱了整体性的外在制约，尤其是摆脱了特定时空的内在规约，这种碎片式的叙事法则不仅为全面表达先锋作家的精神深度提供了有效的话语通道，还为彻底激活创作主体的想象力提供了十分广阔的表达空间。因为，对于很多先锋作家来说，统一性和整体性的解除，就意味着文本结构中理性钳制的拆解，想像可以无拘无束地跳荡于各种时空场景之中，并在每一个细节中重建话语的理想形态"③。在当代文学批评格局中，先锋文学一直被置于毁誉参半的争议话语与评判中，尤其被主流话语所诟病，究其因，则是先锋作家脱离中国文化语境，一味追求形式与技巧的花样翻新，迷恋叙事与语言层面的不断掘进，作为精神的先锋被形式的先锋所淹没。尽管像残雪、余华被视为具有卡夫卡、鲁迅等巨匠气质的思想型作家，他们的作品也在某些方面接续了这些中外作家的思想深度和文化意识，但作为整体的先锋作家们并未能在 20 世纪 80年代后半期的先锋浪潮中，在文学的精神维度与文化启蒙命题上形成具有集束效应与规模的力量与合力。在形式主义的迷津与游戏中纵情驰骋后，这些昔日顽童很快如鸟兽散，转型的转型，隐匿的隐匿。这是先锋作家的轨迹，也是他们"无望的救赎"（陈晓明语）的历史宿命。假如忽略先锋作家的精神挣扎以及他们的文体试验对于文学语言与形式的极大解放意义，只立足于传统现实主义的审美价值标准评判具有后现代主义倾向的先锋小说，那么，它们必然会得到更多的否定与批评，正如"它是一种自由无度的、'破坏性的'文学，同时也

---

① 陈晓明. 无望的救赎：论先锋派从形式向"历史"的转化 [J]. 花城, 1992 (2)：198-208.

② 余华. 虚伪的作品 [J]. 上海文论, 1989 (5)：44-74.

③ 洪治纲. 守望先锋：兼论中国当代先锋文学的发展 [M]. 桂林：广西师范大学出版社, 2005：167.

是一种表演性的文学，一种活动经历的文学。它所醉心的是语言文字的操作游戏，全然不顾作品有无意义，或者干脆就是反意义、反解释，甚至反形式、反美学的"①。

但是，对于任何一种历史现象，我们都应该怀着"同情之理解"的胸怀与气度去接受和评价。也就是说，为先锋小说贴上"破坏性"或形式主义思潮的标签是一件简单而危险的事情。其危险性是由于我们在主观率性地贴上这种生硬的标签时，应当考虑：是否将历史现象置放、还原到它们产生时的历史语境与错综复杂的历史和文学发展的坐标系中去？除了破坏性和形式主义的失败外，这一潮流是否建构了什么，是否在形式之外的精神深度和人类历史及现实的表达上有所丰富与开掘？在笔者所考察的先锋小说关于20世纪六七十年代的历史记忆书写中，除去林林总总的翻新技巧，笔者能感受到作家在表达这段历史时的那份痛苦、滞涩和突破滞涩的尝试，在这些崭新的历史表述中，笔者能读到与他们生命记忆和文化身份相关的那种体验与焦虑。与前辈作家不同的是，他们更加注重人的精神世界和灵魂世界的开掘，注重对作为事情和物象的历史的提纯并对历史暴虐、血腥的本质进行无情地揭示，注重书写处于历史钳制下的扭曲、创伤的人格与心理结构，这种书写又突破了现实主义的写实和真实范畴，不乏想象和虚构，从而完成他们高度象征化、隐喻化的历史批判。凡此种种，正是在叙事策略之后所要去追问的，即先锋小说历史书写的叙事意图何在？

（二）形式先锋的精神指向：历史创伤与精神困境的深度开掘

关于20世纪六七十年代的历史叙事发展到先锋作家，无论是作为全部事情的"故事"，还是呈现这些事情的书面语言，即热奈特所说的"叙事"，抑或讲述这些故事的行为与方式，即"叙述"②，包括所有的叙述行为所具有的叙述重心或叙述意图，都发生了极大的逆转。如果说前面我们知道了先锋小说如何叙述这段历史，那么我们应该追问的是他们为什么这么叙述，从哪些方面进行了叙述，这种叙事又具有怎样的文学史或思想史的意义？

在谈到《一九八六年》这部中篇小说的创作时，余华对小说的现实原型、疯子形象和历史记忆做了解释。他说在20世纪八九十年代，他去峨眉山、杭州灵隐这些地方游玩时能够看到，在十年动乱时期被迫害成精神病的人，他们还

---

① 王宁. 走向后现代主义·译后记 [M] // [荷兰] 佛克马, 伯顿斯. 走向后现代主义. 王宁, 顾栋华, 黄桂友, 等译. 北京：北京大学出版社, 1991：323.
② [法] 热拉尔·热奈特. 叙事话语 新叙事话语 [M]. 王文融, 译. 北京：中国社会科学出版社, 1990：198.

在那里读语录、喊打倒某某之类的口号。所以，他想通过这些人来写那段历史，那些人"给我造成了一个写作基础"，这段历史对于他们那一代人来说，"永远不会过去"①。与"右派分子"和知青群体不同，十年动乱开始时，余华这代作家还很年幼（余华出生于1960年），对这段历史的记忆相对模糊，余华也曾不止一次说到是大字报催生了他最初的文学想象。面对20世纪六七十年代这份模糊却在精神与文化脉络上难以回避的遗产，余华该如何处理？他曾说，20世纪80年代时，作家的写作都在关注20世纪六七十年代这段历史，他也想写，但"一直写不了"，他渴望用"一种独特的方式"来书写这段历史②。从这里可以看出，在新时期的写作中，这段历史往事仍然深深地压迫着余华的神经，在"怎么写"大于"写什么"的变革时代中，余华同样面临着"如何说"和"自成一家"的焦虑，于是在《一九八六年》中，余华采用了一种"别人都没有"的"独特的方式"叙述这段历史。这里提出的"独特的方式"是后来被批评家们指出的所谓"寓言化"或具有"寓言倾向"的方式。

不光是余华，残雪也在她那荒诞、污秽的梦幻世界中隐藏着很深的历史创伤和关于这段历史的记忆。"残雪小说所呈现的世界，令人联想起拒绝和批判视野中的'中国的岁月'，尤其是'文革'时代的梦魇年代。那是一处被窥视、被窃窃私语、讪笑所充塞的空荡的空间，一片被污物、被垃圾、被腐坏的过程所充塞着的荒芜，一个被死亡、被恶毒和敌意所追逐着的世界。"③ 不仅如此，先锋作家作为一个群体，实际上共享着20世纪六七十年代这一共同的文化记忆与心理创伤，这种历史经验甚至于"是他们作品中或隐或现但无法摆脱的大背景"，这段历史让他们的作品"鬼气森然"④。

一方面是关于20世纪六七十年代的这种经验和记忆如影随形、缠绕纠结，另一方面又得考虑如何写才能不落俗套，不落入前辈在这题材上已经形成的叙事范式和书写陈规，被视为有"弑父式"情结的先锋作家们便在这一写作困境前启动了他们的创世与创制之旅——这也即本雅明意义上的写作："写小说，就

---

① 余华，洪治纲. 火焰的秘密心脏 [M] //洪治纲. 余华研究资料. 天津：天津人民出版社，2007：17-18.

② 余华，洪治纲. 火焰的秘密心脏 [M] //洪治纲. 余华研究资料. 天津：天津人民出版社，2007：17.

③ 戴锦华. 残雪：梦魇萦绕的小屋 [J]. 南方文坛，2000（5）：9-17.

④ 赵毅衡：《非语义化的凯旋——细读余华》[M] //张国义. 生存游戏的水圈. 北京：北京大学出版社，1994：251.

意味着在表征人类存在时把不可测度的一面推向极端。"① 先锋作家在"独特的表现方式"和对历史经验的处理方式上进行了大胆的革新，而所谓"革新"，便是将他们的中国故事置放在从异域引进的、具有后现代主义倾向的形式技巧上。于是，马原在他的叙事圈套中打破历史的整体性和连贯性，将历史碎片组装、拼贴起来呈现，《错误》《旧死》即是明证；余华在《往事与刑罚》《一九八六年》中用高度寓言化和象征化的历史教师、自戕与施虐、刑罚组成了暴力及血腥场景，深入历史与人性深处，探寻暴力的起源和历史的本相；格非在《追忆乌攸先生》中用浓缩了历史记忆的碎片化的历史图景寓言化地指陈着威权政治和荒诞现实；残雪则在她《山上的小屋》《苍老的浮云》《黄泥街》的灵异世界中用夸张、变形、象征的手法执着于灵魂世界的艰难探索，"所谓灵魂世界就是精神世界，它与人的肉体和世俗形成对称的图象。艺术家要表达的精神领域是沉睡了几万年的风景。人通过有点古怪的方式来发动原始的潜力，唤出那种风景。这种工作表面上看对于人类社会没有什么作用，因为它改变不了社会，但它却可以改变人，让人性变得高尚一点。灵魂抓不着摸不到，只能存在于隐喻与暗示之下。当我用方块文字来展示灵魂世界的时候，这些字就告别了以往的功效，获得一种新的意义"②。

可以说，先锋作家关于 1966—1976 年这一时期的历史叙事至此也获得了截然不同于"伤痕""反思"小说的叙事方式和美学特色。这也直接造成了这种历史记忆叙事在表意功能上的转向：由传统写实为特征的状物、抒情、议事转为高度的隐喻和象征。这种变化现在看来并不值得大惊小怪，但在 20 世纪 80 年代文学急剧转型的时代，以现实主义为根基的文学有朝一日竟变成了《黄泥街》《山上的小屋》这种没有中心、没有主人公、没有情节，充斥着怪异、污秽、混乱的文学，变成了《一九八六年》《世事如烟》这些充满了血腥和暴力、宿命和阴郁的文学时，审美的神经必然要受到重创。"传统小说寄寓于总体性的叙述结构中的世界意义也在此同时被打碎，被瓦解。在某种程度上，叙述的隐喻化更接近于人类原初的时间感受……在这种空间画面式的话语序列中，人的行为不再是历时性的实践活动，而是欲望或意志的碎片状的发散和最充分的瞬间性体验。现代叙事的话语方式，夸大了隐喻的力量……而丧失了'谓语型'

---

① ［德］瓦尔特·本雅明. 写作与救赎：本雅明文选 ［M］. 李茂增，苏仲乐，等译. 上海：东方出版中心，2009：70.
② 易文翔，残雪. 灵魂世界的探寻者——残雪访谈录 ［J］. 小说评论，2004（4）：25-30.

的言语反应能力。"① 可以说，借助隐喻与象征，先锋作家在碎片化、零散化、模糊化的叙事中传达出他们对历史与人性的理解。客观地讲，先锋作家是一群一度迷恋形式与语言，甚至将之主义化或本位化的顽童，但对形式的痴迷并未让他们在精神深度与批判力量上毫无是处。他们对人性的勘察、对历史暴政的开掘、对生存本相的追寻、对历史梦魇笼罩下的世态人生，以及这段历史之下扭曲、变态、受伤的人物灵魂、人格变异的图绘，概而言之，对这段历史造成的创伤性的民众心理与异化人格进行了别致而深刻的表现。这些价值诉求与思想意义也许并非先锋作家刻意为之，但确确实实构成了他们小说叙事的深层价值结构，正是在这个意义上，我同意这样的评论："先锋作家的这种努力，并不是为了将小说变成纯粹的话语游戏，以体现某种荒诞的快感，而是试图以这种更为强悍、怪异的方式直接对抗现实中诸多不合理的因素，并与之形成一种十分强劲的张力状态来表达作家对人类精神困境及其生存尴尬的深切体察。"②

先锋作家们实际上失去了对 1966—1976 年这段历史进行评价的兴趣，他们所要做的是将这段历史作为一种背景化或环境化的生存道具。尽管很多小说也会出现 20 世纪六七十年代的场景（如《错误》中的知青生活、《桑园留念》中的 20 世纪六七十年代的生活），或者这一历史时期的语汇（如《黄泥街》），但他们的重心和兴趣显然是在一种非理性的荒诞或混乱的环境中书写历史钳制或影响下的创伤性心理与扭曲人格。而且，这种创伤性、病态性的人格症候不仅是个体的，更是群体的，它让我们看到了鲁迅开创的"庸众"与"看客"的重要意象和思想命题。比如《一九八六年》中以疯子女儿的视角这样描写群众争相观看疯子对自己施行剐刑的场景：

> 她看到圈子正在扩张，一会儿工夫大半条街道被阻塞了。然后有一个交通警走了过去，交通警开始驱赶人群了。在一处赶开了几个再去另一处时，被赶开的那些人又回到了原处。她看着交通警不断重复又徒然地驱赶着。后来那交通警就不再走动了，而是站在尚未被阻塞的小半条街上，于是新围上去的人都被他赶到两旁去了。她发现那黑黑的圈子已经成了椭圆。③

---

① 张闳. 感官王国：先锋小说叙事艺术研究［M］. 上海：同济大学出版社，2007：352-353.
② 洪治纲. 守望先锋：兼论中国当代先锋文学的发展［M］. 桂林：广西师范大学出版社，2005：179.
③ 余华. 一九八六年［J］. 收获，1987（6）：62.

　　小说除了描述疯子原来的妻子和女儿在他到达小镇后的恐惧、不安、躲避和故作镇静外，还对疯子用种种酷刑自戕后被群众"瞻仰"和"消遣"的场景进行相当大篇幅的描绘，从白天到晚上，从餐桌旁和辉煌的街道上，从父母到孩子，这种瞻仰或遗忘残暴历史的画面让人触目惊心：

　　　　他们愉快地吃着，又愉快地交谈着。所有在餐桌旁说出的话都是那么引人发笑，那么叫人欢快。于是他们也说起了白天见到的奇观和白天听到的奇闻。这些奇观和奇闻就是关于那个疯子。

　　　　那个疯子用刀割自己的肉，让他们一次次重复着惊讶不已，然后是哈哈大笑。于是他们又说起了早些日子的疯子，疯子用钢锯锯自己的鼻子，锯自己的腿，他们又反复惊讶起来。还叹息起来。叹息里没有半点怜悯之意，叹息里包含着的还是惊讶。他们就这样谈着疯子，他们已经没有了当初的恐惧。他们觉得这种事是多么有趣。①

　　当然，格非、残雪的笔下也不乏此类麻木、冷漠的看客和庸众。正如有的评论者在评论残雪的《山上的小屋》时所指出的，"在这幅无法久久凝视的恐怖画卷中，残雪间或以那种迫害妄想式的画面触及了'伤痕文学'乃至今日主流意识形态的运作及知识分子的实践都拒绝正视的'法西斯的群众心理学'"②。鲁迅在 20 世纪初对处于文化专制与传统历史重负下的愚弱、麻木的国民性进行了深刻的鞭挞，将民众的愚昧、麻木不仁、残酷阴鸷以"庸众"与"看客"意象艺术地再现出来，这些意象具有浓厚的文化启蒙意味和"哀其不幸，怒其不争"的救赎与绝望的文化心理。时隔七十余年，中国先锋作家以 20 世纪六七十年代作为小说的历史语境，承续了对这一主题与意象的书写，聚焦民众的行为方式及其文化人格，揭示民众的精神创伤与乖张举动。先锋作家与鲁迅这代文化先驱不同的是，在后者的文学书写中，透过那些意象与场景，我们能时时感受到知识精英和文化精英的焦灼不安、忧心忡忡和泣血疼痛的情感以及欲去救赎的启蒙理性；而到了先锋小说中，在这些或客观或高度变形的故事和画面下，作家的情感与评判消失殆尽，令人窒息的画面背后是作家过于冷峻和不动声色的表达与情感。

　　于是，这里就涉及先锋作家如何书写创伤人格和创伤记忆的问题。应该说，

---

① 余华. 一九八六年 [J]. 收获, 1987 (6)：62.
② 戴锦华. 残雪：梦魇萦绕的小屋 [J]. 南方文坛, 2000 (5)：9-17.

在这一问题上，我们常常能体会到"顽童们"的良苦用心：他们试图用场景（画面）、语言，甚至是压抑的残疾癫狂形象、无意识行为去唤醒或勾勒历史暴政在人们的文化心理与精神层面造成的创伤性记忆。以残雪为例，她的小说通过杂乱、毁形的场景与意象，又在无序、梦呓的日常语言中强行输入大量 20 世纪六七十年代的语汇来达到这种效果。在《黄泥街》中随处可见这样的话语与词汇："造反派掌权了吗?""路线问题是个大是大非的问题""占领""革委会""政治面貌"……人物的对话也依稀可见历史的阴影与气息，如老郁与影子的对话：

> "人人都有污点。"老郁注视着那个细长的影子，一个字一个字地说，说完还龇了龇牙。
>
> "你现在已经完全谅解我了？是不是？好，这一来我心里就轻松多了。"他还在唠叨下去，"你知道一开始我的想法吗？一开始我认为谅解简直就不可能！所以那时我也没想到要作表白。我是这样估计的：我找人表白，但得不到任何反应，所有的人都不承认听见我说了什么，而我就只好一辈子提心吊胆，永远没有机会表白了，那我的处境……"
>
> "当然，你什么也没说过，干吗要检讨?"老郁冷冷地打断他。①

残雪在这里通过具有特殊年代标识的语言与对话，在一种变形和模糊的场景中向我们复苏了历史记忆与人们创伤性的心理。"残雪的小说里多少能让我们读到传统禁锢、档案政治、告密、伪道德、谣言、异化者的镜中形象和市民群体的庄严表演，而这庄严表演又不断露出无聊的、看客式的和慢性折磨的虐待狂意味。"② 杨小滨在《中国先锋文学与历史创伤》中认为，20 世纪六七十年代的话语凝聚了强烈的攻击性和暴力性，因而，如果忽略了这种独特话语体系，研究先锋文学将是徒劳的。在他看来，"伤痕"文学虽然揭示了苦难与心灵的痛楚，苦难最终虽然也被治愈，但暴力的基础并未触及，直到先锋文学的出现，才通过对暴力秩序的毁形处理，来关注精神创伤。"先锋派的努力就是对原初压抑的语言性毁形，从而瓦解和抵抗对过去的霸权式的解释。于是先锋文学迫近了精神创伤的心理状态，其中对原初暴力的追忆交织着损毁由原初暴力建立的

---

① 残雪. 黄泥街 [M]. 武汉：长江文艺出版社，1996：110.
② 吴亮. 回顾先锋文学——兼论八十年代的写作环境和文革记忆 [J]. 作家，1994 (3)：75-80.

极权秩序的狂喜。"实际上，先锋小说书写 20 世纪六七十年代的极大贡献还在于以颠覆和瓦解为能事的后现代式祛魅努力，也即"以变形的、瓦解性的作品暗指了那个暴力震撼的不透明性和时代错乱"①。

对于先锋作家来说，他们之所以在表现历史时呈现出这些特征与效果，从文学的角度看，是因为他们突破文学旧有陈规，在艺术上不断开掘、创新。先锋作家摒弃原有的关于现实、真实的文学观念，不满现实主义"一统天下"的霸权地位，切断文学与现实、文学与历史之间简单、直接的对应关系，重新结构个体经验和历史往事，采用"去道德化""去情感化"的陈述型姿态以及变形、夸张、碎片化的手法隐喻、象征地实现着对历史的崭新叙述。因而，可以说，崭新的叙事方式和美学风格来自作家文学观念和创作思维的变革。在先锋作家的自述文字或访谈中，我们不难读到他们的这种夫子自道："我从来不进行那种用初级理性来干扰的、表面意义上的构思，这是因为我一直确信，某种深层的东西的力量要大得多。是那种东西，使得我坚持了二十多年的发声练习，至今仍然乐此不疲"②。"当我们就事论事地描述某一事件时，我们往往只能获得事件的外貌，而其内在的广阔含义则昏睡不醒。这种就事论事的写作态度窒息了作家应有的才华，使我们的世界充满了房屋、街道这类实在的事物，我们无法明白有关世界的语言和结构。"③ 旧有真实观、现实主义的刻板以及"初级理性"的创作方法遭到唾弃后，先锋作家对虚构和想象便格外推崇起来，在他们看来，"强劲的想象产生事实"④。也正是这种虚构的热情与强劲的想象，使他们获得了较大的表达自由，弥补了他们历史经验匮乏⑤的先天缺陷。

———————

①　杨小滨. 历史与修辞［M］. 兰州：敦煌文艺出版社，1999：34.

②　残雪. 异端境界［M］//从未描述过的梦境：上. 北京：作家出版社，2004：2.

③　余华. 虚伪的作品［J］. 上海文论，1989（5）：44-47.

④　余华. 强劲的想象产生事实［M］//洪治纲. 余华研究资料. 天津：天津人民出版社，2007：87.

⑤　笔者所论述的 20 世纪 80 年代中后期崛起的先锋作家大都出生于 20 世纪 60 年代，动乱发生时他们尚且年幼，只拥有关于历史的片段式、童年化的记忆，缺乏右派作家或知青作家作为历史主体参与历史进程的历史体验与经历。从这个角度讲，他们是历史的非亲历者和边缘人，是历史经验的匮乏者。

第三节　走向多元与开放时期的历史记忆叙事
（20 世纪 90 年代中期—2010 年）

一、文化语境的多元共生与历史记忆叙事的多元化发展走向

如果要用一个恰当的词汇来概括 20 世纪 90 年代中后期以来中国社会语境和文学生态的特征，那似乎很难有比"多元化"更为贴切的了。笔者在试图为 20 世纪 90 年代中期以来的关于 20 世纪六七十年代的历史记忆叙事进行整体扫描和特征提炼时，同样陷入了这种"词汇荒"。事实上，20 世纪 90 年代以来的新时期文学充满了太多变数，比如文学流派与文学现象的极速更替、文化事件与文学事件的频繁凸现、文学的非文学因素与文学的深度纠结、文学口号和文学论争的层出不穷、文学叙事和文学审美的多样繁杂。20 世纪 90 年代的文学所处的最大背景与语境是全球一体化、市场经济的现实格局以及在此基础上形成的包括现代性、后现代性等在内的文化形态的并存共生。与 20 世纪 90 年代之前相比，"社会机制的运行开始受着'全球一体化'的影响，表面上它首先是经济上的市场化带来的种种社会现象的变化，但是，更深层面的文化意识形态的入侵，包括从生活观念到思想观念，乃至小到审美观念的迅速蜕变，却是改变这个世界的根本动力"①。因而，在全球化的巨大影响下，中国的市场经济体制和文化思想、主导意识形态发生着进一步的转型，文化与文学出现了现代与后现代的杂糅和并存，这也使整个 20 世纪 90 年代的人文科学发生了重大的话语转型。这种转型较之于 20 世纪七八十年代社会的拨乱反正与从传统到现代的转型更为深刻、更为动荡，它突出表现在"由浪漫激进的理想主义和诗化思想转向了保守主义世俗化的非诗意思想"，从文化姿态上说，它是从 20 世纪 80 年代的"审父""他审"转向了自审，也即从对历史与传统的审视进入到对自我和自我时代的审视②。共识性经验书写和意识形态主导下的文学书写都发生了很大的变化，开放的语境为作家提供了个人化写作的自由心态。这种心态和时空的获得昭示作家主动从公共空间和集体叙事回归个人空间和个人叙事的转变，

---

① 丁帆. 文化批判的审美价值坐标：中国现当代文学思潮、流派与文本分析 [M]. 北京：北京师范大学出版社，2009：137.

② 王岳川. 中国九十年代话语转型的深层问题 [J]. 文学评论，1999（3）：71–79.

所以，在文学题材与主题选择上，文学对共识性经验和公共性主题开始疏离，虽然其中有对重大现实问题的关切和表达，但作为政治与意识形态的文学叙事开始式微，回避社会性、政治性的文学写作后，作家开始注重挖掘个人经验与个体体验，将视野投向广阔的民间与庸常的日常生活。

此时的历史记忆叙事同样具有这种特征。由于社会语境的转型，作家不再满足于共识性经验的书写，而是回归到主体的自由心灵，政治规范与主流话语的钳制逐渐松散，他们开始获得超越道德、政治或历史层面的审美意识与价值评判标尺，这便使得此时期关于 1966—1976 年的历史叙事不仅在叙述视角、叙述结构、叙述时间等叙述策略上趋于多元化且开放，而且作家的历史意识、叙述意图也向深度掘进。尤其是更为年青一代的作家开始登上文学的舞台，他们由于缺少生命周期与这段历史的重合而成了历史经验的"赤贫者"，这种历史的非亲历者身份以及历史经验匮乏的背景使他们的叙述呈现出别样风采：宏大的政治视角杳无踪迹，个人视角与个人经验叙事更加凸显。正如评论者所言："这类小说在规避既有集体经验对个体写作的侵蚀，保持个体经验的厚重与独立方面有较大优势。"① 因而，这一时期的历史记忆叙事在诸多方面呈现出新的气象：在结构上，借助"乡土—革命"或是"成长—历史"的叙事结构演绎这段历史，拓宽了历史记忆题材小说在空间（乡土、乡村）和时间（个体成长、童年往事）上的表达；在叙述视角上，道德批判、历史理性式的宏大叙述衰微，作家反思这段历史的经验形态与方式上的整体性和完整性转向了片段式、感知式，更富个体经验和个人化叙事特征的儿童视角、动物视角、转换叙述增多，特别是"以轻击重"这一文学审美观制导下的儿童叙事备受青睐；在叙述意图上，作家充分关注革命风暴中人的精神生成以及大众心理的变异，性与欲望被大量植入，与革命纠缠在一起，从而彰显出从这一角度追溯历史起源、进行审美和批判的追求。同时，随着消费文化的崛起，这种狂欢化、夸饰化的历史叙事也在一定程度上反映出介入与消费的目标。

二、历史记忆叙事的两种重要叙事结构

（一）"乡土"中的"革命"：乡土叙事与历史叙事的并置

从某种意义上说，小说是关于时间与空间的叙事艺术。时间与空间不仅是小说的结构因素，也与特定社会语境下的文化思潮、作家价值立场的变迁有着重要的关联。对于时间和空间的叙事艺术，传统小说与现代小说有明显的区别。

---

① 葛红兵. 2002 年的文革叙事［N］. 中国文化报，2002-12-25.

东西方传统小说由于其所处社会的整体性和稳定性，在时空的叙事上常常是采取与客观时空相一致的结构。然而，两次世界大战以后，支撑人们理想与生存的上帝已死，现代理性日渐式微，世界的整体性和稳定性不复存在，生存现实变得日益模糊而不可把控。在这一背景下，作为叙事艺术的小说时空，相应地发生了较大的变化，传统的、客观写实的时空结构逐渐让位于主观真实与艺术真实的时空结构，如《百年孤独》和《喧哗与骚动》中的时空结构尽管承载的是家族历史（布恩地亚家族、康普生家族）与民族生存、文明与信仰这些宏大的主题，但它们大量采用的回忆、多人称叙述、十字花刺绣般图形①的空间性结构已经昭示了现代小说在时空艺术上的极大变化。正是由于"时间和空间是客观世界的基本存在方式，因而，作为叙事艺术的小说，在描写环境、景物、人物、事件时，如何处理它与客观时空的关系，就成为小说结构的要害问题"②。在这个前提下，我们考察20世纪90年代以来的历史记忆题材小说，便会发现，随着20世纪80年代中后期以来新时期文学对意识形态规约的日渐疏离，以及作家审美意识和文学主体性的复苏，文学不再是主流话语和宏大叙事的载体，个人化的声音、语言、叙事与风格层出不穷。国家意识形态的松动、政治不再成为社会的焦点，必然带来作家处境、心态的非意识形态化以及作家写作重心和思考方向的位移，即从庙堂到民间，从城市到乡村的变化。民间在20世纪90年代中国社会的备受瞩目、知识界对民间话语与民间理论的关注、文学知识分子对民间的倾情书写，都共同显示了民间在20世纪90年代新的社会语境中的复活。

民间的复活带来了小说叙事的新变。民间既拓展了小说的叙事空间，也表示作家价值立场与叙事视角的变化。从文学的表现和知识分子的文学诉求来说，民间从来都没有缺席过，只是其表现的形态和价值意义的重心不一样而已。在20世纪，从最初的新文化运动到20世纪六七十年代知青上山下乡运动，民间的命运几经沉浮，它的表现形态与历史地位反复迂回地颠踬在启蒙客体与启蒙主体之间，主流话语与历史语境出于文化启蒙、政治利益的诉求，赋予了民间不同的价值意义和文化符码：在世纪初传统与现代的转换和变革高涨时，民间与大众被当作启蒙客体与启蒙对象；在政党、政治出于现实政治利益需要，整合，甚至诉诸民间智慧与大众利益的30年代以及其后的战争语境中，民间又上升为

---

① ［美］威廉·福克纳. 喧哗与骚动［M］. 李文俊，译. 上海：上海译文出版社，1984：前言 6.

② 颜向红. 现代小说：时空结构与价值失落［J］. 外国文学评论，1991（3）：47-54.

启蒙主体与历史主体。直至 20 世纪 80 年代中后期，随着社会语境的开放，启蒙与救亡的历史任务渐趋冷淡，红色政治与宏大叙事在文化及文学语境中日渐淡化，民间才真正恢复到其本来意义上。因而，对于 20 世纪 90 年代的作家来说，"他们的民间不再是某种理论的强制性摊派，不再是某种冰冷的意识形态虚构，他们的民间就在身边，是一个灼热的存在。这些作家观察民间、走访民间、亲历民间：他们惊奇地意识到，民间并不是理论制造的紧箍咒，民间是文学不尽的资源"①。

无论是作为一种文化阴影、心理创伤，还是历史情结与集体记忆，20 世纪六七十年代这段历史都从未从新时期的文学中退场，相反，它如同一个幽灵，伴随新时期文学的起伏与兴衰。正是在这个意义上，这段历史，被视为新时期小说的酵母、催化剂、重要母题和取之不竭的富源②。随着社会语境的多元化以及作家审美意识与文学表现方式的丰富多样，20 世纪 90 年代的作家对这段历史的表现结束了新时期之初的"政治—道德"层面的控诉以及随后"文化—历史"层面的反省，也不似先锋作家以顽童式的游戏心态和解构手段颠覆整体性、道德化的历史，实现碎片化、非理性的历史讲述，而是融入了更多个人化、日常化、民间化的因素。纵观 20 世纪 90 年代以来的重要历史记忆题材小说，其中有相当一部分小说已经体现出民间化或乡土性的特征。如果说民间分为乡村民间和市民民间，那么，笔者这里所指的主要是乡村民间。这种民间化或乡土性不仅表现在叙述结构上，同时还表现在作家主体以及叙述内容这两方面。结构上的民间化导因于作家主体的民间认同，而又与叙述内容上的民间化构成形式和内容上的互证关系。这一时期重要的文本有：韩少功的《马桥词典》（1996年）、《暗示》（2002 年）；李锐的《无风之树》（1995 年）、《万里无云》（1997年）；刘醒龙的《弥天》（2002 年）；苏童的《河岸》（2009 年）等。

1. 走进民间：叙述主体的民间化

民间视野与民间文化并非 20 世纪 90 年代的作家和文学首创的，而是中国文学一个源远流长的历史传统。在 20 世纪以来的中国新文学格局中，民间及其民间话语、民间文化、民间叙事与官方话语、知识分子精英话语在不同历史时期呈现出强与弱、主流与支流的态势，经历着复杂的、此消彼长的更替。自 20世纪 90 年代中期以来，学界对民间进行了较多的学术争鸣与学理性的梳理。至

---

① 王光东. 民间与启蒙：关于九十年代民间争鸣问题的思考 [J]. 当代作家评论, 2000（5）：100-106.

② 曹多胜. 在文革和市场话语之下的新时期小说 [J]. 文艺评论, 1999（1）：37-46.

此，民间视角与民间理论成为研究现当代文学的一个重要的理论视角和批评方式。从民间与民间文化的角度审视中国文学，它确实开辟了一条崭新而重要的路径，可以挖掘出被主流文学史叙述遗漏或剪除掉的那部分同样属于文学历史的真实，可以看出文学知识分子在主流话语、民间情感、精英意识之间复杂的情感变迁和叙事辗转。研究关于20世纪六七十年代的历史叙事的当代变迁，同样没法绕过这个时髦而略显泛滥的研究视角和话语范式。因为，新时期以来，小说对这段历史的记忆与叙事，经历了20世纪七八十年代主流意识形态和政治文化的强力控制，之后又在20世纪80年代中期逐渐从意识形态规约的松动下获得相对自由的叙事状态后，从寻根小说开始，直到20世纪90年代以来，小说的民间化特点非常明显。在政治文化的规约下，这种独特的历史记忆叙事本是知识分子的精英意识与启蒙精神影响下的叙事，现在逐步具有了民间化、乡土化的特点。那么，这种转变导因于什么，民间化究竟给这种历史记忆叙事带来哪些新变？

民间文化的彰显以及小说的民间化特色并非20世纪90年代的小说独有的。突出20世纪90年代以来作家的民间化和关于1966—1976年历史叙事的民间化特点，是因为在此之前，民间在小说中更多被视为一种创作元素和倾向，将民间作为一种自足的文化空间、自觉的价值立场和自由独立的审美范畴，无疑在20世纪90年代才最终出现。笔者对这个极易招来反驳的论断必须做些必要的补充，同时，只有了解到20世纪90年代以前民间的边缘性、政治性、消闲性、文化性，才能进一步确定20世纪90年代以来民间文化及民间叙事的这种自足性和审美性。国内很多学者对民间文化和民间问题进行了很好的研究，在他们看来，中国传统小说艺术有着极其深远的民间传统，这种民间化表现在小说空间依托于江湖或市井，在内容上注重展示民间道德与民间传奇。当代的民间理念与民间文化并不是创造，而是复活。这种复活较早出现于第三代诗歌的理论主张上，以及20世纪80年代初汪曾祺、陆文夫等人的风俗化小说中，其后在寻根小说中露出了鲜明的民间意识。那么，这种民间文化和民间景致有何缺陷，又有哪些因素制约了民间文化本体和其内在的彰显？按照陈思和的定义，民间的概念包含两个方面，第一是指根据民间自在的生活方式的度向，即来自中国传统农村的村落文化的方式和来自现代经济社会的世俗文化的方式来观察生活、表达生活、描述生活的文学创作视界，第二是指作家虽然站在知识分子的传统立场上创作，但所表现的却是民间自在的生活状态和民间审美趣味，由于作家注意到民间这一客体世界的存在并采取尊重的平等对话而不是霸权态度，使这些文学创作中充满了民间的意味①。鉴于20世纪80年代中国文学所处的特定的政治文化语境，以及知识分子具有的启蒙意识与精英意识，此时的文学仍然担负着特定的启蒙命题与使命，自在性、本源性的民间并未真正出现。换句话说，20世纪90年代以前，无论是诗歌领域的民间主张还是小说中的民间文化，"民间性更多的还是一个隐喻，一个既具有本源性又具有功利性，既接近小说本体又更具有文化启蒙意义的概念，它的民俗性暂时得到夸大，但消闲性却被排除在外，作家们表面上强调了它的边缘性，但骨子里却充满了宏伟理念和精英意识"②。

20世纪90年代以来，政治环境松动、市场经济启动，这一新的语境为民间的真正复活提供了条件。民间的真正复活需要的是在内容上"表现自在自由的民间生活状态和民间审美趣味"，同时，更要在姿态和心态上"采取尊重的平等对话而不是霸权态度"，前者的获得更是取决于后者。纵观20世纪90年代以来作家在民间问题上的态度和看法，相当一部分作家已呈现出自觉的民间意识。正是作家们的这种集体"重心下移"和新的语境下对民间的体认，使20世纪90年代以来的民间获得了不同于此前的内涵与特点，民间至此获得了独立的知识价值和价值标准。

民间是一个语义丰富而含混的概念，它可以细分为乡村民间、市井民间、城市民间和知识分子民间，或是乡村民间、城市民间和大地民间③。由于书中涉及的韩少功、李锐、莫言、张炜等作家的民间主要是指乡村民间，因而，我所说的民间主要是在乡村民间的层面上进行论述的，文中出现的乡村、农村、乡土均是具有相同指涉功能的词汇。

当代作家对民间的接受和认同既是一种文学立场，更是情感上与乡土、民间之间天然的依附关系。农村是中国社会的主体社会结构，农村、乡土几乎是中国作家共同的成长语境与身份命定。20世纪90年代以来，当代作家对自己的这种农村地域身份和乡土经验进行了自觉的体认，比如贾平凹就声称，"我是进了城的农民""咱祖祖辈辈是农民……在血脉上是相通的。咋样弄，都去不掉平

---

①　陈思和. 民间的还原——文革后文学史某种走向的解释 [J]. 文艺争鸣，1994（1）：53-61.

②　张清华. 存在之镜与智慧之灯——中国当代小说叙事及美学研究 [M]. 福州：福建教育出版社，2009：72.

③　分别参见：张炜，王光东. 张炜王光东对话录 [M]. 苏州：苏州大学出版社，2003：33；张清华. 存在之镜与智慧之灯——中国当代小说叙事及美学研究 [M]. 福州：福建教育出版社，2009：74-84.

民意识，这似乎是天生的"①。莫言不止一次谈到农村生活以及故乡对于他创作的重要意义："二十岁以后才离开了我的村庄，整个青少年时期的美好时光都在非常荒凉、非常闭塞的地方度过的。后来我走上了文学道路，这段农村生活就成了我整个创作的基础。我所写的故事和我塑造的人物，甚至我使用的语言都是有乡土风味的。"② 正是基于对民间的这种精神和艺术上的认同，莫言进一步提出"为老百姓的写作"和"作为老百姓的写作"这两个具有不同意义的概念，他认为前者不能算作真正的民间写作，只能算是准庙堂写作，而"作为老百姓的写作"者，"在写作的时候，没有想到要用小说来揭露什么，来鞭挞什么，来提倡什么，来教化什么，因此他在写作的时候，就可以用一种平等的心态来对待小说中的人物"。后者才属于真正的民间写作③。对莫言而言，他对民间的倚重以及对于乡土经验的重视，使得民间和乡土除了是种生活素材或创作题材，还成为看问题的某种视角，甚至是一种极为独特的体验方式。正如评论者所说，他"不仅停留在对乡土经验的陈述和展现上，而是将乡土生活经验当作看待和理解整个人类生活的某种视角，人类的乡土生活变成了人类难以摆脱的某种生活经验和生活阶段"④。对于韩少功来说，选择乡村世界作为叙述对象和审美对象，不仅仅是将精神姿态与价值观点下移至民间，更是将生活场所与空间位置真正迁移到民间，并将之作为生活、思考与写作的栖息地。"我以前在海口时，杂事太多，心难以平静。现在生活于乡村，感觉很自在，很自由……我现在过的是一种地地道道的农民生活。早上起来，我挑粪种菜，你看我屋前的小菜园，里面的菜全是我种的，吃起来，感觉就是不一般。""选择生活在哪里并不能说明什么，关键是我自己向往一种远离都市简单自在的生活。"⑤ 韩少功的这种选择，不单纯是一种生活方式的选择，还有作家自己所强调的某种价值标准和精神方向的坚守，即民间审美价值标准和民间精神。

无须再举更多的例子，事实是，20 世纪 90 年代以来，作家心态和作家主体的民间化倾向越来越明显，民间已经成为一种自觉的价值诉求、审美追求和叙事基点。

---

① 贾平凹. 走走. 我的人生观 [M]. 昆明：云南人民出版社，2005：87、74.

② 莫言. 作为老百姓写作：访谈对话集 [M]. 深圳：海天出版社，2007：288.

③ 莫言. 文学创作的民间资源——在苏州大学"小说家讲坛"上的讲演 [J]. 当代作家评论，2002（1）：4-9.

④ 莫言，杨扬. 小说是越来越难写了 [J]. 南方文坛，2004（1）：44-49.

⑤ 黄灯，韩少功. 返归乡村 坚守自己——韩少功近况访谈录 [J]. 理论与创作，2001（1）：65-66.

2. 民间与革命纠结下的世俗生存

李锐的《无风之树》《万里无云》是关于创伤的民间、民间伦理与启蒙失败者的精神秘史的生动书写。矮人坪与五人坪本是自给自足、虽偏僻但祥和温暖的乡村小寨。如果不是革命的到来，暖玉、拐叔、张仲银的命运本不会如此凄惨。革命的到来，打破了这些贫瘠的世外桃源的宁静和生存体系，民间被卷入了创伤的生存中，而所谓革命者与知识者在革命大潮的裹挟下并未取得期望中的累累成果，反倒在荒诞的政治闹剧中收获生存的悲剧和革命溃败的苦果。

《无风之树》讲述的是巨人给矮人们带来无穷无尽的灾难的故事。李锐说："我把这些'矮人'放在'文革'的浩劫中，是为了突出人面对苦难和死亡时的处境，这处境当然更多的是精神和情感的处境。"① 公社刘主任与苦根儿到矮人坪传达中央文件，进行阶级斗争，他们的到来打乱了矮人坪的固有秩序。憨厚善良的曹永福（拐叔）被视为富农屡遭批斗，他为了保护暖玉，坚决不承认暖玉有作风问题，最后选择上吊自杀，他的死使队长曹天柱和暖玉产生了无尽的悔。好色的刘主任长期占有暖玉，以革命之名行着个人私欲，不惜休了发妻，想把暖玉从矮人坪娶走。苦根儿一直不满刘主任的丑行，向上级部门反映，终将刘主任扳倒。在送别拐叔的悲怆中，怀有身孕的暖玉决定离开矮人坪，回到父母身边去。矮人坪的民间是一个充满了贫穷、灾祸、死亡、屈辱的世界，小说中的人物几乎都带有创伤：暖玉，在饥荒的年代全家行乞至矮人坪，被收留，其弟弟因极度饥饿吃面条时撑死，而其女儿因年幼生病夭折。矮人坪最疼她的拐叔为保护她自杀而亡，拐叔死后，暖玉的内心独白与呼天抢地的诉说透出彻骨的凄凉；天柱，在他七岁的那年日本人进村，他目睹了爷爷被破肚挂在树上，牲畜花头被砍断了腿，女人们脱光了衣服被赶到院子里。成年后，天柱娶了傻哑女做媳妇，从暖玉这边得到温暖；苦根儿，在他六岁时父亲参加抗美援朝战争阵亡，上初中时当清洁工的母亲被汽车撞死。除了这些创伤性的身世之外，贫穷、疾患时时笼罩着矮人坪的现实生存：矮人坪约十户人家，村民患有瘤拐，身材矮小。在这个世界中，女人极少，小说里只出现了三个女人，暖玉、天柱的媳妇傻哑女，还有丑娃的媳妇。这是一个忧伤、孤独而穷苦的世界，暖玉的到来给矮人坪带来了温暖和希望，而苦根儿、刘长胜的到来则为矮人坪带来了灾难和动荡。

如果说公社主任刘长胜是一个充满私欲的、虚伪的官员，那么苦根儿则是一个被意识形态化的、失败的启蒙者。苦根儿是一个情感缺失的政治人，作为

---

① 李锐. 重新叙述的故事 [J]. 文学评论, 1995 (5)：42-44.

孤儿，他没有体会过爱的温暖，因而缺少对他人的爱。他到矮人坪已经六年了，来这个偏远的地方是为了改天换地，继承父亲遗志，他以想象中长篇小说的主人公赵英杰为楷模，在红色政治泛滥的年代，成了"一个无牵无挂的人，也就是一个私心杂念最少的人，也就是一个天生全心全意为理想而存在的人"。然而，在崇高理想与琐碎现实的巨大差距下，在睥睨一切的清高中，他深感高处不胜寒，特别是面对辽远枯瘦的群山和生硬的现实，"他会觉得自己身不由己地获得了俯视尘寰的孤独"，他在思想和行动上以启蒙者和先行者自居，赋予自己启蒙群众的神圣责任。不过，历史的荒谬和可笑之处恰恰就在这里：苦根儿满腔的热情与执着的意志给矮人坪带来的不是福音，而是彻头彻尾的麻烦和灾难。矮人坪是千百年来地图上找不到的地方，因为"文化大革命"和阶级斗争，苦根儿和刘长胜们来到了这里，矮人坪从此灾祸不断。这些大个儿的到来没有充实、丰富他们的生活，反倒侵蚀矮人坪的民间伦理，强加于他们革命意志与权力纷争。

　　矮人坪有着自己独特的生存方式与民间伦理：因为瘤拐身材矮小，矮人坪的男人们除了队长天柱娶了傻哑女、丑娃娶了媳妇之外，其他人几乎都是光棍。暖玉的到来完善了他们的生存结构，让他们看到了希望，他们供着暖玉，养着暖玉，让她干最少的活，记做多的工分，暖玉也被默认为矮人坪集体的财产，她有着交往和性爱的自由，这虽有点畸形且有悖俗常的社会结构与生存方式是矮人坪特有的，并无美丑善恶之分，反倒洋溢着心酸与温馨，形成了苦难与温情相夹杂的审美意蕴。然而，刘长胜们的到来打破了这种宁静和自足。刘长胜来到矮人坪，美其名曰革命，但在传达中央文件的同时以权力强暴矮人坪的勾当。每次到来，他贪恋的是暖玉的美色，与暖玉疯狂地做爱，开会时满脑子都是暖玉的腿，以及暖玉到底和几个男人睡过觉的疑问。所谓革命者的嘴脸昭然若揭，革命的正义与神圣在人的私欲面前消失殆尽，革命在这里成了刘长胜之流发泄私欲的精致幌子。与刘长胜们耀武扬威的革命行为及老练深沉的革命气质形成对比的是，普通群众对于阶级、革命、政治的"无知""不解"状态①。这种与政治的绝缘和无知状态缘于他们封闭朴素的生存空间与自在伦理。关于政治、阶级这些宏大话语与命题，乡民们都不知为何物，连这个乡村世界的队

---

① 在对民间世界的政治生态进行讲述时，作家常常会书写民众、民间对于革命、阶级、政治这些宏大主题的不解，这种隔膜感道出了当时革命脱离或凌驾民间、不为民间大众所理解的现状。如李佩甫小说中的民众争当被批判的"右派分子"，因为他们以为当了"右派分子"会多记工分；在《九月寓言》中，村民戏谑地把偷百姓鸡的"知识阶级"称为"知识捡鸡儿"。

长开会听报告时也总是鼾声四起。对于拐叔来说：

> 我活了大半辈子了，队伍倒是见过，都是些背着枪杀人的。这个阶级到底是啥东西呀，啊？也不知道是方的呀还是圆的……毛主席到底是毛主席，人家就能想出个阶级来，咱老百姓就想不出来，要不人家毛主席咋就坐了天下呢。①

对于这些大个儿和他们所从事的事业，矮人坪不认为他们有多伟岸和神圣，在心理上疏远并拒斥着：

> 你们这些人到矮人坪干啥来啦你们？你们不来，我们矮人坪的人不是自己活得好好的？你们不来，谁能知道天底下还有个矮人坪？我们不是照样活得平平安安的，不是照样活了多少辈子了？……这天底下就是叫你们这些大个的人搅和得没有一块安生地方了。自己不好好活，也不叫别人活。你们到底算不算人啊你们？你们连圈里的牛都不如！②

　　尽管对政治和革命存在着这种深刻的隔膜与不满，但由于缺乏对"文化大革命"入驻矮人坪后引发后果的估量与预判，矮人坪的村民还是以平和的姿态去面对革命及其任务。比如刘主任找到拐叔告诉他要清理他这个富农分子后，拐叔让天柱重换一个人，不能每回都是他。而劝说未果后，他又通人情地接受了现实，"清理就清理吧，人家公家让清理呢，咱老百姓还能不听人家公家的？"正是对政治与革命认识的粗浅以及几近蒙昧的憨厚，甚至是对革命的宽厚理解与认同，最终一点点地吞噬了拐叔的生存意志，直至死亡。乡民对革命的不设防和对革命的朴素认知是与他们憨厚、诚实、豁达、隐忍的品性一起书写的，而这些衬托出的是刘主任之流的自私、无情以及革命的残酷与阴冷。
　　《万里无云》无疑讲述了一段关于知识启蒙者的历史悲剧与精神秘史。小说主人公张仲银从师范院校毕业后，只身来到了偏僻的五人坪。他的理想是到偏远的地区办小学并传播文化知识，他的偶像是苏联乡村女教师瓦尔瓦拉·瓦西里耶芙娜和团中央委员、回乡青年邢燕子。革命狂潮到来前，张仲银平静而投

---

① 李锐. 无风之树——行走的群山 [M]. 北京：人民文学出版社，2008：64.
② 李锐. 无风之树——行走的群山 [M]. 北京：人民文学出版社，2008：7-8.

入地教学，作为五人坪唯一的识字先生，他面对那里目不识丁的乡民，面对茫茫苍苍的高原大山，感受到刻骨的孤独与寂寞，这种压抑的孤独不仅伴随着他三十年，而且也是他后来获牢狱之灾的情感因素。他的孤独首先来自与民众知识、情感、交流上的隔膜和距离，他不止一次喟叹"真是没文化，真是没有共同语言呀"，退还鸡蛋白面、台上领唱等情节昭示着他与群众间的巨大差距。

就这样，在理想与现实的巨大鸿沟前、在与群众深深的隔膜间、在极大的文化落差下，张仲银感受到的是知识分子精英的文化、思想启蒙带来的虚空和刻骨的孤独。群众的不解、环境"铁屋子"一般的禁锢与封闭让张仲银感到了文化先驱者的落寞，这种落寞与鲁迅笔下的魏连殳、吕纬甫有着极大的相似性，只是张仲银此时的孤独是革命高涨前的孤独，还没有经历革命的落潮与失败。考察张仲银的思想轨迹，可以说，在"文化大革命"传到山里的那一刻是张仲银人生与思想的转捩点。且看这段文字：

> 等到"文化大革命"传到山里来的时候，仲银平静的教学生涯终于有了一点波澜壮阔的意思。所有党中央毛主席的伟大号召，都是通过仲银的嘴传达给贫下中农们听的……念完了各种文件之后，仲银按捺不住行动的激情，把一张又一张大字报贴到戏台上；然后，又把学生们集中到戏台上齐声朗诵，大唱革命歌曲……仲银甚至要求支部书记赵万金，把五人坪和四周村里的社员们都集中到学校里来听他指挥学生们唱歌。①

孤独随着"文化大革命"的到来而一扫而空，因为作为知识分子的仲银、作为启蒙者的仲银，投入到了革命洪流中，而且站在这洪流的最前端，起着引领和导向作用，他的理想抱负落在了实处。但随着五人坪人革命与政治意识的淡化，他们参与革命的热情骤减，学生的红袖章被当作了擦鼻涕的手绢，与引领者在台上的激昂对应的是"台下一片紧绷的沉默"。于是，村里恢复了往日的平静，这种平静腐蚀着仲银的豪情，挑战着他刚刚建立起来的威严。问题是：为什么五人坪的"文化大革命"开始不久便恢复了平静？"文化大革命"的号角不可谓不响，形势不可谓不壮阔，仲银不可谓不威严和激情洋溢。关键在于"文化大革命"与五人坪生活的脱节。作为一种新鲜事，"文化大革命"的到来能迅即引起他们的关注，激起乡村的喧哗，但新鲜过后，群众并不能从中得到

① 李锐. 万里无云 [M]. 济南：山东文艺出版社，2002：196.

更多的生活与生存的物质性内容——这和中国乡村社会务实、尚实的文化传统息息相关。仲银屡次说群众没文化、与他们没有共同语言，而且还自负地批评公安局老张，不理解群众真正需要什么。实际上，仲银并不真正理解百姓，他以一个启蒙者的姿态高高在上。"五四运动"以来知识分子启蒙大众时脱离群众、凌驾于大众之上的弊病在张仲银身上并未得到扭转。最为典型的例子是仲银为了夸大"文化大革命"的影响，贴出告示要求停课参加大串联。五人坪人惊吓不已，党支书赵万金提着鸡蛋和白面前来恳求仲银复课，因为在他看来，当前孩子们的求知和留住这个唯一的教书先生是最重要的。但仲银恪守不拿群众一针一线的训令，挨家返还。结果不但没送掉，反而还得到了村民们更多惶恐的道歉和真心的同情。相对于仲银来讲，村民们并无宏大的理想与奢望，只是希望日子过得好点，用陈三爷的话说就是"老百姓能干啥，老百姓的事情就是种地养娃娃，就是想图个天下太平么，天下太平，老百姓就能种地养娃娃么。"然而，仲银以知识者和启蒙者自居，先验地将个人的理想和从事的事情看成是符合历史进程的丰功伟业，而群众及其代表的生存伦理则是保守、静止、封闭的文化生态和历史荒冢。因而，从与群众间的这种隔膜和思想理念上的差距来看，仲银是一个缺乏启蒙理性的知识精英。

同时，作为一个启蒙者，张仲银的启蒙行为带有很强的投机性与阴谋色彩。他的启蒙历程实际上夹杂着理想的高大与动机的卑俗这对矛盾。当五人坪的革命陷入低潮，既无人参与也无人问津，只剩下张仲银孤独地唱着独角戏时，他不断地想"我也许该做那件事情了"。"那件事"指什么呢？是指仲银写匿名信给县革委会揭发五人坪神树上蝌蚪文的肇始者，他揭发的不是别人，正是自己。仲银在孤独与失落中选择了几乎是自渎和自戕的方式去证明自己的价值，可谓剑走偏锋：

> 我们知识青年的出现，确实使仲银显得无足轻重了。仲银再也不是方圆几十里之内唯一的文化人，再也不是村民们崇拜的唯一中心了。仲银忽然再也找不到自己的自豪和孤独，没有了自豪和孤独的仲银深深觉得，每一个白天和夜晚都是对自己的侮辱。仲银就想，老张怎么就不来呢。仲银终于明白了老张的存在对于自己难以估量的价值，和老张的那场游戏，是让旋风重新旋转起来的唯一的力量。①

---

① 李锐. 万里无云 [M]. 济南：山东文艺出版社，2002：216-217.

这段文字呈现仲银内心危机产生的根源以及他悄然滋生于内心的化解方式。但为什么要选择这种危险的、几近于自杀的方式去救赎自己？难道他不知道这是要获牢狱之灾？在他这样做之后，他收获了群众惊恐而钦佩的眼光，被押走时体味到"第一次真正领导人民群众的幸福和快乐"与"自己的力量"，完全是一幅烈士慷慨就义、从容赴死的悲壮图景。然而，与其说像个烈士，不如说仲银此时是个心怀鬼胎的"阴谋家"：他承认蝌蚪文是自己所写，代陈三爷受罪，自投监狱，实际上是想彰显其英雄气质与义举，事实上他也达到了这一目的。同时，他还有另一重心思——利用对犯人的"公审大会"让自己名声远扬，这一点在小说中是通过第五章李京生的视角道出的。只可惜当时革命陷入混乱，没人理会这个案子，仲银借"公审大会"扬名的计划便落空了，最终换来的是他八年的牢狱生活，当他蓄谋已久准备逃狱的那天，释放通知也来到了。就这样，仲银和政治开了个玩笑，历史也跟仲银开了个玩笑。

在这里，仲银参与革命的动机和行为并不高尚，相反，具有更多个人功利色彩，甚至是阴谋色彩。当这种缺乏理性、幼稚的革命动机与"文化大革命"的非理性、残酷、混乱结合在一起时，革命与个人的双重悲剧和闹剧就不可避免地发生了。张仲银第一次入狱前后的思想与精神轨迹可谓是"文化大革命"中部分年轻知识分子们的精神秘史，为我们理解非理性年代知识分子的精神世界开启了一个小小的窗口。从这一窗口，我们首先看到的是20世纪六七十年代以张仲银为代表的启蒙知识分子的精神危机，在他们身上，深刻的自省、清醒的理性、犀利的批判意识都是缺失的。苛刻地讲，作为知识分子，他缺少对革命理性的辨析，在义无反顾地追随革命步伐时，他也缺少对革命、历史的诘问与怀疑。

很显然，张仲银并不是一个完美的启蒙知识分子形象，而是残缺的，甚至悲剧的。这种残缺不仅表现在上面所说的启蒙理性或历史理性的深度缺失，更表现在他对待情感与女性上的肤浅和清高。在对待情感和女性上，张仲银和苦根儿都面临着类似的困境：想爱却不敢爱，将革命事业看得比爱情更重。苦根儿因为是孤儿，从小情感缺失，所以缺少爱的能力，而且他的身份是代表上级执行公务的革命工作者；张仲银则不同，他是从师范学院毕业，会吹口琴、会读诗词，年轻俊美，初到五人坪便赢得了清秀漂亮的荷花的爱慕。当荷花以送鞋垫和鸡蛋向他展开攻势时，他却向后退缩了，原因是他嫌荷花没有文化，他的偶像是邢燕子们——与张贤亮笔下的章永璘拒绝马缨花是一样的理由。因而，荷花与他之间的故事就只剩下了荷花一腔痴情的苦苦等待。对荷花而言，这是个伤感的悲剧，而仲银高悬着的爱情理想让他三十年后仍茕茕孑立。

孤独和无所事事是仲银出狱后最为显在的特征。小说多次描写他的无聊与落寞，刻画了革命退潮后，一个一呼百应的启蒙者蜕变成颓唐的溃败者的形象。然而，尽管如此，仲银心中理想的余灰并未燃尽，他没有放弃筹建小学的理想。为了这一目的，不会喝酒的他玩命地陪矿长二梁和村长荞麦喝酒，在二人敷衍的应承中，仲银纵情喝酒，为了革命事业而喝、为了理想仅剩的那点余烬而喝，小说这一处写得感人至深，把一个颓唐却一生笃信教育、不惜卖笑求乞的知识分子写得悲苦、凄清，甚至有些悲壮。除了喝酒，他只能在自己的学生臭蛋设坛求雨的场面中提着水壶为人倒水，"像个人影子一样，在村里晃过来晃过去的"。即便如此恓惶，他还被荷花的丈夫牛娃时时提防着、嫉妒着，被这个患有癫症的屠夫一遍遍地"屠杀"着。这些场景和片段连缀起来，无疑构成了一个启蒙溃败者悲惨的现实境遇，象征了启蒙知识分子悲壮而惨痛的启蒙历程与结局。

如果说李锐的《万里无云》和《无风之树》是革命年代的民间悲歌，苏童的《河岸》则是关于那个年代红色政治与日常生活缠绕下的黑色幽默。

在关于 20 世纪六七十年代历史的小说叙事中，无论是书写民间秩序与乡村世界，还是对自我成长历史的追溯，我们都会经常看到日常生活和革命政治的复杂纠缠，这种纠缠又往往表现为日常生活的政治化和政治生活的日常化。在《河岸》中，我们依然能找到这种趋向。苏童将这部作品的内容概括为"20 世纪 70 年代，中国的一个儿子随父亲登上流放船，离开岸上世界以后，流动生活里的故事"。小说人物的展示和主题的表达是放在政治（革命）与日常生活二者的交互关系中展开的。

但在俯瞰 20 世纪六七十年代全景生活的同时，苏童主要将焦距集中于颠踬在河与岸间的父子的命运上。在小说中，"河岸"这一地理名词已经成了岸上人和船民的地理分水岭，岸上、河上更是身份和血统差异的标志。因而，小说中人与人的关系，在苏童笔下化约并突出表现为岸上的人与船民间的敌对和交锋（当然也包括两系各自的内部关系）。他们之间的交流充斥着政治和革命色彩，人物间充满对立和攻讦性质的对话与辩论大量沿用、复制了当时林立的派系对峙及政治话语方式。《河岸》中操持政治、革命权力与话语的主角在文本层面主要并非表现为握有权柄的当政者，如乡镇书记赵春堂（道貌岸然的政客）一类，而是指代表组织和领导旨意执行公务的王小改、五癫子、陈秃子这些"油治"们（油坊镇码头治安小组，简称"油治"，被库东亮嘲讽为"油脂"）。由一帮有劣迹的江湖混混对另一些有政治问题的人们进行革命或审查，这本身就是苏童有心安排的一场好戏。"革命者"身份的获得让五癫子之流焕发了前所未有的热情和主动，也激发了他们与敌人革命斗争到底、"同仇敌忾"的正义感和成就感（实际上，在他们看似正义的面孔和声音之下，隐藏的是私仇公报、借革命名义扫除异己的私欲）。所以，王小改、五癞子等人常把"人民内部矛盾""敌我矛盾""政治责任""反革命"等词语挂在嘴边；而且他们还执行公务，拿着治安棍或带刺刀的步枪四处吆喝成了他们日常生活的主要内容。王小改、五癞子之流以执政者或正义一方的名义，一知半解、望文生义式地操持政治术语和"革命事务"，可见革命在民间的扩张、滥用与走样，以致最后革命成了一场场闹剧。

在小说里，革命政治对日常生活的渗透突出表现在乔丽敏在卧室对丈夫审查的这一情节中。身居高位的库文轩被人揭发其烈属身份是假的，继而被隔离审查。在政治风浪面前，面对丈夫遭遇政治厄运的不幸，作为妻子的乔丽敏选择了疏离和控诉。不仅如此，乔丽敏还以审判者的姿态，操着流行的政治腔（"坦白从宽，抗拒从严"），在卧室对库文轩的作风问题和身份问题反复进行政治审问。在这样一个典型的场景中，我们看到20世纪六七十年代的政治形式、思维方式，甚至这一时期的政治话语方式是如何悄然渗透在个体的行动与精神之中。乔丽敏审查、审判丈夫这一行为是对这一时期法律与司法政治形式的复制，其话语是典型的20世纪六七十年代的暴力语言，连卧室这一日常生活的私密空间也成了具有类似于审判或公审现场意义的政治空间。"夫妻本是同林鸟，大难临头各自飞"，这不光是库文轩和乔丽敏这对革命夫妻在这段动荡历史中的行为方式的写照，也是那个年代无数夫妻反目或家庭破裂的真实写照。在当时，"亲不亲，线上分"成为人们自觉崇奉的信条，政治的对立、阶级的分野、出生血统的差序渗透到人们的日常生活之中。从革命大潮的成因与群众文化心理来看，这种现实建立在这样一种心理上："每个人都恐惧自己成为'异己'，而唯一能消除这种'恐惧'的，便是如何证明自己的非异质性（非异质性此处指出身或身份清白——笔者注），而其最有效的方式，便是将他人推向异质性的境遇。因此，便导致了亲人间的相互揭发，导致了群众对大批判的踊跃参与。"①

小说中，革命政治以势不可挡的态势侵入日常生活，在政治的浸淫下，群众的行为方式、情感心理迅速政治化，他们心甘情愿地成为政治的信徒，这种政治信仰和重新改写的价值立场牢不可破，甚至血亲意义上的伦理纽带、法律与情感意义上的法制和道德纽带也无法与之匹敌。乔丽敏虽天生丽质，但出身

① 蔡翔. 神圣回忆 [M]. 上海：东方出版中心，1998：50.

不好，她出身屠户家庭，用小说中的话说"不是资产阶级，也不是无产阶级"，这种尴尬的身份限制了她在舞蹈专业上的继续深造并影响了其个人前途的长远发展。当丈夫被人揭发、其烈属身份不再时，乔丽敏用审查、离婚、出走等方式表达了与这个"有劣迹"的家庭的决裂，目的还是想不影响自己的前途，甚至以此为转机换得新生。乔丽敏这种现实利益驱动下的选择在20世纪六七十年代时具有典型性，是一种由典型的时代心理和时代政治塑造的文化心理。所以，在理解了乔丽敏、王小改等人的心理驱动力和文化心态后，就可以更好地理解这一时期夫妻离婚、家庭失和、师生反目、友朋互揭的异常行为了。

从政治对船民日常生活的影响来看，革命政治的渗透与侵入极大地影响了他们的生活和心态。值得注意的是，在李锐、李佩甫等人的笔下，革命与政治面对牢不可破、自给自足的乡村和民间世界，这种影响只影响到的是部分和局部，并不在总体上颠覆和改变原来的生活方式、生存样态与生存伦理。比如李锐的《无风之树》以及李佩甫的《红蚂蚱 绿蚂蚱》都展示了这种写作路数。但在《河岸》中，革命政治对日常生活表现为强势侵入，在精神情绪上体现为船民对政治以及与此相关的政治责任的畏惧——这也是船民在与岸上人的对峙中最终败下阵来的主要原因。如船民们第一次受到监督和新规制约时，面对人民街新建的公共厕所，他们一开始无所顾忌地把玩不已，等到王小改以政治和革命的名义对他们进行恐吓时，他们欢乐的表情发生了变化：

> 船民们尽管没文化，政治责任是什么责任，心里都是清楚地。他们在人民街公共厕所的狂欢戛然而止，一条长龙由孙喜明带头，依依不舍地盘出了厕所。①

船民们生活颠簸、备受歧视的根源还在于他们身份与地位的卑不足道以及政治上的非法性，因而，他们处于身份政治与心理上的弱势地位。如果从革命政治对日常生活影响的具体形态来看，我们可以看到《河岸》借"监视—治安"这一对关系组织形式呈现了这一特定时代政治以专制和蛮横面孔钳制个体自由的本质。在小说中，随着油坊镇向样板镇的迈进和"东风八号"的开工，向阳船队船民的生活发生了巨大改变。其中，改变之一便是生活受到严密的监控。由王小改、五癞子、陈秃子这些油坊镇闲杂人员组成的"治安小组"用望远镜、治安棍等现代治安工具对船民进行严密的监控。这种监控既侵犯了船民

---

① 苏童. 河岸 [J]. 收获，2009（2）：114-208.

的人身自由，同时又人为地将船民划为劣等序列，与现代法理或法制中的自由、平等和所谓现代公民的理念相去甚远。然而，这种监督和监视发生在特殊的"文化大革命"时期，一切不合理的、乖张的现象一旦被披上革命的外衣或是借助于革命的名义便畅通无阻了。

在这里，革命的威严监控与底层痞性十足的治安小组奇妙地叠合在一起，震慑并规范着船民的行为方式和心态情感。吉登斯（Anthony Giddens）在考察西方"民族—国家"体系时曾指出，"监控与治安的结合为政治迫害开了绿灯，这又再次回到极权主义的老路上来"，同时，他认为"现代国家的治安从来就不只是一个行政管理的'技术'问题，它从中隐含着一整套复杂的规范的政治理论问题"①。从这个角度看，监控与治安的耦合是这一时期时代政治的组织形式和秩序形态，也是抽象的革命进入民间和日常生活的具象化形态。

同样不可忽略的是刘醒龙的《弥天》。这是关于 20 世纪六七十年代的一部史诗性叙述文本，它提供了一份革命起源的群众心理证词。

《弥天》以写实的风格、宏大的叙事模式再现了 20 世纪六七十年代的经济生产、日常生活与民众的精神状态，尤其对民众的压抑与激情并在、欲望与非理性并存的精神世界作了夸饰化但相当真实的透视，为我们理解这一时期的社会心理和非常态的精神人格，特别是为探寻历史起源问题提供了一份重要标本和心理证词。

《弥天》充斥着革命年代的残酷、血腥和纷乱。同时，革命又激活、刺激了民众单调、窒息的日常生活。革命的狂暴与群众压抑、非理性的精神互相催生，人们在弥天大谎的幌子下，以革命的名义集体上演着一副怪诞的民间世相和狂欢的精神躁动戏码。这段劫难在这里找到了坚实的心理基础和民间起点。《弥天》中群众的这种快感和非理性的狂欢突出表现在"看与被看"的叙事场景中。这些场景包括枪毙女知青、逮捕倪老师、观看炸死裸体男女三个情节。以前下面两个场景为例：

第一个场面是女知青被杀，小说这样交代人们的情绪：

> 平常时候，说是开万人大会，实际到会的人有五千就不错了。只有公审死刑犯的万人大会才是名副其实。一听说哪儿要开会枪毙人，大家就莫名其妙地兴奋……春节之前，那个破坏军婚的民办教师被枪

---

① ［英］安东尼·吉登斯. 民族—国家与暴力［M］. 胡宗泽，赵力涛，王铭铭，译. 北京：生活·读书·新知三联书店，1998：360.

毙时，区里很多农民扔下手里的活，有面子坐拖拉机的就坐拖拉机，没有拖拉机可坐的人一大早就徒步出门往县城赶。机关干部们，多数是骑自行车……因为要去看杀人，所有的人都变得理直气壮……钱多的人花五分钱买上一节长甘蔗，钱少的花两分钱买上一节短一点的甘蔗，然后爬上广场四周的大树，坐在树杈上等着看那个肯定会被判死刑的知青。①

如同要看一场精彩的戏，群众从农民到机关干部们，都积极踊跃而喜庆地准备着。到了女知青被枪杀的时刻，台下男女们关注的是女知青的皮肤、乳房，他们趁机打情骂俏，时刻跟踪刑场的地点，鱼贯跟在行刑队的后面。待刽子手杀戮结束后，围观的群众将血泊中的女知青围得水泄不通。人们在叫嚷和笑声中，像赏玩一件珍宝一样新奇而兴奋。在起哄声和嘻嘻哈哈的说笑声中，有人怂恿去亲女知青；一个中年妇女用木棍在尸体的枪眼里翻找着勾引男人的肉钩子，因为她的丈夫前年出差武汉，被一个武汉女人迷住了，至今也不回头；面对死去的、还怀孕的女知青和被踩出的胎儿，人们的兴趣只是猜测女知青的怀孕方式是被人强奸还是自施的美人计。随处可见的笑声、笑脸，高兴的笑、猥亵的笑、仇恨的笑，唯独没有一份对死者应有的尊重，更遑论怜悯、同情、诘问和反思。一个弱女子的死激起的是淫欲、仇恨与笑声。死的悲戚和笑的狂欢形成的两极悖反昭示的是情感的荒漠和人性的迷失。

在《弥天》中，枪毙作为刑罚手段之一，被统治者用来惩戒犯人，而对于民众而言，它是被当作公共景观来看待的。从刑罚的本质来看，它实际上是一种权力运作模式。在刑罚的发展史上遵循着"刑罚演进从肉体到自由（灵魂）的演进过程"②。自古以来，在中国的政治秩序中，刑罚是一种重要的手段，在法场、刑场上施行刑法，可以威吓民众，起到杀一儆百的作用，统治者通过刑罚释放统治威严、惩除异己并以此从肉体和心理上震慑被统治者，进一步巩固其统治。"权力之所以与肉体紧密相联，是因为权力能通过肉刑的形式，实现对罪犯严厉而又公开的惩罚。"③ 历代统治者的刑法暴政在某种程度上达到了其目的，也在事实上造就了百姓的奴性、卑弱，甚至麻木和愚钝。近代以来，刑法

---

① 刘醒龙. 弥天［M］. 上海：上海文艺出版社，2002：53-54.
② 张杰. 从肉体到灵魂：权力的运作艺术——福柯对刑罚演进的解说［J］. 船山学刊，2006（4）：214-217.
③ 张杰. 从肉体到灵魂：权力的运作艺术——福柯对刑罚演进的解说［J］. 船山学刊，2006（4）：214-217.

暴政造就的这种精神状态典型地表现在鲁迅等作家描写的看烈士被砍头，争食烈士的人血馒头等阴郁的场景中。

第二个场面是倪老师被捕。中学教师倪大海，温文尔雅，敬业工作，并未与当地百姓有交恶或嫌隙。如果说女知青丁克思的死所激起的百姓的狂欢中包含着百姓对知青认识上的偏差（"这么好的条件，家又在武汉，为什么非要去研究社会问题"① ）、两个阶层的"隔膜"以及"那些去刑场看热闹的人很怕这帮知青"② 的畏惧情绪，那么，对于一个手无缚鸡之力、敬业工作的人民教师被捕场景的狂欢化"消费"，则折射出民众人性的迷失和道德底线的崩溃。

倪老师因与学生金子荷相恋而被知青老白等人告发被捕，在公审大会中，"台下的人都很兴奋，不管三七二十一，只要意蜂喊什么，他们就跟着喊什么。"③ 倪老师被押走后，看客们仍热情不减：

> 工地上的民工像潮水一样拥向那辆停在大坝顶端的吉普车。很多人不知道不锈钢手铐是什么样子，他们拼命往前挤，唯恐错过机会。吉普车在人潮里缓慢地行驶着。工地上的情景比县里枪毙女知青丁克思还热闹。一些挤不到跟前去的人，竟然跑到主席台上，踮着脚向远处看。这些人还不满地冲着王胜说，不应该让倪老师坐吉普车，应该将他就地枪毙了，埋在大坝上，让他们少挑几担土。④

公审大会是森严年代政治对个体施暴的开放空间，在这里也成了普通民众释放激情和狂乱的戏场，更是一个彰显迷乱价值观和冷漠人性的舞台，台上的悲凉和台下的狂欢交相辉映，"五四"文化先驱笔下"看与被看""启蒙者与看客庸众"的图景在现代极权社会形态下再次悲哀地上演。从这个意义上说，刘醒龙在《弥天》序言里提醒我们要谨防悲剧轮回重演的忠告并非虚言。《弥天》中政治的残酷和群情的狂欢总是伴随着性与情欲的泛滥，在这段描写中同样如此。一个典型而颇具意味的细节是在老白等人控诉倪老师的时候，温三和极度恐惧，低下头去，却在桌子底下借助于宛玉的手指和乳房撩拨情欲，最后在抽搐、喷射和叫声中释放自己。现实政治的乖张和严酷让视倪老师为自己精神导师的温三和内心虚弱又惊惧，而对性事的沉迷驱逐了这种恐惧，政治的严酷被

---

① 刘醒龙. 弥天 [M]. 上海：上海文艺出版社，2002：57.
② 刘醒龙. 弥天 [M]. 上海：上海文艺出版社，2002：61.
③ 刘醒龙. 弥天 [M]. 上海：上海文艺出版社，2002：229.
④ 刘醒龙. 弥天 [M]. 上海：上海文艺出版社，2002：230.

情欲的悸动取代。公审大会现场的这种由政治到性事的转移不仅是主人公视线和关注点的转移，更是人物在精神心理上以性欲的释放来转移、救赎、疗救政治威压造成的恐惧和创伤的极端行为。性与政治成为刘醒龙切入20世纪六七十年代的两个重要视角和叙事策略。

　　3. 民间视角与民间立场为历史记忆叙事带来的叙事新变

　　第一，民间开放了历史叙事的叙事结构，延伸了关于20世纪六七十年代的历史记忆的地理空间。由于作家开始注重对自足、本源的民间的充分书写，民间作为一种文学空间和叙事结构得到了长足的发展。"空间因素对文学作品而言，也就绝非一种点缀和摹仿，而是必不可少的。"① 民间文化形态与叙事结构在20世纪90年代以前的小说中，尤其是20世纪80年代的小说中已经大量出现，但这时的民间常常是作为一种意识形态化、民俗化、文化化的民间。在诸多民间形态和叙事结构中，新的政治意识形态和经济形态侵入下的民间、知识分子启蒙立场下劣根性的民间、新的社会理想和价值形态冲击下的民间、文化层面上对民间乡野形态的彰显，等等，是20世纪80年代民间叙事和结构的几种基本形态②。在这些民间立场与民间地理中，民间与意识形态、知识分子的精英及启蒙意识、社会主流价值理想裹挟在一起，民间并非一个自足的概念，而是一个文化空间、知识分子人文化的地理空间以及被意识形态化了的概念。20世纪90年代知识分子的精英意识衰微以及主流意识形态逐渐松动后，加诸民间之上的这些隐喻性、功利性的意义才慢慢淡去，所谓真正意义上的民间的出现才成为可能。

　　发表于新时期之初的《芙蓉镇》，尽管注重对风俗民情以及民间生活的书写，但小说的民间视野与民间结构还是笼罩着强烈的意识形态性和主流话语的痕迹。小说采用"人像展览式"的戏剧结构记叙了胡玉音、秦书田、黎满庚、李国香、王秋赦等人物在四个不同时段的故事与命运，"以某小山镇的青石板街为中心场地，把这个寡妇的故事穿插进一组人物当中去，并由这些人物组成一个小社会，写他们在四个不同年代里的各自表演，悲欢离合，透过小社会来写大社会，来写整个走动着的大的时代"③。从而，"寓政治风云于风俗民情图画，借人物命运演乡镇生活变迁，力求写出南国乡村的生活色彩和生活情调来"④。小说虽书写民间，但意在展示政治风云的变幻；虽书写风俗民情，但仅仅是为

---

①　徐岱. 小说形态学 [M]. 杭州：杭州大学出版社，1992：76.

②　王光东. 民间文化形态与八十年代小说 [J]. 文学评论，2002 (4)：158-164.

③　古华. 话说《芙蓉镇》[M] //古华. 芙蓉镇. 北京：人民文学出版社，2000：220.

④　古华. 芙蓉镇 [M]. 北京：人民文学出版社，2000：213.

了塑造人物、点染激荡的时代；虽可见小镇的民间景观，但比起"伤痕""反思"与改革小说中的民间只是多了一些民俗景致和地域风情，真正意义上的民间并未凸显，民间还是充当了政治激荡与时代风云的载体。可以说，作家以政治视角或知识分子的精英意识，书写了民间天地中的革命事件，探讨了历史悲剧中人的命运。小说中喜歌堂风格的民歌、吊脚楼、青石板等元素或意象的聚合使我们隐约感受到与沈从文湘西世界类似的民俗气息、建筑标识以及文化讯息、抒情氛围，但小说的民间立场与自足的民间地理空间仍然付之阙如。

第二，民间为作家反思 20 世纪六七十年代提供了新的价值立场与叙事基点。20 世纪 90 年代民间叙事中的民间不仅是小说的空间新地，更是作家与知识分子的价值立场和叙事基点，作家因此真正实现了艺术与精神上的"回乡"。民间作为一个纯粹而具有本体意义上的概念出现在 20 世纪 90 年代以来的小说叙事中，这与社会文化语境有关，也是文学知识分子的自觉选择。由于知识分子道德理想主义、精英意识的溃败以及市场语境与商品文化的崛起，小说的启蒙叙事与宏伟叙事被边缘化。在这种情况下，小说何以为继？"小说必须借助于另一个支撑点，同时对自身的价值立足点作出新的解释"，而回到民间，则成为当代文学的精神价值的重新寻找和自觉定位，这既是小说本体意义层面的选择，也是知识分子精神归属的问题①。

对 20 世纪六七十年代的叙事，通常可以从三个层面展开，分别是官方意识形态的政治角度、知识分子的人文理性角度和民间文化的自在本源角度。尽管在寻根小说以及此前的"伤痕""反思"小说中出现过民间，但那时的民间更多是一种元素，民间被楔入在政治意识与启蒙意识的框架下并未真正自立而具有独立的审美意义与结构意义。意识形态的角度和知识分子的人文与启蒙角度是 20 世纪 90 年代以前的小说书写这段历史常用的叙事立场和价值取向。可以说，在知识分子启蒙话语和启蒙叙事失去效应、政治意识形态性的叙事话语难以为继的情况下，知识分子选择民间来承载对这段历史的言说与叙事也是不得已而为之的。但不可否认的是，作家选择民间意味着获得了一个相对广阔而深邃的叙事基点，一种深厚而有效的价值立场。这让他们逃逸出 20 世纪 80 年代对这段历史反思中过重的政治性和意识形态性，避免过于强烈的知识分子责任承担和过多的文化功利性。

从表达的效果来看，民间极大地解放并拓宽了小说对 20 世纪六七十年代叙

---

① 张清华. 存在之镜与智慧之灯——中国当代小说叙事及美学研究［M］. 福州：福建教育出版社，2009：72.

事的空间。张炜说："我认为民间是一片苍茫，在苍茫中表达的可能性增加了几十倍。"① 从自足的民间角度能看到，意识形态整饬下不一样的历史风貌与历史真实。民间在李锐笔下，既非绝对的黑暗，也非十足的诗意，在原生态地呈现民间时，作家在民间生存与观念形态层面保持着一份清醒的批判。李锐的民间书写一直贯穿着他对底层大众的深切关注、平等对话，以及他建立汉语主体性的语言自觉。李锐曾说，他极其珍视的《无风之树》和《万里无云》承载着他对这段历史的反省与对语言自觉的思考、实践②，毋宁说，民间的这种价值立场与叙事空间帮他完成了历史反思和语言自觉的宏愿。民间语言与民间视角在李锐的作品中得到了充分的利用，诚如王尧所言："《无风之树》第一次用底层民众的语言讲述了一种民间的'文革'。"③ 李锐也声称，从《厚土》到《无风之树》姊妹篇的过渡，"我在那个口语的海洋里所获得的那种自由，所获得的那种丰富性"是无与伦比的④。通过对民间的重视以及对民间口语的倚重，李锐在民间视野下不仅实现了对 20 世纪六七十年代历史与民间生活图景的重组和书写，同时，他让民间那些沉默的大众发言，开始充当自己民间天地里真正的主人。于是，"人"在李锐的历史叙事与民间生活中也复活了，新文化运动以来启蒙者笔下那些沉默的、失声的劳动者开始发出自己的声音，知识分子的智性驾驭逐渐失去权威，底层民众获得了平等而自由的话语权力和人格尊严。这是李锐对民间立场与民间叙事的独特贡献。

再比如，"以一种贴近农村生活的表现视角来展示自己的文学想像"⑤ 的莫言，他在描写知青、"右派"人物在 20 世纪六七十年代的生活时，一反常用的政治视角或宏大叙事中的价值立场，常常借助儿童或农民的视角，获得了迥异而独特的艺术效果与历史反思。比如他的《司令的女人》《三十年前的一次长跑比赛》通过农民与儿童的视角写出了知青、"右派分子"在农村中的生活场景，写出了他们欢快、自由而奔放的一面，与"伤痕""反思"文学以及通常知青文学中苦难烦闷、暗淡无光的生活状态和情感特质截然不同。可以说，莫言借助特定视角与民间立场，注意打捞历史洪流中的记忆碎片与历史真相，这种碎片与真相并非艺术虚构，而是所谓主流叙事与主流书写视角所集体遗忘或难以

① 张炜，王光东. 张炜王光东对话录 [M]. 苏州：苏州大学出版社，2003：32.
② 李锐，毛丹青. 烧梦——李锐日本讲演纪行 [M]. 桂林：广西师范大学出版社，2009：78.
③ 李锐，王尧. 李锐王尧对话录 [M]. 苏州：苏州大学出版社，2003：164.
④ 李锐，王尧. 李锐王尧对话录 [M]. 苏州：苏州大学出版社，2003：171.
⑤ 莫言，杨扬. 小说是越来越难写了 [J]. 南方文坛，2004（1）：44-49.

触摸到的历史真相与历史真实。历史是复杂的，文学再丰富也只是在尽可能地还原与追忆。莫言以独特视角和纯粹的民间叙事书写出历史苦难中的温暖、苦涩年代中的欢快，这并不是对历史真实的篡改，而是一种有益的补充，是对传统文学书写和正统文学史的有效丰富。这使笔者想到 2002 年获得诺贝尔文学奖的匈牙利籍犹太小说家凯尔泰斯（Kertész Imre）。他 15 岁时被送到奥斯维辛集中营，亲历了集中营的苦难。《一个没有命运的人》以一个少年的视角叙述集中营内的生活场景以及恐惧心理。"最有意思的就是作者还描写这个少年的'幸福'感。当他能感受到一缕阳光的温暖的时候，当灿烂的朝阳升起在集中营囚室窗外的时候，当他获准躺下或获准吃饭的时候，当他不被殴打或不感到饥饿难耐的时候，当他蓦然回忆起过去家里一个温馨的日子，或者用凯尔泰斯自己的话说，'当集中营这个旨在摧毁个体生命的机器出现短暂运转故障的时候'，这个少年都会感到'幸福'"①。黑暗的集中营生活令人想起就毛骨悚然，亲历过的人更是如噩梦缠身般难以拒斥。然而，凯尔泰斯和他笔下的少年却能苦中作乐，在苦难中发现温情，在痛苦中发现希望，在苦涩中发现温馨。这种独特的价值立场与叙事伦理，从宏观层面说，反映了凯尔泰斯的历史写作遵循的是对历史真实的书写，以无功利性的立场深度开掘苦难历史深处的创伤的同时，不忘体恤人在绝境中的那份卑微却温暖的生存意志与希望，从叙事伦理来看，这又与凯尔泰斯的"见证的文学"和"见证叙事"息息相关。这种见证叙事秉持的是必须有原本的当事人的立场和叙述方式，而不是脱离了时代背景的历史回顾的立场和方式②。因此，历史亲历者丰富且真实的情感状态便细腻而详实地被呈现于小说中了。可以说，不同的价值立场、叙事基点及视角带动的是不一样的文学风貌和艺术境界。

（二）"成长"中的"历史"：成长主题与历史记忆的并置叙事

新时期以来的历史记忆题材小说，在书写 20 世纪六七十年代历史时常常与成长主题有着密切的关联。具体来看，这种关联主要表现为当代作家在言说这段历史时每每自觉或不自觉地将大时代的历史与个体的成长史融合在一起，在内容上，尤其是在结构上呈现为成长叙事与历史记忆叙事的并置叙事。这些小说通常是以这段历史作为表现对象，但总是从个体的童年或童年记忆的书写着笔，在对个体的成长历史追叙中揉进了时代的宏大内容，大历史常与个人的小历史纠缠在一起。比较典型的作品如苏童的"香椿树街"系列以及《河岸》，

---

① ［瑞典］万之. 诺贝尔文学奖传奇［M］. 上海：上海人民出版社，2010：123.
② ［瑞典］万之. 诺贝尔文学奖传奇［M］. 上海：上海人民出版社，2010：123.

池莉的《怀念声名狼藉的日子》、王安忆的《启蒙时代》、魏微的《流年》、范小青的《赤脚医生万泉和》、里程《穿旗袍的姨妈》，等等。

历史记忆叙事中之所以会出现这种被反复使用的叙事结构和叙事策略，不仅与成长主题、成长结构本身所具有的丰富性和开放性有关，也与作家们自己的生存境遇、成长周期密不可分。因而，可以说，这种叙事结构既是作家们的一种有效的叙事策略，同时也是作家个体的生存体验与成长遭遇所决定的独特的价值取向。下面，笔者选取几篇有代表性的文本来剖析它们的叙事特征及其时代内容。先看里程的《穿旗袍的姨妈》。曾放言当代作家里没有几个真正懂小说的里程，在其流浪三部曲的首部中，无论是在叙事方式还是在思想深度上，都表现出了与他的自负和狂放相符合的才情。一是叙事方式。此类题材的小说，往往可见的是用儿童视角或被评论者称之为"拟童腔"的叙事方式结构全篇，即小说让置身于历史现场的主人公或当事人充当叙述人，而这一叙述人常常是智力和认知水准相对稚嫩的未成年人。因此，这种限知式的叙事人物更多的是在原生态地呈现时代与社会的原貌，在叙述历史或社会事件时避免了理性、情感、道德的泛滥。然而，里程采用的是回溯式的追述与复现，"我站在历史的这一端，看到童年的自己从跑道上跨越一张张履历表，他的每一次跨越腾挪都那样沉重那样艰难"①。即让不断成长着的叙述主体站在历史的此岸，对大时代历史与个人成长史进行追忆，经历历史现场的"我"和那个理性沉思的"我"交替出现，绵密又深刻地讲述着大时代里那段忧伤而凄婉的青春往事。

里程的这部小说是篇"名不副实"的作品，准确地讲是言此意彼。看似要讲一个关于穿旗袍姨妈的故事，实则写的是叙述者"我"的成长历程。那么，姨妈在我的成长中充当着怎样的角色？"我"的成长过程与大历史有着怎样的互文性渗透？姨妈作为家族里重要的一员，是在"我"的成长中，包裹着"我"的女儿国里的众多成员中的一个，严格地讲，姨妈都称不上是小说的线索人物和中心人物。小说以姨妈始，又以姨妈终。开篇先叙三四岁的"我"一人孤零零地在幼儿园等待着家人的到来，二姨妈的出现让孤独恐惧的"我"泪流满面地投到她的怀抱，"我"对二姨妈的依赖和深情是开篇呈现的情感基调。然而，这也仅限于是开篇。终篇交代二姨妈得了黄疸型肝炎迅即辞世后，浓墨铺写家族中人在分割姨妈遗产上的勾心斗角、重重心机。而此时的"我"是怀着因长期疏远二姨妈而感到的深深的歉疚和道义上的自责来缅怀二姨妈的。可以说，除去小说中间二姨妈的偶露峥嵘外，二姨妈在小说首尾集中出现完成对我的情

---

① 里程. 穿旗袍的姨妈［M］. 北京：人民文学出版社，2007：36.

感历程的陪衬和叙写后便隐退了。因而，充当我的青春故事和成长叙事的线索人物，此为二姨妈的第一个作用。

第二，二姨妈是"我"执意逃离家乡，流浪他乡无望式的精神寻根中的关键人物。在"我"的青春故事中，充满了"我"对自我、亲人和家族溯源式的寻找与认同，乱世的动荡、无以摆脱的家庭出身的重负、青春的骚动和成长的惶惑让我陷入流浪和云游的渴望中。在"我"的这一精神轨迹中，二姨妈充当了重要的角色。"我"与二姨妈的感情以笃厚始，以生分终，中间的过程是不断的疏远和淡漠。"我"对二姨妈的疏远并不是因为她不识字、过日子太俭省，而是以下两点：一是二姨妈"地主婆"的身份。在成长岁月中，"我"深受家庭出身的困扰，加上父亲被捕入狱的不光彩经历，我屡屡被人嘲笑，入不了红卫兵组织，处处受欺凌。二姨妈"地主婆"的身份让"我"如临大敌，"我"对二姨妈的疏远内含着"我"对她身份的拒绝和厌恶。但是，二姨妈待"我"如己出，慷慨而无私地关心"我"，甚至还有收"我"为儿子的意图，然而"我"却逃离般地疏远和冷落二姨妈，这似乎有点蹊跷。这里，除去身份的原因，还有更为重要的原因。那就是"我"对以二姨妈、舅舅为代表的乡村（或乡土）的亲情真相、人生世态、生存秩序和伦理方式的巨大悲悯（悲悯来自失望）与深刻拒绝。族人对待一个死者和她遗产的截然不同的态度，以及他们的势利、尚实的交往伦理消解了"我"对故乡和家园的诗意而唯美的想象。在乱哄哄的遗产分割闹剧之后，"我"成长中的男性偶像舅舅和孕育他们的温情的农耕文明次第坍塌。当贪婪算计的众生相悉数登场后，"我"的这种绝望是刻骨的。"她们是真正的中国农民。即使历史提供了一定的机会，让她们逃离土地，移居城市，她们也会像农民渴望买地一样，用不吃不喝节省下来的钱来购置房产，敛聚财物。二姨妈死后从她床底下翻出的大量碎砖块，三姨妈颠着小脚长途跋涉的苍老身影，四姨妈八十岁生日那天的庄重场面，以及舅舅为了达到他的目的，不惜毁坏长久以来建立起来的声誉和形象，而多少年后他的妻室儿女弃他而去，让他一个人游荡于乡间的阡陌小路过着孤魂飘零的生活，这些重合交错的景象，都让我真切地感到汩汩流淌在我血管里的血液源头来自何方。流浪是一种逃离和背叛的形式，流浪者终究无法改变自己的血性。"① "我"逃离故乡有着与《祝福》里主角的逃离类似的乡土失望和精神溃败。对人事的失望、心喜流浪的习性让"我"在失望中独自体味那份"母亲的故乡只属于母亲"的失落和难以

---

① 里程. 穿旗袍的姨妈 [M]. 北京：人民文学出版社，2007：185-186.

弥合的距离，也促成了"我""一个人悄悄离开母亲故乡"①。

再看池莉的《怀念声名狼藉的日子》。小说以回忆的方式叙写了主人公"我"（豆芽菜或曰豆豆）忧伤而多姿的两年知青岁月和成长历程。故事的时间是 1974 年，17 岁的"我"是个愚顽、任性、热爱自由的少女，厌倦了家庭中父母传统而压抑的管教，欢天喜地地与根正苗红的同学冬瓜来到知青下放地。"我"那蔑视礼俗、自由不拘、张扬爽气的天性在这里得到了释放，然而代冬瓜顶罪让"我"臭名远扬，而与公社党委副书记关山的恋爱风波以及与小瓦的相爱促进了"我"的成熟，当关山和小瓦远走上海和北京去读书后，留下声名狼藉的"我"独自面对这份回忆。小说从主题层面来讲无疑属于成长题材，采用的是成长与历史的并置叙事模式。完整地说，这是一部 20 世纪六七十年代背景下关于女性知青成长主题的小说。

与众多残酷的青春物语式的写作不同，小说感伤而唯美。在两年的知青岁月中，"我"任性、自由无拘的个性没有太多收敛，相反，却更加叛逆和坚定。但经历了一系列事件后，如替冬瓜受罪、与关山短暂的恋爱又迅速与小瓦坠入爱河以及与刁滑的老王频频过招、与憨厚的大队支书贫下中农马想福的相处，救人与被救、性与恋爱、从闻名遐迩到声名狼藉，"我"对人情冷暖、世态万相有了更深的了解。尤其是两场恋爱风波更是"我"成长的催化剂。小说中的两个男性知青——关山和小瓦，一个是虚幻的英雄，一个是真实的凡人，是"豆芽菜"成长的引路人。这种引领分别是性与爱。与关山交往前，"豆芽菜"对性的无知典型地代表了那个时代青年男女对性的无知；代冬瓜受罪时，"豆芽菜"的光脚丫不小心碰到了阿瓢的身体，担心怀孕的恐惧由此产生。情欲旺盛、热衷于性事的关山在性的过程中充当着"豆芽菜"的导师，引领着她对性的熟悉以致产生厌恶；而小瓦则用体贴、细腻的爱意征服了"豆芽菜"，这种真实又温暖的爱使"豆芽菜"逐渐理解了真爱的意义，她的女性自我意识和身体意识也被唤醒——"在这一刻，豆芽菜懂得了为自己以前的许多行为感到羞愧。也就是在这一刻，豆芽菜像拔节的麦子一样听见了自己成长的声音，吱吱吱的，这隐秘的声音来自她的脑袋、心灵、指尖和乳房，这些部位清晰地明显地急促地充盈着，豆芽菜简直傻呆了，她被一种神奇的力量强烈地震慑了，她看见了自己的裸体，所有的曲线都在摆动和丰满着，简直如少妇一般"②。

与所有成长主题和成长故事一样，"豆芽菜"的成长遭遇着危机和压制，但

---

① 里程. 穿旗袍的姨妈 [M]. 北京：人民文学出版社，2007：211.

② 池莉. 怀念声名狼藉的日子 [M]. 昆明：云南人民出版社，2001：107.

和很多成长小说表现出的成长中的孤独、忧伤而压抑的感情不同的是，"豆芽菜"的成长因为她的任性、叛逆，一扫青春颓势，显得主动、张扬而精彩。然而，叛逆而精彩的青春和成长毕竟只是人成长的一个过程，"豆芽菜"在这支离经叛道、敢爱敢恨的高亢青春圆舞曲后依旧留给了我们一个孤单而伤感的尾音：恶斗之后，关山和小瓦分别去上海交大和北京师大读书，"豆芽菜"则成了一个声名狼藉的女孩。小说题材究竟属于成长小说还是知青小说，作家自己坦言她并不看重这种题材的归属，她强调的是对成长的追忆和个体体验的现时建构，"我看重的只是我抓住和表现了中国 70 年代中期的一段历史和几个人物。我们这一代孩子是怎么成长起来的？我要说的是这个""我只想写一个年轻的个体生命在那个时代环境里的真实状况和成熟过程，想写出特殊的时代环境下的个体经验"①。

同时，这篇小说所塑造的"豆芽菜"形象具有较强的典型意义和文学价值。笔者将这一人物概括为"问题少女"与"真的猛士"的结合体。小说中的"豆芽菜"大胆泼辣、离经叛道、热情奔放、敢作敢为、敢爱敢恨，俊秀而有活力，真诚大方而难掩稚气任性。她狡黠、机灵且淘气，以粗俗的话骂哭对她有好感的男生。她不满父母刻板的管束，极力游说父母同意自己下放农村，终于逃脱了牢笼一样的生活。她的核心品质是崇尚自由，而这点在那个年代弥足珍贵。对自由、本真的日常生活的向往是 20 世纪六七十年代高度政治化下人们共同的心声。尤其是 20 世纪 70 年代后期，"豆芽菜"和她的朋友们早已厌倦了种种运动和批判。处于刻板、枯燥但又被意识形态笼罩的生活下，不满之心已很普遍，但在专制而荒诞的年代，合理的反对会被扣上"反动"的帽子，为求自保，大多数人还是像"豆芽菜"的父母一样噤若寒蝉，谨小慎微。最后以大胆而叛逆的行为表达出不满之心的正是 17 岁的问题少女"豆芽菜"，这是这个人物的可贵之处和典型意义。

这种可贵来自"豆芽菜"这一人物所具有的叛逆精神和主体意识。叛逆精神表现为对家庭和父母的忤逆与冲突、敢于挑战权势（小说中表现为对带队干部老王，对公社党委副书记关山等权贵人物的蔑视）。自我意识和主体意识表现在自觉而坚定的女性自我审美和对真爱的追求上。小说中反复浓墨渲染到的一个情节是她喜欢用漂亮衣服和饰品打扮自己。小说开篇就写她请李结巴给她做衣服，她临下放时用崭新的衣服、漂亮的发髻和发卡把自己装扮得灵动多姿，惹得母亲连声反对，大礼堂里"肆无忌惮"地展示自己的鲜艳和秀美，简直惊

① 程永新. 池莉访谈录［J］. 作家，2001（5）：70-76.

世骇俗。父母、朋友和她身边人对她劝告、阻挡、讽刺，她却乐此不疲。这种始终如一的坚持源于"豆芽菜"的女性自我审美，这是对自我的肯定，是那个年代潜滋暗长的个体意识的"异端"和"暗流"，是大多数人失去却并未意识到的自我和主体意识在一个小女孩身上的回归。这种意识和精神并不是"众人皆醉我独醒"的高韬之士那遗世独立和悲怆决绝的写照，而是一个任性愚顽的小女孩在青春岁月里充满热情又离经叛道的追求和坚持，虽然她有点稚气和缺少理性，却如实地展现了20世纪六七十年代后期人们日益涣散的革命激情和回归自我的心灵真实。

同时，这种自我与主体意识还表现在"豆芽菜"对真爱和爱情的执着追求上。因为替冬瓜顶罪，她受到政治的审问和人们的非议，即使这样，她也不出卖朋友，她的品格和性情打动了知青英雄关山，二人开始了恋爱。关山是包括"豆芽菜"在内的众多女知青和少女的偶像与英雄。他身居高职、前途不可估量，加上又是他主动追求"豆芽菜"，按理说，"豆芽菜"的幸福是无可比拟的。然而，对于这样一种理想的恋爱和婚姻模式，率先背叛和遗弃的不是关山，而是"豆芽菜"。理由是，与关山的相处让她不快乐：关山没完没了的性事是为了满足一己私欲，关山独享鸡蛋汤的细节是对她的忽视；而小瓦的真诚体贴和豆腐房里的温馨让她感到快乐和自在。"豆芽菜"是一个为自由而生的女孩，为了自由、为了自我的意义，她放弃了与关山的爱情。而放弃与关山的"革命爱情"，也就意味着她放弃了由婚姻可能为她带来的身份上的巨大提升，她抛弃了大英雄和大偶像。这又是一个不可思议的行为。这一行为所产生的精神背景依然来自"豆芽菜"的自由独立和自觉的个体及自我意识。

在这类历史记忆叙事文本中，我们遇到太多这种具有奴性、被政治驯服的铁娘子式人物（如冬瓜李红英），或是乡间清秀淳朴、顺从、去智性化的女性（如李锐《无风之树》中的暖玉、《万里无云》中的荷花、刘醒龙《弥天》中的秋儿），或是都市势利算计却毫无思想与精神的市井女性（《弥天》中的宛玉），这些人物无一例外地缺少"豆芽菜式"可贵的叛逆气质、个体意识和主体精神。将这一话题延伸开，如果沿着这一视角去考察这些小说中男主角的精神和气质，便会发现，能像"豆芽菜"这样大胆叛逆、具有自觉主体意识和自我追求的男主人还真是寥若晨星。这类小说中的男主人公可以列一个还可延续下去的名单：被政治驯化的革命小将苦根儿和以革命名义行私欲的革委会主任刘长胜（《无风之树》）；虚伪、精于政治权术的知青英雄关山（《怀念声名狼藉的日子》）；精神萎靡、无所事事的吕纬甫式人物——到乡村支教的教师张仲银（《万里无云》）和倪大海（刘醒龙《弥天》）；为了个人利益想要回城读大学而出卖正直人士的知青老白（刘醒龙《弥天》）。权势、利益、私欲阉割和扼杀了这些人的精神与脊梁，灵魂的肮脏、委顿、苍白、浮游使他们沦为时代的同谋者、刽子手、乞怜者、边缘人。他们为政治教化所驯服、为政治利益和一己私欲所捆绑、为时代疾风骤雨和虚假壮阔所蒙蔽，凡此种种，小说中几乎没有一个精神的"真的战士"。鲁迅对"真的战士"在黑暗时代的歌颂是不遗余力而又大声疾呼的，"智识的青年们意识到自己的前驱的使命，便首先发出战叫。这战叫和劳苦大众自己的反叛的叫声一样地使统治者恐怖"①。在众多同类题材小说中，我们很少看到这种向时代叫板，与权力说"不"的"战士"。因而，从精神谱系上，我宁愿将这篇小说中的"豆芽菜"视为"真的猛士"。"豆芽菜"虽未成为当代文学的经典形象，但却是非常重要的人物，她是众多类型化的人物之外，是有活力、有生机、有意味的人物。可以说，这篇成长小说所塑造的"豆芽菜"这一独特形象是池莉对当代小说的一大贡献。

除了这两部作品，还有很多其他文本也是在这种成长结构中书写这段历史：在个体的成长中楔入大历史的内容，在对时代的反思中让那个成长着的、感性的自我与个体或孤独、或欢快地穿梭于历史的画卷之中。应该说，以成长小说的结构叙述20世纪六七十年代在最近四十余年的小说里已渐成一种风格或倾向。成长小说中的主人公或叙述者常常是不谙世事、认知水平较弱的儿童、少年等未成年人，以其儿童的口吻和眼光去叙说或展现成长故事与历史事件，这便形成了儿童视角或"拟童腔"式的历史叙事。另一种叙事方式是站在现实当下，以回溯式的方式切入历史现场，由童稚的"我"叙述或呈现历史原生态，理智的"我"则在历史当下或文本深层以理性或犀利的深度自省与洞察揭示历史本相，形成叙事的另一极。不管是纯粹的儿童视角，还是回溯式的成人制导下的复调叙事，其目的都在于借成长言历史，以历史述成长。但问题是，其落脚点是历史还是成长？不同作家，其答案也不尽相同，但直面大时代与寻溯个体的生命之根，似乎是这一结构所包含的不可或缺的两个方面。如苏童的《河岸》，这部小说也是以"我"的成长与青春故事作为显性叙事，而叙事的指向则是——"用我的方式来表达'那个时代'的人的故事和处境"②。对于《启蒙时代》，王安忆则自言："我是写一个神话，以20世纪六七十年代的革命大潮作为

① 鲁迅. 中国无产阶级革命文学和前驱的血 ［M］//鲁迅全集：第四卷. 北京：人民文学出版社，1981：282.

② 苏童. 追忆那一段残酷青春——苏童谈长篇力作《河岸》［N］. 郑州日报，2009.4.17.

作舞台。"① 里程的《穿旗袍的姨妈》"采用老实的成长小说的结构方式"② 讲述一群以动物熊猫、鳄鱼、袋鼠、兔子等动物名字为标志的男孩子和以水果如芒果、樱桃、苹果、桔子、草莓为标识的女孩子们的成长故事，再现沉重而残酷的年代中以逃离、寻找、认同、流浪为特征的青春岁月。青春的肌理和历史的脉络相互映衬、相互指涉，借助于"幼小的似乎是局外的人"的青春故事"开辟了别一种局面"③。对于为何要采用成长小说的结构叙述动荡岁月中的这段故事的这一疑问，里程卖关子似的语焉不详，这也提醒我们当流浪三部曲悉数面世时，其中缘由才会呈现。

三、"以轻击重"的文学审美观制导下的独特叙事类型

（一）《乡村电影》：空白中的沉重与隽永

阅读完《乡村电影》，笔者意犹未尽，充满期待和寻找，小说好似一部刚开始就煞了尾的好戏。从主题域角度看，也许可以归为特定时代下人性的恶与善，从题材上又似可归为历史记忆小说。小说没有"伤痕""反思"小说中遭到历史伤害后的声泪俱下的控诉与悲戚，时代政治造成的人的被动、屈辱的命运化作受害人的隐忍、驯服，即使如暴戾的守仁也在人性的坚贞和电影艺术的感动下表现出人性的温良和柔软。小说有着明显的抒情小说的风格，从写作路数看，《乡村电影》接近史铁生的《奶奶的星星》、何立伟的《白色鸟》、韩东的《田园》等小说，他们在处理这段大历史的方法如出一辙，以儿童视角作为叙述视角，注重发挥儿童的呈现功能，儿童在呈现历史时留下一些未经阐释的"有意味的空白"，从而达到以叙述之轻表达生存之重的深层所指。《乡村电影》的线索有两条：一是儿童对放映电影的猜测与关注，以及成人因不同政治派性和社会身份引起的碰撞、暴力下儿童的困惑与所见；二是围绕守仁与滕松、有灿等四类分子间的冲突展开，滕松等人由于屡次不执行打扫电影场地的安排，遭到守仁毒打，而最后彼此间的仇怨又都一一化解。在城里待过并见过世面的萝卜、孩子王强牯和其他孩子组成的儿童的世界是快乐无忧、充满童趣而富有想象的

---

① 王安忆，张旭东. 成长·启蒙·革命——关于《启蒙时代》的对话［J］. 文艺争鸣，2007（12）：44-50.

② 里程. 为了渐远的辉煌·代后记［M］//里程. 穿旗袍的姨妈. 北京：人民文学出版社，2007：215.

③ 贾平凹. 读《穿旗袍的姨妈》（代序）［M］//里程. 穿旗袍的姨妈. 北京：人民文学出版社，2007：序言1.

世界。他们关心晚上放映的电影是《南征北战》还是《卖花姑娘》，想象电影机里活动的影像从何而来。然而，儿童的这"别一世界"并非世外桃源式的清静美好，而是受到成人世界暴戾行为或创伤情感的影响。比如，粗暴凶狠的守仁把好奇探听电影名称的小萝卜扔出门外并大加呵斥，孩子们"惊恐地离去"，惹得小萝卜以在泥地上用力抽打旋转"不倒翁"的游戏方式发泄对守仁暴力的不满。守仁用棍子抽打滕松的血腥场景无疑向孩子暴露了成人最为野蛮暴虐的一面，让他们在恐惧中感受着成人的阴冷——"围观的孩子们见此情景脸色变得苍白起来，他们的脸上布满了痛苦的神情"①。但是，孩子的世界是有情有义、充满温情与仁爱的。小萝卜从爷爷那里获悉了滕松的历史与遭遇，因而对滕松惨遭毒打深表同情，并为被打的滕松倒水。孩子的世界又是单纯的，但他们懵懂的认知还是受到来自成人世界那笼罩在极"左"思潮下的阶级血统等核心观念的冲击，甚至他们的行为方式与思维方式也是对成人世界的潜移默化的复制。比如，强牯见小萝卜为难中的滕松倒水，责难他是在讨好一个"四类分子"。"四类分子"的政治身份与标签所代表的政治立场的是与非、阶级情感的爱与憎，在这些不谙世事的儿童眼里已成了某种不言自明的常识。这是时代政治对日常生活和普通民众的巨大渗透，儿童也在所难免。于是，小萝卜受到强牯等人的诘问和痛打后，开始怀疑自己的立场。儿童在小说中既是一类形象的儿童，同时也是一种叙述视角，成人的暴力与恩怨通过儿童不加文饰的眼睛呈现出来，这种原生态的呈示是对20世纪六七十年代政治生活与人性景观的真实复现。在这种复现中，成人世界的政治身份与阶级立场的分野、时代的暴虐、人的痛苦与恐惧得到了有效的敞开。

儿童视角毕竟是一种限知视角，政治、阶级这些宏大命题以及人与人之间复杂的派别纷争和勾心斗角落到孩子眼里成了一种茫然与不解。在这一点上，艾伟的叙述相当节制，丝毫没有逾越儿童的认知水准与阈限。所以，在强牯与小萝卜的叙述中留下了一些谜一样的困惑，如第二次放电影时滕松依旧没有去晒谷场扫地，守仁把滕松的搭档有灿打了一顿后并没有找滕松的麻烦，于是，强牯们发出了"守仁为什么要怕滕松"的疑问。另外，守仁痛打滕松扬长而去时脸上挂着泪水泣不成声，以及《卖花姑娘》让滕松和守仁都泪流满面等情节在小萝卜和强牯眼里都是未解的谜，这些谜对于读者来说未必是一目了然就能参透的。恰恰在这儿，艾伟轻易地减去了解释或延伸性的文字说明，用空灵轻

① 艾伟. 水上的声音 [M]. 济南：山东文艺出版社，2004：37.

妙的手法留下了一些未经阐释的空白,这些空白蕴藏着巨大意义生成的可能性,在某种程度上也是儿童的认知特征和儿童视角的叙述特性所形成的。但回头再去思索这些谜,它究竟意味着什么?经过数遍的通读和理性的索解后,我们似乎明白了艾伟笔下这些简约得几乎抽去一切可资阐释的文字标识背后的努力:通过生活的细节展现特殊年代人与人之间的对峙、较量,从而在冷静的笔触下写出人性的沉郁、力量和柔弱。守仁抽打完滕松扬长而去,看似威严暴戾的他却隐藏着泪水,这使人疑惑不解。在如圣人般沉郁坚忍的滕松面前,狂施暴力的守仁在意志与精神上被滕松击垮,暴力没有摧垮滕松的身体,却击垮了施暴者自己的灵魂。这种受挫是人性的一种阴柔,或可将其视作良心发现。在小说中我们甚至无从知晓守仁的身份和职业,他也许是村长,也许是工作组成员,但从他在政治上的高高在上、飞扬跋扈和滥施淫威来看,他并非一般民众,或者说,他至少是基层政权人物。20世纪六七十年代,许多人的狂暴和威严来自政治和革命的支撑,如《河岸》中的王小改、五癫子以及《芙蓉镇》中的王秋赦等人,在革命到来之前,他们与普通民众同属一个序列,甚至只能算无赖流氓。然而,革命身份的获得使他们混迹于革命队伍之后,这些人便成了不可一世、威风八面的"人上人"。因此,革命粉饰了这些平庸之辈,隐藏了他们的孱弱,让其光鲜夺目,但实际上,这些人可能是内心最为脆弱、行动最为乏力者,威严的外壳包裹的是纸老虎的本质。当这些伪强者遇到那些真正坚忍和强大的人时,他们内心的软弱、胆怯与退缩便会暴露无遗。所以,对于守仁的落泪也许可以从这个层面上理解。艾伟自己曾说过,人的情感有时候会被社会风尚、意识形态等因素蒙蔽,而他小说的指向,就是要揭示出意识形态下人性的状况和人的复杂处境。对于这两次哭泣,艾伟这样解释:"第一次,是守仁在与滕松之间的意志力较量中败下阵来时,作为施暴者面对暴力时不能承受的哭泣,带着内心的恐惧和软弱。最后那个眼泪,是正面的,是人性依然存留的善在起作用。"[1]

(二)儿童的世界与人性的疼痛

时代的动荡到来之前,彭铁匠铺的打铁场景是潘后街最动人的街景。派系间的枪声打破了潘后街的生活秩序,更刺激了孩子们愚顽和好斗的天性。"我们"追逐着去看由机关枪、迫击炮组成的荷枪实弹的两派恶斗的场景,目睹了

---

[1] 艾伟,姜广平. 人是被时代劫持的:与艾伟对话 [J]. 文学教育 (中), 2010 (8): 4-10.

同学陈东玲妈妈中弹而亡，小伙伴四毛倒在血泊里的情形。"我们"还热情高涨地在人群中加入批斗会，现场声讨詈骂学校老师。四毛的死和街上的流弹并没有阻止绘声绘色的打架、游戏，以及砸窗偷书的兴致、书里书外朦胧的性幻想。多年后相遇时，"我"曾在斗气中刺伤芋头所为其带来的伤痕已被芋头彻底忘记，他身体上的疤痕也已消失。这就是何立伟短篇小说《我们都是没有疤痕的人》的故事。

这篇写于2002年的小说，如同80年代的《白色鸟》一样灵动而摇曳。《白色鸟》中的20世纪六七十年代作为淡淡的、若有若现的背景，如画的景色和儿童的童趣从这背景上凸显出来，小说没有正面描写大时代的生活，却能从自然和童趣中嗅出20世纪六七十年代的气息，这是《白色鸟》的特色。《我们都是没有疤痕的人》延续了何立伟早期唯美的情调，以儿童的视角和口吻展开叙述。不过，何立伟将《白色鸟》中作为背景的20世纪六七十年代变成了前台着重表现的内容，不同派系间的枪战武斗、流血死亡的场面，以及批斗会群情激奋的情景，在儿童的视野里悉数展现。但对这些场景的展开也仅限于呈现，并没有在其中加入成人化的注解。小说抓住了儿童顽皮、好奇的天性和稚拙、"不理解"的认知特点，让时代纷乱的世相和残酷的场景落在儿童的眼里，让尸体、机枪、鲜血、胸脯这些意象引起儿童的好奇和关切，而这些意象所表达的武斗、死亡、性以及创伤等宏大主题超越了儿童的经验和理性，虽未经阐释，在读者掩卷之时却能真切而自然地感受到。

在林林总总的叙述中，儿童视角叙事是一种崭新、值得关注的叙事手法。儿童作为社会的边缘人物，在认知上，具有感性、真实、原生态呈现等特点，也即巴赫金所说的"不理解"认知特性。以这种非群体、非社会化的极具个性色彩的限知视角叙述20世纪六七十年代是作家在策略上的有意"撤退"，叙述视角由理性的、社会化的成人智性反思到感性的、个人化的儿童限知叙述，这是叙述载体的弱化，这种弱化消弭了小说叙事中成人那种功利性、全知式的历史叙事，注重发挥儿童视角的呈示功能，在客观化的呈示中，儿童视角留下一些未经阐释的"有意味的空白"。这些"空白"是"叙事学中的诗，它以诗的哲学沟通着人生哲学和时空哲学"①，而这也正是此类小说的意义与独特性所在。

《白色鸟》是何立伟早期的"诗体"小说之一。小说以儿童的感知与叙述

---

① 杨义. 中国叙事学［M］. 北京：人民出版社，1997：254.

语态进行叙述。以两个少年（乡下少年与城里少年）快乐无忧的交谈和游戏为主线，描绘他们夏日在乡间小河边比赛扯霸王草、考问知识、采马齿苋菜、观看鸟儿等场景，恬美而幽静、充满生机而富有童趣。小说以儿童的限知视角极写儿童生活的天真、无忧，只以寥寥数笔交代成人世界的事件：城里少年的外婆有一天突然收拾行李，匆匆来到乡下；小说的结尾交代远处鸣锣击鼓开批斗会，至此，小说戛然而止。在儿童的感知下，成人世界只是现象式、表面化的呈现，事件的本质、前因后果（外婆为什么逃到乡下？为什么开批斗会，批斗谁？）并未得到揭示。作家在以儿童的视域聚焦现实世界时创造了"有意味的空白"，有形的文字聚焦儿童的快乐无忧、自然的生机、与白色鸟的和睦和谐生活的同时，无形的意蕴则指向了在政治动乱年代，成人世界的压抑、沉重与残酷。这也即何立伟在创作谈中所说的："《白色鸟》若有一点小小'成功'的话，无外乎是它的结尾部分留了些让读者观止而神不止的空白，使其终非终，终亦始罢了。而所以要留空白，乃因为我觉得情感的丰富性与瞬间的增减性，永远的无法诉诸言辞，至多只可大略的暗示，来诱发读者的感受力想象力与悟性……达到虚生实、无生有的境界。"① 借助儿童的感知与视角对 20 世纪六七十年代所做的这种独特叙述，既蕴含了作家"热爱且歌唱美，便是挞斥和扬弃丑，由是唤起美对于丑的浸淫的普遍的警觉与抗争"的主题表达，也在叙述方式上达到了"无为而为"的艺术效果。

史铁生的《奶奶的星星》对 20 世纪六七十年代的叙述，其也有类似的精巧与匠心。小说围绕两条线索展开，一条是奶奶苦难、备受压抑又始终渴望新生活、自觉接受改造的挣扎史、抗争史。另一条是"我"的成长故事以及内心对奶奶地主身份的曲折体认、理解的历程。在阶级斗争盛行的极端年代，作为儿童的"我"未能幸免，被这种时代氛围与政治意识所渗透。因此，自从知道了奶奶曾经是地主后，"我"的内心就经历着巨大的波澜与冲突。小说以儿童的视角叙述，间或辅以成人的理性注疏和追叙。儿童的叙述充满了谐趣、童真和喜庆气氛，但"我"的叙述意义并不止于此，以"我"的"叙述之轻"表达的是成人的生存之重。《奶奶的星星》书写的是一个生于旧时代的女性，自从她忍耐、艰难地熬过了旧社会和旧家庭的压迫之后，就盼望着过上"有工作，吃大食堂"的好日子，并且，这成为贯穿她一生的朴素愿望。但在中华人民共和国成立后不断升级的阶级斗争、政治运动以及阶级论、血统论盛行的时代中，由

---

① 何立伟. 关于《白色鸟》[J]. 小说选刊, 1985（6）: 155-160.

于头顶着"地主"这个"帽子"，奶奶这个小小的生存理想不仅被无情击碎，她作为一个人的基本权利也被剥夺，她被从"人民"队伍中排除出去。至此，奶奶由"期望新生活"转向"自我救赎"。然而，在荒诞的历史情境中，真心的自我改造与虔诚的救赎行为其实是对自己残酷的折磨与摧残。奶奶终其一生都戴着枷锁和镣铐，自觉地学习、改造、进行超负荷的劳动，甚至抢做好事，并未给这个善良的老人带来命运的转机，她依然活在由多方因素交织而成的复杂情感中，其中有被孤立、排斥的孤独，有地主身份下的恐惧、屈辱，也有获救、解放的巨大渴望。奶奶的心路历程是复杂而深沉、辛酸而沉痛的，通过儿童"我"的视野呈现出来的是：在"我"争着要去学校看奶奶参加扫盲班、接受批判的兴奋中，是奶奶对自己"罪恶"身份的恐惧；在"我"以顽童式的情感固执地拒绝着奶奶时，有着奶奶渴望理解、渴望救赎的期待。奶奶的辛酸、苦难是一代人的悲剧，奶奶的命运是那代人悲剧命运的浓缩。小说以儿童参与、见证并叙述这一切，以叙述之轻写出了特殊历史年代中人们的生存之重、心灵之重，也即是在"探索全人类面对的迷茫而艰难的路"①。史铁生借助儿童这一独特的叙述视角，在对女性命运的悲怆、苦难的展示以及"我"始于隔膜，终于释然的参悟中，寄寓了对一代人命运和生活道路的理性思考。

四、历史记忆叙事的叙述意图与叙述重心的迁移

20世纪90年代以来，随着社会的渐趋开放和文学观念的多元化，作家们纷纷抛弃了20世纪80年代的文学陈规，开始尝试从新的维度和新的视角切入与阐释20世纪六七十年代，由此带给这一历史记忆叙事新一轮的叙述意图和重心的迁移。其中，不可忽视的一点是，在叙述意图上，作家们对20世纪六七十年代时代狂潮中的民众的精神世界进行了不遗余力地探求和剖析，将大众扭曲、变异的心理和人格赤裸裸地呈现在我们面前，画面真实而残酷。与此同时，文本中植入大量的性和欲望，它们与革命相互催生、相互缠绕，共同构成了躁动年代群情狂欢的局面。无论是语言的轰炸还是夸饰化的叙事，作家们所做的这番努力都为追索历史悲剧起源、反思历史提供了一条绝佳而有效的途径。此处，笔者选择极具代表性的文本《弥天》和《坚硬如水》来分析它们是如何借助革命、性和语言的融合来进行历史叙事的。

---

① 史铁生. 无病集 [M]. 北京：人民文学出版社，2019：11-12.

（一）欲望与性：《弥天》

《弥天》以 20 世纪六七十年代作为背景，以在"学大寨"大潮中涌现出的红旗村寨——湖北乔家寨大修水库工程的"壮举"为中心线索，这一"壮举"是在"土皇帝"乔俊一的策划和唆使下发起的，成千上万的农民被征去劳动。处于乔俊一、王胜、意蜂等人的威逼与胁迫下，农民们用血汗造就着一个虽巨大但实际只会使用一半的水库工程。"土皇帝"执意要建造这样一个劳民伤财的政绩与形象工程，根本上缘于浮夸、不切实际的社会政治及乔俊一等人大兴土木、创造政绩神话以此捞取政治资本的私欲。在这一背景下，小说表现了知青命运的沉浮，更重要的是再现 20 世纪六七十年代荒诞政治和情欲泛滥这两股隐秘潮流裹挟下的官与民、男与女、知识分子与官痞等多重人物关系间的恩怨情仇及生存世相。小说的长处在于：借助极端时代一个典型的政治行为（修建水库），复现了特殊年代森严与狂欢并存的生产生活图景、隐秘而泛滥的政治权术与情欲性爱，从而深刻地展示了立体化的时代生活、缤纷多样的人物群像以及深沉犀利的历史反思。

《弥天》中充斥着大量的性描写，性的内容五花八门，性幻想（温三和对宛玉、金子荷的幻想）、性事的调侃（小说中几乎所有的男性与女性都染指于性的调侃。性的幻想和性的调侃又突出表现在民众对女知青被枪毙以及竖井里被炸死的偷情男女两个场景不加掩饰的、放纵的色情想象和调侃）、强奸（男知青马为地被中年妇女强奸）、偷情与性交——几乎成为小说中众多男女生活的常态，乔俊一"深刻"地对此进行总结，即性欲是工程完成的动力：

> 为什么凡是有水利工地的地方，男女关系就乱成一团麻。就因为大家都不想修水利，又不敢说，只好男人搞女人，女人搞男人，搞得相互之间舍不得离开，拖一拖，熬一熬，一项水利工程就完工了。①

与性有关的物象，如胸脯、乳房、包皮、精液、月经带，以及抽搐、膨胀、山崩地裂般喷发等动词频频出现。《弥天》中的人被浓厚的性欲笼罩着：王胜、意蜂等人整日为喜爱的女人争风吃醋、频施诡计，在宛玉、金子荷等女性面前献媚讨好（买手表等行为）；乔俊一、吕大队长之流向"我"灌输关于性事的经验化的露骨的表达；民众对于性更是充满饥渴而放纵的想象，不仅可以在惨

① 刘醒龙. 弥天［M］. 上海：上海文艺出版社，2002：328.

死的男女身体上进行热情的想象，而且在修建水库的工地上随时可见偷情的身影和偷情后留下的秽物；小说的叙述者温三和也未逃离对性的沉湎。十九岁的温三和正值青春期，对性事和女人的渴望在小说中节节升温，不仅借助于宛玉的手完成了手淫，还与宛玉、金子荷完成了身体的交媾；连可看作小说难得一见的正派人物郑技术员也有一番大谈女性身体的宏论，但他的谈论主旨不是落在对女性之美的欣赏和歌咏上，而是以男性淫亵的目光去评判女性性交能力的强弱。

小说的背景虽处于一个极端性压抑的特殊时期，但当民众的性欲望以公开和狂欢化的方式去进行病态审美和淫邪消费时，这种眼光与心理就值得反思了。工地上一对的偷情男女不慎被哑炮炸死，面对他们血肉模糊却一丝不挂的裸体，民众发出的冷漠笑声和表现出的病态的审美与看女知青丁克思的惨死如出一辙：

> 看热闹的民工笑嘻嘻地说，一定是他们搞皮绊时，男人摸黑看不见，将胯里的肉钢钎插进炮眼里，搅动了雷管……倒是夹在人群中间的几个女人，放肆地大声叫，让那几个女赤脚医生上前好好研究一下，看看男人正在搞皮绊时，被炸死了，胯里的肉钢钎是软的还是硬的。女人一叫，男人们也来劲了，大家跟着起哄，问那些下到深井里抬尸体的民兵，这两个搞皮绊的人，死的时候是不是还像狗连筋那样，紧紧粘在一起。①

且不对两位死者的偷情行为进行道德指摘与评价，小说关注的重点在于民众对死者裸体进行的肆意的性幻想和调侃。骤然消逝的生命并未引起他们对生命的敬畏、对生死的沉思，相反，他们却沉浸在对裸体所隐藏的偷情、交媾图景的露骨的想象与纵情的笑声中。笔者对《弥天》的评价是有所保留的，原因在于小说对性的描写有失分寸感，而且作家的价值尺度是缺席的。当作家沉浸于一幅幅大众情欲高扬、泛滥图景的勾画中时，醉心于一张张近乎漫画式的荒诞时代的人性灰暗图景的铺陈中时，笔者并未看到作家在这些文字和场景背后的价值立场与理性判断。在嬉皮笑脸的群像描写中，作家的叙述和其文字间丝毫没有对人的惨死应有的怜悯和同情、对死者尊严的体恤和敬畏。铺陈苦难，简单复制时代的典型场景而不加任何判断，他巧妙隐藏或抽身而去，这是一种

---

① 刘醒龙. 弥天 [M]. 上海：上海文艺出版社，2002：312.

油滑的文学手法，不是一个真诚、有良知的作家应为的。在新时期，随着文学观念的多元和对旧有文学方法的扬弃，我们对作品中作家的声音和过多的道德评析、理性批判，曾经大加鞭挞，对小说中作家声音和身影的这种"肃清"确实带来了小说的客观化和呈现式写作。然而，事物总是两面性的，把握不住分寸和尺度，便会走向另一极端，过犹不及。过于强调客观写实和作家从作品中抽身离去（或死去，即萨特强调的"作者已死"），难免会造成作品的空疏和冷漠。所谓空疏和冷漠即，作家彻底离席与逃离后的文本聚集，尽管是纷纭密集的物象或五彩纷呈的场景，然而，没有文化、历史、理性的深层所指，即这些物象和具象化的场景丧失了文化隐喻、历史叩问、情感召唤、道义伸张这些关乎写作最根本的要义和质素时，写作是件多么荒凉而冷漠的事情。笔者不是在为全知化的叙事方式和充斥了太多道德说教与情感泛滥的写作伦理形态招魂，而是在召唤一种有情感、有道义、有温度的写作姿态和书写伦理。作家在身份谱系上毋庸置疑地属于知识分子，因此，我更愿意在知识分子这一向度上去阅读、理解作家。笔者的理想不是苛求，面对20世纪六七十年代发生的这些沉重的事件和悲剧，难道作家可以对其肆意地想象、轻浮地书写、功利地消费吗？面对历史悲剧，真正的知识分子与迎合某种潮流、靠写作谋己私利无关，而是承担着反思、批判和匡正的责任。

（二）语言、性与革命：《坚硬如水》

《坚硬如水》正面书写以高爱军、夏红梅为代表的农村青年在"文化大革命"狂潮的鼓动下，在平静的程岗镇如何挖空心思、蝇营狗苟地掀起权力争夺的革命巨浪。当高、夏二人以正义面孔出现进行革命，并且革命伟业与性爱高歌同时猛进时，革命是在前台的，是叙述的焦点和中心；而在乡村世界里，程天青、程天民、王振海代表的基层政权，程桂枝代表的旧有婚姻，以及程岗人平静保守的生活秩序（文化精神上是对二程理学的顶礼膜拜），所形成的乡村形制和乡村文化，作为高、夏二人的革命对象存在，这是小说的背景。在叙事中二者形成交锋，犬牙交错。概而言之，在《坚硬如水》中，波澜壮阔的革命依旧占据小说的中心。另外，语言与性也是小说叙事的组成部分，甚至是再现革命的重要策略。

1. 二程故里的革命：农民革命家的狂与悲

在"文化大革命"的鼓动下，高爱军放弃了在部队晋升的机会，主动要求转业到家乡开展革命工作。在当时，高爱军无疑属于又红又专的杰出青年，其政治素质、业务水平、口才能力都很优秀，这也为他之后革命的节节胜利奠定了基础。初次回到家乡，在城郊铁路边他与未来的革命伴侣高红梅的暧昧相遇和抚触是颇具隐喻意义的事件，这种对女性身体的饥渴与幻想成为一种深深的烙印，刻在高爱军充满激情和欲望的身体里，成为他革命动机的组成部分，对性的欲望与革命夺权形成强大的欲望合流，为一场非理性的革命闹剧埋下了心理与情感基础。革命之初，高爱军面临着两重焦虑：因邂逅貌美的红梅而陷入了如痴如醉的思念与迷恋中，这又导致他对丑陋发妻的厌恶与嫌弃；另一重焦虑是城里和程岗镇冰火两重天的革命气氛促使他加速开展革命的焦虑与急切——这两种焦虑本质上是对性的饥渴与权力的渴望。而两程故里的石牌坊前人们的顶礼膜拜引起高爱军的本能反感，以及岳父当初允诺让他当兵回来做村干部的承诺并未兑现（他对自己的婚姻不满，妻子丑陋不堪，当初他与她结婚只因为她是村支书的女儿，完全是为了换取光明的前途），这两件事成为他将革命付诸行动的催化剂。

砸碎二程故里的石牌坊，烧毁二程的书籍是高爱军自童年时就有的梦想。那些"充满了封建统治阶级的颜色和味道"、象征着封建帝王权力和压迫的建筑每每目及，都会引起高爱军的憎恶和破坏之欲。在后来的发展中，破坏和烧毁二程故里的计划虽受到重重阻挠（王振海镇长、老镇长程天民转移了书籍），但最后还是被高、夏二人铤而走险焚毁——他们以极端的方式宣告了自己与传统文化的彻底决裂：在程天民的眼皮底下，二人以二程的书籍当床铺，大行男女之欢后，又用炸药和雷管葬送了二程故里。20世纪六七十年代发生这种对民族传统文化和历史遗产与古迹的彻底毁坏的事件，已经是数不胜数，从民族文化与遗产的传承和保护上看，固然会引起我们的痛心和惋惜。

高爱军以启蒙者自居，本质上是一个阴谋家，一个利令智昏的投机者，一个以革命名义行己私欲的荒淫者，一个操持革命口号和政治话语而思想空疏且盲目的武夫，一个无情无义、残忍狠毒的刽子手。革命，从发生学的意义上讲是一个阶级对另一个阶级的反抗，是对既有经济关系和秩序的反叛，革命通常具有正义性和合法性。但革命又常是一把双刃剑，在摧毁社会暴政与旧有秩序的同时，表现出其具有的暴力性与扼杀性的特点。为了所谓革命，高爱军几乎不择手段。很多人惨遭他与夏红梅等人的毒手，成为他们革命的牺牲品。比如他的妻子程桂枝、疯了的岳父程天青、夏红梅的丈夫程庆东、老镇长程天民。妻子桂枝的死是高爱军一手所致，而且最为深刻地体现了他的心狠手辣。表面的诱因似乎是高爱军拒绝去给岳父庆祝六十岁生日，本质上还是由于高爱军醉心于革命，疏远家庭和妻儿，引发其妻子对其革命行为的强烈不满。从妻子临死时摔坏像章、撕毁书籍等行为都可看出她对丈夫革命的愤怒。也恰恰是因为她的这一行为，让这个含冤而死的女性至死还背上了"现行反革命"的骂名——面对妻子的死和对革命圣物的破坏，高爱军没有竭力挽救妻子的生命和名声，而是把妻子推向了政治审判的高台。妻子赌气式的自杀演变成了现行反革命自杀，其原因表面看来是妻子损坏书籍等行为，实则是高爱军为了表明革命决心，以牺牲妻子政治身份的合法性、使其背负政治骂名为代价，让妻子充当替罪羊，从而保全自己，而且他还因保存现场、大胆揭发赚取了政治资本。正当程桂枝的父亲程天青试图为女儿讨回公道与清白无果时，高爱军递交给上级的关于程天青诸多罪状的状子也已生效，高爱军借助于常规手段（捏造罪状、揭发）和突发事件（程桂枝的死），一下子就摧毁了代表老政权的程天青。高爱军的所谓革命便是这样以革命的名义和正义的面孔进行的。对于妻子和岳丈的死，他非但没有半点内疚和忏悔，反倒沾沾自喜且大义凛然：

> 当然，这并不表明他疯的直接原因是因为那张状子所导致。根本的原因，是他成了革命的敌人，是阶级敌人对革命大潮的惊惧和胆怯。我们都知道，当革命在一夜之间如狂风暴雨般降临时，敌人是会在狂风暴雨面前神经错乱的，这表明了一种伟大和渺小，一种力量和怯弱，一种正义和非正义，一种严正和理屈，一种阶级的正确性和另一种阶级的反动性。
>
> 但是，我们决然不会，也不该忘记伤其十指，不如断其一指的道理；不会、也不该忘记虽然一切敌人都是纸老虎，但它们身上，令人恶心的毒疮已经化脓，正散发着一股难闻的尸臭在腐化着我们的肌体和社会。我们不会忘记，万里长征才走完了第一步，革命道路漫又长。①

高爱军的可怕之处在于，他的革命虽是一场闹剧，但其以革命的章法和井然的秩序开展，以革命的经验和有效的策略实施阴谋，他的革命可以定义为煞有介事地做坏事。比如，在对焚香事件的处理上，欲擒故纵、声东击西的心理战术和革命策略显示了高爱军之流们的政治智慧与政治计谋；而在王家峪诱骗

---

① 阎连科. 坚硬如水 [M]. 武汉：长江文艺出版社，2001：116.

群众说出王振海分田的真相，是以革命和正义的面孔实施阴谋诡计。

2. 爱欲里的沉浮：青年男女的癫与欢

性事的密集呈现是这部小说的另一特色。小说对高爱军和夏红梅两人的性描写很有意思。高爱军因对红梅思念甚深，以至在和妻子做爱时把妻子假想成是红梅，幻想中渐入佳境，而此时喇叭里的革命歌曲无端助长了他的兴致与情趣。但是，随着高亢的革命歌曲的戛然而止，性的冲动与勃起瞬间偃旗息鼓，这次性事的状态与病症成为以后高、夏二人性关系的基调。高爱军的革命动机和性的欲念是交织在一起的，二者难分难解，说不清是为了革命而性欢，还是为了性的欢愉而革命。高、夏二人第一次的性爱是在郊外崖边的墓洞完成的。高爱军不远千里去接红梅，又辗转拐进密林里，为的是性的释放，他以革命的名义放纵欲望，消除性的焦虑。性的焦虑与革命的焦虑在高爱军身上几乎是孪生的一对情绪。墓穴、尸骨、裸体、舞蹈、女性身体的异美与男性灼灼的目光，此景此境，此情此意，大有后现代主义"恶之花"的意境，令人目眩。然而，这次的性爱最终被一节尸体的指骨毁于一旦。尸体指骨和革命歌曲的终止一样，成为性的冷却剂。

高、夏二人的性事虽密集，但也常有不和谐因素或搅局者出现。不和谐因素表现为高爱军在性爱中屡屡由坚挺到疲软的瞬息变化；搅局者表现为在二人的性爱中常有干扰性因素出现。如二人获悉高爱军荣升镇党委委员这一消息时，他们来到打麦场的麦秸垛里偷情，正当他们翻云覆雨之际，披头散发的疯子程天青突然从天而降，跪地磕头求饶，疯话连篇。此举虽没有引起他们偷情的败露，但对二人的性爱心理造成不小的惊吓。后来高爱军在性爱中的每况愈下与这种搅局因素还是有很大关系的。此处，性爱的被迫中断对应着革命的中断与受挫。第一次革命因为程天青用群众朴素的家庭之爱与亲情伦理击垮了高之队的革命意志。同样，当高爱军第二次重整旗鼓召开秘密会议，谋划如何揭发村政权核心人物程天青时，当他正陶醉于这种自创的揭发方式和革命前景的构想中时，噩耗传来：妻子程桂枝上吊自杀了。

地洞挖成以及高爱军即将荣升副镇长之际，二人在洞里的对话和放纵是颇具意味的。在二人的性事中，性的挑逗伴着对权力的想象，两人对身份和权力的称谓不断上升，人的欲望无限扩大、延伸与膨胀，这个场景彰显的是一对革命青年对权力和名利永无止境的向往。但这次性爱也以高爱军的提前崩溃而告终。至此，正常的性爱已畸变为靠鞭打、虐待身体才能获得性的勃起与坚挺；当然，革命的唇枪舌剑的辩论与文字游戏也是性的催化剂。

3. 废墟语言的价值：革命时代的轻与重

语言是《坚硬如水》至为重要的内容，在这篇小说中，语言不仅是小说表达的工具和形式，还是具有了本体意义的小说内容，《坚硬如水》的语言即为小说本身。甚至可以说，是独特别致的语言体式和风格成就了这篇小说在文学史上的独特意义。那么，这是怎样的一种语言风格呢？这种语言的背后又承载着怎样的现实隐喻和思想文化内涵？

小说的语言呈现的是一种复式的奇语喧哗与狂欢，包含了20世纪六七十年代的革命口号、三句半语式、主流政治话语的红色语言；戏词诗文，样板戏段落或对话的挪用；威严雄奇的领袖式语言，汪洋恣肆、自由不拘的口语，整齐对仗、气贯长虹的书面语，慷慨激昂、排山倒海的演讲辞令。再加上话剧独白、日常对话、诗化抒情，《坚硬如水》几乎调动了汉语言所有的文体、体裁种类和语言体式，将它们并置在一个文本世界中，创造出了一场语言的盛宴和巨型拼盘，令人目不暇接，惊叹不已。这种语言从表意功能上讲，并非空穴来风或只是通过语词的堆积，它在文中与人物狂热的内心世界、躁动的原始情欲、癫狂（小说中使用了"魔症"一词）的革命气质，甚至与起伏不定、风云多变的政治环境都是相映成趣、相得益彰的。

关于这种语言的由来，阎连科在谈及《坚硬如水》的动机时如此说道："最初写《坚硬如水》这样一部小说的时候，不是任何一个故事，不是生活中任何一件事情使我想写它，而是那种'文革'的语言，当我回头去想的时候也有种非常着魔的感觉""我就尝试寻找一个合适的故事，最直接的目的就是想找一个故事把这种语言记录下来。"① 因而，在阎连科创作伊始，这是一部以语言为中心和主体的小说，语言获得了本体意义，"就这篇小说而言，语言本身可能就是这篇小说的内容。语言本来只是一种工具，用以表达一个故事一种思想。一般说来，故事是内容，但就这篇小说而言，语言本身也是小说的内容，是小说内容的一个组成部分"②。语言作为文学的核心要素和构件，在中国百年沧桑多灾的民族生存和风云诡谲的政治环境下，并未真正获得其本体意义，语言连同其母体文学在载道和言志的传统规范与要求下，长期沦为实用的工具。到了新时期后，文学进入了解冻时期，获得了前所未有的生机与活力，但此时在政治意

---

① 阎连科. 拆解与叠拼：阎连科文学演讲 [M]. 广州：花城出版社，2008：38.

② 姜广平. 经过与穿越：与当代著名作家对话 [M]. 桂林：广西师范大学出版社，2004：102.

识形态的惯性和民族心理创伤的背景下，文学充当了言说时代心声和自我创伤的传声筒，直到文学"向内转"以及刘再复等人倡扬的注重作家主体意识的回归形成一股潮流，文学才像个打破重重枷锁获得新生的个体一样，充满了再度辉煌的希望。新时期以后的很长时间内，文学语言确实成了作家和评论界关注的焦点，而语言的主体性以及语言在文学中的极致表达似乎在阎连科笔下达到了制高点。阎连科表达的是富有特色的20世纪六七十年代特色的语言，这种语言在当代作家笔下并不少见，王蒙、刘心武、王小波等作家的作品中都有大量表现。问题是，王蒙、王小波等人启用这种语言和语式时，语言在他们笔下充当的是调侃政治、抒发情感的工具。语言本身是一种视镜，透过镜子所表达和看见的时代政治与乖张的人性是语言背后的真正所指。语言是时代的语言，通过一定的语言当然再现了特定的时代，可以说语言与时代内容是一体的，不过，对于作家而言，有一个立足点和表达动机的问题，即如王蒙等人的小说启用的虽然也是这种语言，可实际上，语言背后的内容才是他们真正关心的。语言固然也成为表达的内容，但更多是一种表达的手段。因而，起点虽是语言，终点却落在非语言的有关政治、人性、历史的主题表达上；阎连科与其他作家的不同恰恰在于，语言是他创作的缘起，更是他试图表达的中心，语言世界中的人性图景、时代景观随着语言的精彩呈现和密集铺陈而展开，但这里的主角仍是语言，丰富多彩的语言世界主宰了小说世界，语言获得了主体地位和本体意义。

对于语言的这种不同的处理方式，除了作家文学与语言观念上的差异所致外，还与作家的个体经历，以及作家对20世纪六七十年代的审美方式有关。对于王蒙那些在20世纪六七十年代的政治动荡中多次罹难的老作家来说，这种语言无疑带上了20世纪六七十年代的讯息和文化印记以及疯狂、非理性、酷虐的政治氛围，所以，在他们笔下，特定的语言体式在某种程度上传达的是一种惊恐与本能的抵触。出生于1958年的阎连科，1966年入学，1976年毕业，十年读书生涯都在20世纪六七十年代度过①，因而，阎连科敏感地意识到他与王蒙一代作家的区别，有研究者认为，他们这代人没有直接参与历史，反而能够更加冷静地出入历史②。也就是说，与20世纪六七十年代的"距离"（这种距离不光是作家生命周期与这段历史的距离，也是作家在审视这段历史时的审美距离）

---

① 阎连科. 拆解与叠拼：阎连科文学演讲 [M]. 广州：花城出版社，2008：38.
② 姜广平. 经过与穿越：与当代著名作家对话 [M]. 桂林：广西师范大学出版社，2004：104.

影响了作家以何种方式、在多大程度上切入历史。

这种语言被有的评论者称为"废墟语言"，凌乱芜杂而又绚丽多姿，它是一种杂糅语式，是多种语言方式并置的复式语言。"这种语言埋藏着巨大的历史荒诞……有着特别大的攻击性与暴力性，它在人的精神领域与思维领域里施暴。"① 但对《坚硬如水》中的人物来说，它则充当了一种宣泄的渠道，借助这种语言，革命青年高爱军可以调动自己的所谓理论素养、政治智慧和口才能力，将党报党刊上的政论语言转化为在程岗镇群众动员大会上的滔滔不绝的演讲。每当他和夏红梅的革命事业取得进展，其内心的狂喜、情欲的泛滥、性事的沉沦叠合在一起时，人物的癫狂就通过这种狂欢化的语言最大限度地敞开。语言的泛滥对应着高、夏二人革命、情欲的高潮与低谷，对应着人物内心的狂暴和起伏。语言在《坚硬如水》中几乎就是一切，随处可见的、密集严实的语言集束成就了小说的语言暴政。但可喜的是，这种语言暴政并未摧毁小说情节发展和人物性格的逻辑，小说人物的丰富性、深刻性、悲剧性并未因为语言的放纵与磅礴而减弱，相反，语言的铺叙与情节、人物的处理和谐且并无龃龉，节奏的抑扬顿挫与语言的轻重缓急对应着人物命运与精神的成败悲喜。

---

① 姜广平. 经过与穿越：与当代著名作家对话［M］. 桂林：广西师范大学出版社，2004：101.

第二章

文学盛宴与历史诸态——历史记忆小说的叙事方法略论

第一节 历史记忆叙事的视角选择

一、叙述视角的意味——"解开小说之谜的钥匙"

作为文学理论中的一个专门术语，视角在 20 世纪叙事学中是一个引人注目的名词。20 世纪上半期，视角问题曾被认为是理解小说最主要的问题。

简言之，视角是作者或叙述者审视世界的眼光和角度，是"小说家为了展开叙述或为了读者更好地审视小说的形象体系所选择的角度及由此形成的视域"①。视角也可理解为"叙事者与故事之间的关系"，这一关系被理论家认为是小说技巧中"最复杂的方法问题"②，也是"解开小说之谜的钥匙"③。尽管现代小说理论家对视角的界定有别，但在视角对小说家表达与言说的重要性这一点上，他们达成了共识。杨义在《中国叙事学》中把视角比作"语言的透视镜，文字的过滤网"④，他指出视角是作者和文本的心灵结合点，也是读者进入这个语言叙事世界，打开作者心灵之窗的通道与钥匙。因此，视角选择并非简单的修辞手段和叙事策略的选择，而是一种"道德选择"。从视角切入叙事作品，其意义与价值是巨大的，也是深刻阐释叙事文本与作家情感的重要途径。

视角在传统文论中被分为全知视角、限知视角或外视角、内视角。不管是托多洛夫的"三分法"（叙述者>人物，叙述者<人物，叙述者＝人物），还是热

---

① 李建军. 小说修辞研究 [M]. 北京：中国人民大学出版社，2003：105.
② 陈平原. 中国小说叙事模式的转变 [M]. 上海：上海人民出版社，1988：65.
③ 赵毅衡. 当说者被说的时候：比较叙述学导论 [M]. 北京：中国人民大学出版社，1998：121.
④ 杨义. 中国叙事学 [M]. 北京：人民出版社，1997：191.

奈特的"三分法"（零聚焦，外聚焦，内聚焦），或是里蒙-凯南、米克·巴尔（Mieke Bal）的"二分法"（故事内聚焦，故事外聚焦），基本上都是按照叙述者的叙述权限与自我限制程度来划分的。除此之外，视角还有性别、年龄上的分类。按性别可分为男性视角、女性视角，按年龄可分为成年人视角、未成年人视角或是老年人视角、中年人视角、儿童视角（或少儿视角）。作为文学手段和叙事策略，一般情况下，叙事视角与一定的社会思潮、文化秩序、社会整体审美取向等因素互为表里。比如社会处于上升时期，社会心态自信豪迈，此时的文学叙事常会倾向俯瞰世界、无所不知的全知叙事；在女权主义运动高涨或影响下的文学叙事，其女性的性别视角也相应会较为突出；当儿童作为一个社会命题被提出并瞩目时，儿童在文学中的主体地位、形象、视角随之会得到再现。所以，视角不只是一个叙事技巧与文学修辞，它的应用包含着作家有意识的选取，有着作家创作理想、道德文化的内在诉求，视角的应用也与社会文化思潮、作家的历史记忆及创作精神有着深刻的联系，"蕴含着人生哲学和历史哲学"①。

在新时期，尤其是 80 年代中期前后，随着思想界的拨乱反正和各种理论禁区的拆除，文学迎来了自己的"解冻期"。再加上外来文化、文艺思潮的涌入以及文艺新观念、新方法的引进，与世界文学潮流隔绝长达数十年的中国小说也恢复了和世界文学的沟通。正是在这种开放、汇通的新的文化语境下，中国小说进入一个蓬勃发展的新时期，同时也迎来了小说发展的多元格局。新时期小说观念的转型、小说样式的多样化是在挣脱 20 世纪五六十年代以来业已定型化的小说观念的基础上发展起来的。随着文学"向内转"的良好格局的形成，小说本体的属性受到关注。作家与批评界在这时对小说本体的艺术特质和艺术规律进行了自觉的探讨，作家的文体意识更趋自觉。1985 年前后，文学界展开了关于小说文体问题的讨论，"由这次讨论而推动的小说文体意识的自觉，是小说艺术真正挣脱以往陈旧而僵固的文学观念的束缚走向艺术自由的一个信号，它为 80 年代中期前后小说艺术的全面变革作出了不可低估的贡献"②。此后，对小说艺术本体的关注以及作家小说文体意识的自觉日益成为作家主体的审美追求。思想的解放、社会语境的转型极大地解放了作家，也解放了 20 世纪五六十年代以来的小说样式，包括结构、语言表达、叙述方式、情节安排等在内的小说本体内容成为作家关注的焦点。在这样一个多元并举、异质文化交融、新旧

① 杨义. 中国叙事学 [M]. 北京：人民出版社，1997：197.
② 季桂起. 中国小说体式的现代转型与流变 [M]. 济南：山东大学出版社，2003：264.

小说艺术方式冲突的背景下，中国作家的思维视野和审美方式无疑发生了很大的变化。有人指出，就新时期小说而论，作家们小说思维的这种蜕变主要体现在两个层面，一是主题意识的思维蜕变，二是小说叙述模式的变体①。从叙述方式上看，新时期小说的一个显著变化便是由全知视角向限知视角的转变。限知视角不追求全知叙事的知晓的广泛性、判断的权威性，而是试图以特定的视角表达对世界和生活的感受。这些特定的视角是叙事学上所谓个性化的人物视角，如人物身份、职业所决定的特定视角，如由于性别的不同确定的性别叙事，如以年龄的长幼所决定的老者叙事或儿童（少年）叙事。儿童视角作为一种独特的限知叙事，作为多元文学策略中的一种思维方式，是新时期小说文体演变以及作家小说思维变化的结果。这种区别于成人理性的叙述方式和叙述主体，给小说家带来了叙述上的极大便利，促使新的美学风貌与艺术质素的生成，它也是小说家叙述方式、叙事思维多样化的表征。

面对日益变化的社会现实以及开放自由的文化语境，作家的认知、审美方式发生了较大的变化，旧有的视角方式、结构方式已不能满足作家情感的表达与对艺术世界的表现。作家的叙述方式与审美情感之间存在一种互动关系，"当作家的审美情感开始活动，相应叙述方式则作为它的物化形态予以配合"②。美国批评家马克·肖勒（Mark Schorer）在《技巧的探讨》一文中曾提出一个重要的观点：经验与小说艺术之间的差距即技巧。作家审美注意力的触角探入现实的纵深之后，一系列生活现象经过选择、删除与想象性的扩充而在作家内心重新聚合为形象体系。技巧的意义在于协助这种聚合的形成，并将尚处于作家个人体验之中的形象体系井然地投影于语言系统之中③。叙述视角是作家观察形象体系确定的角度与视力范围，对于新时期的作家来说，全知性的叙述遭到了普遍的厌弃。儿童视角正是在这样一个背景下产生，以儿童作为叙述主体，是用这一限知的人物对于全知叙述中无所不知的成人理性进行有效的疏离与反拨。传统小说遵循的是全知、全能的叙事模式，叙述者具有至高无上的叙述权限，它显示的是"知晓的广泛性、洞悉的深刻性、裁决的公正性"④。新时期之初，在新的文化语境下，作家创新意识强烈、文体意识增强，这必然会反映在小说创作时的视点、结构及语言的选择上。从叙述方式上看，全知叙事的引退，使个性化的人物视角得到青睐，老者叙事、儿童叙事、性别化叙事、傻子叙事出

① 吴士余. 中国文化与小说思维 [M]. 上海：上海三联书店，2000：172.
② 南帆. 小说艺术模式的革命 [M]. 上海：上海三联书店 1987：序 4.
③ 南帆. 小说艺术模式的革命 [M]. 上海：上海三联书店 1987：197.
④ 董小英. 叙述学 [M]. 北京：社会科学文献出版社，2001：69.

现。这一时期"无论是从尸体——已经死去的人的角度来看待事物，还是一棵植物，都是一个崭新的视角"①。

新的叙述原则和方式的确立有效地缓解了作家在表达方式上的焦虑。新时期以来，随着作家文体意识的自觉，摆在作家面前的难题已不是题材、主题上"写什么"的问题，而是"怎么写"的艺术表达方式的选择问题。因而，对于作家而言，包括叙述视角在内的结构、语言、描写技巧日益凸显其本体意义，这是新时期小说家艺术创新的"突破点"和"瓶颈"，也是他们产生的巨大焦虑所在。其中，如儿童视角一般的个性化、限知式的叙述方式的诞生有效地协助着作家艺术世界的建构与价值立场的表达，极大地缓解了作家的这种焦虑。比如莫言的《红高粱家族》借助于"我爷爷""我奶奶"的儿童式感知方式讲述高密东北乡。莫言说，没有儿童视角这一独特的叙述视角，《红高粱家族》"就是一部四平八稳、毫无新意的小说"②。儿童视角为作家的写作技巧，巧妙地架设了一个叙事支点，依托这一支点，形成了"儿童话语—成人话语""过去时间—现在时间"的两重纬度、两重时空。从"儿童话语—成人话语"来看，作家以儿童为视角展现具体的社会生活，切入历史或记忆，使之在感性的、不加修饰的童眸中得以复现，而成年人理性的审视则对这些原生态的历史进行的理智剖解与沉思；"过去时间—现在时间"是儿童视角小说在时空上的另一优势。

新时期以来的文学叙事经历了由全知向限知，由单一向多元化叙事的转变。视角的变化是作家审视世界角度和视域的变化，也反映着作家审美方式的变化。全知叙事通常是对历史发展、社会进程的规律性的揭示与总结，追求认知上的中心化、整体化与规律化，是对历史本质的抽象与概括。因此，全知叙事下的审美方式是群体性、集体性的，个性常为群体性所吸附或拒弃。全知叙事在揭示事实真相、再现事情的来龙去脉上相比限知叙事而言，有不可替代的优越性。但全知的优越性也正是它的劣势，全知叙事下的叙述者被赋予了绝对的叙述权力，世界在其叙述下似乎处于一种逻辑分明、井然有序的平面状态与一元时序。因而，全知叙述的无所不知不但显示的是人们认知世界的盲目自信，也反映了人们在世界的表象与实质间的鱼目混珠。不同于全知叙事，"限知视角所表达的乃是一种世界感觉的方式，由全知到限知，意味着人们感觉世界时能够把表象和实质相分离"，它的出现"反映人们审美地感知世界的层面变得深邃和丰富

---

① 董小英. 叙述学 [M]. 北京：社会科学文献出版社，2001：68.
② 莫言，王尧. 从《红高粱》到《檀香刑》[J]. 当代作家评论，2002（11）：10-22.

了"。也即限知视角"简直被视为对世界感觉精致化和深邃化的一种标志"①。比如，以儿童作为认知主体，实际上承认了儿童在认识和感觉世界时存在的相对性和有限性，作家在运用儿童视角时基本上恪守了儿童认知及理解的阈限（少数小说如莫言的《红高粱家族》中的儿童视角是全知全能的），这也说明了他们在感知与表达世界时能将世界的表象与实质分离。作家逃逸出意识形态长期笼罩下的文学叙事后，文体意识和叙事意识趋向自觉，他们以自己的心灵探触和言说世界的艺术触角更为敏锐。所以，儿童视角等限知视角显示人们审美方式上的深刻变化，它表明"创作主体已从群体本位中游离出来，从对抽象的超验的整体把握转向对具象的、感性的局部叙事"②。它是人们对世界感觉"精致化和深邃化"的一种标志。

　　视角、语言形式、结构等作为文本的符号形式是文学的构成要素，同时，它们表征受制于特定的社会文化语境。因而，这些符号形式不仅体现着作家的审美方式与艺术个性，也反映着相应的时代审美与文化心理。比如，儿童视角等限知视角的出现不仅带来了小说文体上的变化，也昭示了人们文化心理、审美方式、把握和理解世界的方式的变化。毕竟"小说叙述不仅是一种创作方法，也不仅是一种文学现象，而且更是人类体验、理解、解释世界的一种方式"③。正如杨义指出的："叙事作品不仅蕴含着文化密码，而且蕴含着作家个人心灵的密码。还作品以生命感，而不是把作品当成无生命的机械元件加以拆解，就有必要发掘叙事视角和作者的内在联系，深刻地解读作品所蕴含的作家的心灵密码。"此外，他还指出了由叙事视角进入作家主体的逆向思维和批评方法的重要性："依据文本及其叙事视角，进行逆向思维，揣摩作者心灵深处的光斑、情结和疤痕，乃是进入作品生命本体的重要途径。"④儿童视角、傻子视角等个性化的人物视角摆脱了全知叙述下盲目自信、拥有绝对叙述权限、占有较高道德优势等弊端，开始尊重人的经验的相对性和有限性，它们极大地解放了新时期的小说叙事，同时蕴含着丰富的文体意味和文化意义，值得我们去深思。

二、动物视角：《越过云层的晴朗》及其典型意义

　　在我们的文化传统里，狗属于一种低等动物，与它忠诚的品性和灵敏精干

---

① 杨义. 中国叙事学［M］. 北京：人民出版社，1997：213-214, 218.

② 黄发有. 论九十年代小说的叙事视角［J］. 齐鲁学刊，2002（3）：42-46.

③ 陶东风. 文体演变及其文化意味［M］. 昆明：云南人民出版社，1994：129.

④ 杨义. 中国叙事学［M］. 北京：人民出版社，1997：204.

相比，它们背负的贬义和侮辱的意味要更多些，对人、对事的评价只要跟狗嘴、狗眼、狗腿等字眼连在一起，评价者的好恶爱憎便显露无遗。在这个意义上，迟子建的长篇小说《越过云层的晴朗》（以下简称《晴朗》）是部独特而意味深长的小说，它不仅是以文学的方式为一只狗立传，而且将狗纳入文学的秩序与殿堂里，给予其重要且显赫的位置。也就是说，小说让在文化语境和现实社会中背负骂名的猎狗阿黄担当小说的叙述者和生活变迁的见证者。同时，以狗道见证人道，即让有情有义、忠诚感恩的狗道凸显人道的残酷阴险以及虚伪、自私的本质。狗眼的置放和狗道的倡扬使这部小说不仅挑战了读者的传统审美和文化心理，其崭新的叙事视角、清醒的现实批判和深刻的文化指向，都注定这部小说是迟子建，乃至新时期文学中一部独特的文本。

（一）"狗眼"的广阔：窥测世界与人生世相的窗口

《晴朗》以老迈、被人嫌恶的名叫来福的狗的口吻回忆自己辗转于六个主人间，往返于城市、市镇、山林等地的生活经历和坎坷命运，小说首尾是现时的生存现实，而中间五章是对往事的回叙。"我"的起点是城里的教官，"我"从教官走向了第一个主人森林勘察员黄主人。随着人类的各式动机和实用理性的变化，"我"辗转于小哑巴、羊草金发夫妇、梅主人、文医生和赵李红兄妹之间，随着主人的更替，"我"的名字也经历着变化：阿黄、柿饼、旋风、夕阳和来福。"我"的历史就是一部流浪史，一部交织着温情和悲伤、信任和敌视、希望和绝望的历史。"我"被人类买来卖去，感受着小哑巴、文医生、梅主人等人的温情和爱，以及陈兽医、白厨子等恶棍的敌视和恨。除此之外，在"我"的眼里展现出来的还有时代与生活的巨大变化，如金顶镇通电、安装自来水、旅游业的旺盛、人们为"破四旧"疯狂砸庙和后来修建庙宇的忏悔行为。众多人物的命运遭际在"我"的视野里展开：金顶镇招待所的赵李红兄妹，其母亲与画匠私奔；辛苦地维持生计、家破人亡的文医生只身逃亡到大烟坡以变相术和种大烟为生，却被因高考落榜而疯了的水缸开枪打死；孤僻的梅红在资本家父亲被斗死后怀着歉疚来到金顶镇，靠为人生孩子维持生计，最终死于生产。"狗眼"里呈现的还有人事政权走马观花似的更迭以及众多与"我"属于相同生存序列的动物的命运："芹菜"因咬死白色黄鼠狼而被勘探员杀死，当作祭祀以免受报复；"我"唯一的情人"十三岁"因与"我"偷欢笑死了"小唱片"的公公，继而被处死，"我"也被迫披白挂孝。

在"我"的叙述和狗眼里，自然、社会、历史以及动物、人相互交融，形成一种立体与复式的图景，一幅幅生机盎然而又悲苦心酸的生活画面和边地生存纷纷展现在我们面前。因而，小说并未因"狗眼"而减少所表现生活的宽广性和内容的丰富性。从叙事学上讲，小说中"狗"的视角属于限知视角，同时具有巴赫金所说的"不理解"① 的特性。小说在叙事层面上严格遵守狗作为动物在审视和理解人类社会时的诸多疑惑和不解的原则。如小说中"我"对人的大多数话能听懂，但对于"同性恋""敲竹杠""吃软饭"以及拍电影的术语"清场""OK"不能理解。在钱的认识上，"我"也很困惑："我觉得钱很神奇，用它能买来吃的和用的东西，而钱自己不过是一张带着花纹和人像的纸。我想钱这么好，人为什么不多画一些呢？"② 小说在叙述过程中保持了这种认知上的"不理解"，把叙述和理解事物的权限交给了来福，作为文本背后的理性的全知者和作家绝不僭越自己的权限和位置。这样，在"我"的叙述下，原生态地复现了人类社会的世态万象，经由这些视角的聚焦，无数零碎的生活画面汇聚成意义丰富的艺术图景。

另一方面，叙述视角由"人"到"狗"的转化，其目的是作家所要实现的叙述载体的弱智化。随着叙述主体智力的弱化，叙述的不可靠性在加深。问题由此产生了：这个原生态呈现的世界由于"我"在理解上的有限性必然造成情节推动和故事展开的断层，以及读者理解的空白和盲点。那么，"我"的叙述阈限是否会影响小说情节的推动，读者理解上的空白和盲点又该如何填充？如何保持叙述上的一致性和完整性以及消弭读者在这种"断片式"阅读中产生的疑惑和理解的困难？小说在叙事中，确实存在着这些问题。比如关于梅主人的描述，第一章先寥寥数语"梅主人活着就是生孩子，她生过的孩子，最后又都让人给抱走了"③。读者在读完这段文字后必然生疑：为什么她活着就是生孩子？她生的孩子为什么总让人抱走了？这难道是古老的租妻和典妻风俗的现代演绎？在种种疑惑中读者读完前五章，虽然从金顶镇人的闲聊中得到一些对此事的解释，如她喜欢文医生，她有个姐姐在上海，她总是接待不同的男人，等等，但对于梅主人这一行为的终极解释还是无法获得，理解的空白依旧存在。这个空白随第六章中"我"流落到大烟坡后从"小唱片"与文医生口中听到了梅主人的身世之谜填补完成：梅主人来自上海的一个富裕家庭，父亲是资本家，在20世纪六七十年代死于有梅主人本人参与的批斗中，因而她怀着忏悔逃离家庭。在这个偏僻山村，她不断为别人生孩子，一是迫于生计，二是她很享受怀孕和

① 巴赫金认为，骗子、傻瓜、小丑都具有"不理解"的认知特点，这种"不理解"形式的运用从作者方面说是有意安排的，而在主人公身上则由于主人公的真诚与忠厚。
② 迟子建. 越过云层的晴朗 [M]. 上海：上海文艺出版社，2003：87.
③ 迟子建. 越过云层的晴朗 [M]. 上海：上海文艺出版社，2003：11.

抚育孩子的过程。至此，读者心中的谜团得以解开。包括对文医生的前世今生，小说也是采取这种倒置和延宕叙述的。这是小说叙事的精致之处，由于事情的来龙去脉在来福的眼里是零碎的、以片段呈现的，所以，事情的原委或人物行为、选择背后的情感、时代、政治原因被中断——实际上是推后、延迟叙述，这便造成了叙述上的延宕和留白，不过，这种空白在随后被填充上，就像俄国作家契诃夫在强调戏剧的悬念设置问题时所说的，如果在第一幕里写到墙上有一杆枪，那么后面就一定要拉响这杆枪。迟子建的小说在结构的完整性上是无懈可击的，这也是她作为当代成熟作家在艺术上的表现。这种留白和延宕的叙事，在阅读的效果上起到了制造悬念、引起读者阅读兴趣的作用。

（二）"狗道"的敦厚：人道沦丧与文化理想的隐喻

小说中的"我"是一条通人性、有灵性的狗，"我"忠诚、知恩图报、恪尽职守，有情有义。虽然不断更换主人，但"我"对每个主人都是尽心尽力、勤恳敬业地侍奉。"我"有着鲜明的爱憎立场：看到好吃懒做的白厨子经常偷猪肉给水芹，就不依不饶地叫唤主人，还识破半夜里想偷偷进花脸妈房间的电工的坏心眼；当自己的同类被人类屠杀时，"我"怀着极大的悲悯之心——如自己的相好"十三岁"被处死以及名叫"朝霞"的猫的惨死都引起"我"的伤怀和思念。

"狗道"向来不登大雅之堂，为人类所不齿。但小说为我们呈现了一种有道义、有爱憎、有温度的道德伦理和情感伦理，而与这令人崇敬的"狗道"对比着写的是"人道"，"人道"在小说中又是怎样的呢？其一是虚伪、善事谎言、荒淫无耻的。如老许的儿子"水缸"用枪打死了文医生，回到镇上后却谎称是黑熊咬死了文医生，临走时还不忘把文医生的大烟膏带走变卖；粮食店的女人平常与镇长偷欢借以提高自己的工资，但镇长一落难便数落他的不是，落井下石。其二是以自我为中心，功利主义和实用主义至上。如"我"不断更换主人是因为主人们觉得"我"对他们的利用价值没有了，甚至大丫的死都被"羊草"怪罪是"我"这个"丧门星"带来的，他因而将"我"遗弃了。其三是自私冷酷，残忍无情。如在丛林中，勘察队员们既要"我"和"芹菜"驱逐黄鼠狼，可当"芹菜"咬死了白狼时，他们又担心狼群的报复，自私而残忍地杀死了"芹菜"，将其当作黄鼠狼的祭品，以防被报复；因"我"与"十三岁"性爱的场景导致"小唱片"的公公的死亡，随后"我们"分别遭到了披白戴孝和被处死的惩罚。而屠杀狍子的场面更是人类贪婪、暴虐本性的流露：

我见孙胖子把狍子骑在身下，将它摁倒在地。狍子没有反抗，大约以为人在和它戏耍吧。接着，小优大叫一声，把刀插进狍子的脖颈！我奔跑过去，见黑色的血一汪一汪地从狍子身上涌了出来……狍子瘫倒在地，拼命动着四蹄。突然，它站了起来，站得不直，歪斜着。它哆嗦着，看着我，满眼都是泪。①

强大并粗野的人类对温情而缺少反抗能力的狍子屠杀的凶残场面令"我"毛骨悚然，发指的残忍面前是黄主人他们兴奋享受美味的场景，而"我"和白马哀伤、低沉地伫立一旁。"狗道"与"人道"的对比映衬出的是"人道"的沦丧和灰暗。迟子建以温情的笔墨和白山黑水的极地风情背景下，勾勒出一幅令人神伤、满目疮痍的浮世图，上面写满了人性的卑微、道德的沦丧、情感的忧郁、灵魂的暗淡。借助于一双睿智的"狗眼"，小说为人类道德情感和文化理想吟唱了一曲挽歌。

"我认为文学写作本身也是一种具有宗教情怀的精神活动，而宗教的最终目的也就是达到真正的悲天悯人之境。"② 这是迟子建的文学理想，也是她对自己创作的精神和文化定位。这种悲天悯人的情怀可从其早期的的《北极村童话》到《花瓣饭》，从《越过云层的晴朗》到《世界上所有的夜晚》《额尔古纳河右岸》中对人类的苦难、人的命运与善恶情感、死亡主题的温情优雅伤感的书写里读出。她在《晴朗》以空灵清逸的文字叙述人类和动物的苦难、人的迷失。人类文化序列中尊卑贵贱分明的"人道"与"狗道"在这里被颠倒和重新改写，在对人类丑行与精神痼疾的隐喻式的写作中隐含了作家的价值立场以及悲天悯人的写作理想。

（三）"革命"的酷虐：历史夹缝里的边地生存

在迟子建以前的小说中，她常常将20世纪六七十年代的动荡、暴戾化约为淡淡的背景隐于故事之后，大历史成了她的那种罩着隐隐忧伤而不乏温情的日常生活的部分。从精神形态上分析，会发现在她的这类小说中，人物的生存困难和精神创伤有着大历史的烙印，如《北极村童话》《花瓣饭》。《晴朗》延续了迟子建一贯的风格，她以轻盈而温情的笔触叩问和审视着20世纪六七十年代这段大历史。但迟子建的历史书写显然摆脱了新时期政治批判和情感纾解的单一叙事维度，她不从正面进入大时代，而将20世纪六七十年代作为影响人的情

① 迟子建. 越过云层的晴朗［M］. 上海：上海文艺出版社，2003：74.
② 迟子建，周景雷. 文学的第三地［J］. 当代作家评论，2006（4）：42-50.

108

感心理和行为方式的潜在因素。对于时代造成的这种情感创伤和苦难记忆，迟子建采取了"举重若轻""避实就虚"的手法，正如她自己所说的："其实'伤痕'完全可以不必'声嘶力竭'地来呐喊和展览才能显示其'痛楚'，它可以用很轻灵的笔调来化解。当然，我并不是想抹杀历史的沉重和压抑，不想让很多人为之付出生命代价的'文革'在我的笔下悄然隐去其残酷性。我只是想说，如果把每一个'不平'的历史事件当做对生命的一种'考验'来理解，我们会获得生命上的真正'涅槃'。"① 比起此前涉及这段历史的小说，《晴朗》的历史指涉和历史叙事增加了很多。东北边地本是一个自足而陶然的世界，但在20世纪六七十年代革命风潮延伸到金顶镇，其成为金顶镇，甚至大黑山的生活政治。

　　20世纪六七十年代发生的这些社会悲剧和历史事件，从小说中的表现形态来看，一种是生活化的历史。小说中多次写到20世纪六七十年代的时代政治在金顶镇人们生活中的渗透。如丛林勘察队员小优与刘红兵因事打架，正当他们大打出手时发现了背心上的毛主席像章，由于敬畏和害怕弄坏了领袖的像章，两人的打架戛然而止。此类描写在李锐的《万里无云》、刘醒龙的《弥天》等小说中也出现过，《万里无云》中的臭蛋因为身戴毛主席像祈雨而被捕。这类因个人崇拜和神化领袖而造成的民众在行为方式上的"为尊者讳"现象映现的是时代政治对民众文化心理的巨大钳制，带有悲剧色彩的盲从。另外，小说还写到毛泽东逝世后民众的纸花祭奠和勘察队员的哭泣，"四人帮"的倒台后的众人的兴奋。在这里，小说并未展开描写那个年代的残酷和暴虐，而是将之变成日常生活的部分，"以抒情和感伤的叙述，把'残酷'改写为一种笼罩性的精神氛围和精神背景，占据小说表层的仍是日常化的世俗生活，甚至对'文革'这样的历史灾难的反思与批判在小说中也都被推到了幕后"②。

　　另一种表现形态是作为影响人物命运和行为方式的创伤性的历史。在这一类历史叙述中，20世纪六七十年代是悲剧和苦难的制造者。这段历史对人造成的创伤是新时期以来很多小说共同的母题，历史暴政对知识分子和民众造成的创伤不只是肉体层面的疼痛与摧残，更是在其精神灵魂和文化心理上形成的难以愈合的伤痕及伴生而来的阴影和梦魇。这种创伤自新时期滥觞之作《伤痕》《班主任》就开始了，此后关于20世纪六七十年代的苦难记忆和创伤历史在"反思""寻根"文学以及整个20世纪80年代文学中都是一个重要的母题和表

---

① 迟子建. 一条狗的涅槃·后记 [M]//迟子建. 越过云层的晴朗. 上海：上海文艺出版社，2003：284—285.
② 吴义勤. 狗道与人道——评迟子建长篇小说《越过云层的晴朗》[J]. 当代作家评论，2004（3）：98—104.

现维度。

正如李冯在《七五年》中借主人公之口所说"比儿子更厉害的是爸爸""可比爸爸更有决定性的则是他所在的时代"①，在高度意识形态化的20世纪六七十年代，人的命运很多时候受制于时代和政治因素。《晴朗》虽然已淡化了20世纪六七十年代的大历史在主题内容、艺术表现以及情感基调层面的浓度，但细细品读，便会发现小说中人物的命运还是笼罩在历史的阴影下。迟子建曾说过，这部小说着重探讨大历史对人的精神伤害，迟子建意在书写这段动荡的历史对人们精神的伤害，"探讨究竟什么样的生活才是有质量的生活？我关注的是人的精神状态"②。小说中三个重要的人物，即小哑巴、梅红和文医生，他们的悲剧命运都与非理性的政治运动有着千丝万缕的关联。由于小哑巴的家在一群红卫兵砸过庙后起了一场大火，小哑巴的父母和爷爷奶奶在火灾中丧生，小哑巴一下子成了孤儿，被金顶镇镇长收留在招待所打杂为生。小说在末尾通过许达宽对"我"的倾诉，才使读者知道原来火灾就是当初包括许达宽在内的红卫兵引起的，当时因为小哑巴的石匠父亲怜惜自己雕刻的石像被毁，对红卫兵产生不满，所以遭到了红卫兵的报复。由此可知，小哑巴无依无靠、颠沛流离的悲苦命运的悲剧根源是任性疯狂、胡作非为的红卫兵。在对红卫兵以及工作组进入乡村后对乡村生活所造成的实际影响上，迟子建和李锐等作家一样，都以鲜明的是非立场和生动的细节表现了这场政治运动对乡村生活和既有秩序的破坏。小哑巴孤苦凄惶的生活是以"现在时"呈示的，而红卫兵的非理性行为则是作为"过去时"出现在回忆中的，前者源于后者，小哑巴永失亲人的身世之痛和心灵的创伤根植于这场历史浩劫中。小说以平静舒缓的笔调叙述人物的命运，而在人物命运悲剧被昭示的那一刻，其犀利而深刻的现实批判和价值立场也便清晰可见了。

梅红悲剧性的生存境遇和心灵创伤也是时代政治造就的。梅红之所以逃离家庭、隐居金顶镇，是因为在上海时，她嫌弃父亲资本家的身份，纠集了一些学生批斗父亲，结果打死了父亲，父亲的死激发了梅红的悔恨和歉疚。从精神谱系上看，梅红与《伤痕》中的王晓华同属一脉，都是被时代蛊惑，在家庭亲情和时代政治间偏执而决绝地选择政治放弃亲情，幡然醒悟后，失去亲人和亲情的创痛已经被深深烙下并难以去除。比起王晓华，《晴朗》中梅红的悲剧意味

---

① 李冯. 唐朝［M］. 南宁：广西民族出版社，1999：5.
② 迟子建. 轻灵的笔触描写沉重的历史——著名作家迟子建谈长篇小说《越过云层的晴朗》［N］. 辽宁日报，2003-5-30.

更为浓厚。梅红虽在金顶镇留下来，陶醉于金顶镇的自然风光，但她的心灵依旧是一片荒芜，她没有朋友，又有没完没了的闲言碎语包围着她，而给她温暖的是两件事，一是替别人生孩子，二是喜欢文医生。然而，替不同的人生孩子这一"工作"，为了维持生计是次要的，最重要的是"她只有在怀孩子和生孩子的时候，才觉得自己还活着"①。哀莫大于心死，在梅红那大而闪亮的耳环和华丽时尚的外表下藏着的是一颗深陷绝望的心，她如堕无底深渊，奄奄一息而儿近断气。不断的怀孕和生产，带来的是暂时而危险的温暖，而这种温暖也是以不断经历送走孩子的骨肉分离和彻骨悲凉为代价的。受伤的梅红，在这种危险的自我救赎中体验的是飞蛾扑火般的悲壮；喜欢文医生，是梅红情感上的另一种温暖，按照心理学上的说法，情感弥补和情感代替是修复创痛的另一条路径。梅红对文医生的爱和欲能挽救这个苦难女性吗？答案是否定的。因为，她对文医生的爱"是为了赎罪""是为了减轻对她父亲的罪责"。理想的爱情被创伤挤兑，纯洁的爱情最终还是难逃政治的强奸。在这里，时代政治对梅红的伤害是毁灭性的，它不但摧毁了原本和谐的人伦亲情，而且这种亲情的毁坏还是政治借梅红自己的手完成的，俄狄浦斯王式的悲剧便产生了，"原罪"成了梅红难以摆脱的梦魇，这种原罪彻底瓦解了梅红正常去爱的能力——她的爱因历史创伤和原罪而畸变，所以，对文医生的爱是对悔的一种置换和替代。没有爱和亮色的生命必然是灰暗而垂死的，最终，梅红死在生孩子的血泊中就只是她悲剧生命最后的一道仪式罢了。

三、儿童视角与历史记忆叙事的关系

作为视角的一种类型，儿童视角是以儿童的眼光观察世界、以儿童的思维理解世界，小说文本中的儿童视角②指的是"小说借助于儿童的眼光或口吻来讲述故事，故事的呈现过程具有鲜明的儿童思维的特征，小说的叙述调子、姿

---

① 迟子建. 越过云层的晴朗［M］.上海：上海文艺出版社，2003：211.
② 需要说明的是，这一定义是一般意义上的儿童视角界定，儿童文学与成人文学中的儿童视角有着很大区别。它们同样运用儿童的眼光、思维叙事来描述，不同的是，儿童文学由于其受众是儿童，因而它的儿童视角总是最大限度地消解成人思维、成人视角，从而保持儿童思维和儿童叙事的单一化，儿童视角的应用服务受制于儿童文学中"儿童本体论"的要求以及其文本整体的单纯、明净的叙述语调和美学风格。所以，儿童文学中的儿童视角可被称为"单一的儿童视角"；成人文学中的儿童视角是让儿童充当叙述者的同时，通常在文本中还有一个成年叙事者（隐含作者）操纵、干预、补充着儿童视角的叙述。因而，这一种儿童视角可称为"复合的儿童视角"。本书论及的是成人小说中的儿童视角，即"复合的儿童视角"。

态、结构及心理意识因素都受制于作者所选定的儿童的叙事角度"①。在这一概念中，有必要对"儿童"做一些注释。广义的儿童是指生理、心智的发展尚未成熟的群体。《联合国儿童权利公约》第一条规定：儿童系指18岁以下的任何人。在西方以及我国学界，通常把儿童的年龄期限定在从出生到17~18岁。由此可知，心理学意义上的儿童，一般是指18岁以下的未成年人②，其心智、情感、思维等尚未走出稚嫩、单纯、懵懂的未成年心态和序列。小说中的儿童是作家虚拟出的一个叙述主体，这种虚拟性产生了视角化儿童的丰富性：既可指低龄化的儿童（如都德《最后一课》中的小弗朗士），也可指虽长大但涉世未深的青少年（如余华《十八岁出门远行》中的"我"），又可指弱智的痴儿（如福克纳《喧哗与骚动》中的班吉），甚至可以是出世不久已死去的婴儿。作为叙述的主体，由于儿童有限的智力以及别样的视物方式，经由他们独特的视角聚焦，呈现的必然是一个区别于成人观照的独具特色的世界。

儿童是社会秩序中社会化程度较低的一个群体，在小说叙事中让智力有限、思维不发达的儿童充当世界的观察者、思考者与言说者，反映了作家对视角与言说方式的精心择取。这种独特的叙事策略与小说技巧可谓匠心独运，它区别于理性的、成熟的，同时也是功利的、世故的成人视角，作家把叙述的权限交给天真幼稚的儿童，以懵懂无邪的童眸充当透视世界的视角，这是作家在叙述策略上有意的"撤退"，在这一策略中常常包含了作家更为深邃、更为隐蔽的社会学、文化学、哲学的思考，浓缩了作家对世界与现实生存的审美观照、哲学省思或社会批判。

维柯（Giovanni Battista Vico）在《新科学》中曾这样概括原始人的思维与艺术感知方式："因为原始人还没有推理力，浑身都是强旺的感觉力和生动的想象力，因此他们的诗是由对原因的无知所产生出来的。无知是惊奇之母，无知者对于一切不知道的事物都感到惊奇。"③ 原始人没有经过现代社会与文明的濡染，仅凭"感觉力"和"想象力"认识世界。而在著名人类学家泰勒（Edward Burnett Tylor）看来，原始人的认知方式以及原始人的智力不比高度文明的人类

---

① 吴晓东，倪文尖，罗岗. 现代小说研究的诗学视域 [J]. 中国现代文学研究丛刊，1999（1）：67-80.

② 陆士桢，任伟，常晶晶. 儿童社会工作 [M]. 北京：社会科学文献出版社，2003：2.

③ 朱狄. 原始文化研究：对审美发生问题的思考 [M]. 北京：生活·读书·新知三联书店，1998：31.

社会低级，"甚至前者有着更充分、更生动、更有意思的形式"①。

儿童由于涉世不深、社会化程度较低，其认知及思维方式与原始人较为接近，儿童以自己的生命直觉感知和想象世界。原始人有着自由和幻想的本性，他们率性而动，凭着生命的本能和朴素的智慧认识世界，而儿童身上有着与原始人类似的无知和率性。这种无知与率性在老庄那儿恰恰被称为有"知（智）"，是大智慧和道之所在。正因为如此，法国学者加斯东·巴什拉（Gaston Bachelard）认为，"孩子看见的是宏伟的景物，是壮丽的世界"②。

在文学叙事中，作家让儿童充当视角人物，让叙事者与儿童的认知思维方式保持一致。作家对儿童眼光、思维的自觉认同使儿童视角得以自足，而儿童视角的相对自足则使小说保留了儿童视物的特点，也即保留了世界更多的原初性、朦胧性和神秘性。

儿童的认知区别于成人，"后者对世界的想象与认知是有意识的自觉行为，而前者则来自原始性和自发性，其想象与认知不是作为一种意识的自觉形式而是意识的原初形态，这与人们业已习见常闻的从观念到观念、在观念的规约下认识事物的思维定势是完全异构的"③。儿童凭借其敏锐的直觉、天真灿烂的童眸时常能捕捉到成人忽视、不易发觉的细节或情景，在成人坚硬的理性无法洞穿、触摸到的地方，儿童的朦朦童目和灿烂童心恰能游刃其间。世界与儿童之间是一种平等、对话、交融的关系，如儿童心理学家刘晓东所言，"儿童与这个世界的关系是亲密的，儿童的生命与万事万物是互通互融的，相互开放的，直接交流的。"④ 作家借用儿童的这种特殊感知和较少受社会意识形态浸染的原初体验书写世界，常能起到"祛魅去蔽"的作用，即去除成人因为阶级、立场、个人好恶而对世界和现实生存形成的偏执、功利的认识，呈现出较少受到社会意识形态渗透和道德判断加工过的原生态社会面貌和生命情境。

儿童视角借儿童感知和视域可以原生态地呈现未经加工和斧凿过的世界原形，呼应了儿童单纯的经验世界，客观上也使文本展示出自然、朴拙的美学风格。但另一方面，在成人文学中，作家运用儿童视角不只为了表达与儿童感知

---

① 朱狄. 原始文化研究：对审美发生问题的思考 ［M］. 北京：生活·读书·新知三联书店，1998：33-34.
② ［法］加斯东·巴什拉. 梦想的诗学 ［M］. 刘自强，译. 北京：生活·读书·新知三联书店，1996：128.
③ 范智红. 平凡生活的复现及其叙事功能——四十年代小说艺术论之一 ［J］. 文学评论，1997（2）：113-127.
④ 刘晓东. 儿童精神哲学 ［M］. 南京：南京师范大学出版社，1999：252.

相联系的那部分内容，更主要是为了表达"超出于儿童知觉力的内容"①。儿童视角原生态的呈示功能以及单纯、稚拙的特点是区别于成人理性视角的优势，同时，纯粹的儿童视角也使得作家在进行复杂言说时显得捉襟见肘。儿童视角叙事上的这种欠缺必然要求作家对其加以弥补。在作家笔下，这一罅隙的缝合是通过成人视角（或隐含作者）与儿童视角的复合使用来实现的，儿童视角与成人视角互补使用、共生共存于小说文本中。钱理群先生认为儿童视角天然地内含着成人视角的"干预"。他指出，儿童视角本质上是过去的童年世界与现在的成年世界之间的"出"与"入"②，也即儿童经验和儿童世界必须在成人理性的渗透下，其意义与价值才会更为深远，"儿童"作为叙事的功能才会更为强大。这正如有的作家所指出的，儿童经验和儿童视角本身包含着一种"既定的两人关系"，"这关系建立在过去的我与现在的我之间，这是一种自我关系。童年的我是我的故事对手，与我达成时间性的社会关系"。童年世界和儿童经验"因现在的我参与，才有了意义"③。因而，在叙事中，作家一方面让儿童充当叙事者，同时又不断让成人视角或隐含作者渗透到叙事系统中，对儿童视角形成干预、补充，从而更好地服务于作家表达的需要。隐含作者与作家有着千丝万缕的联系，但又不完全等同于作家本人，它是作家在叙事作品中虚拟出的一种声音和人格，"代表了一系列社会文化形态、个人心理以及文学观念的价值，叙述分析的作者就是这些道德的、习俗的、心理的、审美的价值与观念之集合"④。

以儿童视角展开的叙述中一般都存在着或隐或显的成年叙事者的声音，儿童视角不可避免地包含着成人视角，成人视角巧妙地隐匿于儿童视角的后台，并不失时机地凸现于文本之上，深化儿童视角视域与儿童经验，两种视角的相互渗透、交互叠合使"具有充分价值的不同声音组成真正的复调"⑤。成人理性制导下的"儿童世界—成人世界""儿童声音—成人声音""儿童话语—成人话语"的共生共存，形成了巴赫金所说的众声喧哗的文本，也即形成了儿童视角

① 范智红. 平凡生活的复现及其叙事功能——四十年代小说艺术论之一 [J]. 文学评论，1997（2）：113-127.
② 钱理群. 文体与风格的多种实验——四十年代小说研读札记 [J]. 文学评论，1997（3）：49-60.
③ 王安忆. 纪实与虚构 [M]. 北京：人民文学出版社，1993：378-379.
④ 赵毅衡. 当说者被说的时候：比较叙述学导论 [M]. 北京：中国人民大学出版社，1998：10.
⑤ ［俄］巴赫金. 巴赫金全集（第五卷）[M]. 白春仁，等译，石家庄：河北教育出版社，1998：4.

的复调诗学。

儿童视角小说的叙事方式与结构通常是以儿童充当生活的见证人、审视者和叙述者，以现实与回忆的叠合、成人世界与儿童世界的并存、儿童话语与成人话语的复合来构置具有较大时空涵容的叙事框架及文学空间，以儿童感性、纯然、未经世俗濡染的视界呈现广阔的成人社会以及现实生存秩序。在儿童不加修饰、客观化地对世界的复现中，作家的理性判断悄然隐匿其中，巧妙驾驭着儿童视角。借助于儿童与成人的并置复合叙事，作家实现着意味深长的思想表达与情感言说，即对复杂历史的隐秘书写，在童年、乡土的诗性回眸中包含着对自我人格生成、人生历程的眷顾与反思，对儿童本体与人类童年心理的深邃化描写以及对成人世界的虚伪、暴力等种种痼疾的深层指涉。这种叙事结构由于"儿童世界—成人世界""儿童视角—成人视角""儿童话语—成人话语"的两重空间、两种视角、两套话语而使小说文本充满了较强的内在张力和艺术创造力，作家以这两种视角在两重空间之间自由穿梭，诉说复杂的情感，寄寓深刻的意义。儿童视角为小说文本架构了一个独特的叙事支点，一个对作家来说可进可退的叙述策略，它所具有的叙事可能性及灵活广阔的表达空间使文本凸显出巨大张力，这意味着一种新的文体样式与小说结构的生成。儿童视角在新时期的小说中体现在两个层面：一是心理情绪与感知方式层面，即作家心理机制与意识层面的"儿童化"，作家从成人心态退守到稚真、朴拙的儿童状态；二是话语与叙述层面的"儿童化"，即叙述方式上以儿童作为核心人物与叙述主体。

新时期以来的历史记忆小说，有许多是以儿童视角写成的，"儿童"作为这段历史的见证者，担当着小说文本的叙述者和"讲故事"的人。"儿童"在作家笔下并非仅是描写的客体，更多还是一种儿童化的心理状态、认知方式与非成人化的视角方式。

法国作家捷妮雅·布里萨克在中法文学系列对话——"两仪文舍"活动上，与中国作家莫言在讨论"孩子"这一共同话题时指出："孩子不是一个主题，而是作家观察世界的一种视角和方式。"① 儿童作为一个命题在文学中的书写并不是一个新鲜的话题，而儿童视角也是儿童文学中屡见不鲜的一种文学技巧。然而，成人作家在非儿童文学的创作中戴着儿童的面具发声，从中提取出一种非成人化的视角，这却是颇具意味的修辞策略。对于作家来说，用这样一个独特

---

① 安妮·居里安，蒙田. 孩子，夸张与视觉——第七次"两仪文舍"讨论纪要［J］. 上海文学，2005（3）：12-15.

而隽永的文学技巧必将建构出一个生动、多姿多彩的文学世界与文学版图。儿童视角本质上是一种边缘化叙事。按巴赫金的分类，傻子、骗子、小丑等社会角色都属于边缘化人物，以他们的视角形成的叙述构成了边缘化的文学叙事。巴赫金的边缘化叙事有很强的文化意味，即"从边缘制造文学革命。以边缘体裁小说，颠覆传统的体裁观念；以边缘人物如小丑、傻瓜、骗子等，发挥特殊的形式——体裁面具功能"①。儿童的地位是边缘的，儿童的眼光是"去蔽"的，较少受人类"文明"或世俗积习的浸染，以儿童的视界去透视世界，人类的生存世相将会脱离"习惯性桎梏"下的理解方式，呈现出别样的意义。从叙述的角度看，全部叙述可分为全知叙述和限知叙述。在西方，福楼拜率先使用限知叙述，试图把作者从小说中驱逐出去，转而用个性化的人物及其视点结构小说，《包法利夫人》便基本是以爱玛的眼光进行叙述的，而到了他的《情感教育》中，则以弗烈德里克——一个不成熟的少年作为核心人物。不管是社会下层人物爱玛还是不谙世事的弗烈德里克，他们都是社会边缘人物，福楼拜以他们作为叙述人物，开辟了一条崭新的叙述道路，奠定了一种全新的叙事原则与叙事美学。成人的理性视角、文化政治等宏大视角是理解世界的常规视角，而儿童感性、边缘化视角下的世界是异于成人视角下的世界的。

比如莫言的《透明的红萝卜》《铁孩》《罪过》等小说，都是以儿童的夸张、神秘的感知。表达儿童对成人世界的反抗，儿童用种种方式——如吃铁（《铁孩》）、与死亡的神秘感知和相遇（《枯河》），疏离以成人为中心的社会秩序，抗拒来自成人社会的冷漠、暴力与淫威；或者以沉默的方式反抗源自成人的威压（《透明的红萝卜》）——也即儿童通过拒绝语言来拒绝成人的文明法则和社会规范。莫言的小说世界里常常活跃着一群顽童，他们或调皮、顽劣，与成人"不合作"，或是一群被成人社会遗忘的"精灵"。这些儿童有着孤独的心理特性以及饥饿的身体体验，而这恰恰是作家本人童年最深切的两种生命体验。莫言正是将其童年的这番体验移植到他笔下的这群儿童身上，以他们的感知和视角书写世情冷暖、生命成长历程。可以说，莫言对儿童与儿童视角的钟爱并非偶然，它凝聚着作家自我主体的情感记忆与生命体验，在对早年记忆、在对高密东北乡的精心书写与对自己的情感和文学版图的描绘中，莫言首先与"孩子"相遇了，这种相遇使作家找到了一种适应其表述的叙述策略。莫言笔下的儿童视角，不仅在于把儿童作为描写对象，还在于"他那些最为优秀的篇什都表现了儿童所惯有的不定向性和浮光掠影的印象，一种对幻想世界的创造和

---

① 段建军. 西方文论选读 [M]. 西安：西北大学出版社，2003：262-263.

对物象世界的变形"。因而，儿童视角的意义正是"用儿童般不同凡响的色彩，纯朴天真的幻象，屡屡被伤害的幼小心灵所具有的特殊的感觉，几近荒诞的任意表现，表现出儿童对生活的神秘感和某种程度上的畏惧心理"①。莫言笔下的儿童是群顽劣、调皮、野气的孩子，然而他们又是成人强大威权、暴力下的受害者。比如，黑孩、小虎、罗小通和阿义，他们都睁着那惊惧而无助的眼睛，哀怜并绝望地企盼着成人的温情与呵护，然而迎接他们的是烧红的烙铁、父亲漫无边际的毒打、冰冷的拇指铐。在这失爱的尘宇间，儿童除了孤独、恐惧外一无所有。所以，在那一双双童眸里包含的是对人的疏离、对生的厌弃、对家庭亲情的绝望，这一颗颗本该灿烂纯真的童心，被成人的冷漠、严酷碾压得支离破碎，那纷纷扬扬的碎片无不惊心地诉说着成人对儿童的敷衍与罪过。

如果说莫言通过塑造一系列苦难的儿童、采取儿童视角的策略，其结果是对成人作为强势群体的暴力与威压以及他们所代表的苦难的民间生存图景做了有效的敞开，那么，在余华、韩东等人的笔下，儿童视角则有了明确的"反抗父法"、颠覆成人世界的文化指向。余华对儿童与少年的心理以及儿童视角的运用有着特别的偏好。从《十八岁出门远行》《现实一种》到《朋友》《在细雨中呼喊》都包含着他对少儿心理与儿童视角的思考。余华笔下的儿童有着当代小说中儿童的一般特点：被成人遗忘所产生的的孤独，遭遇成人暴力所感到的惶惑，这在十八岁出门远行的"我"、皮皮、孙光林身上都可看出。余华不仅对儿童情感、心理的"内宇宙"作了细致入微的书写，更为重要的是，他自觉地将儿童提取为一种视角，以儿童的视界重新整理世界万象和成人的生存秩序，并以此建立一种新的语言表达方式和叙事法则。20世纪80年代中期，余华与苏童等作家以先锋姿态横空出世，他们自觉疏离既定文学规范和语言方式，以崭新的叙事方式、语言与文学技巧的实验颠覆成规，实现着反拨传统文学、建立新的文学法则的文化意图。

一种文学技巧总与作家的文化思想紧密相连。因此，对于余华来说，对儿童的关注绝非是从成人文学到儿童文学的体裁转换，也即"关注少年儿童心理却又并非是在写作'儿童文学'，实在是提取一种'非成人化视角'，这种视角更主要的是被运用于提供那种反抗既定语言秩序的感觉方式和语言表达方式"②。新的叙述视点的确立，对于作家来说意味着新的叙事法则的生成；而对于余华而言，这种"非成人化视角"极大地满足了他"退回到非成人感觉状态

---

① 程德培. 当代小说艺术论［M］. 上海：学林出版社，1990：200.
② 陈晓明. 移动的边界：多元文化与欲望表达［M］. 武汉：湖北教育出版社，2000：168.

中的愿望"以及伴生而来的摆脱既定美学规范和语言秩序的文化氛围，因而，余华的"叙述视点和叙述句法使写作具有反抗的象征意义"①。余华这一代是"无父"的一代，对于传统规范、意识形态确认的中心价值和文学秩序这些"父法"，他们视如敝屣，并不遗余力地解构。因此，他笔下的"父法"以及"父法"的人格化代言人——父亲，常是可鄙的、丑陋不堪的。父与子的冲突不可调和，两者间的血缘亲情发生某种程度的断裂，父是扼杀子的元凶。具体来说，在儿童视角这一非成人化视角所确立的儿童的童稚、纯真、无邪、善良的目光下，"父法"或是在少年成人之际集体掠夺、行凶的帮凶与"阴谋"（《十八岁出门远行》），或是在众人目光下把"我"绑在树上抽打的生身之父的暴力与冷酷（《在细雨中呼喊》）。在这里，"父法总是愚弄孩子的善良和天真"，其或逞凶行暴，或掠夺、扼杀子代，"由此构成的强烈反差产生反讽意味，父法自行解构"②。也即，余华以儿童视角的天真与纯朴烛照成人世界的丑陋与凶险，从而实施着解构"父法"的先锋使命。非成人化视角的儿童视角不仅给余华带来了新的语言方式与表达法则，也为他反抗"父法"提供了一个得心应手的审视平台，"父法"的凶残、荒谬和颓败在儿童视角的比照与映衬下毕露无遗，由此，"父法"秩序自行解构。

对于苏童、王朔、韩东等作家来说，儿童视角则为他们提供了一个叙述20世纪六七十年代的独特视角。苏童曾说："我从来没有以成人的角度去切入那个年代。我都是以一个孩子的眼光去写70年代。所以，好多人曾说，六七十年代对成人来说是灾难的岁月，对孩子来说则是灾难之中一片充满阳光的天空。"③苏童的这番话使笔者想到另一位作家——王朔。他的《动物凶猛》也是以儿童眼光去描写20世纪六七十年代的岁月，其书写的重点也落在动荡年代儿童的欢快与灾难岁月中"阳光的天空"上。这部小说后来被改编为电影《阳光灿烂的日子》。这种以轻逸、欢快的儿童眼光叙述历史悲剧的方式被有些评论者称为"把丧事当喜事办，悲剧当喜剧唱"④。然而，正是这种"丧事当喜事办，悲剧当喜剧唱"的儿童化叙述方式构成了他们的历史叙事的独特风格。苏童、王朔以儿童视角描写20世纪六七十年代中少年的成长与记忆，有意隐去历史，淡化大历史背景，但在个体的成长中又打上了那个时代的烙印（如《刺青时代》

---

① 陈晓明. 移动的边界：多元文化与欲望表达 [M]. 武汉：湖北教育出版社，2000：178.
② 陈晓明. 移动的边界：多元文化与欲望表达 [M]. 武汉：湖北教育出版社，2000：177.
③ 苏童，王宏图. 苏童王宏图对话录 [M]. 苏州：苏州大学出版社，2003：81.
④ 卢跃刚. 文学的背景 [M] //孟繁林，林大中. 九十年代文存 1990~2000：下卷. 北京：中国社会科学出版社，2001：273.

《动物凶猛》中成人社会的帮派斗争、复仇斗殴被儿童以游戏方式完整地复制并呈现出来）。这种在个体生存体验中讲述、反思时代与历史的文学叙事较"伤痕""反思"小说中直接控诉、暴露的写法要蕴藉、含蓄得多，而且采用儿童轻快、喜剧化的叙事，表面上淡化了历史带来的创痛，本质上意在"用喜事解构丧事，用喜剧解构悲剧"①，达到对 20 世纪六七十年代这段历史的别样沉思。

　　当然，苏童从不以成人的眼光切入 20 世纪六七十年代，而以儿童的眼光切入，并且极写灾难岁月中的"阳光的天空"，这种独特的叙事艺术可能与作家个体的生命周期、情感经历有直接关系。苏童生于 20 世纪 60 年代初期，成长于这段动荡岁月，因此，"对于像我这个年龄的人来说，看见的灾难更多的属于别人，而我们自己仍然有一个值得缅怀的童年"②。也就是说，作家的生命周期与 20 世纪六七十年代的历史只是部分的、模糊的重合，这段历史对于成年后的作家来说，也许只是一些斑驳的记忆与零星的历史碎片。作家借助儿童视角对他的少年经验进行了汇聚与复现，但这些凝聚了历史记忆与动荡岁月的少年经验"并不呈现为完整的逻辑结构，而表现为事件过程的模糊性和表象特征的突出性相混合的特征，它们带有着少年思维特有的敏感和零杂"③。以儿童视角呈现个体成长与历史记忆，在少年成长与少年经验中楔入时代性内容，儿童的生活与成长历程被嵌进权力或政治结构中，以此巧妙地传达自己的少年经验及对这段大历史的思考，这便构成了苏童等作家关于这段历史记忆的独特文学叙事。

　　作家张炜把小说的文体与叙述方式称为作家的"出场方式"。以何种方式切入 20 世纪六七十年代的历史，以何种叙述架构起自己的叙事平台是作家在叙事策略与言说方式上不可回避的问题，同时又都蕴含了面对这段历史时，作家特定的文化理想诉求。正如许子东所言，这些小说都或隐或显地包含了记忆者群体在历史劫难后想以"忘却"来治疗历史创伤，想以"叙述"来逃避历史影响的特殊文化的心理状态④。但在重新阅读这些以儿童视角创作的小说时，我们应该指出，这类小说是逃逸"集体记忆"与"集体叙事"的，它们为反思和书写 20 世纪六七十年代提供了另类的"法则"与方式，极大地开拓和丰富了这段历史在小说中的叙事空间和艺术表现力。

　　另外，儿童的顽劣、不稳定的天性和认知特点又极易造成叙述上的复调与

---

① 卢跃刚. 文学的背景［M］//孟繁林，林大中. 九十年代文存 1990~2000：下卷. 北京：中国社会科学出版社，2001：273.

② 苏童，王宏图. 苏童王宏图对话录［M］. 苏州：苏州大学出版社，2003：83.

③ 季桂起. 中国小说体式的现代转型与流变［M］. 济南：山东大学出版社，2003：299.

④ 许子东. 叙述文革［J］. 读书，1999（9）：12-18.

狂欢现象，从而使这类小说呈现出与众不同的风格，如王小波的《黄金时代》。王小波无疑是当代文学中一个独特而颇具意味的文化存在。他戏谑化的写作姿态以及对历史的别样沉思与书写构造了"一个新的神话"和"一处智性的迷宫"①。在《黄金时代》的《革命时期的爱情》《似水流年》等篇章中，叙述人物是一个处于青春期的少年"王二"。王二是一个深受革命英雄主义与理想熏陶同时又玩世不恭的顽皮少年，他四处游弋，热衷于小发明、恶作剧、打群架，在他的成长过程和人生体验中寄寓了动荡变幻的时代历史内容。此外，王小波又较多地以"性"作为历史与荒诞社会的切入点，在两性关系的描写中楔入了政治与权力的隐喻。广阔、芜杂的社会内容和个人成长记忆通过王二的叙述呈现出来，"它巧妙地将儿童眼光所具有的好奇、开放性同经验理性的冷静、宽容结合起来，形成了一种极为独特的叙述视野：即一种儿童的顽皮率真和成人的理智思考相融合"②。在这种儿童嬉戏的生活和成人智性反思的复合写作中"间或实践着另一处颠覆文化秩序的狂欢。在其小说不断的颠覆、亵渎、戏谑与反讽中，类似正剧与悲剧的历史图景化为纷纷扬扬的碎片；在碎片飘落处，显现出的是被重重叠叠的'合法'文字所遮没的边缘与语词之外的生存"③。王小波在《黄金时代》等文本中以狂欢化的笔触进入20世纪六七十年代，以性爱作为突入历史的载体，以汪洋恣肆的儿童化叙事展示这段历史，表面上是政治的荒诞喜剧取代了政治悲剧，实际上，这种叙述之轻揭示的是被政治或权力笼罩下的生存秩序和社会空间的悖论、荒谬与残酷。

四、"福克纳的眼睛"：《无风之树》《万里无云》与转换式叙事

《无风之树》和《万里无云》作为姊妹篇在1995年和1997年的相继出现，既是李锐创作谱系中相当重要的一个节点，同时也是当代文学在20世纪90年代中后期的重要收获。这两部长篇小说一经发表便得到了评论界的一致好评，李锐本人也对其给予了极大的厚爱，尤其是《无风之树》更被他视为自己最好的作品④。这两部长篇小说显示了与《厚土》《银城故事》截然不同的美学风格和叙事特点，叙事简约、内容凝重的厚土系列和银城故事开始走向《无风之树》《万里无云》的民间口语和多人称叙事，而新的叙事语言以及叙事方式"废弃了

① 戴锦华. 智者戏谑——阅读王小波 [J]. 当代作家评论，1998（2）：21-34.
② 许志英，丁帆. 中国新时期小说主潮（上卷）[M]. 北京：人民文学出版社，2002：302.
③ 戴锦华. 智者戏谑——阅读王小波 [J]. 当代作家评论，1998（2）：21-34.
④ 李锐，王尧. 李锐王尧对话录 [M]. 苏州：苏州大学出版社，2003：164.

一个固定的叙述人，废弃了一种貌似中性的局外叙述，所有的故事段落不得不在众多富有个性的口吻之中曲曲折折地延伸"①，从而使小说丰富且别致。

（一）苦难而创伤的民间：知识启蒙者的地理空间

作为一个极具思想气质并有崇高历史责任感的作家，李锐立志将叙述 20 世纪六七十年代的这个历史悲剧"作为自己终身表达的命题"②，并声称自己的写作无法置身于这个历史事件之外③。如果说《厚土》系列中 20 世纪六七十年代作为一种背景或人物置身的环境来表达的话，那么，到了《无风之树》和《万里无云》中，这场政治运动已经成为叙述的重心。在谈及《无风之树》的创作起源时，李锐说："事实上《无风之树》最初的'原形'，是《厚土》系列中的一个短篇小说《送葬》，这个短篇只有四千多字，从四千字到十一万字，这中间不仅仅是量的变化，更重要的是质的变化，是不同的观照和表达。一个重新讲述的故事所得到的是一个完全不同的世界。"在这里，李锐所说的"不同的观照和表达"以及"重新讲述"正是他在历史叙事上所做的新的探索，具体到两部小说来说，即采用了多人称的叙述方式讲述"矮人坪"和"五人坪"的故事。《无风之树》讲述的是公社革委会主任刘长胜和烈士后代"苦根儿"赵卫国来到矮人坪传达中央文件、清理阶级队伍，从而打乱了矮人坪封闭自足的生活方式，在苦难的生存和荒谬政治的夹击下形成了诸多悲剧：憨厚善良的拐叔在苦根儿威逼其承认与暖玉有作风问题时，为了保护暖玉的清白上吊自杀；刘主任长期占有暖玉，后与发妻离婚想把暖玉从矮人坪娶走时，苦根儿的揭发使其解职；在送别拐叔的凄凉与悲怆中，暖玉决定离开矮人坪，回到自己的父母身边去。《万里无云》讲述的则是乡村教师张仲银带着知识与书本来到偏远的五人坪，以一个知识传授者和思想启蒙者的身份在五人坪教书。历史动荡时期，他为了唤醒民众加入革命洪流，代陈三爷顶罪，自投监狱，到了新时期，他又在造神运动中犯事入狱，一场大火将他的理想和五人坪烧成灰烬。在这里之所以要略显详尽地展示两部小说的故事梗概，是因为小说在呈现故事时采用的第一人称的转换叙事方式打乱了故事的完整性和统一性，只有将片段式和个人化的叙述连缀起来，才成形成一个完整的故事。这也恰恰是小说的特点所在：小说让故事中的人物悉数登场，无论是围绕着矮人坪的清理队伍、整顿阶级的重大事件，还是围绕着五人坪的生存困境和政治侵袭，每个人都被赋予了说话、思

---

① 南帆. 优美与危险［M］. 郑州：河南大学出版社，2009：161.

② 李锐谈"最接近诺贝尔奖"传言［J］. 凤凰周刊，2006（35）：72-74.

③ 李锐，王尧. 李锐王尧对话录［M］. 苏州：苏州大学出版社，2003：174.

考和表达的权利，具有了视角人物的特性。《无风之树》中的刘主任、苦根儿、拐叔、暖玉、天柱、二狗兄弟，甚至驴子二黑，以及《万里无云》中的赵万金、赵荞麦父子、荷花、牛娃、陈三爷、张仲银等人都获得了视角意义和自我表达的机会。可以说，小说新颖的地方并不在于其讲述的故事，而在于讲述故事的方法，他"倾全力于叙事这个层面，故事非常简单甚至'陈旧'，而语言则几乎全部是小说人物的主观性语言，由于这种叙事的丰满，它远远大于故事，又使语言生出了别一种光彩"①。李锐曾说过他从《厚土》开始寻找适合自己的叙述结构和语调，并逐渐在《厚土》中实现，而《无风之树》《万里无云》的诞生则是他在叙述语言和叙述结构与方式上全面超越②的标志。

　　之所以青睐福克纳的这种独特的叙事方式，李锐在《无风之树》的创作谈中表述得很明了：

　　　　我的《无风之树》中以第一人称变换视角的叙述方法，也是借鉴了福克纳的。我之所以花了六年的时间，之所以总是不满意，就是因为我不愿意只完成技术的操作，就是因为我不愿意冷漠地隔绝了对人的渴望和表达，就是因为我渴望着这一切都变成一种内在的喷涌和流淌。一个重新讲述的故事并非只是为了叙述的花样翻新，而是为了获得更大的叙述自由，从而获得更强烈、更丰富也更深刻的自我体验的表达。

　　　　我希望自己的叙述不再是被动的描述和再现，我希望自己的小说能从对现实的具体的再现中超脱出来，而成为一种丰富的表达和呈现。当每一个人都从自己的视角出发讲述世界的时候，我们就会看到一个千差万别的世界。不要说世界，就是每一个微小的事件和细节都会判然不同。③

　　可以看出，第一人称的转换叙事给李锐带来的是叙述和表达的自由，这种

① 李国涛，成一. 一部大小说——关于李锐长篇新著《无风之树》的交谈 [J]. 当代作家评论，1995（3）：11-15.
② 李锐甚至毫不自谦于这种创作上的超越与新变，他屡次颇为自负地说，"《无风之树》对我来讲是一个整体的超越""如果要我自己来作个比较的话，一直到现在，我都觉得《无风之树》是我写得最好的长篇，比《旧址》好，比《厚土》也好"。（参见李锐，王尧. 李锐王尧对话录 [M]. 苏州：苏州大学出版社，2003：164、165）
③ 李锐. 重新叙述的故事 [J]. 文学评论，1995（5）：42-44.

叙述方式的采用极大地解放了思想的言说和个人经验的表达。同时，还应注意到李锐在这段话中对个体的人的尊重：人的地位有三六九等、人的身份有千差万别，这种差别和多样带来了理解事物与解读世界的差异性和丰富性。这也是福克纳在《喧哗与骚动》中采用多视角的认知基础。在这部经典中，福克纳在小说的四个部分分别让傻子班吉、昆丁、杰生以及作家自己的视角对康普生家族兴衰过程中的具体场景、历史从不同侧面和角度加以表达，打破了传统直线式结构的叙事方式，形成了文学史上独树一帜的叙事范式。李锐在这两部小说中采用了类似的方法，让不同的人物充当视点人物和叙述者，对事件的发展、进程提供个人的看法和个体的心理情感，使小说在多声部的表述功能和混响美学效果上形成独特的文学叙事。其实，纵观世界文学，这种叙事方式在芥川龙之介的《竹林中》（后被黑泽明改编成电影《罗生门》）、井上靖的《猎枪》、海明威的《杀人者》中都有成功的应用。以芥川龙之介的《竹林中》为例，小说围绕樵夫在竹林中发现了武士的尸体这一事件，由樵夫、云游僧、捕役、老媪、强盗等七人在堂前呈供，每个人对案情和真凶的表述各不相同，造成了案情的复杂和迷离。这篇类似于侦探小说的经典之作，通过不同人对同一事件有差异，甚至截然相反的叙述组合出一个矛盾重重、歧义迭出，甚至相互抵牾的文学空间。因而，日本学界甚至认为这篇小说"对同一情况，建构了三个不同的剧本……由此可见芥川的怀疑论：对真理绝对性的绝望"①。而对李锐来说，借助福克纳的"眼睛"看到的是一个充满活力的民间世界，是由一个个独立声音和主体生命组合而成的文学空间，这个文学空间中表达着他对20世纪六七十年代这段历史的反省、对语言等级的反抗和对民间世界的去蔽。

（二）从"被叙述"到"去叙述"的意义

萨特曾说过，每一种文学技巧都联系着一种哲学思考。那么，这种第一人称的转换式叙事对于李锐、对于当代文学意味着什么呢？李锐的一番话道出了他采用福克纳式叙事的用意所在：

> 在这两部小说中，以第一人称转换视角的叙述方式，是我从福克纳那里借鉴来的。但是，我相信，福克纳绝不会和我有相同的内外交困。当我把一向"被叙述"的人物和故事，转变为"去叙述"的同时，我也就赋予了那些世世代代像石头一样被人忽视的山民发言的权利。人的尊严和平等，本来就不应当是一些人对另一些人居高临下的

---

① 陈叶斐. 芥川龙之介小说《竹林中》的叙述学研究［J］. 日本研究，2003（4）：57-63.

施舍和赠与。我的口语倾诉不是一场技巧演练，而是一次对于语言等级的颠覆，是一次在下者对于在上者的启蒙。①

优秀的作家总在寻找适合自己的最佳表达方式和文学语言。李锐是当代少有的极富正义感和责任感的思想型作家，对于包括 20 世纪六七十年代在内的历史的执着反思，对于语言主体性和语言自觉的积极建构，对于民间的开拓性书写，都显示出他在当代文学中的重要意义。李锐一直极其珍视《无风之树》和《万里无云》这两部小说，因为它们集中体现并实践了作家的写作理想和诸多命题——他说，如此看重这两部小说，是因为许多年来，对 20 世纪六七十年代的反省和对语言自觉的思索、实践，正好在这两部长篇当中交叉在一起②。

首先，从对历史的反思来说，这两部小说使作家实现了对 20 世纪六七十年代的深邃思考和别致表达。对于李锐来说，20 世纪六七十年代的这个悲剧时期是一个永远难以忘却的现时性记忆，在他的文学书写中几乎成为一个母题。他多次有过这样的表达：1966—1976 年这十年所留下的"时间感"是一个永远的"现在时"，这已经"成为我进入记忆的大门，成为我连接过去和现在的此时此刻"③。可见，历史记忆的逼迫以及"现在时"的危机感使作家以思想者的姿态反思和书写 20 世纪六七十年代这场灾难，追溯它的历史成因。不仅如此，李锐的历史叙事自觉规避前人的窠臼，拒绝加入"合唱"的集体式书写。作为出生于 20 世纪 50 年代初期的作家，他经历过知青上山下乡的理想与幻灭，但他的创作一直与知青文学或寻根文学保持着距离，正是这种清醒而独立的姿态使他对新时期以来的历史记忆叙事实现了超越。在李锐看来，新时期自"伤痕"文学以来的历史叙事，绝大多数作品停留在控诉和批判的维度上，无论是以公理的名义控诉，还是以人道的立场批判，都有一个共同点，即以被害者的身份叙述这段历史，而这种集体性的无名的共同身份使所有人获得了局外人的地位和眼光，从而让自己在面对这段苦难时得以轻松地免责和进行廉价救赎。而 20 世纪 90 年代面对金钱和权力的双重压迫，同样没有出现令人满意的历史反思的力作，李锐不无忧虑地说："我一直没有看到对这个谎言正面的回答，一直没有看

---

① 李锐. 幻灭之痛［M］//李锐，毛丹青. 烧梦——李锐日本讲演纪行. 桂林：广西师范大学出版社，2009：80.

② 李锐. 幻灭之痛［M］//李锐，毛丹青. 烧梦——李锐日本讲演纪行. 桂林：广西师范大学出版社，2009：78.

③ 李锐. 永远的"现在时"［M］//李锐. 被克隆的眼睛. 北京：人民文学出版社，2008：215、218.

到对那场信仰幻灭的表述，整个国家和全民族的一场精神悲剧好像根本就没有发生过。"① 正是这种直面历史的勇气，以及对于民族创伤的切身之痛，使作家对这段历史怀有一种严肃、焦虑的心态。因而，在《无风之树》中，他借助巨人与矮人的故事框架，对苦难、死亡、战争与荒诞政治撕扯下的民间生存进行了有效的敞开，完成对 20 世纪六七十年代政治的荒诞、残酷的批判性书写。《万里无云》则通过作为启蒙者的张仲银和被启蒙者的民众间的悲剧，揭示了政治对民间生存和人的理想的摧毁。李锐认为，对 20 世纪六七十年代的反思，"除了对思想理论、国家制度、历史选择的反省、批判而外，'文革'背后隐而不见的精神史更是我们必须面对的"②。所以，小说除了突出时代政治浸淫下的民间生活的扭曲变形，还对人，尤其是知识分子的精神史进行了有效的挖掘。可以说，无论是《无风之树》中的作为政治工具的苦根儿，还是《万里无云》中作为知识分子的张仲银，都是李锐着力塑造的人物，在他们身上，有着作家从人物精神变迁和蜕变史来追溯历史悲剧与历史悖谬的努力。

其次，从对语言的思考来看，这两部小说集中实践了作家的语言理想。第一是对口语的复活。李锐对书面语作为强大的话语体系压制民间口语的现实抵制且充满不满。在他的思想随笔和创作谈中，他多次说到，作家应该重视和尊重以民间为主体的大众口语及其语言体系，因为这种话语体系里蕴含了丰富的存在。《厚土》是给李锐带来声名的奠基之作，在叙事和语言上它属于高度节制与内敛的叙述，而他随后的《旧址》，李锐也多次表达过对其叙述语言的不满，这种不满主要是对当时模仿《百年孤独》那种经典但泛滥的"多少年之后"的语式不再满意。因而，在《无风之树》和《万里无云》中完成了从书面语到口语的转变，口语倾诉的方式借助多人称视角得以实现。叙述是一种权力，视角也是一种等级化的叙述手段，传统的书面语写作中只有所谓视点人物或核心人物才具有叙述主人公的权限，而次要人物及其语言常常作为陪衬而存在。李锐在这两部小说中由于采用了福克纳式的多人称叙事视角，使每个人都具有了讲话的机会和权利，每个人都参与到对世界的阐释和言说上，正是这种多声部语言和声音的存在，让作家创作完之后"在自己这片嘈杂混乱毫无语法和秩序可言的口语的林莽中，体会到一种从未有过的丰富和自由"。所以，在这种叙述快感和自由的表述中，"在《无风之树》中初尝了叙述就是一切的滋味后，我又想

---

①　李锐. 幻灭之痛［M］//李锐，毛丹青. 烧梦——李锐日本讲演纪行. 桂林：广西师范大学出版社，2009：79.

②　李锐. 幻灭之痛［M］//李锐，毛丹青. 烧梦——李锐日本讲演纪行. 桂林：广西师范大学出版社，2009：79.

在《万里无云》中走得更远，我试着把所有的文言文、诗词、书面语、口语、酒后的狂言、孩子的奇想、政治暴力的术语、农夫农妇的口头禅和那些所有的古典的、现代的、已经流行过而成为绝响的、正在流行着而泛滥成灾的、甚至包括我曾经使用过的原来的小说，等等等等，全都纳入这股叙述就是一切的浊流"①。书面语虽典雅华丽，但节制含蓄；而口语②粗粝活泼，自由丰富，更易于实现自我言说和文化理想的表述。因而，李锐曾将《厚土》《旧址》等创作比喻成在海边捡贝壳，而到了《无风之树》则像是干脆直接地跳进了大海里，在口语的海洋里获得了无与伦比的丰富性。

　　由此可见，对口语的复活与启用，包含着李锐反抗书面语霸权地位、颠覆等级化的语言秩序的文化努力。但是，对于像李锐这样具有极强的批判意识、清醒的文化自觉和强烈的历史理性的作家来说，如果他以语言为主体的文学主张和实践始于语言，又终于语言的话，那么这种文学实践就似乎显得轻飘。实际上，对多视角人称叙事的采用和口语的复活蕴含着作家颠覆传统历史、怀疑历史理性，以及建立现代汉语主体性的文化自觉。李锐对此并不讳言，尤其是口语主张和实践，他说："书面语不仅塑造了过去的正统历史，而且也正在塑造着当今的正统历史。除了对所谓大写历史的颠覆、解构而外，对正统的书面化叙述本身也应当有深刻的反省和批判。这正是我回归口语之海的初衷和动力。"③

　　此外，李锐对高高在上的启蒙主义态度保持着警惕，吁求一种平实、亲切、与民间平等对话的人道主义精神。也就是说，李锐多视角的叙述方式和语言上回归口语的努力，在深层上是对知识分子长期以来俯视民间、不能真正体恤并在情感上融入民间的纠偏，也是通过语言的回归回到对民间与大众的人道主义的平等的呼吁上来。在李锐看来，"五四"时期的知识精英和所谓启蒙者，在他们的知识话语与书面写作中，劳动者和下层大众只是充当着一种题材的作用，他们的声音和话语立场并没有得到伸张，即使在赵树理、沈从文等文学先驱笔

---

① 李锐. 我们的可能——写作与"本土中国"断想三则 [J]. 上海文学, 1997 (1)：73-77.

② 李锐这里所说的口语，并非民间底层百姓原生态的口语形态，而是立足于底层的语言基础上、经过作家加工，虚构出来的一种语言体系，这种语言于李锐而言更多是一种复合形态或杂糅式的语言形态。实际上，口语的原生态与否并不是最重要的，关键是作家带着反抗占据统治地位的书面语的叛逆意识，试图复活民间口语或方言在文学中的表现，从而达到缓解自己表达的焦虑以及反抗等级森严的语言秩序、建立汉语主体性的文化指向这一目的。

③ 李锐，王尧. 李锐王尧对话录 [M]. 苏州：苏州大学出版社, 2003：188.

下，民间口语也只是作为素材式的工具性存在，语言主体自身并没有真正自觉。所以：

> 我想让那些千千万万没有发言权的人发出声音，我想取消那个外在的叙述者，让叙述和叙述者成为一体。于是，我就创造了一种他们的口语，我要让他们不断地倾诉，我要让那些千千万万永远地被忽略、世世代代永远不说话的人站起来说话。正是在这个意义上，我认为我是在做近代以来的知识分子一直在做的人道主义的努力，把人道主义坚持到底，坚持到每一个人。①

可以说，《无风之树》和《万里无云》中多人称的叙事方式最大限度地调动了民间口语与民间语言的呈现，是对书面语和等级化的语言秩序的反抗。李锐不满口语被遮蔽、在等级化中被边缘化的现实，所以，他笔下的这些重要的篇什努力争取着口语的主体身份，还原出劳动人民和底层大众作为叙述主体的身份和地位，在语言和文化的意义上实现了知识分子与底层大众没有隔膜、水乳交融的人道主义主张和实践。这种有生命力、有知识分子生命体温、富含批判性和创建性的文学主张与文学实践值得当代文学记取，因为在这番呼吁和实践中，体现着李锐鲜明的语言自觉以及其建立现代汉语主体性的理想。建立汉语主体性是李锐一个庞大而自觉的写作理想，在对这一理想的坚持与实践中，有着他对语言被殖民化、等级化、权力化后的语言秩序和语言现状的自觉抵制与不满。因此，对方言和口语的倚重既是一种语言策略，也是建立汉语主体性的有机组成。假如把语言视作一种策略和通道，那么，对书面语言的反抗又成为李锐对宏大历史拒斥的路径。"不同的历史，有着不同的叙述方式，而叙述方式的不同又呈现出历史的差异。当你试图对'历史进程'作出清算时，就必须经由'文人'的'书面语'而进入'书面语'构成的'历史'之中。"② 李锐一直决绝地怀疑和否弃着所谓宏大历史和历史理性，他认为历史的真实并不在那些史诗化的赞美与美化中，口语的回归极大地释放了民间的真实与真实的民间，历史的真实在这里得到敞开。

最后，这种多视角叙事实际上也有效缓解了李锐表达的焦虑。李锐多次声称其写作原则是"用方块字深刻地表达自己"，而他所要表达的内容几乎是一种

---

① 李锐，王尧. 李锐王尧对话录［M］. 苏州：苏州大学出版社，2003：166.
② 李锐，王尧. 李锐王尧对话录［M］. 苏州：苏州大学出版社，2003：186.

焦虑性的存在和困境。这种困境之一是李锐经常提到的"双向的煎熬"——他曾说，对于他来说，1966—1976年这十年所带来的"不仅仅是一种单向的理想之墙的倒塌，那更是一种双向的煎熬"①。因为"到头来，中国古代的传统无效，新文化运动建立起来的某些东西也被证明是无效的"②。除了传统与现实的价值都被证明是失效之外，这种煎熬也指理想的碎片化与现实价值的被消解，历史灾难摧毁了一代人的理想，而新时期再度面对西学东渐，却发现后现代主义又无情消解了西方的价值体系，精神的赤贫以及这种"从里到外的意义失落"形成了李锐所说的中国人的精神处境，也即他通过小说一直想去表达的困境。这是李锐面临的大的精神焦虑。另一方面，从李锐个体的遭遇与经历来看，他的身世有着浓重的悲郁色彩。这场政治运动对李锐来说既是民族的悲剧，更是个体的悲剧，他曾用"刻骨铭心""家破人亡"来形容20世纪六七十年代里自己家庭破碎、父母惨死以及个人下放当了多年农民的经历。在这种悲愤之感与积郁之情面前，作家感到"作为一个具体的中国人，作为千百万知识青年中的一个，作为一个具体的生活中的人，我所刻骨铭心体验到的一切，我要把它表达出来"③。有了这种情感上的体验，接下来的问题就是该如何表达。面对家国的灾难与个人插队下放的生命体验，李锐不愿意跟着"伤痕"文学的老路去写，"我觉得我没必要再那样写，别人都已经写过了"。而且，"客观地去描述这一切，不会成为文学，最多叫报告文学"④。于是，李锐不断地寻找着适合自己的表达方式与语言体式，这番努力从《厚土》《旧址》，甚至更早就开始了，直到《无风之树》《万里无云》的问世，作家的这种生命体验才得到了自由而奔涌的宣泄。这大概也是李锐一直极其珍爱这两部长篇小说的重要原因。

第二节　历史记忆小说中"群众"话语的历史变迁

在最近四十余年的小说中，"群众"是出现频率相当高的一个关键词，作为人物形象、作为主题话语、作为某类母题，都占据着大量的篇幅。实际上，与阶级斗争、进化史观这些属于唯物主义的核心内容一样，群众或人民史观也是

---

① 李锐. 永远的"现在时"［M］//李锐. 被克隆的眼睛. 北京：人民文学出版社，2008：216.
② 李锐，王尧. 李锐王尧对话录［M］. 苏州：苏州大学出版社，2003：9.
③ 李锐，王尧. 李锐王尧对话录［M］. 苏州：苏州大学出版社，2003：48.
④ 李锐，王尧. 李锐王尧对话录［M］. 苏州：苏州大学出版社，2003：147、148.

唯物主义的核心概念和话语体系，这一概念在三十多年的小说中，经过文学知识分子的演绎，经历着不断的变迁。但是，作为一类文学形象或人物类型，群众在文学或历史中并非总会被关注。俄国历史学家阿龙（Aron Gurevich）就曾针对普通群众在历史学研究中的缺席，呼吁历史学家必须寻找新的方法来帮助人们了解社会上的无名群众，并借用雅克·勒戈夫（Jacques Le Goff）的话说，"历史学家不仅应该关心凯撒的意图，而且应该关心他的军团的情绪；他不仅应该关心克里斯托夫·哥伦布的计划，而且应该关心他船上的水手们的期望"①。对于历史记忆叙事的研究来说，"群众"更是一个不应被忽视的对象。因此，文学知识分子如何处理群众对于这场悲剧的历史起源与作用，如何在官方既定的群众话语和知识分子自身话语体系间处理"群众"这一叙事母题，探析这些问题显得尤为有意义②。

群众是舶来词汇，英文是"masses"或"the Crowd"，一指人民大众，与"人民"同义，即最普通的广大劳动群众。"与'人民'相比，'群众'则主要在社会范畴中使用，也即一个社会中的'大多数人'。但是，在'参与'的意义上，'群众'这一概念又是非常政治化的。"③ 据陈建华考释，群众一词最初由严复等人引入中国，他提倡斯宾塞的群学，为的是通过育民智和民力这种群体努力来走上富邦之道。随后在近现代历史中，知识分子铸造出两副"群众"模子：一个是由严复、梁启超铸造的讲科学、有教养、守公德的群众形象；另一个模子是起始"五四运动"，并被迅速意识形态化，最后高度政治化的群众。而且，在现代历史语境中，"群众"话语与现代民族国家的建制，以及社会领域中的社会主义、科学、进化论、民主等话语系统紧密相连④。随着历史语境与时代内容的不断变迁，知识分子对"群众"形象的塑造与"群众"话语的书写反复经历着蜕变和变形。以新时期以来的历史记忆叙事为例，这番变迁大致经

---

① 《第欧根尼》中文精选版编辑委员会. 对历史的理解 [M]. 北京：商务印书馆，2007：166.

② 这种意义也即陈建华所说的，探究群众或"群众"话语在文学作品中的象征性体现，简言之，即诠释象征语言和群众（作为历史中的生存群体）或群众话语（意识形态），艺术家在处理群众这一现代社会的庞然大物时，直接涉及艺术主体和艺术形式的现代课题。参见陈建华. 百年醒狮之梦的历史揶揄："群众"话语与中国现代小说 [M]// 陈建华. "革命"的现代性：中国革命话语考论. 上海：上海古籍出版社，2000：263.

③ 蔡翔. 革命/叙述：中国社会主义文学—文化想象（1949—1966）[M]. 北京：北京大学出版社，2010：90.

④ 陈建华. 百年醒狮之梦的历史揶揄："群众"话语与中国现代小说 [M]//陈建华. "革命"的现代性：中国革命话语考论. 上海：上海古籍出版社，2000：261.

历着如下的衍变：新时期之初，由于高度意识形态化的文学语境，作家与政党政治保持着相当一致的群众史观，群众或人民是历史的创造者，是历史的主体。因而，在"伤痕""反思"小说中有着浓厚的民粹主义色彩的人民崇拜，作家们把人民群众塑造成错误政治的受害者和知识分子落入民间受难时的施恩者，少数作家将历史悲剧起源的矛头引向群众；而在寻根小说与先锋小说中，由于群众担当了民族劣根性的载体或是作家出于艺术上的极度夸张，群众被"妖魔化"，要么是闭塞愚昧的远古山民，要么是压抑苟活的小民，要么是在现代生活中失去历史感和道德感的麻木看客（如残雪、余华、刘震云笔下的群众）；20世纪90年代中期以来，随着主流历史规范和群众史观对作家的规约逐渐失效，这时的文学叙事和群众话语走向更为开放的个人化想象，作家在对大时代的历史复现或是以此作为背景时，开始注重展现政治浸染下的群众的日常生活与世俗情感（如《越过云层的晴朗》《流年》），"群众"不再具有政治功能，甚至被还原到原始初民的恬淡寡闻的民生图景中（如李佩甫、李锐）。另一方面，作家的群众书写退去了感恩意识和民粹意识，开始在社会文化、社会心理等层面探寻权力、欲望裹挟下的大众生存与民众心理。

一、"伤痕""反思"小说中的群众话语

在"伤痕""反思"小说中，"群众"话语是一种修辞策略或政治要求，此时的群众并未获得自主性的文学意义。这是由于"伤痕""反思"小说尽管脱胎于所谓新时期，但从作家心态、社会语境、文学规范以及文学实践来看，其仍属于一种高度政治化的集体作业。这一时期的创作，无论是叙事形态、价值诉求、艺术特色还是思想深度，都与20世纪六七十年代时期或"十七年文学"有着割不断的深刻联系，以及很强的历史过渡意义。王尧将作家此时的状态称为"矛盾重重的过渡状态"正是此意。笔者想要表达的是，这一时期的文学与主流政治有着高度的一致，这种一致同样表现在群众话语的书写上（以及下一节对历史悲剧起源的探寻上）。从历史观念来看，由于新时期之初政党在政治上拨乱反正和在经济上适时的战略调整，整个民族对未来信心十足，至于刚过去的历史悲剧，民众尽管充满了愤懑、控诉，但在理性上，群众与文学知识分子都还是抱有乐观情绪。从群众在小说中的类型来看，他们被塑造成这样三类：受害者、拯救者和破坏者。

"受害者"的类型，是新时期整个民族在痛定思痛和集体反思之余的共同身份指认与集体建构。这种建构和想象的好处是，每个人都假想在历史劫难中充当了受害和受难者，而作为受害者，无论在道德上还是在实践上都是免责的。

也就是说，他们只须去谴责和控诉，无须作深邃的自我解剖和反省，似乎只要消灭了那一小撮别有用心的"坏分子"，从此就天下大赦了。由此，整个民族易于形成一种同仇敌忾和虚假而廉价的乐观情绪。而其危险和害处恰恰就在于，把一场民族的长时段的悲剧归到领导者的错误决定和几个反派人物身上，未免过于肤浅和乐观。从文学表现来看，在新时期之初的小说中，从民族资本家田玉堂，到将军黄司令、严赤（方之《内奸》），从农民李顺大（高晓声《李顺大造屋》）、"西施"胡玉音（古华《芙蓉镇》），到技术员李丽文、薛子君（陈国凯《我应该怎么办》），无一不是受害者。那么，既是受害者，如何对这些受难的好人进行补偿？一般有这样几种方式：政治上的复职或高升，比如一大批写老干部遭遇的小说，都会写到他们历经苦难和沧桑后获得平反和升迁，如唐久远（王蒙《悠悠寸草心》）、朱春信（金河《重逢》）、秦慕平（张弦《记忆》）。不仅是老干部会在历史劫难后获得政治上的平反或晋升，作为民族资产阶级的田玉堂也取得了政治上的平反。然而，作为群众，则没有政治资本的重新获取，一般是对其从物质和情感上进行代偿。物质上的弥补，如李顺大在多方的帮助下盖成了房子；爱情的圆满，如胡玉音与秦书田历经磨难后终于结合。

第二类是"拯救者"，这类民众是知识分子政治落难时的拯救者。在知识分子的历史建构中，人民不再是一个抽象的集体符号，而是有情有义的社会个体和普通大众。作为历史的受难者，知识分子在民间总能得到他们物质上的帮助或是精神上的指引，如马缨花、黄香久之于章永璘、许灵均们（张贤亮《绿化树》《男人的一半是女人》《灵与肉》），邵思语和邵玉蓉之于柯碧舟（叶辛《蹉跎岁月》），秋文之于张思远（王蒙《蝴蝶》），吕师傅之于唐久远（王蒙《悠悠寸草心》），无不体现了这种救赎与受惠的关系。正因为此，在张思远等人走过历史劫难重回现实岗位或是取得业绩时，他们都会重访故地，这既是自我精神上的一次寻根之旅，同时也有感恩曾经给予他们无私帮助和恩惠的下层人民之意。可以说，这代作家有着相对完整的、带有民粹色彩的人民史观，他们对人民大众的情感还是相当深厚和真挚的。他们中的许多人来自农村和底层，更为重要的是，在历史浩劫与现实苦难中，他们与人民为伍，深切体会到了人民大众的真诚、淳朴。因而，到了新时期，当知识分子作家用自己的文学书写修复着历史的创伤时，也有不少作家及时提醒人们关注主流政治对人民群众的疏离和忽视这一现象，比如王蒙的《最宝贵的》、茹志鹃的《剪辑错了的故事》、李国文的《月食》都指出了主流政治与政党政治依靠人民大众取得革命和建设的胜利后出现了怠慢、冷漠人民大众的不良倾向，并呼吁着及时修复干群关系。作为拯救者的群众，他们身上的善良、坚忍、豁达和无私等美好品质与人性的光辉得到了知识分子由衷地赞美，而这种对人民发自肺腑的感恩和毫无保留的颂扬甚至让作家饱受批评家们"对农民的'神圣化'"① 的诟病。其实，细加辨析便不难发现，作家们对"群众"与"人民"的态度是暧昧的，尽管情感上他们充满感激和歌颂，描述时使用了"伟大""了不起"等高强度的褒义词，但是很明显，在他们笔下，知识分子与群众又是有着不可弥合的距离和裂隙的。比如在《绿化树》中，马缨花在章永璘饥饿落难时无私果敢地接济他，并在情感上逐步向他靠近，马缨花的温柔与体恤一度满足着章永璘在肉体上的困顿和精神上的空虚；可从根本上来看，章永璘排斥着马缨花。尽管小说在叙事层面将这种原因归为章永璘是一个破落的贵族，尚未完成由贵族向劳动人民的改造，所以他与马缨花之间有着难以逾越的鸿沟。但实际上，这种距离源自作家知识分子的身份和精英意识以及与群众之间不可抹平的差距。纵然马缨花体贴柔美，印着她的指纹的馍馍让章永璘感激涕零；纵然她身上"散发着迷人的光辉"，洋溢着"乐观主义的明朗"，但她的精神气质、表达爱的方式都与章永璘所向往的那种"优雅的柔情"相去甚远。因而，交往时间越久，空间距离越近，这种"不能拉齐的差距"越是暗示着章永璘和她的悲剧性的结局。马缨花、海喜喜、谢队长等下层群众虽然让章永璘看到了他们不同于知识分子的生活方式和精神特质，尤其是他们的坚韧、无私、内敛和明朗的生存品格，但这些底层民众在知识分子眼里又是粗糙、非理性的"他者"，情感上章永璘对马缨花们依恋，而理智上她们的原始、稚拙又引起他的鄙视与怠慢。知识分子与劳动人民之间作为劳心者和劳力者的传统分野在章永璘、张思远们的心里是非常明确的。关于这一点，王蒙在小说《蝴蝶》中借秋文之口直接地表达出来："反正说下大天来，你既不能把国家装在兜里带走，也不能把国家摸摸脑袋随便交给哪个只会摸锄把子的农民！中国还是要靠你们来治理的，治不好，山里人和山外人都会摇头顿足地骂你们！"②

　　第三种群众的类型是以"破坏者"或"加害者"的身份出现的。这类人物如《芙蓉镇》中的王秋赦、《爬满青藤的木屋》中的王木通。他们本质上属于农民，在革命浪潮中，被政治权力所异化，权力与农民式的狭隘、阴险结合在一起，使他们成了"恶"的代表，站到了普通群众的对立面，变为了迫害者和加害者。比如王木通，作为林场的守林人，他循规蹈矩，兢兢业业，深得场部

---

① 黄子平. 沉思的老树的精灵 [M]. 杭州：浙江文艺出版社，1986：152.
② 王蒙. 王蒙精选集 [M]. 北京：北京燕山出版社，2015：197.

领导的信赖。但在他的绿毛坑木屋世界中，他专制暴力，殴打妻儿，心胸狭隘，"一把手"的到来打破了他原本自足、平静的小小王国。相对于他来说，"一把手"代表着新兴的生产力和现代管理水平，其博学、能干以及妻儿着魔似的靠近他惹得王木通怒火中烧。一天，他暴打完妻子后，将她关押在小屋里，任凭山灰起火烧了木屋和山林，自己溜之大吉，不仅如此，他还到场部告状，将起火的责任推给"一把手"。古华对王木通的塑造，着眼于他作为农民的精神痼疾和深层缺陷。绿毛坑木屋是中国农业文明封闭、落后的一种象征性形态，王木通在这一文明形态的熏陶下形成了自私狭隘、极端冷酷的病态人格。农民的这种缺陷性人格一旦与放纵无序的权力和盲动失控的暴力结合在一起，其破坏性将是巨大而危险的。《芙蓉镇》中的王秋赦便是被权力异化的农民形象。王秋赦是一个政治小丑式的人物。他拍马溜须，钻营政治，热心投身于各项运动中，积极肯干。小说虽也写到他的热心和主动为群众料理跑腿等事务，且不求回报、尽职尽力，但对这个人物基本是在否定的层面上刻画的。因为他身上有着政治走狗的忠诚以及醉心于运动的热情，外来干部李国香选中他作为开展工作的政治工具和狗腿子。王秋赦与李国香的臭味相投和沆瀣一气确实形成了"革命"的合力，促进了"四清"和工作组等革命活动的开展。但王秋赦终究是个见利忘义、并无德行才干和政治卓识的跳梁小丑，依靠李国香和杨民高的扶持，他一时得势，居于高位，便喜不自禁，随着政治风向的轮转，他恩将仇报地将矛头指向了李、杨集团。不可忽略的一点是，王秋赦的人格和行为在这场政治运动中具有（并发挥）的破坏性是巨大的。从思想和人格类型来说，王秋赦可谓"当代版的阿Q"，他连出身和生存环境都与阿Q很类似：雇农出身，身世凄苦，从小住破庙和祠堂慢慢长大。"土改"后他虽然分得阔气的吊脚楼和一些田地，但他不事劳作，坐吃山空，变卖家财，挥霍无度，结果，殷实、富足的家业被这种有出无进的生活耗尽，他也落得个靠拿救济粮（款）度日的破落户下场。此外，他满脑子都是剥削思想，幻想通过"革命"重新划分财富，分得浮财，享尽绝色和佳肴。"土改"期间，一旦有了看守逃亡地主家财的机会，他便占有地主的姨太太。一朝真正得了势，他即颐指气使，由卑下的奴才相变为凶残的主子相，昔日的主子也成了他欺负的对象。对权贵，阿Q尚且存有暗骂和对抗，王秋赦则奴颜婢膝，百般讨好，主子略施恩泽和小利，他作为走狗的忠诚便多一份，刽子手的凶残便多一点。这场运动的诱因有很多种，若从群众心理学去探析，至少能从心理机制和情感基础层面解开这场运动的发生学肌理。因而，王秋赦作为基层的执行者和推动者，他身上所包含的政治与人性的叠合、人性之恶与政治之恶的互为因果和共生共存等意义就是应该引起我们重视的话题了。

本质上，王秋赦和阿Q如出一辙，是个好逸恶劳的流氓无产者，他骨子里希望革命和斗争的真正目的并非捍卫革命成果，而是满足分浮财、玩女人这些私欲，第二章中王秋赦躺在吊脚楼里幻想并模仿昔日山霸占有、玩弄女性的疯狂是一种典型的精神癔症，是小农阶级可怕的人性之恶的流露。这种几千年积淀下来的"奴隶变主子"的幻想，一旦借革命之机与革命之名大行其道时，革命的扭曲、变形便在所难免了。

二、先锋小说中的群众话语

20世纪80年代中期以来，随着寻根小说、先锋小说的兴起，"伤痕""反思"小说中的进化史观和高度政治化、模式化、类型化的群众形象被打破，"群众"从政治和意识形态的重压中解放出来后，走向了另一个极端，残雪、余华、刘震云等人对群众作为"苟活者""看客"和"草民"的书写，将"群众"推向了妖魔化的边缘。就残雪而言，她对非常态生活及其扭曲、变形的人性世界的关注要远远超过对常态生活和常态人性的关注，她的小说充满了梦呓、幻想、变形、夸张，基调晦涩、幽暗、阴沉。这种"异端境界"是残雪的文学"官邸"，只有在这里，她才能达到她所向往的人性的真实和写作的辉煌。"每天，我有一段时间离开人间，下降到黑暗的王国去历险，我在那里看见异物，妙不可言的异物。我上升到地面之后，便匆匆对它们进行粗疏的描述。"① 这番描述是狰狞的、刺目的、丑陋的。《黄泥街》《山上的小屋》中的人性世界破碎、猥琐，仿佛是世界末日来临般令人窒息，庸常生活到处充满蝇营狗苟、阴谋诡计、明枪暗箭……实在是一幅使人绝望透顶的人性景观。残雪的文学世界里没有英雄，甚至没有正常人，只有那些患有臆想、精神分裂、委顿自闭、思维混乱的"苟活者"，这些苟活者并不渴望获救，也没有获救的可能，他们沉沦在幽暗而绝望的深渊里。先锋作家对人性、群众话语的改写导因是他们对历史、理性、启蒙等宏大主旨的怀疑，这种怀疑直接摧垮了前辈作家的文学传统和创作谱系。可以说，先锋作家秉持的是反进化论的历史叙事。历史真实于他们而言并非唯物主义所描述的那种规律性法则和趋向，更多是一种主观、没有方向的历史现实或是历史颓势，他们的历史叙事既不光明，也不乐观，相反，充满了悲观和宿命的意味。在余华和格非看来，历史理性已然不存在，即"作家自身也放弃了对历史的自信，因为，在这样一种社会现实中，作家们似乎感觉到，这种对

---

① 残雪. 从未描述过的梦境（上）[M]. 北京：作家出版社，2004：4.

历史的自信与执着恰好构成了对其自身境遇的反讽"①。所以,在他们笔下,群众并不代表历史前进的方向,并非历史的创造者,而是作为庸众和看客。比如在格非的《追忆乌攸先生》② 中,为了观看枪毙乌攸先生,人们赶往"三十里以外的地方去""有一个小媳妇从村东跑到村西,她一路叫着",守林人在叙述乌攸先生死前的情形时"依旧十分激动",三个前来调查的警察从守林人口中获得相关真相后,"他们竟乐得跳起狐步舞来"。而作为杏子被头领强奸致死这一真相唯一目击者的小脚女人,面对那个充满暴力的性侵犯的场景时,即"当她看见头领剥了杏子的衣服,最后扯下了那条白三角裤时,她激动得哭了"。

同样的"看客"意象在余华的小说中也比比皆是:

> 他看到一个人躺在街旁邮筒前,已经死了。流出来的血是新鲜的,血还没有凝固。一张传单正从上面飘了下来,盖住了这人半张脸。那些戴着各种高帽子挂着各种牌牌游街的人,从这里走了过去。他们都朝那死人看了一眼,他们没有惊讶之色,他们的目光平静如水。仿佛他们是在早晨起床后从镜子中看到自己一样无动于衷。③

对于余华小说中的鲜血和死亡意象,人们早已司空见惯,与之相伴的是人们同情与怜悯的缺失,面对"人"的死亡,群众充当了冷漠的看客。

法国心理学家勒庞 (Gustave Le Bon) 在他那本经典的《乌合之众》中指出:"群体永远漫游在无意识的领地,会随时听命于一切暗示,表现出对理性的影响无动于衷的生物所特有的激情,它们失去了一切批判能力,除了极端轻信外再别的可能。"④ 从余华、格非的这些小说中可以发现,群众非但没有理性,而且失去了对同类基本的怜悯和关怀,死亡和鲜血并不能唤醒他们疼与爱的感知,酷刑和自戕才会燃起他们的猎奇欲和观望癖。对先锋作家而言,进化史观和唯物史观中"群众是历史的主人"的断语遭到无情的摈弃,他们放弃了"人民群众"这一宏大叙事主题和话语所包含的神圣性与深邃性,甚至剥离了这一概念所应具有的人性和情感,将之还原到赤裸裸的群氓状态和动物性状态,

---

① 格非. 小说艺术面面观 [M]. 南京:江苏文艺出版社,1995:184-185.
② 刘勇. 追忆乌攸先生 [J]. 中国,1986 (2):100-104. 需要说明的是,格非,原名刘勇,发表此文时用刘勇署名。
③ 余华. 一九八六年 [J]. 收获,1987 (6):62.
④ [法] 古斯塔夫·勒庞. 乌合之众:大众心理研究 [M]. 冯克利,译. 桂林:广西师范大学出版社,2007:59.

即"人"与"群众"在此处已经悲哀地死去。从文化启蒙的角度看，小说中"看与被看"的叙事母题和"看客"意象接通了鲁迅开创的"改造国民性"主题，这一古旧而常新的话题并未因历史的前行与物质文明的高度发展而彻底扭转，余华们所书写的国民精神依旧贫瘠，民族性格依旧孱弱，"看客"演绎的是国民性的迷失和启蒙的现代性诠释："《一九八六年》的启蒙主题显然具备了'五四'文学批判国民性的启蒙主题：当疯子以启蒙者的形象出现时，以自残为表征的启蒙仪式却遭到了一群疯人的耻笑。群众自身疯癫形式的表现，既是对于启蒙者的不理解状态，也是愚昧的国民性表征。余华从叙述个体生命感觉的现代性伦理出发，大大深化了'五四'文学批判国民性的启蒙主题，并使其获得了一种现代性品质。"①

到了刘震云的《故乡相处流传》中，"群众"则是由一些小丑式的人物组成：六指、孬舅、小麻子、小寡妇等。由于作家的历史叙事基于循环论的非历史主义史观②，因此，小说的历史荒诞而无序，英雄和普通人都似身披戏服、脸着釉彩，悉数登台，上演着夸饰的荒诞剧。在小说飞扬的叙述中，"群众"是随统治者与政权的更迭不断改变立场与主见的庸众和草民。延津人民不变的是对统治者的服从和效忠，他们心甘情愿充当这些领袖式或英雄式人物的帮凶与刽子手。如民众被曹丞相鼓动，乱棍打死了片瓦氏，乱棒打死白蚂蚁的老婆女儿。他们剃成青皮头，组成新军，进行操练，并非为了宏伟大业，而是其内心深处的害怕和空虚，是对当权者的恐惧以及盲目和非理性的服膺。他们扮演的是战争的机器，是统治者的同谋者和刽子手，小说中千万人拿着羊角围歼白蚂蚁这一"围堵"场景，以及用"望曹杆"的酷刑在高空摔死白蚂蚁后民众用火烤人碎肉的"吃人"意象③，集中再现了中国百姓几千年积淀下来的臣民的驯服、奴隶的残忍（这种奴隶式的残忍典型地表现在孬舅的口头禅"不行挖个坑埋了你"的臆想的阴毒和残忍中）的文化隐喻。草民在刘震云的叙事中具有怎样的行为特征呢？"有热闹他们看，没有热闹他们回家，出了危险他们撒腿就跑，有了彩尖他们上去就抢，这部分人人数占得还不少。"④ 在这些领袖们眼里，这些民众人如蝼蚁，命如草芥，精通政治的曹成即放言：

① 叶立文. 颠覆历史理性——余华小说的启蒙叙事 [J]. 小说评论，2002（4）：40-45.
② 陈晓明. 表意的焦虑：历史祛魅与当代文学变革 [M]. 北京：中央编译出版社，2002：358.
③ 刘震云. 刘震云自选集（上卷）[M]. 北京：文化艺术出版社，2001：53.
④ 刘震云. 刘震云自选集（上卷）[M]. 北京：文化艺术出版社，2001：51.

　　什么 xx 群众，群众懂个蛋，只要给他们一点好处，他们就忘记东南西北喽。历来高明的领导，自己享受完，别忘把剩下的零碎给了群众，叫给群众办实事，群众就欢迎你，不指你脊梁骨。①

　　在这篇小说中，群众是一群没有理性，被统治阶级控制并肆意摆布的"木偶"。数次对犯事之人的棒杀中，显示的是民众充当统治阶级刽子手和其帮凶的嘴脸；被朱元璋诱骗至延津开垦拓荒，显示的是民众的简单、过于盲从统治者；为取悦当权者，几度组成万人大军捕捉蝴蝶和斑鸠，显示的是民众的奴隶意识；选美大赛中为了各自女儿而争风吃醋，大动干戈的场面显示的是民众狭隘势利、残暴阴鸷的劣根性。

　　刘震云在这篇看似疯言疯语的小说中，表面上是在说古事，实则在讽今朝。小说有着对 20 世纪六七十年代历史的揶揄和对这一时代种种怪相的戏讽。小说中的"我"处于 20 世纪六七十时代，却在梦境中自由穿梭于几千年前的魏蜀吴三雄争霸的乱世。正是因为"当代"与"三国"两个时代的杂糅以及"我"的自由出入，使得两个时代人们各自的语言、生活方式、情感心理与行为举止等方面的巨大差异被消解。刘震云在挪移颠倒后的时间与空间中肆意拼贴、组装人物和社会，而其叙述时时不忘对 20 世纪六七十年代的讥讽与批判。如成千上万的人高唱军歌歌颂"袁主公"那群情激奋、慷慨激昂的情景类似于那一时期；在打麦场的庆祝与声讨会上，人们啐唾沫、神采奕奕地观看惩罚白蚂蚁的场面，以及白蚂蚁从高空坠落后碎肉横飞、民众烤而争食的画面②，几乎就是 20 世纪六七十年代批斗、武斗等酷虐情形的翻版。

三、20 世纪 90 年代以来历史记忆叙事中的群众话语

　　20 世纪 90 年代中期以来，随着民间话语和民间叙事的启用，关于 1966—1976 年的这段历史的叙事中，民间因素和民间特色增多，政治化的群众和妖魔化的群众逐渐向日常化的群众回归，作家在重绘历史场景、再现历史往事时，注重书写革命风潮裹挟下的世俗生存，以及被权力、欲望催生后的群众行为和心理。20 世纪 90 年代以来，随着社会语境的宽松多元和作家主体意识的觉醒，人与文学对政治的依赖性减弱，在这番"去政治化"和挣脱惯性式写作的努力中，作家的历史视野、文学观念及世界观获得前所未有的开放、自觉和自由。

---

① 刘震云. 刘震云自选集（上卷）［M］. 北京：文化艺术出版社，2001：189.
② 刘震云. 刘震云自选集（上卷）［M］. 北京：文化艺术出版社，2001：53.

正是基于这种心态与历史境遇，20世纪90年代的历史叙事及其文学诉求才历史性地呈现出去意识形态的民间化和知识分子的个人化特征。因而，在这个意义上，我们可以说，历史叙事中的群众形象在20世纪90年代以前是被意识形态和文学知识分子合力建构出的一种话语体系。这种话语体系中的群众形象要么呈现出强烈的意识形态性，如"伤痕""反思"小说时期；要么由于特定的文化使命与艺术目的而遭到强硬的剥离，如先锋小说与寻根小说时期，群众形象某种程度上是被建构出来的话语符号。对人民形象和社会起源问题的歪曲和误解，在社会高度整合或意识形态较强时期都会出现，正如俄罗斯历史学家所指出的，"我们这个长期受一种不能改变的意识形态牢牢控制的社会，完全不懂得与思想和官方教条、国家计划和政府法令同时并存的感情和精神状态；不懂得在人类意识的深处，有一种决定个人和集体行为的世界观。心理状态、非官方的价值体系和个人信念遭到忽视；它们的存在甚至被否定，被'统治机器'的外表所掩盖。这样就产生了一种使人误解的人民和国家的形象；这样就形成了包括历史学家在内的理论家关于历史进程的性质的错误观念。"① 所以，20世纪90年代以来的"民间"和"群众"才是相对自足的话语体系。此时，作家不再以自己的群众话语与群众形象去印证"人民群众是历史的创造者""人民，只有人民才是历史的主人"这些革命年代的唯物史观，他们在具体的历史语境中还原人民群众的现实生活，复现革命介入后的世俗生存中，人际关系、人伦亲情的纠葛和人性的异变，尤其注重对政治权力、政治恐惧、利益驱动和影响下的民众行为与心理的刻画。李锐、刘醒龙、阎连科、李佩甫、余华、苏童等众多作家的小说中体现了这一特点。

李佩甫、李锐等作家的历史叙事中的民间大都是苦难而贫瘠的，既有偏远山村独具的荒凉僻陋和物质与生活上的困顿，也有革命介入后所引发的人性灾难和旧有伦理秩序失范的恐慌。但同时，这些作家对农业文明下自给自足的小国寡民式的生活形态又怀有某种情感上的偏好，在他们的小说中，常常可以看到相对完整的、原始初民式的、恬淡悠然的民生图景和善良淳朴的人性美德，比如李佩甫的《红蚂蚱 绿蚂蚱》《黑蜻蜓》，李锐的《万里无云》《无风之树》。李佩甫总是执着对乡间朴素民风、美好纯朴人性的书写，他在一个幽闭而自足的世界中，极力讴歌乡间的原始自在与温情。他常选择儿童作为小说中的视点人物，乡村世界的一切落入儿童眼里都化为一种神奇与惊叹，尤其是当政治渗

---

① 《第欧根尼》中文精选版编辑委员会. 对历史的理解 [M]. 北京：商务印书馆，2007：154-155.

入这个世界后，政治伦理与乡间世界自有的亲情、血缘伦理发生抵牾，革命与政治受到了来自民间自发性的抵制与改造，从而使得乡间世界的这种半政治化、半民间化的生存显示出它的不伦不类和强烈的喜剧风格，而群众面对政治的那份懵懂、巴赫金所说的"不理解"以及由此传达出的乡民的淳朴、憨厚和可爱跃然纸上。如《红蚂蚱 绿蚂蚱》以城里儿童文生的眼光看待"舅辈们"的生产、政治与婚姻生活。在斗私批修的极"左"年代，舅辈们由于政治觉悟低，难以跟上时代的政治要求，渗透在他们表里的是乡间的自在与朴拙。"选举争当积极分子"一节充分体现了这一点。队长去县里开会时睡觉，领会错了会议精神，将"一村抓一个坏分子"听成了"两人中抓一个"。队长的瞌睡和村民们天真的问话（选上了坏分子是否记工分）以及汉子们争着入选，都写出了乡间世界的他们对政治的冷漠、隔膜，而他们身上憨厚、质朴的民间精神在强大的政治威压下凸显出来，并与政治形成一种具有张力的对峙关系。再如两个汉子在谷场上的"负气"继而"斗气"，活脱脱写出两个成人孩童般的脾性、憨态和乡村生活熏陶出来的愚顽、野性、赤诚相交融的民间品性。李锐的《北京有个金太阳》《无风之树》《万里无云》等小说也都精心营造了一个理想的、世外桃源般的乡村世界和人性小庙。在这个世界中，人们自给自足，暖玉、拐叔、天柱以及赵万金、赵荞麦、荷花、翠巧、牛娃、陈三爷构成了一个小国寡民式的人物谱系。即使存在藏污纳垢，生活倒也宁静祥和。虽然革命大肆闯入之后，民间被卷入无休止的灾难中，普通民众遭遇种种创伤，可他们对阶级、革命、政治仍然是"无知"和"不解"的。从某种程度上说，这番"执着"的状态恰恰彰显了村民们朴素、原始的人性光辉，尤其是《无风之树》中拐老五死后村民们的自责热心和苦根儿的冷漠无情形成的鲜明对比完美地诠释了这一点，作者的情感倾向也一览无余。

然而，这种桃花源一般的世界毕竟充满了太多的理想主义色彩，尽管其中的乡民淳朴、善良、仁慈而宽宥，尽管这个理想世界有着"天下大同"的乌托邦境界，但革命的粗暴介入还是打破了既有的宁静和美好，蛮横地改造着既有秩序和结构。因而，舅辈们的村子、矮人坪、五人坪只能是一种理想的虚幻之物，是作家审美的艺术符号。这一点，作家已经在小说中不经意地表达出来了。《无风之树》中当拐叔为了保全暖玉自杀身亡后，暖玉出走回到自己的老家。小说末尾，二黑拉着大狗和二狗两兄弟沿着土路出了村子，走向远方。"咱们不拿鞭子，咱们也不打二黑，咱们不当坏人"① 是两个儿童朴拙的向往，二黑载着

---

① 李锐. 无风之树 [M]. 南京：江苏文艺出版社，1996：201.

作为矮人坪希望的他们驶向了一条并不明确的出走之路。在这有点暗示却又未曾明说的"出走"叙述中，也许寄寓着李锐的矮人坪世界的困境与出路：在苦难重重，人被压榨到极限的矮人坪中，幸福与自由是不可及的，尤其是当革命进入后。唯有离开这个囚笼，才能找到出路和理想的人性世界。德国历史哲学家雅斯贝尔斯（Karl Jaspers）在谈及"我们现代的历史意识"时，认为我们在观照历史时应该"克服纯审美的历史观"，他指出，这种"物物皆美"的历史观是种"不负责任的历史主义"①。可以说，作为一种艺术类型和理想人格，李佩甫和李锐倾心塑造的社会形态与人性世界是个美好的理想，它具有诗意品性，而作家所建构的"群众"形态蕴含理想主义色彩，也寄寓着中国现代化进程中这种乌托邦人格形态和社会形态的缺失。对于李佩甫，尤其是李锐来说，他们并非秉持着纯粹的"审美的历史观"。在他们的叙事结构中，暴力革命是与乡村社会和乡村人性同时出场的，并且他们理想的"圣殿"最后是被革命暴力摧毁的，革命的破坏加重了乡村世界原有的苦难。因此，这种叙事结构包含着作家对革命的排拒和批判，对中国底层民众的巨大悲悯。正如李锐所说："'矮人坪'当然是虚构的，我把这些'矮人'放在'文革'的浩劫中，是为了突出人面对苦难和死亡时的处境，这处境当然更多的是精神和情感的处境……当我如此清醒如此理性地讲述这一切的时候，我根本无法表达沉浸在这个故事里的时刻，那种深冷透骨的悲凉。"②

在书写群众时，刘醒龙、阎连科、苏童等人在 20 世纪 90 年代以后的历史叙事，往往会突出权力、欲望等对人的扭曲和异化，比如《弥天》《坚硬如水》《河岸》等小说。《坚硬如水》中的群众是听从、服膺于政治的朴实憨厚的乡民。其中一部分是从属于高、夏二人指挥的，在高爱军极富感染力的参与革命的动员大会的蛊惑下，程岗镇村民热情高涨而毫无戒备地服从革命。另一部分则是王振海镇长村上的乡民。他们更为淳朴善良，对于高、夏二人带着搜集王家峪私分土地罪证的阴谋前来走访的动机他们并未识破，反倒是热情接待他们，让村里刚结婚的人家把新床让给二人睡，供给他们好茶好饭，周到地带领他们挨家走访写材料。在这里，农民的纯朴、善良映衬的是阴谋家的卑劣和无耻。群众的单纯、质朴还表现在他们参加革命并不像高爱军那样深远而功利，他们只在乎是否记工分。第一次"牌坊之战"同样彰显了群众的这一特点，高爱军

---

① 卡尔·雅斯贝尔斯. 历史的起源与目标［M］. 魏楚雄，俞新天，译. 北京：华夏出版社，1989：309.

② 李锐. 重新叙述的故事［J］. 文学评论，1995（5）：42-44.

纠集了几十个年轻的后生试图砸碎"两程故里"的石牌坊，深谙人情世故和群众心理的程天青用亲情和孝道轻易地化解了这场危机，作家让这些年轻人的长辈的哭喊和呼唤瓦解了他们的革命斗志。因此，革命的失败显示了群众传统文化和家族伦理的深厚，而年轻后生们对传统孝道的尊重与守护以及强烈的宗族观念，实际上又暴露了他们封闭、保守、僵化的文化心理。群众在《坚硬如水》中是温情、善良而缺少心机的，他们被卷入革命更多是被动和无奈的，阎连科对他们并未大加鞭笞或讽刺批判，只是真实地呈现出他们夹在革命中的无辜和不幸。《河岸》中面对"神圣"的革命，真正代表上级旨意执行公务的却是王小改、五癞子、陈秃子这些痞子无赖，他们混迹革命队伍后，即粗暴、无知、自私地把持政治话语、操纵政治权力、发泄个人欲望，导致革命演变成了一幕幕荒诞剧；在革命风暴下，乔丽敏的"变质"更能凸显革命对人的扭曲和异化之深。当库文轩被否定其烈属身份、四面楚歌时，身为妻子的乔丽敏愤怒不已，毅然决然地选择了疏远和控诉库文轩，尤其是她在卧室对库文轩进行政治审问这一情节典型地反映了革命政治对普通大众精神的侵蚀。

第三节　历史悲剧的起源叙述

德国历史学家卡尔·雅斯贝尔斯在《历史的起源与目标》中说道："在关于不幸事件的意识中，我们不仅倾向于了解过去个别发展的相对封闭性，而且还倾向于了解迄今正在圆满结束的整个历史过程。"[①] 对历史记忆小说的研究，不仅是通过小说世界瞭望那段逝去历史的酷虐，复现荒诞的历史场景与挣扎、狰狞的人性写真，而且也要通过这种文学叙事去了解一个时代的真相，了解被历史烟尘蒙蔽的往事，了解历史悲剧的起源因素和来龙去脉。这类小说将这场历史浩劫的悲剧看成是由哪种力量导致的？历史事件是偶然的，还是必然的？作家对社会进程做了怎样的总结，对社会未来做了怎样的允诺？正是在这个层面上，追问作家对20世纪六七十年代这场历史悲剧的起源和记忆方式才显得格外有意义。

20世纪六七十年代这场历史浩劫的起源问题应该是个准社会学或思想史命题，或者说，这个历史与社会发展的命题首先应由历史学家和思想家来回答。

---

① ［德］卡尔·雅斯贝尔斯. 历史的起源与目标［M］. 魏楚雄，俞新天，译. 北京：华夏出版社，1989：307.

事实上，许多中外历史学家与思想家在研究这段历史时，都对这一核心命题进行过追问和探究。既然历史学家和思想家们已经对这一命题进行了有效的探索和丰富的回答，那么，文学家们为什么还要继续去研究这个话题呢？文学家们能提供出区别于历史学家的探讨方式和答案吗？对这一问题，米兰·昆德拉的回答是：小说唯一的存在理由是说出唯有小说才能说出的东西。而亚里士多德则说得更为深刻，他认为"诗是一种比历史更富有哲学性、更严肃的艺术，因为诗倾向于表现带普遍性的事，而历史却倾向于记载具体事件"①。因而，我们研究小说对 20 世纪六七十年代这场运动历史起源的回答以及归咎方式，并不是立足于小说是否真实、科学地回答了历史进程这一向度，从而将小说家与历史学家、思想家二者进行比照，而是试图通过梳理当代作家的小说文本如何索解悲剧历史起源、对悲剧责任如何归咎，去分析当代作家反思历史的方式和深度，去揭示当代作家的文学叙事较之于社会学家和历史学家提供了哪些新的质素，也即小说家在这一问题上的艺术再现有哪些优长、存在着哪些困境。纵观新时期以来的历史叙事可见，并不是每个作家都对这一问题进行过自觉的思考和艺术化的表达，但我们也不能要求每个作家都在其作品中追问这样的问题。下面作者选择部分代表性文本，分析这些文本如何回答历史起源问题，如何对历史浩劫进行归咎和记忆。

一、"个体免责"与"群体代罪"

新时期之初的"伤痕""反思"小说对这场运动起源问题进行了自觉的追问。总体说来，由于意识形态与政治文化语境对文学和作家的方向性指引，以及作家自觉服膺于社会总体性要求，此时作家对历史起源的探讨基本上与政党政治对这段的历史定性保持了高度的一致。政党政治与主流话语是通过会议决议、纲领性文件等形式规定对历史起源的权威解释与历史定位的，文学作为一种虚构艺术，作家在理解历史时理应多一份灵动与想象，但刚跨入新时期，作家们还是自觉秉持了现实主义的创作手法，以与主流话语高度一致的历史姿态复制着主流政治对这段历史起源的讲述。他们此时由于受唯物主义进化史观的影响，在审视历史悲剧起源时怀着一种廉价的乐观态度，将长达十年的浩劫视

---

① ［古希腊］亚里士多德. 诗学［M］. 陈中梅，译. 北京：商务印书馆，1996：81.

为历史上的"支流末节"①，以宽宥的精神原谅了历史悲剧，乐观地相信未来一定会美好，从而放弃了对历史悲剧起源的深刻追问。因为新时期之初主流意识形态对历史总体性的提示和规定，历史叙述的方向和路数是确定的，历史总体性规定了历史的本质，以及对历史判断应该持有的价值方向和言说尺度，所以，言说主体是被动的。也就是说，"伤痕""反思"小说中的历史是主流意识形态给予的，这就决定了作家们"修复"历史的功能大于质询和索解历史起源的功能。"反思'文革'，批判'四人帮'，这是客观化的历史，而更重要的在于要建构重新起源的历史主体的历史。因而，有意识地重述'文革'的历史，不再是单纯地展示伤痕，而是致力于表达老干部和知识分子在蒙受迫害中，依然对党保持忠诚，对革命事业怀有坚定不移的信念。通过这种重述，重建了新时期的历史主体（例如，老干部和知识分子）的历史，这就使拨乱反正后重返现实的受难者有了历史的连续性。"②"右派"作家（或"归来"作家）在"伤痕""反思"小说中描述的知识分子和老干部叙事，是对政党政治的肯定和对知识分子与老干部作为历史主体合法性的文学论证，他们的叙事指向不仅是清算历史之恶，更是要通过表达历史主体的"信心与忠诚"来修复断裂的历史之链。总体来看，"右派"作家有着宽宥历史的情结，他们与历史并不构成紧张的对峙关系，历史的劫难对于他们来说并不是可怕的。由于个体信念和历史信仰的坚贞，他们在精神上藐视这种历史苦难，其实，所谓苦难只是对他们信仰忠贞与否、坚强与否的考量。20世纪六七十年代是知青作家的蹉跎岁月，他们对这段历史按照主流话语的要求进行大肆挞伐的同时，也寄予了这代人的理想主义缅怀和对青春岁月的祭奠。《我的遥远的清平湾》《这是一片神奇的土地》《南方的岸》等小说对其青春岁月与既往历史的怀念是温情脉脉的，是对历史思潮和生活细节的生动演绎，但在历史的追问和反思上，这些知青小说显然乏力。知青作家急着为青春正名，其小说的内在价值诉求在于为其知青身份和知青历史寻求历史合法性，并使这种合法性和知青当下的现实生存发生联系。当然，在《飞过蓝天》《西望茅草地》《今夜有暴风雪》《蹉跎岁月》等小说中，历史悲剧的起

---

① 如古华在《芙蓉镇》中对"文革"的理解代表了当时作家普遍具有的认识，"奇特的年代才有的奇特的事。但这些事的确在神州大地、天南海北发生过，而且是那样的庄严、神圣、肃穆。新的时代里降生的读者们一定会觉得不可思议，视为异端邪说。然而这正是我们国家的一页伤心史里的支流末节。"（参见古华. 芙蓉镇［M］. 北京：人民文学出版社，2000：115.）

② 陈晓明. 表意的焦虑：历史祛魅与当代文学变革［M］. 北京：中央编译出版社，2002：10-11.

因得到了部分追问，但在总体反思上缺少思想深度。

从小说文本对十年动乱的历史起源与悲剧归咎方式来看，"伤痕""反思"时期的小说呈现出这样一些特点。第一，呈现出"个体免责、群体代罪"的历史总结方式。比如《灵与肉》《绿化树》等小说都有这样的特点。《绿化树》开篇在章永璘和西北一所著名大学哲学系讲师的对话中，充满了对这段历史的起源和个体命运困境起因的质询与探索。小说中哲学系讲师建议章永璘认真读《资本论》，通过这种阅读，"你还能从那里面知道，我们今天怎么会成了这个样子"①，而且能了悟个体和国家陷入困顿的原因。但是，"我们今天怎么会成了这个样子"以及民族国家陷入这种困境的原因在小说中并没有得到应有的、进一步的追问，而是很快转化成章永璘如何克服饥饿感和对马缨花的依赖，是章永璘对其作为贵族的阶级改造。因而，阅读《资本论》成了知识分子实现自我改造和自我认知超越的纯粹个体行为，并不指向对历史困境与起源的索解。《绿化树》在历史归咎方式上同样是个体免责、代群体受罪。"我"的出身甚至成为"我"的原罪，这种原罪促"我"忏悔和自省，而代一个阶级受罪竟然让"我"的改造与救赎之路充满了某种悲壮意味：

> 我这样认识，心里就好受一点，并且还有一种被献在新时代的祭坛上的羔羊的悲壮感：我个人并没有错，但我身负着几代人的罪孽，就像酒精中毒者和梅毒病患者的后代，他要为他前辈人的罪过备受磨难。②

所以，阅读马克思的经典著作，对章永璘来说只是为了使自己摆脱精神的迷茫，完成自我改造、进行思想补课，而不是对社会进程与历史起源作深刻追究，他以个体的改造与升华取代了对历史本源的追问。面对现实中的物质和精神之苦，主人公并未因此而与现实关系变得紧张，相反，通过知识分子的狡黠以及所谓阅读圣典的行为，现实苦难被轻易转化了。在这里，凭借转化苦难，主人公取消了对苦难与历史根源的索解，而其转化的机制来自马克思、但丁、拜伦等人的经典话语和哲学精神，以及对饥饿的克服、情感上的自足，尤其是其阅读《资本论》所获得的思想上的顿悟。这种个体意义上的所谓"顿悟"，实际上回避了对现实历史与政治困境的深层理解，简化了对历史发展和悲剧起

---

① 张贤亮. 绿化树 [M]. 广州：花城出版社，2009：7.
② 张贤亮. 绿化树 [J]. 十月，1984 (2)：4-81.

源的认识，主人公和作家从中只是表达了对历史悲剧与人的苦难的廉价而简单的宽容，并不能使人洞悉历史本质和历史起源等更为关键的问题。因而，《绿化树》中使用的这种归咎方式和转化苦难的叙事机制是值得怀疑的。事实上，新时期之初，包括《绿化树》在内的一大批小说回答十年动乱的历史起源时使用的都是同一种方式，"因为是由集体共同自愿出演的历史悲剧，所以罪名便可以安心交付给抽象的集体与历史来担负了。历史劫难的集体肇事结果，使其变成了凶手空缺的无物之阵。"① 也即，将历史责任只推给抽象空洞的集体，从而取消个人省思和实际担责的必要性与紧迫性。无疑，这种问责与归咎方式是不可靠的。

第二，小说洋溢着乐观的历史理性。《布礼》中的钟亦成虽身受磨难但九死未悔，他在平反复职后流着泪说"多么好的国家，多么好的党！即使谎言和诬陷成山，我们党的愚公们可以一铁锨一铁锨地把这山挖光。即使污水和冤屈如海，我们党的精卫们可以一块石一块石地把这海填平。"② 《记忆》中的放映员方丽茹经历过"倒映领袖"事件的种种煎熬之后"没有悲伤，没有怨恨，没有愤慨"③。新时期之初的小说尽管充满了控诉与怨怼，但在面对历史悲剧和国家未来时洋溢着乐观理性。钟亦成和方丽茹式的豁达与宽宥几乎是普遍性的情感基调。前面我们提到的李国文的"月食"情结，张贤亮对伤痕的审美性叙事诉求，都显示了这种乐观的历史理性。

那么，新时期之初的"伤痕""反思"小说为什么在历史起源与责任归咎方式上呈现出这种特点？

其中的原因除了研究者们所提到的作家对革命和历史的自觉认同之外，还在于独特政治语境与主流话语对文学的影响作用。新时期之初的社会语境是高度政治化的，主流意识形态对文学秩序有着绝对的影响。主流话语通过"新时期"的历史命名成功实现对历史的断代，这一新旧时间范畴包含的是价值观和历史判断的分野。对十年动乱的批判、反思被视为新时期历史起源的开始。主流历史规定了历史建构的价值基础（与历史总体性一致，对政党政治的拥戴，对一小撮别有用心的篡权集团的挞伐）、情感基调（光明乐观），这些构成了言说历史的尺度和标准。可以说，在被规定了的对这段历史的文学叙事中，"伤痕""反思"小说的主流是在附和、顺应主流话语，是在总体性历史规范下的文

---

① 路文彬. 历史想像的现实诉求：中国当代小说历史观的承传与变革 [M]. 南昌：百花洲文艺出版社，2003：171.
② 王蒙. 王蒙精选集 [M]. 北京：燕山出版社，2015：156.
③ 张弦. 记忆 [J]. 人民文学，1979（3）：13-20.

学样式。当然，像《苦恋》和大量"争鸣小说"则属于异质话语的历史建构，它们往往超出了主流话语的规定要求，与主流话语相抵牾。但是一般而言，对这种总体性的历史规范的偏离和反叛只有到先锋小说、新历史主义小说登场才普遍出现，至于这一规范的瓦解，一直到 20 世纪 90 年代市场经济和商品文化主导下的社会语境中才逐渐完成。

在历史起源与责任归咎上呈现出这种光明基调和独特性，还与作家们所操持的历史观息息相关。"历史观念是一种或隐或显地存在于人们头脑中的关于历史的看法，是对历史的理解。人们生活在历史的进程中，无法逃脱对历史的各种感觉，而当这样的历史感觉属于作家时，则会渗透到他的艺术创作中。"① 新时期之初，作家们信奉的是唯物主义的进化史观。这种进化史观在认识上是一种社会形态决定论的史观，即认为"全人类各民族、国家的社会形态有其共同的模式和规律"。而"这样的历史观在总体上相信社会是进化的，后一种社会形态必然会取代前一种社会形态"②。这一历史观影响下的文学叙事，在解释历史悲剧起源上常常会避重就轻、弱化矛盾，遮掩现实困境，将历史悲剧归为历史进程中的偶然曲折与暂时现象，将历史的阻滞归结为人的主观意志与偶然性因素，因而，历史歧途的根源与历史困顿的本质并不能得到真正的揭示。由于支撑新时期之初作家的历史观念是历史唯物主义的社会发展观和历史理性，而历史唯物主义信奉的是一种追求历史本质的积极心态，其认为前途是光明的，道路是曲折的。所以，这番乐观的心态和认知心理使新时期的作家们在建构历史叙事和反思 20 世纪六七十年代时，并没有走向消极悲观。在新时期作家的小说中，无论是小说的价值取向，还是人物的情感基调，都打上了乐观和光明的色彩。比如《记忆》中的方丽茹、《许茂和他的女儿们》中的金东水、《人啊，人!》中的何荆夫，均将自己视为历史真理的捍卫者、殉道者，他们对于民族前途和未来抱着乐观的态度，坚信灾难终会过去，小说呈现出乐观光明的叙事基调和审美情感。

尽管此时的历史叙事在追溯历史起源和责任归咎上有着难以克服的历史局限性，比如很多小说顺着主流话语的归咎方式，简单得出"事情全坏在那个女人身上"③ 这种答案。但客观而言，在历史起源的认识上，这时已有一些作家

---

① 刘俐俐. 隐秘的历史河流：当前文学创作与批评中的历史观问题考察 [M]. 天津：天津人民出版社，2002：1.

② 刘俐俐. 隐秘的历史河流：当前文学创作与批评中的历史观问题考察 [M]. 天津：天津人民出版社，2002：12、13.

③ 肖平. 墓场与鲜花 [J]. 上海文艺，1978（11）：11-23.

具备了个人归责的初步意识，并能从个体或群体的行为动机与深层内心追问革命起源问题。以《重逢》为例，小说在悲剧历史起源与历史认知上并无鲜见，将林彪、"四人帮"作为悲剧之源来谴责。但小说对于历史悲剧的责任担当与反省问题却和同时期小说不尽相同。一般小说在谴责"四人帮"制造历史苦难的同时常将自己打造成受害者，把责任归咎为"四人帮"的肆虐和党的政治路线出现了偏差，而忽视受害者作为历史主体对历史悲剧应负的责任。《重逢》则将反思的触角转向了身为加害人的红卫兵和老干部。小说中，作为红卫兵的叶辉对于自己在武斗中的冲动、非理性并不讳言，而是以主动承当的姿态面对，他坦言："反正我要承担我的罪责。不管给我什么样的处罚，我都乐于接受，因为我确实犯了罪，我从来没有试图掩盖我的罪行。"① 作为老干部的朱春信，在审判自己的恩人时，不仅在道义和良知上怀着深深的愧疚之情，而且在历史认知和历史理性上也没有回避作为历史主体的责任：他真诚反省，自觉承认自己对历史悲剧负有的不可推卸的责任。可以说，这篇小说是新时期小说中较早提出老干部和红卫兵的责任担当与自我反省问题的。

十年动乱的历史源起是个相当复杂的问题，而在责任归咎上也不应简单草率地把责任归给执政者与篡权者。如中国一些学者与作家所指出的那样，也不能将这种历史"作为一种道德上的偶然的悲剧"而给它"贴上简单的道德标签"，"不能否认个人在道义上的责任"②。在这个意义上，包括《重逢》《李顺大造屋》在内的一些小说是有其独特价值的。《李顺大造屋》在历史悲剧的个人归咎上，将这种责任主体引向了中国社会的重要主体——农民。追问历史起源、质询历史责任，农民是一个难辞其咎、不应置身度外的群体。与"右派"作家情感上感恩农民、理智上鄙薄农民不同，高晓声将表达的重心落在了对农民奴性意识的批判以及农民对十年动乱历史起源应负的责任这些问题上。这些认识无疑都是精辟而切中农民的精神内伤的，一定程度上深化了新时期之初，作家对于悲剧起源的认识和对责任主体的探究。

还有一些小说从个体或群体的行为动机去分析革命泛滥和畸变的心理动因，从而把历史起源的考察推向了社会心理角度，深化了对这一问题的探讨。比如《芙蓉镇》，尽管它存在着对20世纪六七十年代认识上的"简单的道德批判"和

---

① 金河. 重逢 [J]. 上海文学, 1979 (4): 14-25.
② 韩少功, 王尧. 韩少功王尧对话录 [M]. 苏州: 苏州大学出版社, 2003: 6、19、9.

"虚构社会矛盾"的弊病①，而且在历史起源上归为"是吃了上级政策的亏"②，小说的叙事模式也没有超出"坏人作恶，好人受难"的认知模式，但小说对人物参与革命的动机有着细致的剖析，从群众心理基础，尤其是当权者和被权力异化者的狭隘内心与个体私欲角度探析了动乱起源的心理动因。从李国香、王秋赦的革命动机来看，其心理驱动力并非完全为了革命事业的推进。他们貌似正义的革命面孔下隐藏着作为个人的情欲、报复等狭隘动机。比如，就李国香而言，如果追溯她狠斗胡玉音的原因，其根源在于爱情与经济的双重打击，而她将胡玉音视为自己受这番挫折的罪魁祸首；所谓经济的受挫，是指她所领导的国营单位饮食店竞争不过胡玉音的米豆腐摊的生意；爱情的失意则是李国香心理隐秘的一个情结。初到芙蓉镇，谷燕山是她心里盘算着的唯一符合其要求的"意中人"，她频频向谷燕山献殷勤、表心声，然而，这位北方大兵并不动情，碰壁后倍感耻辱的李国香发现北方大兵钟情的原来是胡玉音，于是，她的这种耻辱与失意便又算在了胡玉音的头上。随后，在李国香发起的对胡玉音等人的革命严惩中，潜藏着的是前者报复的快感与私欲的泛滥。尤其是后来胡玉音与秦书田难中相爱并试图向工作组申请结婚时，遭到了李国香的断然拒绝，这招致了胡玉音的爆发和揭发她与王秋赦奸情的威胁。胡玉音的疯狂引起了李国香更深的恐惧和更大的报复，加上王秋赦一直怀着垂涎胡玉音的美色而不得的失落，因而，李、王二人后来对胡玉音施以用铁丝穿乳房的酷刑和长期的批斗，实际上就是借着革命的名义发泄个体的私愤。这是这类小说所暗含的群众心理与个体动机真相，这种隐秘的心理真实与历史真实的关系包含了历史与革命的真相。

二、"反本质主义"与"有罪的个体"

20世纪90年代以来关于20世纪六七十年代的历史叙事，由于社会语境的宽松以及作家创作观念的开放与多元，他们对历史的理解逐渐摆脱了意识形态的制约和道德化、政治化的维度。作家们开始自觉回避将十年动乱作为民族国家的历史劫难的集体性视角，动乱历史从公共记忆转而成为个人记忆进入作家的创作中，作为核心情节、主要内容的大历史逐渐淡化为小说中的内在背景与文学元素。在这种趋势之下，作家对历史起源的索解和历史悲剧的归咎问题的

---

① 韩少功，王尧. 韩少功王尧对话录 [M]. 苏州：苏州大学出版社，2003：13.
② 古华. 芙蓉镇 [M]. 北京：人民文学出版社，2000：204.

正面回答减少，变得间接而更加隐蔽。用陈晓明先生的话说，20 世纪 90 年代以来的历史书写是一种反本质主义的写作①。本质主义写作很长时间支配着作家的写作，这种写作认为历史的本质与规律可以被认识到，作家的写作应该真实地反映这种本质和规律。本质主义依靠主流意识形态实行，同时受社会文化语境影响，当社会语境宽松、意识形态话语松弛时，本质主义必然会遭到疏远和废弃。中国新时期以来的历史书写正是经历着由本质主义向非本质主义或反本质主义历史书写的变化，其转捩点是先锋文学。反本质主义书写打破了本质主义写作中清晰的历史起源与历史发展逻辑，历史不再是整齐划一与有章可循的，而是充满了偶然与变数，客观规律退出作家视野，人的情与欲、非理性因素甚嚣尘上。先锋小说推翻了原先从"伤痕"文学开始即视为圭臬的历史总体性要求和历史进化论的乐观理性。20 世纪 90 年代以来的小说中，历史充满了偶然，同时，历史被欲望推动着。如《弥天》《坚硬如水》，最为极端的是刘震云的《故乡到处流传》，人物没有历史目标和历史方向，英雄在这里消失，曹丞相等小民构成了叙事主体。历史的逻辑与历史理性也被拆解，历史的真相与动力被轻易置换为猥琐的个人动机和情欲张扬。小说中三国历史的发展与动力完全是曹、袁二人的个人情欲与愿望所致，如二人屡发战事、军事策略上的分合亲疏，根本原因是抢夺沈姓小寡妇。再如丞相战胜袁绍后，在决定杀哪一半的战俘时，采取扔钢镚的方式定夺，十万人的性命就被这种游戏行为与偶然性所支配。

应该说，20 世纪 90 年代以来，作家们在描写 20 世纪六七十年代，或是探究这段悲剧的历史起源时，都对革命大潮中人的精神生成，尤其是大众社会心理的变异给予了较多的重视，将对人的欲望、激情和需要的书写与历史起源问题联系起来思考，开拓了这一论题的艺术视野和思想深度。刘醒龙的《弥天》、阎连科的《坚硬如水》、苏童的《河岸》、余华的《兄弟》，对个人与群体的精神状态和狂热欲望的展示都呈现出夸饰的叙事。黑格尔历史哲学的一个特色是用理性来解释历史，在他看来，理性决定着历史进程。但同时，理性决定历史进程时，它得依靠另外一种力量才能实现，这种力量即是人的"需要、本能、兴趣和热情"，只有这两股力量的合流才得以推动历史的发展。他说："假如没有热情，世界上一切伟大的事业都不会成功。因此有两个因素就成为我们考察的对象：第一个是那个'观念（即理性或精神）'，第二个是人类的热情，这

---

①　陈晓明. 表意的焦虑：历史祛魅与当代文学变革［M］. 北京：中央编译出版社，2002：129.

两者交织成为世界历史的经纬线。"① 黑格尔强调人在历史进程中的作用是无可厚非的，因为人的热情、意志和人的活动在历史演变中确实起着至关重要的作用，这种历史认识避免了在认识论上走向对上帝或超验的神明的崇拜，而充分肯定了世俗意义上人的意义与作用。黑格尔在这个意义上进一步提出了他理想的人的图式，所谓融合理性和热情于一体、代表着世界精神的"世界历史个人"，这样的人拥有雄大气魄和卓绝能力，并具备引领时代前行的理想人格，他能一呼百应，成就伟大事业。在《坚硬如水》中，高爱军就是如此。这个人物身上带着超验的精神力量，他主宰着程岗镇的革命运动，以惊人的毅力推动着革命，荡涤着腐朽势力。高爱军是被"需要、本能和热情"驱使的革命者，在他身上并不见得有多少革命的理性——相反，他是蒙昧的，他并不知道革命的意义、目标和本质。小说夸饰的文风，以及人物凭超强的革命意志和蓬勃而出的欲望推动革命进程、主宰革命的局势的书写，倒使小说在解释历史上陷入主观唯心主义的窠臼。事实上，过分夸大人物这种盲动的欲望与热情，并以此作为暴动的内驱力，其结果并不会给现实革命带来真正意义上的解放。

---

① ［德］黑格尔. 历史哲学［M］. 王造时，译. 上海：上海书店出版社，2006：21.

第三章

叙事嬗变与文化视域——文化视野下的历史记忆叙事流变考察

第一节　政治文化与历史记忆叙事

一、十年动乱讲述的政治维度与历史视阈

不同学科与领域的人对于同一段历史进行阐释，除了会得出不同的结论外，其动机与视角也是迥异的。社会学家研究历史的目的在于通过"阐释过去"的意义以便"了解现在"；政治家理解历史是为了获得某种历史经验和政治智慧①。1976 年年底，历时十年的动乱终于结束，最高权力以会议和决议的形式宣告了这场运动的错误。至此，这场激进的政治运动和文化浩劫偃旗息鼓，中国社会的政治、经济、文化也开始了新的设计和艰难转型。这段历史虽然结束了，对它的言说却没有结束，相反，只是一个开始。政治、历史、思想、文化、文学等多个层面的记忆、叙述竞相形成，这种多学科、多维度的"历史演义"形成了一幅关于这段历史的多元、多义的历史图景，既使历史得到一种增值性的丰富，同时，也存在着对历史真实的误读，以及遮蔽真实历史的危险。那么，哪些因素影响着历史的真实言说？就新时期小说而言，有哪些因素制约了它的表达，影响着它的变迁？可见，这样一个文学命题，一旦放到新时期，尤其是20 世纪 70 年代末 80 年代初的历史语境中便会发现，它并不是一个纯文学的概念，其背后有强大的非文学的制约因素。其中，政治、政治文化是影响这类小说形态和思想的最重要的制约因素，换句话说，新时期以来，政治文化与历史记忆叙事始终有着千丝万缕的联系。按学界对政治文化的一般理解，政治文化

---

① 韩震，孟鸣歧. 历史·理解·意义——历史诠释学［M］. 上海：上海译文出版社，2002：153.

既包括人们的政治情感、政治认知、政治信仰等主观内容，又包括政治制度、政治规范等客观内容。为了更集中而有力地说明政治文化与十年动乱叙事的缠绕关系，此处先从政治文化对这段历史的定性和言说讲起。

主流话语对十年动乱的叙述与定性在新时期之初并非一成不变，而是经历着一种艰难的沿革与变迁。1978 年 12 月底，十一届三中全会通过的《会议公报》（以下简称公报）被视为新时期政治、经济和文化步入正轨的纲领性文件标识。公报提出把全党工作的着重点和全国人民的注意力转移到社会主义现代化建设上来，并规定了新时期的总任务，即工业、农业、国防与政治体制逐步现代化。这次公报在对十年动乱的叙述上，由于尚未处理好如何评价毛泽东与毛泽东思想的理论言说问题，因此没能科学而本质化地对它做出论断。1981 年《关于建国以来党的若干历史问题的决议》出台，对这段历史的定性逐渐明朗，这个决议立场明确，"论断"① 明晰地指出，这场运动，"是一场由领导者错误发动，被反革命集团利用，给党、国家和各族人民带来严重灾难的内乱"。同时还指出，这场运动"不是也不可能是任何意义上的革命或社会进步"②。这一论断以决议的形式发布和延续下来，成为此后十年动乱叙述的限度和准则，不得否弃、不得僭越，任何对这段历史的讲述都必须符合这番政治基调和历史定性。

这种纲领性、政治性的历史叙述直接限定了文学领域内关于这段历史记忆叙事的话语空间，决定或影响了这类文学叙事的基调、范式和风格。政治的要求和政策的方向之所以能如此直接而迅疾地作用于文学，导因为新时期之初文学与政治、意识形态之间的同构关系。文学在此时尚未获得自主性，而是追随政治与主流话语的步伐或听命于它，充当着时代的"晴雨表"和"急先锋"的作用。时隔多年，作家张贤亮在回顾新时期之初的文学创作时指出："可以毫不夸张地说，那时候中国文学甚至担当了一个思想解放的先锋队的作用。"③ 因而，政治上的潮汐必然会很快地反映在文学创作上。面对政治文化的要求和规范，作家采取了顺应和融入的姿态，这一时期的"伤痕""反思"小说在对十

---

① 邓小平主持领导了《决议》的起草工作，多次谈过对决议稿的起草和修改意见，已入文献的有九次谈话。在第一次谈话中，他就提出"对重要问题要加以论断，论断性的语言要多些，当然要准确。"（邓小平. 对起草《关于建国以来党的若干历史问题的决议》的意见）邓的这些讲话有力地推动了《关于建国以来党的若干历史问题的决议》阐释历史问题的科学化和表意层面的明晰化，有力地纠正了此前在历史讲述和"文革"评价问题上论而不断、论而错断的不良倾向。

② 中共中央文献研究室. 中国共产党中央委员会关于建国以来党的若干历史问题的决议［M］//三中全会以来重要文献选编（下）. 北京：人民出版社，1982：760、759.

③ 张贤亮. 我们这一代作家［N］. 文学报，2009-09-17（2）.

年动乱的性质认定与文化定性上和主流话语对它的叙述形成同构，并未超出后者的方向性叙述。无论是主题层面的控诉暴政、书写创伤，还是结构层面的"忠—奸"、迫害与被迫害模式，或者思想文化层面（或理论武器）上广泛使用的人道主义话语、反封建主义话语，都与当时意识形态话语确立的历史叙述形成同构与互补。

二、政治文化规约与十年动乱叙事的限度

政治与文学的关系一直是 20 世纪中国文学批评与文学史研究中欲说还休、屡见不鲜的话题。从政治文化的角度研究文学实践与文学价值，也是近些年来颇受重视的视角与方法。

将十年动乱叙事置于政治文化视域下进行考察，并非趋附时新理论的心理所致，而是基于这样的考虑：一是考察某种文学现象的生成与变迁，必须首先抓住影响这一文学现象的最重要、最居主导性地位的因素，同时对次要的不占主流的因素和力量进行考辨。这样，对这类文学现象的发生、递嬗以及"存在之由"和"变迁之故"才更具说服力，更切近历史现象的本质。在笔者看来，影响新时期之初十年动乱题材小说的叙事风格和形态的主导性因素是政治文化。在重新回顾与研究新时期文学时，很多研究者都明确指出了新时期文学的这种政治文化特性，"从结构层面上说，处于新时期文化语境结构核心的仍然是政治话语，其与经济、思想、文化虽然维系着一种互动的张力关系，但决定整个文化语境的形态与性质的仍然是政治"。因而，新时期文学伊始的"伤痕""反思"小说被看作与政治文化具有很大同构性的文学实践，它们"与政治思潮仍保持着高度同步性，它在文学领域完成的是和意识形态领域共同的政治主题"[①]。由此，笔者试图将政治文化作为十年动乱题材小说生成的语境或背景，细致分析这种主导性因素在多大程度上制约和影响此类小说的生成，又在哪些具体方面左右和限定了它们的发展。客观地讲，影响新时期这类小说及其叙事模式与风格的因素不仅是政党政治的话语规范和政治文化，还有人道主义、启蒙主义、存在主义、后现代主义等本土或异域文化思潮，以及市场因素、作家日益开放多元的历史意识和文学审美观。但在这些诸多的因素中，政治文化居于主导地位，只是随着时代的变迁和这类小说的演进，某一阶段影响这一类型小说的主导性因素让位于其他因素。基于这种辩证的演进关系，在考察新时期之初的这类小说时，笔者抓住了政治文化这一要素，分析这类小说在此阶段与

---

① 吴义勤. 中国新时期文学的文化反思 [M]. 南京：江苏文艺出版社，2009：12、15.

它的复杂关系。二是将政治文化作为一种方法和视角。将政治文化作为观照文学现象的方法和视角，笔者所要获得的并非政治文化与新时期文学实践在"政治-文学"两个层面内容上的简单对接和指认，而是以此去切近文学自身，探析其生成原因和变迁规律，揭示这类小说在生成伊始与政治、政治文化的复杂纠缠。

新时期文学的政治化或政治特性已是学界公认的事实，研究者也得到了一些新意迭出与切中肯綮的研究成果①。基于这样一个大的学术背景和研究基础，笔者所要研究或追问的是：作为新时期文学中相当重要的文学母题或表现对象的十年动乱，在新时期之初高度政治化的文化语境下如何展开其文学叙事，新时期关于这段历史的叙事如何开启其滥觞，政治文化影响下的历史叙事形成哪些叙事范式与特点。以上种种，都是颇有意味的命题。因而，笔者将这类小说及其叙事放在政治文化的语境中，深入分析文本结构和作家创作心理、观念，并考察政治文化是如何影响作家的创作观念与文本结构形式的。

政治文化是一个内涵丰富且众说纷纭的概念。本书不打算对其进行词源考释，而是对它的内涵与外延做必要的阐释与限定。一般而言，政治文化既指国家或阶级建构的政治制度、政治规范、政治体系等客观内容，也包括政治情感和政治态度等主观内容。具体来看，由于新时期之初复杂的社会环境与政治语境，加诸文学上的这种政治性既有政党的政治制度、政治规范等客观政治文化内涵，又包括主流意识形态、作家的政治意识、政治情感和政治信仰等主观内涵，所以，本书所指的政治文化涵盖了新时期之初影响文学和作家创作心理的文化与文学制度及政策、主流话语生产机制、文学评奖制度等文学发生的政治文化制度与语境，同时，又不仅仅是"明确的政治理念和现实的政治决策，它

----

① 《非文学的世纪：20世纪中国文学与政治文化关系史论》（朱晓进等．南京：南京师范大学出版社，2004.）第五章"新时期文学与政治文化之关系"分六节论述，分别从政治文化语境的重造、文学论争与政治文化、新时期文学的政治实践意义、启蒙主义话语、新时期文学中的政治焦虑、民间话语及其政治方面阐释了新时期文学中的政治文化内容与形态，对新时期之初至20世纪90年代中后期的政治文化做了较为详尽的考察。此外，李杨、程光炜等人在"重返新时期文学"和"重返80年代"的专题研究中，指出了新时期之初，"文革"书写的意识形态导向与政治理念的诉求特征，认为此时的小说都具有"政治象征"和"特定的意识形态取向"。李杨甚至指出了自己近些年研究这一领域的重心在于"通过'重返80年代'，揭示80年代文学的政治性"，20世纪80年代文学的这种政治性与20世纪50—70年代的政治化和非文学化具有相似性，只有在充分揭示20世纪80年代文学的政治性的前提下，才能有效化解这两个时期在文学的价值诉求和主要特征上的对立。（洪子诚等．重返八十年代 [M]．北京：北京大学出版社，2009：8、5、15.）

更关注的是政治上的心理方面的集体表现形式以及政治体系中成员对政治的个人态度与价值取向模式……包括甚至主要关注的是政治行为的心理因素，如信念、情感及评价意向等等"①。

那么，政治文化对十年动乱叙述的影响，除了通过决议、文件对这段历史进行历史定性与政治定位，从而形成人们认识和讲述的规范外，它又如何影响和建构了这种历史叙事？这一阶段的十年动乱叙事呈现出怎样的特征？

邓小平在第四次文代会上的《在中国文学艺术工作者第四次全国代表大会上的祝辞》②（以下简称《祝辞》）是影响新时期之初文学发展的纲领性文件。《祝辞》旗帜鲜明地指出中国社会进入一个崭新历史时期及其面临的中心任务。这一具有政治与文学断代意义的"新时期"及其任务的提出，既表明中国社会历史进程开启了崭新的一页，同时，从文学角度看，这种政治方向与政治话语也在"文学—政治"高度一体化的新时期之初构成了文学表达的元话语之一。也就是说，此时对这段历史的讲述，必须服从一个更大的政治与话语体系。新时期拨乱反正的政治纠偏是与经济建设的目标预设同时进行的，而后者又被视为振兴遭遇历史劫难后的中国社会的中心任务，《祝辞》将这一任务和方向表述为"我们的国家已经进入社会主义现代化建设的新时期"。且此后屡屡被主流话语重申，如"我们当前以及今后相当长的一个历史时期的主要任务是什么？一句话，就是搞现代化建设"③。由于对历史的讲述与反思又以"不影响我们集中力量加快实现四个现代化这一当前最伟大的历史任务"④ 为前提，因而，现代化建设实际上成了新时期初官方所规定的元话语，经济建设是其核心目标和中心任务。这一现实政治所潜隐的是，新时期之初的十年动乱叙述和反思并非随心所欲或漫无边际，文学叙事在有限的话语空间内完成其发泄劫后民族悲郁情感、纾解创伤记忆、建构崭新的民族记忆和革命政治认同后，很快让位于现代化建设的现代性设计和经济建设的实务。历史反思、政治批判和创伤记忆的重写被置换为对现代化宏伟图景的乌托邦想象和经济发展的实务。

对十年动乱的论述基调，政治论述总体上持否定态度，这段历史被视为社

---

① 朱晓进. 政治文化与中国二十世纪三十年代文学 [M]. 北京：人民出版社，2006：8-9.

② 邓小平. 在中国文学艺术工作者第四次全国代表大会上的祝辞 [J]. 文艺研究，1979 (4)：3.

③ 邓小平. 坚持四项基本原则 [M] //中共中央文献研究室. 三中全会以来重要文献选编 (上). 北京：人民出版社，1982：81-82.

④ 中共中央文献研究室. 中国共产党第十一届中央委员会第三次全体会议公报 [M] //三中全会以来重要文献选编（上）. 北京：人民出版社，1982：12.

会主义进程与政治发展的困境和歧路。因此，十年动乱与"新时期"这对时间范畴也便对应着旧与新的价值体认。对前者的否定，既是一种政治立场与实践，同时又包含着特定的价值诉求，"表明人们基本上将'改革'的历史动力解释为社会主义体制内部的弊端造成的后果……而'现代化'则成为人们构想未来的价值标准，同时也是一个乌托邦式的理想社会范型"①。可以说，这种对旧的历史价值形态的否弃与对新的时代价值的期待，是新时期之初主流话语对这段历史书写所做的政治要求。走过创伤历史，政党与国家政治精英急于摆脱动乱带来的政治上的混乱、经济上的停滞、文化上的废墟和人民情感上的创伤。这种急于摆脱与跨越历史困境的政治心态，造成了政治文化对这段历史叙述近乎功利，甚至强迫式的建构：即为了尽快驱散这段历史的阴霾，通过历史决议完成历史的定性，将人们对历史的认识统一到主流话语确立的权威结论上来；在公众的政治情感与信仰上，引导人们树立对领袖的崇敬之情、对党的爱戴之情——"我们希望一定要正确地对待这个党，这个党不管有多少缺点、错误，总还是伟大的，可爱的"②。在社会进程和发展方向上，明确"现代化建设"这一具有现实意义的现代性诉求——政党政治是把以经济现代化为中心的四个现代化，作为社会主义现代化建设的重点和核心的③。再回到文学上来，政治、经济的发展与意识形态领域的这一目标造成了文学书写上的强迫式建构：用现代化建设的实务与宏图转移并安抚民众的政治创伤，号召并引导民众用积极明朗的心态看待历史、表现历史应然趋势。从历史叙述和建构民族集体记忆的角度看，历史叙事被认为有这样的功能，即"现代民族国家的历史叙述，总是在有选择地，或主观臆断地选用和再造传统的集体记忆，用以肯定和证实新兴现代国家源远流长，历史悠久，文化深厚。这种历史化的记忆，最终目的是使现代国家合法化"④。政治文化对十年动乱叙述的这番规训与强迫式建构，其目的也是为了使历史的言说符合政党政治和社会发展的需要，至少包括"使现代国家合法化"的政治动机。因而，在《祝辞》《在剧本创作座谈会上的讲话》等重要文献蕴含的对文学的政治性规约与召唤中，对历史浩劫与创伤历史本应有的深邃、多维的思考，被悄然而疾速地置换为经济与社会发展的现代化建设的

① 贺桂梅. 80年代、"五四"传统与"现代化范式"的耦合——知识社会学视角的考察[J]. 文艺争鸣，2009（6）：6-18.

② 胡耀邦. 在剧本创作座谈会上的讲话［M］//中共中央文献研究室. 三中全会以来重要文献选编（上）. 北京：人民出版社，1982：325.

③ 虞和平. 中国现代化历程：第三卷［M］. 南京：江苏人民出版社，2001：1145.

④ ［美］王斑. 全球化阴影下的历史与记忆［M］. 南京：南京大学出版社，2006：导言4.

想象及设计，在情感基调上对这十年历史的哀怨与怒责被引领、纠正为光明奋发的态度。

在新时期之初，由于文学居于社会文化的中心，极易引起轰动效应，因此，它被纳入在意识形态的范畴内，符合意识形态要求和政治文化规范的文学作品将会得到话语激励（如获奖），而僭越了主流话语规范的将会受到警醒或整肃。如"伤痕""反思"小说正在如火如荼地进行时，面对有些"杂乱"的十年动乱叙述①，主流话语及时指出："这个时期（注：1977—1980 年）写暴露林彪、'四人帮'的东西多一点，反映了我们时代的特征……但是，还有一些不成功，或者说是不成熟的东西，或者叫社会效果不够好。"② 同时，对于小说的基调与风格也给出了明确的方向："我们的作品在批判社会黑暗、揭露丑恶人性时，不是只让读者感到痛苦、失望，灰心丧气，或悲观厌世，还要能使读者得到力量，得到勇气，得到信心，得到鼓舞，去和一切黑暗势力、旧影响作斗争。"③

三、政治文化制约下的创作心态和叙述基调

从上所见，新时期之初的十年动乱叙事是在政治文化和主流话语的规范下进行的，那么，在这一规范和既定方向下，作家书写这段历史时具有怎样的心态，小说叙述又呈现出怎样的特征呢？

新时期之初乍暖还寒和时紧时松的政治气候，影响到作家的精神状态，主流话语所确立的历史叙述的规范也影响着作家的创作心态。前面提到，新时期之初的作家几乎都是这段历史的亲历者，对于历史劫难，他们有着感同身受的切肤之痛，加上文学在 20 世纪七八十年代居于社会的中心，作家的精英意识和

---

① 洪子诚指出，新时期之初关于极"左"思潮的文学叙事由于思想意向上的多面性和基于不同的个人经验，致使此时的文学叙述表现得有些"杂乱"，而这种不成熟、而且有些危险的趋势必然会引起权威话语和政治文化的调整及重新规范。参见洪子诚. 中国当代文学史［M］. 北京：北京大学出版社，1999：259.

② 胡耀邦. 在剧本创作座谈会上的讲话［M］//中共中央文献研究室. 三中全会以来重要文献选编（上）. 北京：人民出版社，1982：345.

③ 丁玲. 生活·创作·时代灵魂——与青年作家谈创作［M］//彭华生，钱光培. 新时期作家谈创作. 北京：人民文学出版社，1983：229.

启蒙大众的理念都很强烈，作家均有较强的代言意识①和诉说欲望。因而，面对诉说大众的历史创伤以及主流规范所确立的发展方向时，他们能自觉融入其中，彰显出积极进世的创作姿态。对主流话语和政治文化的这种自觉顺应，最典型地表现为此时作家普遍具有的强烈责任感和使命感，这是这代作家特有的精神品性和创作心态，是我们考察这一阶段十年动乱书写不可忽略的重要方面。此时的作家都能严肃地面对自己的作家身份和职责使命，认为"作家的社会职责……攸关作家的创作方向，作品的思想深度、存在价值和社会意义"②。陈世旭在谈关于《小镇上的将军》的创作时，论及将军的生活原型，他说道："当时，我并没有明确地想到有一天要为他作传。而现在，他像一尊铜雕一样站立在我面前。我不能为他做点什么吗？本能的正义冲动导致了严肃的责任感。"③"由于生活的决定，这一代新崛起的作家具有强烈的社会责任感。偏重于现实生活的文学洋溢着充沛的生气。"④ 在谈论这一时期的文学创作谈时，我们轻易就能找到作家这种喷薄欲发、热情高涨的责任感和使命感。他们承续了中国传统知识分子为民请命、积极进世的秉性，试图用文字在文化废墟上抚平创伤、书写希望。同时，他们自觉地将自己的创作与新时期的总任务结合起来，并让前者服务于后者，让个体的话语表达自觉服务、服从于现代化建设和政治稳定的这一"元话语"。卢新华指出，塑造《伤痕》中的王晓华这一艺术典型的目的在于"能冷静地看到伸在王晓华脑子中的那只'四人帮'的精神毒手，从而更好地洗刷自己心灵上和思想上的伤痕，去为实现新时期的总任务而奋斗"⑤。

　　作家以强烈的责任感和使命感严肃面对历史，用现实主义的手法创作出真实、感人的艺术图景，这本不应受到诟病。然而，由于以十年动乱作为书写对象，涉及对政党政治的评价、历史本质的认识和民族记忆的建构等核心问题，

---

① "作家应是人民的代言人""写人民之所爱"（分别参见冯骥才. 我心中的文学 [M]. 上海：上海文艺出版社，1986：20；陈世旭. 写人民之所爱：《小镇上的将军》创作的一点感想 [M] //周克芹，谌容，刘心武，等. 新时期获奖小说创作经验谈. 长沙：湖南人民出版社，1985：177.）主流话语要求作家要"同人民的生活、人民的思想感情保持最紧密的联系。"（参见张光年. 社会主义文学的新进展——在全国四项文学评奖授奖大会上的讲话 [M] //中国作家协会. 1982年全国优秀短篇小说评选获奖作品集. 上海：上海文艺出版社，1983：9）
② 冯骥才. 我心中的文学 [M]. 上海：上海文艺出版社，1986：16.
③ 陈世旭. 写人民之所爱：《小镇上的将军》创作的一点感想 [M] //周克芹等. 新时期获奖小说创作经验谈. 长沙：湖南人民出版社，1985：179.
④ 冯骥才. 我心中的文学 [M]. 上海：上海文艺出版社，1986：123.
⑤ 卢新华. 谈谈我的习作《伤痕》[M] //周克芹等. 新时期获奖小说创作经验谈. 长沙：湖南人民出版社，1985：158.

这就使得这样的文学创作并不仅仅是文学本身或"纯文学"的问题了，加上前面已经论述到的新时期之初的文学叙述受制于政治文化语境和主流规范，由此，我们便会发现新时期之初作家对于十年动乱的创作并不只是主题层面的控诉和批判，还包含着他们在政治文化制约与作家责任感驱动下主动呼唤春天、确信光明、遮掩疮疤、回避丑恶的特殊心态①。新时期伊始，作家都以小说描写这段创伤，但出发点并非否定历史的全部，"出发点应是给生活的本质以满腔热情的肯定"②，正如有些作家所言的，"我认为我们所进行的社会主义革命事业，虽然曲曲折折；革命航船有时碰到暗礁，给十亿人民带来巨大灾难，但我们的明天是壮丽的"③。因而，"作为社会主义文学，毫无疑义，它肩负着不容推卸的职责，那就是要启迪人们去追求光明和真理，鼓舞人们去奋发进取，引导人们向上，树立崇高的理想和信念"④。在对十年动乱的看法和处理方式上，李国文的"月食"情结和高晓声的回避态度比较有代表性。李国文将中国历史进程中的这段灾难历史比作侵吞光明的政治"月食"，"我想月食时虽然暗淡，但光明终究会到来，天和人是同样的……我认为这二十三年，实际上也相等于月食，扩而言之，这些年来我们国家、人民同样也经历了一场月食，但终于复圆了，恢复光明了。"⑤ 高晓声则说："对生活中丑恶的东西，我基本上采取回避的态度，但不是掩盖矛盾。要做到既回避而又不掩盖矛盾，我的做法是把丑恶的东西包起来放在一边，首先使人感到它的存在；然后再用针在纸包上戳几个洞，使人闻到它的臭气。但是不宜完全敞开，暴露无遗，否则会给人以过于丑恶的

①　对十年动乱的书写，主流话语一贯要求提供积极进取的精神（邓小平语）；要更深刻，更典型（胡耀邦语）；充满信心，有朝气、健康（丁玲语）。分别参见：邓小平. 在中国文学艺术工作者第四次代表大会上的祝辞［M］//《中国新文艺大系》1976—1982理论一集（上）. 北京：中国文联出版公司，1988：2；胡耀邦. 在剧本创作座谈会上的讲话［M］//中共中央文献研究室. 三中全会以来重要文献选编（上）. 北京：人民出版社，1982：351；丁玲. 生活·创作·时代灵魂——与青年作家谈创作［M］//彭华生，钱光培. 新时期作家谈创作. 北京：人民文学出版社，1983：237.

②　周克芹.《许茂和他的女儿们》创作之初［M］//周克芹，谌容，刘心武，等. 新时期获奖小说创作经验谈. 长沙：湖南人民出版社，1985：9.

③　从维熙. 答木令耆女士［M］//彭华生，钱光培. 新时期作家谈创作. 北京：人民文学出版社，1983：471.

④　李国文. 我的歌——谈《冬天里的春天》的写作［M］//彭华生，钱光培. 新时期作家谈创作. 北京：人民文学出版社，1983：211.

⑤　李国文. 作家的心和大地的脉搏——关于创作的一点感想［M］//周克芹，谌容，刘心武，等. 新时期获奖小说创作经验谈. 长沙：湖南人民出版社，1985：202.

形象，没有积极作用。"① 李国文将极"左"历史比作"月食"，其情感基调上包含的是对光明的确信，符合政治文化所规定的"写希望，写光明，写得深，写得豪迈"② 的要求。高晓声则回避了对丑恶的直接描写，采用迂回与曲笔，这种节制与含蓄的笔法是他的这类历史题材小说获得主流认可的重要原因。

　　在作家的这种历史心态以及政治文化的双重影响下，此时十年动乱题材小说的美学基调常常呈现出光明与乐观的特色。如《铺花的歧路》，冯骥才坦言，由于"强烈的责任感"和"洋溢着充沛生气"的自觉追求，因而，在处理结尾时，他有意在后半部分加上失意而依旧爱恋事业的歌唱家马长春，使"文化大革命"的灾难不仅仅局限在白慧和常鸣两人的爱情悲剧上③。历史动荡与灾难政治虽造就了太多的创伤与悲剧，作家的痛是刻骨的，但新时期之初的作家在历史评判上依然是乐观的，这段历史与个体苦难凝成的黑暗挡不住光明的到来，卢新华即言"然而，痛定思痛，悲愤之余，我感到光明毕竟已经到来了，春天也降临了，我想晓华心上的伤痕也必定得到了某种安慰，而她在爱情上的悲剧也该结束了。所以，我在尾声中添了苏小林和王晓华爱情上重新弥合的一笔"④。

第二节　消费文化与历史记忆叙事

　　英国学者迈克·费瑟斯通（Mike Featherstone）在《消费文化与后现代主义》一书中认为，消费文化与后现代主义兴起后，威胁着传统的神圣性，而且会导致象征的终结和文化上的失序，他这样描述道："从表层的形象之流的紧张体验中，我们获得的是审美的满足：我们并未去寻求连贯而持久的意义。于是这必然出现象征的终结，因为对消费文化中偶然且杂乱怪异的大拼凑排列所激发的任何意义的联系，或者对意义的淹灭，记号都能自由地将它们表现出来。也即是说，我们走向了文化的失序。"消费文化之所以会导致象征的终结和文化

---

① 高晓声. 创作思想随谈 ［M］//彭华生、钱光培编. 新时期作家谈创作. 北京：人民文学出版社，1983：260.

② 李国文. 作家的心和大地的脉搏——关于创作的一点感想 ［M］//周克芹，谌容，刘心武，等. 新时期获奖小说创作经验谈. 长沙：湖南人民出版社，1985：203.

③ 冯骥才. 我心中的文学 ［M］. 上海：上海文艺出版社，1986：127.

④ 卢新华. 谈谈我的习作《伤痕》［M］//周克芹，谌容，刘心武，等. 新时期获奖小说创作经验谈. 长沙：湖南人民出版社，1985：156.

的失序，在费瑟斯通看来，是因为作为消费文化及其后现代特征的属性具有异质性和虚构性，摈弃了真实的意义与现实的原形，也即"由于缺乏将符号和形象连缀成连贯叙述的能力，连续的时间碎化为一系列永恒的当下片断，导致了精神分裂似地强调对世界表象的紧张体验：即生动、直接、孤立和充满激情的体验"①。

随着全球一体化和欧美政治、经济及文化在全球的扩张，消费文化逐渐成为遍布全球的普遍性文化，作为第三世界的民族国家也不能幸免。中国社会的经济体制自20世纪80年代中后期开始转型，市场经济体制取代传统计划经济形态，20世纪90年代初期的"南巡讲话"更是中国经济体制快速发展和理论体系成熟的标志性事件。自此，中国社会步入了经济飞速发展和高度繁荣的康庄大道，极大地丰富了中国人民物质生活。在文化形态和价值体系上，建立于传统计划经济基础上的旧有体系和价值信念开始失范，商品文化和消费文化随之渐渐成为社会的主导性文化形态。对于中国20世纪90年代以来的文学叙事来说，消费文化的影响和制约作用是不容小觑的。伴着社会的逐渐多元和政治语境的宽松，作为主流意识形态的政治文化或官方文化对社会的总体号召和约束力量开始淡化，消费文化慢慢渗透进日常生活的方方面面，甚至扮演着中国社会的"准意识形态"②。正是从这个层面上看，消费文化在20世纪90年代当代中国社会的落户与生成具有了相当重要的意义："中国的消费主义文化的兴起并不仅仅是一个经济事件，而且是一个政治性的事件，因为这种消费主义的文化对公众日常生活的渗透，实际上完成了一个统治意识形态的再造过程。"③ 消费文化在当代中国的诞生以及其主导性地位的形成，极大地改变了文学语境、文学的生产方式、文学的流通，甚至包括文学的叙事和文学审美品质。"消费文化成为当代文学新的生存处境与写作处境，文学的生产主体不再是单纯的作家，市场和读者也部分地参与了文学的生产，由此，文学的生产方式、传播方式、表现形态等方面都发生了不同以往的新变。"④ 因而，正是在消费文化的方兴未艾以及20世纪90年代以来整个社会形态的急剧转型，包括整个人文学科知识

① ［英］迈克·费瑟斯通. 消费文化与后现代主义［M］. 刘精明，译. 南京：译林出版社，2000：180，182-183.
② 郑崇选. 镜中之舞：当代消费文化语境中的文学叙事［M］. 上海：华东师范大学出版社，2006：14.
③ 汪晖. 当代中国的思想状况与现代性问题［J］. 天涯，1997（5）：133-150.
④ 郑崇选. 镜中之舞：当代消费文化语境中的文学叙事［M］. 上海：华东师范大学出版社，2006：2.

谱系转型和话语转型的背景下，我们来讨论《兄弟》及其历史叙事。

一、消费文化、新的文学生成机制与余华的《兄弟》

余华的《兄弟》分为上下两册，在2005年8月和2006年3月分别出版，自出版至今已有十多年，围绕《兄弟》所形成的专业评论、感悟骂战这种毁誉交织的格局明确无误地宣告着《兄弟》的出版不仅是一次文学事件，更是一个社会热点和文化事件。这大概是因为作品出自被人们寄予厚望的新生代作家余华之手，是因为它史无前例地开创了作品分册出版的新时期小说的生产方式，是因为它夹杂着先锋与传统、文学性与消费性等范畴的论争，是因为这部鸿篇巨制中包含了消费文化语境下流行文学或畅销书籍所具有的诸多元素……和任何畅销书的受众反馈一般都会包括叫好声和骂声类似，《兄弟》的阅读及阐释同样是在赞与骂中进行的。只是与《活着》《许三观卖血记》时期的余华不同的是，这次余华收获的批评和骂声要比前者多得多，主流批评的沉默也似乎要多于力挺。直指余华《兄弟》诸种弊端和弱点的数十篇或长或短的文字汇集成"反余贬《兄弟》"的专辑①，一些主流编辑或重要批评家也加入了"倒余"的行列。于是，从叙事节奏到人物形象到美学基调再到分册出版，《兄弟》尽显败笔，彰显出"难以置信的浅薄""是注水的段子"，《兄弟》最多是一本"地摊文学"或"精致的通俗小说"②。尽管国内对《兄弟》的批评格局相对冷峻，但笔者留心到国际市场对余华的这部作品却好评如潮。余华在其博客上转载了法国《书店报》和《自由比利时报》对这本新书的赞誉。两个报纸分别称赞这本书为"当代中国的史诗"和余华"造就了一部伟大的小说"——这种冷热不一的价值评判和阅读效果所昭示的"孤立与激情""赞与骂"是否刚好显示了费瑟斯通所谓消费文化引领下的文化上的失序和价值多元的格局？如果说进军国际市场、拓展销售空间是包括余华在内的许多作家实现文学推销与轰动效应的营销手段的话，那么，与市场合谋，假托出版与大众传媒完成对《兄弟》的传播和流通，则更加彻底地宣告了消费文化对于《兄弟》的强力影响，以及《兄弟》作为文化消费品依托文化市场和出版媒体的新的文学生产方式的生成。

在市场和商品消费文化主导或影响下的文学生产中，文化受到商业精神的压迫，文化作品与一件普通商品等量齐观，市场效益机制引入文化作品的创造

① 杜士玮，许明芳，何爱英. 给余华拔牙：盘点余华的"兄弟"店 [M]. 北京：同心出版社，2006.

② 见黄惟群、林童、苍狼、王晓渔等人的评论. 杜士玮，许明芳，何爱英. 给余华拔牙：盘点余华的"兄弟"店 [M]. 北京：同心出版社，2006.

和传播过程成为当代中国文学生产的常规形态①。可以说，《兄弟》诞生于不折不扣的消费文化语境和市场、出版传媒主导下的文学生产机制中。对于《兄弟》的这种出场方式，作家余华并未清高傲慢地拒之千里，相反，他以主动积极的姿态加入了"《兄弟》热"的制造和合唱之中。《兄弟》自问世以来，除了专业读者的评析阐释之外，"余华本人频频举办个人讲座，作者全程参与了诸多书店举办的首发式并现场签名售书，关于余华的个人访谈瞬间出现在媒体的大小版块，甚至连以前从未接受媒体采访的余华妻子陈虹也破例为《兄弟》和余华感言，更有媒体开始讨论余华是否会获得诺贝尔文学奖，也有对余华退化、煽情化的质疑，无论是褒是贬，《兄弟》自开售以来始终处在大众传媒和受众视线范围之内"②。由此可见，在新的文学生产机制与文化语境之下，作家的文学态度和精神姿态发生了由精英向世俗、由精神向物质的重心下移，作家不再以精神贵族和自命不凡的启蒙者或精英自居，不再鄙薄世俗伦理、拒斥商品文化和物质利益，而是以应和的姿态融汇到这一崭新的文化大潮和文学机制中。不仅如此，我们甚至还能看到作家渴望流行、渴望成为时尚，主动向消费文化示好的新变。余华曾说："你写的作品在你这个时代如果没有人接受你，以后永远也没有人接受。"③ 这番类似于张爱玲"出名要趁早"的话语，昭示的是作家对其作品被阅读、引起社会效应，甚至赢得经典化地位的渴望。早，20世纪90年代末期的随笔写作中、在对西方大师的重读中，余华已产生过这种"自觉"，"这几乎是一切叙述作品的命运，它们需要获得某一个时代的青睐，才能使自己得到成功的位置，然后一劳永逸地坐下去"④。因而，消费文化语境的诞生，作家对这种文化语境的依恃和主动迎合，以及新的文学生产方式的形成，决定了《兄弟》在当代文学生产中的独特性。又因为作为先锋作家的余华连接着中国新时期文学的诸多节点，这部作品无论是在出版形式上的开创性还是在主题内蕴上所具有的丰富性和当代性，都注定了《兄弟》在当代文学格局中的重要性和典型性。正是在这个意义上，研究者认为，由出版方、大众传媒、作者及受众市场共同制约的文学作品的生产流程，应该作为影响和决定《兄弟》文本内涵及价值指向的关键因素⑤。

---

① 河清. 全球化与国家意识的衰微 ［M］. 北京：中国人民大学出版社，2003：73.

② 张文红，马莹，申永纲，等. 《兄弟》畅销多棱镜 ［J］. 出版参考，2005（34）：19.

③ 余华，张英. 不衰的秘密文学 ［J］. 大家，2001（2）：123-129.

④ 余华. 我能否相信自己——余华随笔集 ［M］. 济南：明天出版社，2007：164.

⑤ 董丽敏. 当代文学生产中的《兄弟》［J］. 文学评论，2007（2）：79-85.

二、消费文化和新的文学生产机制下催生的文学策略与文学新变

这种消费文化语境和大众传媒、市场主导下的文学生产机制在文学的生产、发行，甚至在文学叙事的层面上究竟发生了怎样的影响与作用？总体说来，这种影响典型地表现在小说的发行策略上，以及《兄弟》在文学叙事层面为迎合大众审美趣味而制造的流行元素和媚俗审美上。

从创作《兄弟》到《兄弟》在流通领域大行其道迅速走红，上海文艺出版社动用了名人效应、制造畅销书、未完待续式的上下分册等营销策略。余华的名人效应和品牌效应无须多说，值得提及的是畅销书策略和上下分册出版的发行行销策略。畅销书在《中国大百科全书》中的含义是：一些国家，尤其是美国和英国对某段时间内（通常分每周、每月、每季和每年），在书店和其他市场上销路最好的图书进行统计后公布的排名表中所列的图书。"作为一种文化现象，畅销书依循市场机制原则，是当代消费文化的重要组成部分，直接与该书的销售量挂钩，销售量、订数与码洋等成为畅销书最显在的价值标杆。"[①] 由于中国出版业在 20 世纪 90 年代中期开始改制，国家与政府拨款的方式变成了自主经营、自负盈亏的形式，面对生存压力和竞争压力，出版业不得不绞尽脑汁，炮制图书发行的亮点、卖点。于是，出版业与作家、其他大众传媒为了共同的经济利益形成了利益同盟。在这种背景下，出版社开始高度重视文学的策划机制和营销技巧，畅销书成了作家和出版社的共同追求，同时，畅销书机制又构成了图书市场的重要生存策略和盈利手段。消费文化语境下的文学策划和畅销书机制是中国文学在 20 世纪 90 年代所形成的相当重要的文学生产方式，这种主导性的文学机制几乎笼罩了包括"美女作家""行走文学""70 后作家"，以及"布老虎"丛书、"好看文丛"等名目众多的小说命名和文学现象。回头再看《兄弟》的走红过程：在图书发行之初，出版方几乎调用了所有能制造畅销书可能的元素，使《兄弟》迅速聚敛目光和关注度，除了上面列举到的余华频频接受媒体采访、举办个人讲座、签名售书，还包括专业期刊与各类文艺刊物上的作家访谈、专业评论。另外，从小说的图书装帧、形式设计与出版时机来看，同样有着畅销书的元素："此书封面以双人头叠加设计带来强烈的视觉刺激，摆放于书店畅销书系列中最显眼位置，吸引眼球；用纸选材具有独特之处，无论封面装帧还是内文用纸都给人一种仿旧风格的感觉，这种装帧和用纸容易

---

① 郑崇选. 镜中之舞：当代消费文化语境中的文学叙事 [M]. 上海：华东师范大学出版社，2006：37.

引发读者'内容一定很经典'的阅读想像；出版时机也是重要因素，在 80 后的作品和魔幻类小说已在市场上火一阵子，读者需要换口味，出版市场也需要开辟其他风格作品销售增长点；此书定价为 16 元，让大多数读者能接受。"① 这些都促成了《兄弟》畅销书品质的形成，以至《兄弟》下部出来不久，余华坦诚而得意地宣告着其骄人的畅销书业绩：《兄弟（上）》卖了 45 万册，下部出来后，又紧急加印了 5 万册；《兄弟（下）》于 3 月 20 日上市，上市的第 3 天就加印了 6 万册，所以加起来一共是 86 万册。

畅销书的形成离不开对受众群众的俘获，为了吸引读者眼球，激发读者关注并引发他们掏腰包购买的欲望，出版方还动用了分册出版的营销策略。分册出版被一些评论家视为文学的"行为艺术"，是一次"诡异"的出版行为②，这种显而易见为了撩拨读者阅读心理和猎奇欲望的出版行为招致了读者们的骂声。余华自己解释道：将小说拆成字数悬殊的上、下册，是为了赶上上海书展而迫不得已的交差。从根本上讲，这种分册出版的行为是出版方与作者蓄意安排的阴谋，与文学本身无关，在客观效果上达到了出版方的期待和目标："从品牌营销的角度来说，能将图书中蕴含的一切吸引人的信息提取出来，转化为读者感兴趣的悬念从而刺激读者的购买欲望，应该是出版社在营销上努力的一种方向。在这个层面上，首创'未完待续'的方式出版《兄弟》的上册，构成读者阅读心理上的一种期待，本身就是营销上的成功。"③ 这种分册出版完成的是文学生产的艺术行为，吊足了读者的胃口，而后在读者纷纷解囊购书、一饱眼福的同时，出版方和作家带着大获全胜的销售业绩和相当可观的利益悄然离去。因此，这一媚俗而功利的、与文学品质无关的出版行为遭到了批评家的严厉讨伐——"坦白说《兄弟》的这种出版形式，比它的内容更令人摇头。我从来不知道，一部长篇小说竟然还可以人为地——非不可抗力地——被腰斩为两半而分次出版……至此，文学作品也如同其它产品一般，可以分批生产、销售，还要惦记着赶时间去参加各种交易大会。如果说当年的余华始于一种无意识地投时代之机而成了名噪一时的先锋作家，今天《兄弟》的出版则完全是充分酝酿和准备之后'做'出了畅销书写手"④。

---

① 张文红，马莹，申永纲，等.《兄弟》畅销多棱镜［J］. 出版参考，2005（34）：19.

② 郜元宝. 我欢迎余华的重复——评《兄弟》（上）［M］// 杜士玮，许明芳，何爱英. 给余华拔牙：盘点余华的"兄弟"店. 北京：同心出版社，2006：27、28.

③ 董丽敏. 当代文学生产中的《兄弟》［J］. 文学评论，2007（2）：79-85.

④ 金赫楠. 廿年之后看余华［M］// 杜士玮，许明芳，何爱英. 给余华拔牙：盘点余华的"兄弟"店. 北京：同心出版社，2006：45.

从先锋作家沦为畅销书写手，这是余华作家身份的演变，其中包含了读者对《兄弟》时代的余华的极大不满与失望。余华也因此被讥为在商业利益和荣耀名声上成功，而在文本内部缺少光彩的"失败的成功者"。文学畅销书的生产机制和消费机制决定了它利益至上，以及注重投合大众审美趣味的指向。因而，畅销书表面形成的是一枝独秀式的标新立异，实际上带来的是文学风尚的市场化、趣味化、大众化和趋同化，文学的发展处于这种强力制导之下，必然会伤害文学本体的叙事和审美品格。

从文学叙事的角度看，消费文化及其文学生产机制影响了《兄弟》的审美品格和叙事特征。从《兄弟》的基本文学元素来看，它融合了余华前期常有的暴力、刑罚、苦难、温情、窥视、围观，以及泛滥的性事描写等。尤其是《兄弟》下部，小说几乎囊括了现时代现实生活中千奇百怪、林林总总的景观：处美人选美大赛、嫖娼、推销丰胸阴茎增长产品，等等。密集的时代景观与繁杂的物象堆积构成了吸引读者眼球、撩拨读者感官的武器，却并没有多少批判或韵味，"李光头的处美大赛、淫乱、结扎手术，周游的处女膜兜售，烟鬼厂长的下流、宋钢推销阴茎增强丸和丰乳霜，童铁匠嫖娼，以及福利厂的瘸子、傻子、瞎子和聋子的种种轶事，表面上仿佛是一种对现实的揭示和反讽，其实是一种地道的媚俗。纯粹是为了迎合许多低端读者的窥私癖和猎奇欲"①。从主观上讲，余华是要"正面强攻"精神狂热、本能压抑和命运惨烈的 20 世纪六七十年代，以及伦理颠覆、浮躁纵欲和众生万象的改革时代②，但在文本的审美风格上的流行、时尚因素让小说与通俗小说或流行刊物殊途同归。《兄弟》上部以混世魔王李光头偷窥五尊女人屁股开篇，偷窥事件不仅是李光头个人的偶然行为，在小说中几乎是隐匿在众人内心的一种压抑性的心理状态，这种群体性的压抑通过诸多情节反映出来：如赵诗人、刘作家之流作为真正的偷窥者未能遂愿，却以正义行为押解李光头游街；警察局的警察利用职务之便处心积虑地打探屁股的秘密；男性市民用三鲜面换取林红屁股的秘密。尽管"偷窥"事件与偷窥意象内容深邃，连接着荣格所说的"集体无意识"、弗洛伊德所指的个体与群体的"力比多情结"等文化意蕴，而且"挺余派"从"偷窥"的文化所指与象征

---

① 苍狼. 给余华"拔牙" [M] //杜士玮, 许明芳, 何爱英. 给余华拔牙：盘点余华的"兄弟"店. 北京：同心出版社，2006：21.
② 余华. 兄弟（上）[M]. 上海：上海文艺出版社，2005：封底.

意味论证了开篇这番独特叙事的合理性和深刻性①，但"贬余派"还是对这种描写给予了"难以置信的浅薄"② 的批评，认为偷窥以及偷窥作为中心事件聚集的民众的性幻想是一种杜撰，中国人的性饥渴从来都是隐蔽而难以觉察的。因此，这种无聊的描写纯粹属于作家本人，与民族精神无关。

在我看来，余华在《兄弟》中对性以及性的这种集体狂欢式书写，在他的写作生涯中当属首次——尽管类似的方式早有先例，比如陈忠实的《白鹿原》。从整个小说的风格来看，偷窥与性并不是偶然为之，而是笼罩上下篇的主导性叙事与内容。可以说，这种叙事是作家殚精竭虑追求的，而且作家不断强化偷窥与性的可看性、观赏性，甚至不惜动用狂欢化的叙事风格凸显性的压抑和张扬，连篇累牍的欲望化的场景铺排和几乎失控的欲望叙事持续冲击着读者的感官与视觉。因此，余华开篇的偷窥描写并没有得到苛刻读者和专家的好评，而是被视作没有美感的技术操作与人体行为艺术。偷窥与偷窥事件本应蕴含或指向的民族压抑性心理的揭示，但这一价值诉求被批评家断然割断，那些被抽去了象征意义、深层精神指向与民族生存隐喻的性描写便成了平面而庸俗的地摊式文学的文字堆积和色情狂想。作家之所以会呈现这种无意义、无深度的欲望或性的叙事，实际上与其创作心态和动机有关。20 世纪 90 年代以来，大众文化和消费文化兴起，它们制造着大众趣味，大众趣味又反过来塑造着读者的审美品格、影响作家的创作，"大多数读者的趣味要受风气的训练和引导，一个作家有时可以忘掉诗意和真实，但却不敢违背风气"③。从余华现有的自述文字来看，创作《兄弟》时，作家已经相当自觉地意识到大众趣味和大众审美对于作品接受的作用。比如在和严锋的对谈中，他通过与 20 世纪 80 年代的比较，认为"时代的趣味改变了"，同时指出"文学'趋俗'，这是一个时代的走向，是阅读的要求"④。因而，偷窥厕所和女人屁股"这个开头能抓住不少读者，大家都想'窥一窥'。这种设置为吸引读者、增加作品销量起到了切实作用"⑤。在

---

① 如张清华、严锋等人对《兄弟》的偷窥叙述给予了正面的评价。参见张清华. 窄门以里和深渊以下——关于〈兄弟〉（上）的阅读笔记 [J]. 当代作家评论, 2006（4）：86-95；余华, 严锋.《兄弟》夜话 [J]. 小说界, 2006（3）：43.

② 黄惟群. 读《兄弟》·看余华 [M] //杜士玮, 许明芳, 何爱英. 给余华拔牙：盘点余华的"兄弟"店. 北京：同心出版社, 2006：3-4.

③ 张炜. 关于《九月寓言》答记者问 [M] //张炜. 张炜文集（2）. 上海：上海文艺出版社, 1997：357.

④ 余华, 严锋.《兄弟》夜话 [J]. 小说界, 2006（3）：43.

⑤ 郝江波, 赵蕾. 从《兄弟》及"兄弟热"看当代文学的商业化倾向 [J]. 山东文学, 2007（4）：58-59.

这一认识和理念的主导下，《兄弟》下部泛滥的性描写就并不是多突兀的事情了。事实上，《兄弟》也因为其下部太多过于直白的性描写被认为是性趣盎然的小说。如果将小说中单独抽离出来的性描写段落与现在通俗或地摊小说中的色情或亚色情描写进行比较，那么我们就会发现，两者并没有多大区别：

> 李光头拿着放大镜和望远镜兴致勃勃地观察研究时，864号一直捂着脸，不过她的身体倒是扭动起来了，她在床上的模样羞羞答答风情万种，让李光头欢喜无比，让他对科研一下子没兴趣了。他扔了手里的放大镜和望远镜，就扑到了她的身上，她捂着脸的手立刻搂住了李光头的脖子。864号哼哼地呻吟着，李光头呼哧呼哧喘着气，两个人干了一会儿，孟姜女牌人造处女膜不仅没有破，还被李光头弄了出来。①

如果说处美人选拔中的性描写还有些节制的话，那么，李光头与林红间的美女与野兽的频繁的性爱就更加放肆、直露且没有遮掩：

> 李光头插进了林红的身体。林红几年没有被男人碰过了，李光头上来第一下让她惊叫一声，突如其来的快感让她快要昏迷过去了。李光头抽动的时候，她哇哇哭了起来。很久没有这种事了，林红像是干柴碰到了烈火，她哭泣，不知道是为了羞耻哭泣，还是为了快感哭泣。过去了十多分钟后，林红的哭泣转换成了呻吟，身上的李光头正是方兴未艾，她渐渐忘了时间，完全沉浸到身体的快速收缩之中。李光头和林红干了一个多小时，这一个多小时让林红体会到了从未有过的高潮，而且接连来了三次，后面的两次都在原来的高潮之上再掀起一个高潮，让她的身体像奔驰宝马轿车的发动机一样隆隆地抖动着，让她的喊叫像奔驰宝马轿车的喇叭一样呱呱地清脆响亮。②

市场的召唤和消费文化的魅惑是20世纪90年代以来文学与作家面对的挑战。一味拒斥市场和消费化、坚持纯文学的神圣领地似乎更多是一种幻想，而主动迎合或投怀送抱又好像轻易地放逐了文学的清洁和尊严。因而，影响或浸淫文学的"文化市场可能是没办法控制的，但关键的是作家本人对这种东西是

---

① 余华.兄弟：下［M］.上海：上海文艺出版社，2006：350.
② 余华.兄弟：下［M］.上海：上海文艺出版社，2006：397-398.

不是警觉，不是说他一定要去写这个时代的所有景象……关键是作家写的东西体现的精神立场，对时代的想象方式"①。从《兄弟》的生产过程和传播流通过程来看，它是在消费文化以及出版、传媒影响或主导下完成的艺术的商品生产与传播。将其定义为艺术的生产与传播，是因为笼罩在消费文化与出版传媒下的《兄弟》完成的是一次文学叙事，是作家关于两个时代生活的艺术想象与历史叙事；将其定义为商品生产，是因为《兄弟》不同于 20 世纪 80 年代文学——也不同于余华 20 世纪 90 年代的《呼喊与细雨》《活着》《许三观卖血记》三部长篇小说的生产和传播。《兄弟》从生产到发行到流通再到接受，都被打上了鲜明的消费文化的色彩，作家主动迎合市场，配合出版与市场的需求，打造出符合大众趣味与审美的文化艺术，畅销书机制的运作以及强大而体系化的市场运作很快将这种艺术转化为带来资本和利益的商品。可以说，20 世纪 80年代中后期，中国当代文学开始挣脱国家意识形态与主流话语的影响，逐渐复苏了文学自身的主体性和自主性。然而，商品经济在 20 世纪 90 年代中国的急速发展使强大的市场经济与消费文化成为文学面对的另一种意识形态，这种意识形态比政治意识形态更隐蔽、更深远，这不仅是中国经济体制转型带来的思想文化形态的变迁，更是文学面临的社会语境的深刻变化。市场经济与消费文化的经济体式和文化形态在打破、消解中国文学的旧有陈规与律令的同时，也带来了新的枷锁与危机。比如文学的市场化与艺术性、商品性与文学性、趣味性与批判性、作家的精英化与大众化等范畴再次在消费文化语境下变得模糊，作家的坚持与旨趣变得暧昧。我们说，中国新时期文学从 20 世纪 80 年代中期开始了回归文学本体的复兴之旅，经由寻根小说、现代派、先锋小说的持续叛逃，终于打破了长期以来现实主义"一统天下"以及宏大政治叙事的文学形态。到了 20 世纪 90 年代多元开放的语境下，这种立足于文学本体意义上的发展更是被愈加年轻的作家演绎得淋漓尽致，个人化叙事盛行，各式流派纷纷粉墨登场，共同彰显了文学多元化时代的来临。在政治话语与国家-民族话语逐渐式微的同时，市场话语与消费话语慢慢成为影响，甚至主导文学的另一种话语力量。面对市场经济与消费文化的巨大诱惑、面对金钱与利益的魅惑，很多作家放弃了应有的精神立场，从而使文学叙事染上了浓重的消费文化和商品经济的味道。所以，正是在这个意义上，我们欢呼作家打破了 20 世纪 80 年代国家话语和宏大叙事的神话后，更需要提醒作家要能跨越市场话语和消费文化话语的陷阱，

---

① 王光明等. 市场时代的文学：二十世纪九十年代中国文学对话录 [M]. 合肥：安徽教育出版社，2008：122.

在对市场与消费文化进行适度"联姻"时，更要规避其对文学本体和文学审美品质的潜在伤害。总之，作家要对消费文化保持适当的警觉，而不是沦为消费文化的奴隶。

三、《兄弟（上）》的历史叙事及其叙事策略

那么，回到文本内部，《兄弟》如何书写十年动乱，作家以怎样的视角切入这段历史，值得我们稍加分析。

《兄弟》上部集中书写了十年动乱，苦难中有温情，文风朴实。带着"一定要写一部伟大作品"① 的宏愿，余华将《兄弟》中的时间跨度设置为近四十年，意在讲述十年动乱与现在"两个时代相遇以后"② 的故事。小说以谐趣滑稽而又不乏残酷血腥的生存图景展示了20世纪六七十年代国家政治机制进入民间社会造成的民间生存的失范以及压抑的心理症候，并以一种集体狂欢化的方式呈现出这种压抑与失范，表达了对极"左"年代政治秩序的喜剧性拒绝和对这一体制下民间生存困境的深重忧思。小说将中国特殊年代的几段历史置于一个高度浓缩化的民间社会——刘镇这一历史情境中进行展示。在这个被政治浸淫的民间社会里，演绎人处于政治谬境与现实苦难交织下被异化的生命形态，也通过高度政治化的日常生活画面映现了人们内心的压抑、残暴、温情等多种景观。小说中谐谑而荒诞的生存图景，压抑与激情同在、温情与酷虐并存的人性世界，既是对一个具体历史年代多棱现实和人的粗粝心灵的细致描摹，又是在历史、人性与文化层面对一个民族生存的探讨及反思。小说圆融流畅的叙事节奏以及独特的儿童视角叙事充分显示出作家臻于成熟的叙事智慧，在叙事策略上呈现为"以轻击重"的手法。

《兄弟》旨在表达的是人类在动荡年岁中苦难而其有悲剧性的生存境况。在这部小说中，余华充分彰显了他成熟的叙事智慧与精湛的叙事技巧，以轻盈灵动的叙事方式书写悲剧性的内容；以轻言重，叙事的轻与生存的重形成文本的两极，从而建构起一个既有艺术灵性又有思想深度且充满张力的文学空间。叙事的这种轻盈首先表现在整部作品诙谐、幽默的叙事基调和极具喜剧化、狂欢化的审美氛围之中。

小说的幽默与喜剧化风格体现在荒诞滑稽的生活场景、极具喜剧性的人物形象以及人物语言的狂欢等几个方面。小说以十四岁的顽劣少年李光头偷窥女

① 洪治纲. 余华评传［M］. 郑州：郑州大学出版社，2004：235.
② 余华. 兄弟［M］. 上海：上海文艺出版社，2005：封底.

厕所被捉为发端，当其这一流氓行为被曝光后，肇事者李光头被众人押着游街，而且游街的时间与行程被拉长。这个被拉长的、旨在让押解人出尽风头的仪式不仅开启了李光头的荒诞人生悲喜剧，更重要的是，"窥厕"事件从此成为刘镇人荒唐的集体关注。这种荒唐除了表现在作为执法人员——派出所民警假借审问之名获知美女林红屁股秘密的行为上，还表现在自此之后刘镇人与李光头达成的长期公平"交易"上——以一碗三鲜面换取林红屁股的秘密。围绕着"窥厕"事件与三鲜面交易形成的生活场景，以及由此呈现出的成人急于知道秘密的既隐又抑、软硬兼施的形态举止，包括李光头凭借其狡诈的言行与成人间的交战，无不充满了幽默、夸饰的喜剧风格。

小说的这种喜剧风格还典型地表现在李光头这一喜剧性的人物形象上。米兰·昆德拉在分析卡夫卡的《审判》时，曾指出 K 这一人物是"极为无诗意世界的极为诗意的形象"①。李光头置身于动荡、险恶、饥饿的年代，过早发育的身体使他较早意识到性，并以蹭电线杆等方式体验性的快感。他的这种懵懂行为、他因袭成人而对自己这种行为的命名（"我发育了""我有性欲了""我阳痿了"）以及他屡屡战胜成人所显示的机灵和狡猾，都使这个人物充满了"丰富的诗意"和极强的喜剧色彩。除了李光头外，迂腐、作秀、装腔作势的小知识分子赵胜利、刘成功也带有强烈的喜剧色彩。另外，小说的这种喜剧化、狂欢化还体现在小说的语体层面。这部作品是彰显余华语言天赋的集大成者，余华充分调动了他的语言库存，融民间俚语（"做梦想屁吃"）、粗语（"他妈的""他奶奶的"）、20 世纪六七十年代语言与官方口号（"毛主席教导我们""你们是祖国的花朵"）于一炉，形成一种奇语喧哗（或称语言的狂欢）。《兄弟》展现的是政治渗入民间后所导致的"生活政治化"和"政治生活化"的历史情境，语言恰恰折射出人们情感与行为的荒诞和滑稽。因而，语言的狂欢写出了在政治激情鼓动下人们的那种非理性情感现实，以及红色浪潮裹挟下中国民众的生存真相。这种狂欢、戏拟式的20 世纪六七十年代语体在叙述层面上消解了传统政治话语，并宣布了进入民间社会的国家政治体制及其话语体系的荒诞性与非法性，也即以喜剧化的讽刺昭告了特殊年代国家政治与社会现实的荒谬。

叙述的轻盈还体现在儿童视角这一叙事策略上。在《兄弟》中，为了再现民众政治狂热、激情背后的情感与内心，余华以窥厕和押解游街作为开端，而这一事件隐含的是极"左"年代民众饥渴、压抑的性心理这一隐秘的心理症结。

① ［捷］米兰·昆德拉. 被背叛的遗嘱［M］. 孟湄，译. 上海：上海人民出版社，1995：205.

如何使这种压抑的性心理得到伸张与言说是余华首先要考虑的，而儿童叙事以及成人与儿童的并置叙事（对话）则使余华便捷地解决了这一问题。李光头是一个劣迹累累的问题少年，他不仅是民众鄙夷的对象，更是吉拉尔（Rene Girard）所称作的"模仿欲望"——成人试图在李光头这里完成欲望的言说与性饥渴的纾解。在成人眼里，从这个有幸掌握着女人隐秘部位全部真相的儿童这里满足性的想象、缓解性的焦灼，既不会招来道德伦理的谴责，也不会受他人的奚落与讥讽。毕竟，儿童只是一个不谙成人世界的，介于动物与人类之间的"亚人类"而已。这样，成人在李光头这里找到一条通向性的合法渠道。儿童是个天然屏障，与儿童的并置叙事使成人的性话语、性心理的表露获得了合法化的表现场所与空间。实际上，成人与李光头的并置叙事也形成了一种互文言说，它们共同隐喻、指涉着整个极"左"年代道德禁忌、性压抑的畸形生存，极端困境下的苦中作乐与荒唐游戏折射出的是人性的困境与时代的荒谬。这里，余华以喜剧写悲剧，极大地发挥了儿童作为叙述人的呈现功能，拒绝了传统小说中过多的道德立场的染指，通过具象化的生活场景与原生态的世象铺排展现历史原貌。

以叙述之轻言说生存之重，体现了余华的"叙述的辩证法"①。这番轻逸、喜剧化的叙事中包含了欢乐与痛苦、庄严与戏谑、民间与政治等多种情感、多种风格、多种内容的奇妙叠合。余华自视这种轻逸的叙事在本质上就是"朴素"，而且它是一种"更有力量"的叙事②，因为"它把轻建立在重的基础之上，结果比那个重还要重"③。那么，余华借叙述的"轻"意为表达怎样的生存之重呢？

无论在语体风格，还是在人物行为与性格等方面，《兄弟》都呈现出幽默、嬉戏及富有生机的游戏精神，而"小说的游戏精神或者说小说对游戏的揭示，所说明的恰恰是人类的富有悲剧性的尴尬状态"④。这种"悲剧性的尴尬状态"以及荒谬的人类困境正是《兄弟》所要倾力书写的。从小说开篇民众对李光头络绎不绝的追问和持之以恒的探听中，不难看出那个极端年代普遍压抑、畸形的群体心理。因而，"窥厕事件"本身就包含了丰富的时代内容，也暴露了红色年代中已显现的人格危机与心理病症。

赫舍尔（A. J. Heschel）在《人是谁》中说："人的存在的含义，不仅仅包

---

① 张清华. 文学的减法——论余华 [J]. 南方文坛，2002（4）：4-8.

② 洪治纲. 余华评传 [M]. 郑州：郑州大学出版社，2004：227-228.

③ 余华. 说话 [M]. 沈阳：春风文艺出版社，2002：50.

④ 曹文轩. 小说门 [M]. 北京：作家出版社，2002：48.

括存在（being）；在人的存在中，至关重要的是某些隐蔽的、被压抑的、被忽视或者被歪曲的东西。"① 人的这种"被压抑、被歪曲的东西"在《兄弟》中首先表现为人在正常的情欲和性心理上的创伤。小说所昭示的是一个禁欲主义盛行的时代，革命理想与激情高高在上，淹没了个人的欲望。极"左"年代对人的欲望与个体的肉身实际上形成一种专制和扼杀，革命政治与理想的崇高要求个体放弃享乐主义与肉身之欲，革命的发展对人的躯体造成残酷的异化，人的个体生命以及附着其上的正常情欲被有形的专制体系与无形的文化惯性重重封锁。所以，性所隐含的心理压力彰显了隐伏于革命名义雾障下的受损的人格与病态的生理症候，而性的释放借助于革命的狂欢得以实现。"他们内心的力比多不仅表现为性的巨大焦渴，而且转换为革命的激情。"② 群众对李光头的讨伐是以某种正义之举出现的，讨伐流氓被赋予了革命与正义的色彩。赵胜利、刘成功等群众对李光头偷窥一事之所以始终关注，原因在于他们通过言语的詈骂、立场的选择、押解与游行等仪式来完成自我正义与对革命的确认，借此掩盖个体的丑行（如抓住李光头的赵胜利本意是想去厕所偷窥的）。

余华以性为武器和话语符码，透过那个年代人们表面的极度亢奋与激情，进入人们病态而被创伤的内心。作家的笔触是诙谐、幽默而又充满心酸与无奈的，对被时代蒙昧与蛊惑的人们所呈示的那些可笑、滑稽，余华给予了嘲弄与讽刺，在笑声中，作家又以悲悯的情怀温柔地抚摸着这些受伤的灵魂。毕竟，这种世俗的狂欢图景与民众的游戏精神在深层上指涉着民众压抑、创伤的心理与悲剧性的生存困境。换句话说，余华采用夸张、戏谑的叙述语调，所追求的效果是：再现政治激情伪装下，人躁动的欲望本能和虚假的表象背后掩藏的创伤心理，表达对那个时代与历史钳制下，人的艰难处境和人类困境的深沉忧思。

可以说，《兄弟》的出现对于当代文学有着重要的意义，它的生产与流通不仅典型地昭示了消费文化对小说创作从外部运作到内部文本世界的强力影响，也显现了以出版为中心的新的文学生产机制对文学的主导和制约作用。因而，在这一背景之下诞生的《兄弟》，既是消费文化、市场语境和出版媒介主导下的产物，同时，作家和作品本身又充当了同谋者和合唱者。尽管对《兄弟》的争议不断，这部作品称得上是毁誉交加，但客观地讲，《兄弟》对十年动乱的叙事还是显示出了它的独特性，也提供了重要的历史叙事方式。熟知余华创作脉络的人都知道，余华对历史的叙述大致经过了暴力历史叙述、历史与现实的哲理

---

① [美] A. J. 赫舍尔. 人是谁 [M]. 隗仁莲，译. 贵阳：贵州人民出版社，1994：5.

② 南帆. 后革命的转移 [M]. 北京：北京大学出版社，2005：213.

和寓言化言说、现实化的历史叙述。余华以暴力叙述登上文坛，早期的小说，如《往事与刑罚》《一九八六年》《世事如烟》中的历史作为一种暴政和渊薮，制造着人的宿命与悲剧，历史模糊而强大；到了《活着》和《许三观卖血记》中，历史逐渐清晰，作家与历史的关系开始由紧张走向和解，处于历史与现实生存桎梏下的小人物卑微而倔强，"活着"和"卖血"分别成了人物在苦难中救赎自我的行为方式和生存方式，因此，历史本质与生存真相便在这两个意象与行动中获得了某种哲理意味和寓言意义；而到了《兄弟》中，余华采取正面强攻大时代的叙述方式，直面历史的残酷与荒诞，用兼具喜剧与悲剧的风格展现历史真相。可以说，《兄弟》的历史叙述丰富了余华在这一主题和题材上的书写，理应成为考察十年动乱叙事的一个重要文本。

第三节　代际文化与历史记忆叙事

一、历史叙事差异的代际性

在社会学和人类学研究中，与"代际"具有相同或相近内涵的词汇还包括代、世代、代群等术语，并由此衍生出世代理论、代际文化、代群现象等说法，德国学者卡尔·曼海姆（Karl Manheim）、日本学者早坂泰次郎、美国人类学家玛格丽特·米德（Margaret Mead）都曾对这一指称不同而具有共同所指的术语进行过研究。本书采用代际文化这一说法，同时参照其他几个术语的理论意义与实践功效进行研究。

"代"是个由来已久的概念，据曼海姆考证，早期实证主义认为生死轮回是一个确定的、可测的跨度，因而，代际更替是有规律可循的。休谟和孔德都将代际这一生物学事实跟社会进步与进化规律联系在一起，他们试图基于人的有限生命和代际更替的事实，找到反映历史变迁的规律，但这种思路容易让思想史被简化为编年史表或用于简化事物的丰富性和多样性①。后来，浪漫主义和历史主义颠覆了实证主义在代际问题上的直线式的历史观念与时间的可测量性，认为只能用纯粹的质的方法去体验"代"，这样，代问题便由量的可测量过渡到质的体验层面上来了。曼海姆毫不迟疑地指出，"代问题是重要的，也值得对其

---

① [德] 卡尔·曼海姆. 卡尔·曼海姆精粹 [M]. 徐彬，译. 南京：南京大学出版社，2002：68.

进行严肃的研究，该问题对于理解社会和精神运动的结构来说是一个必不可少的向导。如果人们想要对我们时代中越来越快的社会变迁特征有更准确的了解的话，那么此问题的重要性就更为明显"①。

代际无疑是一个很重要的概念和视角。那么，代或代际在何种意义上成立，哪些人可以称为一代，哪些作家可以归为代际意义上的作家群？这个问题如果不能严密地给予界定，必将使代际差异和代际文化的内涵失去科学性，而这一视角阐释的有效性也将大打折扣。通常，在区分和命名"代"时，可以以特定时代具有重大象征或现实意义的历史事件、文化事件作为标识符码，比如西方战后的"垮掉的一代"、中国的"知青一代"。这是按照社会成员经历的社会事件、文化背景等社会属性进行的代际划分。实际上，对于代际的指认，一般是在两个层面展开，一是出生时间（或年龄），二是社会属性。因此，通过代际划分出来的是时间轴链上的某一年龄群体，而属于同一代际的人大略指"出生于同一时期、具有共同的历史体验，因而显示出相类似的精神结构和行为式样的同时代人"②。本书所涉及的"X年代出生作家"则是以作家的出生与年龄作为划分代际的显在标准，即出生年代和年龄成为判定社会成员所属群体的标志性条件。那么，时间何以会成为代际成立的条件？出生年代对代际的作用何在？"作为判别'代'的标准，年龄的意义就在于它不仅自然地把不同代人区别开来，并且通过这种自然的区别而规定了他们的社会差别，即规定了不同代人成长并活动于其中的特定的时空——时代和环境。""一定社会中的一代总是由一定年龄层的人组成的。'代'无疑是一个与年龄有关的问题。人们由于所处年龄层的不同而自然地形成不同的'代'。可见'代'有其自然的属性……然而，当人们说'我们这一代'或'思考的一代''迷惘的一代'时，所强调的显然就不是年龄，而是一代人所区别于其他代人的社会特质了。所以，'代'又不只是一个年龄的问题，不只具有自然的属性，也具有社会的属性；是指一定社会中，由一定的年龄层的人构成的具有一定社会特质的人群。"③ 这样，基于自然属性和社会属性，"代"便具备了被建构的可能性和合理性。也就是说，生物学意义上出生的先后以及特定时代所具有的不同的社会属性，致使了不同代际间的差异，所谓的"代沟"便形成了。代沟产生于西方发达国家19世纪末20世

---

① [德]卡尔·曼海姆. 卡尔·曼海姆精粹 [M]. 徐彬，译. 南京：南京大学出版社，2002：76.

② 陈映芳. 在角色与非角色之间——中国的青年文化 [M]. 南京：江苏人民出版社，2002：32.

③ 张永杰，程远忠. 第四代人 [M]. 北京：东方出版社，1988：9、8.

纪初，在现代化和社会高速发展的进程中，逐渐在家庭和社会群体间成为一个普遍性的社会问题。代沟理论在 20 世纪 80 年代进入中国本土，成为一时的热点话题。1988 年，美国人类学家玛格丽特·米德的《代沟》中文版在国内出版，引领了当时的这种理论风尚，本土学者的《第四代人》即是运用这一理论阐释中国文化现实的典范之作。时过境迁，尽管这些理论与实践存在缺陷和不足，但他们所提出的代沟与代际差异作为一种社会现象，并未因时间的流逝而消散，相反，米德当年将代沟称之为"以如此规模在世界范围内同时发生的事件""应当用大写字母来拼写的一种独特的事件"① 正日益渗透进文化、思想等各个领域。

　　本书采用代际差异，是要将它作为一个进入新时期文学的研究视角，即通过代际差异去研究中国 20 世纪 50 年代、20 世纪 60 年代、20 世纪 70 年代三个时期出生的作家在十年动乱叙事上的异同、特点与局限。我们使用的"代"的概念是基于代的自然属性和社会（文化）属性这二重属性。因为，出生年代相近与年龄相仿的作家，由于置身时代的相近，他们便拥有了大致相似的社会语境、文化教育，而相似的生存环境、文化语境和历史遭遇容易形成类似的理想信念、价值观念、文化认同。所以，基于代的自然属性考察代群共同呈现或拥有的文化属性与社会特征便成为可能。从文学创作来看，20 世纪 50 年代出生、20 世纪 60 年代出生以及 20 世纪 70 年代出生的作家，尽管各个群体内部存在着千差万别，每个群体在不同阶段的风格与特征也是相去甚远，然而，作为一个代群，作为拥有共同文化记忆、历史创伤的一批作家，他们的创作必然存在着一些共同与共通的地方，比如审美方式、历史认知、叙事方式，等等。尤其是当我们把作家对十年动乱的书写视为研究对象时，通过不同代际间作家们对这类历史题材的不同文学书写，在共时性的考察中，不难归纳出不同代际间历史叙事的方式与特征，局限与困境。同时，几个代际的文学书写本身也是一个历时性的变迁和发展过程，在这种代际更替、代际并存的过程中，影响代际形成与更替的社会性因素理应得到相应的重视，当然，影响代际间交流与代际发展的主观性因素也是我们所要探讨的方面。

　　对于以出生年代划分作家群体的主张和批评实践，批评界置喙不一，褒贬皆有。其中，在对 20 世纪 50 年代出生作家，尤其是六七十年代出生作家的命名上充满了争辩、犹疑和喧哗。论辩双方的焦点在于能否以出生年代作为划分代际的标准、以代际形成作家群体是对文学现象的丰富还是遮蔽等问题。也即，

---

　　① ［美］玛格丽特·米德. 代沟［M］. 曾胡，译. 北京：光明日报出版社，1988：5.

论辩围绕以年代作为形成"代"意义上的作家群体或文学群体的合法性和有效性展开，命名的合法性是在追问以出生年代划分作家是否具有合理性和学理性，命名的有效性是指通过这种命名形成的文学群体是否为我们研究文学现状、探寻文学发展规律、对话创作主体带来新的视角和方法。在众多质疑这种命名的声音中，有的研究者认为代际命名是一种偷懒行为，"以年代划分作家是批评家主体性萎缩的标志"，这样的后果是"不惜以对个体的牺牲来成全一个假设的、理念性的'集体'形象，许多东西被无限夸大，而许多东西又被无情地遮蔽了……'代际'的归纳有时可能恰恰会构成对一个时代文学的丰富性与复杂性的遮蔽"①。因而，反对者指出不应以"出生"来划分不同代际，而应以"出身"来区分，"同一年代的作家的共性，是由他们的教育背景、生存境遇、文学（观念）氛围所决定的。'出生'不过是为这一切提供了共时的可能性而已。较之于'出生'，或许'出身'问题还要更重要。因为后者涉及一个人或一个作家的早期经验和最初的自我意识、生活观念甚至社会身份，他（她）以后的文化选择极有可能就是由此决定的"②。客观地说，这些质疑还是有道理的，毕竟，文学是一种基于个体经验所进行的自由而个性化的艺术虚构，出生在同一年代的作家，因为气质相异、经历不同以及艺术上的个性化，有时确实难以归为一代，更何况，即使处在同一时间意义上的代，也会出现文化选择和精神气质上的跨代与滞代，再加上 20 世纪 80 年代中后期以来，随着社会语境的开放多元，文学越来越趋于个性化和非风格化，面对这些色彩斑斓的文学创作，群体命名和流派归属常常会失语，所以，代际命名便呈现出它的松散性和虚幻性。

但实际上，假如我们客观地对待代际差异，不虚拟、不夸大，巧妙地规避其局限性和盲点，那么，这种视角仍然具有相当的生命力和可行性。当代许多学者对代际理论的阐释和批评实践也充分说明了代际与代际差异的有效性。通过对新时期文学潮流的代群递嬗考察，有研究者指出，"'代'的问题再一次被证明对理解当代中国文学的美学蕴含和历史蕴含具有关键意义"③。还有学者认为，"我觉得用'代'来讨论中国文学并非批评家的发明，这是中国一个极为特殊的文化现实……我感到每一代人都是为一个特殊的历史所生产，他的全部经验就是那段历史给予他的个人经验，或者说，他的个人经验与体验完全无法与

① 吴义勤，施战军，黄发有. 代际想像的误区——也谈 60 年代出生作家及其长篇小说创作 [J]. 上海文学，2006（6）：48-55.
② 吴俊. 文学的变局 [M]. 桂林：广西师范大学出版社，2005：110-111.
③ 张旭东. 批评的踪迹：文化理论与文化批评：1985-2002 [M]. 北京：生活·读书·新知三联书店，2003：252.

其历史经验相剥离"①。正是基于代的这种普遍性和实存性，"20世纪60年代出生作家""20世纪70年代出生作家"这类相对松散和颇受质疑的命名才具有了某种可能性，比如陈晓明就指出："'60年代出生作家群'是知青群体之后历史断裂的产物，他们的个人经验、文学观念、意识形态冲动都迥异于父兄辈，大体上可以自成一格。"② 西方一些社会学学者（如诺瓦尔·D.格伦）在定义不同群体时，将同时出生的群体划为一类，认为群体通常是指在1—10年的时间里，经历了共同的大的生活事件的人们③。这种方法无疑看到了作为生物学意义的出生对于构成代的重要意义，不仅如此，出生时代中共同经历的社会事件也成为代际形成的重要因素。因此，毋庸置疑，"代"并非人们主观虚拟的一个想象物，而是现实生存和文化思想领域真实存在的一个概念。运用代群概念和代际文化视角研究当代文学与文化，确实也出现了一些可喜的成果，显示了这一视角对于阐释当代文学与文化现象的有效性和必要性④。可以说，代际与代际差异是中国新时期文学的两个实存性的概念。

我们说，出生时代是代的生物学条件，基于这些年代之上所遭遇的重大历史事件和社会激变形成特定的文化品质、心理结构、价值观念，并于文学创作中产生只有在这种历史条件和知识系统下才会呈现的审美趋向和叙事范式，这样，代际或断代的意义才生成了。我们以10年作为一个周期，将20世纪50年代、20世纪60年代、20世纪70年代出生的作家划为相应的代际。当然，出生时间只是条件之一，更重要的是在这些"时代和环境"中形成的为每个代际所独有的社会属性。

"20世纪50年代出生作家"指1949年中华人民共和国成立后至20世纪50年代后期出生的一代人，"他们，从小脚丫一落地，就紧随着共和国的步履：蹒跚、踉跄、踟蹰、徘徊，直至稳健""50年代出生的这代人，是坚忍执着的一

---

① 戴锦华. 犹在镜中：戴锦华访谈录［M］. 北京：知识出版社，1999：76—77.

② 陈晓明. 超越与逃逸：对"60年代出生作家群"的重新反省［J］. 河北学刊，2003 (5)：112—119.

③ 常京凤. 生命历程："文革"对"老三届"学业和家庭的影响［J］. 中国青年研究，1996（1）：34—37.

④ 如洪治纲对60年代出生作家的专题研究《中国六十年代出生作家群研究》（江苏文艺出版社2009版）；樊星的《当代文学新视野讲演录》（广西师范大学出版社2007版）第二章代际文化与当代文学，对当代文学的代际特性和几个代群进行了解析；赵园的《地之子》（北京大学出版社2007版）运用代的概念分析知青文学；陈映芳的《在角色与非角色之间——中国的青年文化》（江苏人民出版社2002版）对于代际术语作了理论辨析，并运用这一理论对"老三届"的精神和人格进行了研究。

代；勇于担当的一代；激情澎湃的一代，不需要怜悯的一代"①。他们经历过频仍的政治动荡，骨子里有着英雄情结和革命理想主义，其创作起步于20世纪六七十年代，在新时期与所谓"归来"作家（或"右派"作家）以及年长知青作家共同登上文学舞台。这代作家的创作贯穿新时期文学三十年，几乎在每个潮流与文化、文学事件中都能看到他们的身影。这代作家被冠以"知青作家""中年作家""建国一代"等称谓，罗列他们的名字将会构成一个很长的清单。本书选取了韩少功、王安忆、铁凝、李锐、阎连科、刘醒龙等作家，代表作品有《马桥词典》《启蒙时代》《玫瑰门》《大浴女》《无风之树》《万里无云》《坚硬如水》《弥天》等。

"60年代出生作家"较为复杂一些。他们的气质与价值立场相对多元，艺术选择趋于多样化，他们并没有统一的旗帜和理论宣言，所以分散在多个潮流和文学命名中。这代作家没有完整的十年动乱记忆，20世纪六七十年代、新时期和商品经济时代是他们经历的三个重要时期，20世纪六七十年代的破碎图景、20世纪80年代理想主义高扬的现实和20世纪90年代消费文化的狂潮构成的"三接头皮鞋"② 成了他们的文化资源和现实景观。本书所指的"60年代出生作家"包括两拨人，一拨是20世纪80年代中后期登上历史舞台的所谓"先锋作家"，如余华、苏童等；一拨是20世纪90年代开始崛起于文坛的被冠以"晚生代"或"新生代"的作家，如韩东、毕飞宇、艾伟、王彪、东西等。代表作品有《地球上的王家庄》《平原》《乡村电影》《耳光响亮》《身体里的声音》《兄弟》《河岸》等。

"70年代出生作家"是文学期刊和出版传媒合谋打造的一个文学世代。这批作家"在一个传统的计划经济时代的最后阶段出生，在全球化和市场化的巨大的变革中成长。他们经历过历史上的匮乏和压抑的过程，却又在一个异常活跃和饱含激情的变化的时代里从青春度向中年。他们对于当年的生活只有模糊迷离的记忆。而他们成长的青春期，却是改革开放之后价值和文化都相当不稳定的阶段。'方生未死'，他们充满了诸多过渡性的气质和表征"③。这批作家包括魏微、戴来、金仁顺、赵波、周洁茹、卫慧、徐则臣等，他们的创作多指向都市化图景和生存欲望的书写，尽管他们是历史匮乏者和缺少理想主义的一代，但仍可以从其为数不多的作品里看到历史的面影和对历史的想象。这些代表作

---

① 黄新原. 五十年代生人成长史［M］. 北京：中国青年出版社，2009：序.

② 梁宁宁."文革后一代"的精神资源和文化想象［J］. 作家，2001（4）：61-65.

③ 张颐武."70后"和"80后"：文化的代际差异［J］. 大视野，2007（12）：16.

包括《流年》（魏微）、《海棠红鞋》（薛舒）、《苍声》（徐则臣）。

以上对三个世代的作家进行了概念和内涵上的梳理，总体说来，我所考察的这三代作家，其代际差别以及历史叙事分野相当明显：三代作家所经历的重大历史事件、文化主潮相异，在此基础上形成的价值理念和审美偏向也大为不同。在价值取向与文化立场上，他们的责任意识逐渐变淡，与政治主流价值的关系逐渐松散；在文学叙事上，由宏大叙事、群体性写作向世俗化生存、个性化书写演变，"大历史"情结渐渐弱化，以写实为主的传统叙事方式开始向灵活多样的西方现代叙事与后现代手法转变。

那么，为何要从代际差异的角度切入历史叙事，以此作为研究方法，想要达到怎样的学术诉求，又应如何开展这种研究，此处略做分析。

代际差异在本书中作为一种研究视角，而不是价值尺度。

时间序列上的先后与出生年代并不能成为文学优劣的条件，时间和年龄的指称，如20世纪50年代出生、20世纪60年代出生、20世纪70年代出生，只是这三代人的自然条件和生理年龄的区别。出生年代如果构成一种差别的话，至少不是代际间根本的标志性特征，以某段年代，以10年或30年作为一个断代，从而成为某代创作主体及其艺术成果的代际期限，无疑是偷懒而简单的行为，充满了命名的武断性和冒险性意味。有些现象和特质也许确实是某个时代所特有的，但如果用整十的年代强行划分连续和复杂的历史，将之分为若干个所谓代际，那么，代与代之间的差异必然会被放大，而有些在代与代之间具有发展性和连续性的问题要么被忽视，要么被所命名的标签置于尴尬而错误的阐释中。比如，20世纪50年代末期和20世纪60年代初期出生的作家很难说在个人经历、文化气质和文学叙事上一定存在着极大的差别；而20世纪60年代末期与20世纪70年代初期出生的作家，事实上就属于精神上的同代人。再换个角度看，即使同属于20世纪60年代，不同作家由于遭遇、气质和选择的不同，也会呈现出差异性的文学叙事。因而，用出生年代指称一代人具有很大的风险和理论挑战，极易招致反驳。使用这一概念，应尽量避免概念本身的含混性，力求将这一方法作为一个阐释视角，而不是阐释文学和作家的终极且绝对的价值标尺，要用这种视角去发现从其他视角所不能窥见的，作为群体性的代际间的差异和代际发展的困境。同时，避免以这样一个命名的权力生搬硬套、削足适履地解读文学现象，从代际文化的角度并不能阐释三代作家创作中的所有问题，也不能有效地解决三代作家历史叙事的所有问题，对于这种短视，我们不要回避，更不应"为赋新词强说愁"，把一些本不属于代际文化的现象和问题置于这一视角之下，徒增批评之苦和无效阐释。

"X 年代出生作家"强调的是出生与年代对于作家的意义和重要性，年代何以会成为区别不同的作家群的差异性标识，假如 X 年代的代表性作家具有的人生遭遇、思想气质、文学叙事都是属于该年代所独有，打上了 X 年代的烙印，即他们具备的思想气质、文学气象明显区别于下一世代，那么，这种以年代区分作家群体的命名无疑是有效的。问题是，对于具体到某一特定世代作家的命名，如何判别其有效性？关键还在于这些被归为某一世代的作家群体有无经历过共同的历史事件、信奉过共同的价值体系和社会理想、体现出共同或相近的人格气质、价值取向、文学主张与文学方式。假如有共同点或相似点，那么，这些不同的个体就可以聚合在一起。现在，暂且撇开任何被归为群体或潮流的作家群体内部都会具有不同个性和内部差异这一问题，20 世纪 50 年代、20 世纪 60 年代以及 20 世纪 70 年代这三个世代出生的作家，在各自的世代里，都有对他们人格生成与创作影响甚远的历史事件、人生遭遇、思想文化潮流，从他们的精神气质和文学创作中，我们也轻易地就能找到代际意义上的共同点与相似点。具体到创作来看，针对某一母题或题材的创作，同一代际的共同点与不同代际间的差异性便更加清晰明了了。这里的意思是说，就十年动乱题材的小说的创作而言，尽管不同作家提供了丰富多彩、形形色色的文学样态，但面对这一共同母题与题材，三代作家还是呈现了具有相应代际特色的历史叙事。虽然不能绝对化地说某种叙事结构、某一历史意识必定属于哪个代际或唯哪个年代出生作家所独有，但三代作家在对十年动乱这一当代重要历史事件和文化事件的思索与艺术表现上，确实显示出了某些世代意义上的差别，而这种差别只有通过代际文化的比较视角才能显豁地得到展现，反之，如果不采取这种宏观性、整体性的考察，那必然会遮蔽文学世代间的差异以及这种差异所蕴含的症候。

二、历史叙事代际性差异的诸种表现

（一）历史经验与历史记忆的代际差异：亲历者·旁观者·想象者

曼海姆说："同时代人都体验了从流行的精神、社会和政治环境中产生的主流影响，这种经验不仅表现在他们的成长早期、形成时期，而且也表现在他们的成长晚期。"[①] 因而，可以说，20 世纪 50 年代到 20 世纪 70 年代出生的作家，他们都在各自的世代中经历了大致相同的社会事件和文化事件。由于出生与年

① ［德］卡尔·曼海姆. 卡尔·曼海姆精粹［M］. 徐彬，译. 南京：南京大学出版社，2002：71.

龄的差异，三代作家对 1966—1976 年发生的这段历史事件有着深浅不一的体验和记忆。历史经验的多与少，历史记忆的真与虚影响着他们对这段历史的文学建构，尽管是否经历过十年动乱与历史经验的多寡不是决定此类历史叙事的唯一和必备条件——毕竟，小说是虚构的艺术，强劲的想象可以产生比真实更加真切的现实图景，有些没有十年动乱经历的作家借助历史资料和艺术想象可以创作出比有此类经历的作家更为真实和痛楚的历史记忆，但历史经验却影响着作家表达这段历史的方式和视角，甚至影响作家对这段历史的价值判断。从作家与这段历史的关系来看，20 世纪 50 年代、20 世纪 60 年代、20 世纪 70 年代出生的作家分别充当了十年动乱历史的亲历者、旁观者和想象者。不同的位置和不同的身份形成了他们各异的历史体验和历史记忆。这种人生初年和成长期与这段历史不同的"亲疏"关系影响了他们对这段历史的理性认识和文学表达。

"50 年代出生作家"是十年动乱的亲历者。他们从小接受革命理想主义的熏陶，有过红卫兵、知青的身份，经历过上山下乡和十年动乱，体验过激情和理想破灭的双重痛楚，有着比较一致的共同经验和早年记忆。20 世纪六七十年代纷乱的历史对 20 世纪 50 年代生人来说，意味着人生成长的一段黑暗期。此时，20 世纪 50 年代的出生人已是青少年，"这一时期，除了青年人自然焕发的激情之外，对他们的成长来说，是一个最可怕的'冰冻期'。他们在长身体，却并不长思想，没有气候让他们'发育'思想，没有土壤让他们收获希望。他们就在'文革'的翻云覆雨中，受着愚弄。当着'革命群众'，用国家给他们的、有鲜明时代特色的谋生手段（另注：屯垦戍边、插队、当兵等），维持着青春的生命"①。从精神气质和价值立场来看，20 世纪 50 年代出生作家，尤其是 20 世纪 50 年代前期出生的作家与 20 世纪 40 年代出生一辈较为接近，尽管经历过历史浩劫，经历过身体的磨难与理想的失落，受过深重的创伤，但在一些评论者看来，他们骨子里的世界观还是相当完整的，对世界的认识方式也还是相对清晰的，充满了激情②。的确，他们仍然胸怀理想主义和社会责任感，关注民族生存，体恤民间疾苦，深切反思历史坎坷. 这种精神气质和博大胸襟也反映到他们的文学创作中，正如"我们这一代社会责任感、理想主义深入骨髓，文学的形式、手法走过一遍肯定又会走回来，文学到最后是一种人格魅力、精神品格

---

① 黄新原. 五十年代生人成长史［M］. 北京：中国青年出版社，2009：175.
② 兴安、胡野秋. 90 年代以来的文学事变——兼说"60 后""70 后""80 后"作家的写作［J］. 文艺争鸣，2009（12）：85-90.

的较量"①。

"60 年代出生作家"是十年动乱历史的旁观者。他们在这段历史中度过了自己的童年期，历史给他们留下的体会并不如父兄辈那么直接和深刻，但大时代的动荡和纷乱还是在他们年幼的心灵与脑海中刻下了斑驳的印迹与模糊的轮廓。当这批作家成年后开启自己的创作之旅，并着手书写成长、童年和人生伊始的往事时，关于这段历史便不自觉地出现在他们笔下。余华曾坦言他的文学启蒙开始于识读大字报，自言《十八岁出门远行》《现实一种》以及《在细雨中呼喊》《活着》《许三观卖血记》都跟十年动乱经历有关，他说，这段历史，对于他们这一代人来说，"永远不会过去"②，同时，回忆童年和青少年时期，必然是回忆这段历史③。生于 1963 年的苏童也承认"生于六十年代，意味着我逃脱了许多政治运动的劫难，而对劫难又有一些模糊而奇异的记忆"④。作为这段历史的非亲历者，20 世纪 60 年代生人虽然没有父兄辈那么切肤的历史记忆，但这种朦胧的历史记忆仍是缠绕他们的一个情结。除了余华、苏童，在韩东、毕飞宇、艾伟等人的自述或访谈文字中，我们也轻易就能找到这种共通性。相对于"50 年代出生作家"亲历历史的现实，"60 年代出生作家"更多充当了大历史的旁观者、迟到者和历史经验的匮乏者。解读"60 年代出生作家"的十年动乱叙事，不能不重视他们这种边缘者的历史位置和视角，有研究者曾如此描述他们的历史处境：

　　和知青作家相比，他们没有值得追忆和炫耀的过去，尽管他们刚刚懂事就耳濡目染了各种雄壮的口号与飘扬的旗帜，但他们毕竟还小，他们还只能站在屋檐下，不无美慕地目送着一队又一队步伐整齐振臂高呼的大哥哥大姐姐们从眼前走来走去，他们在一种美慕与期待的心情中进入青年，而当他们正准备带着日益增强的体力与日俱增的热情投入政治中心时，政治生活的波澜却忽然平静了下来，这个社会不再需要口号和旗帜，取而代之的是来自异域的种种古怪的思想和方法。

---

① 杨少波. 面对新世纪的思考——关于中年作家的访谈 [N]. 人民日报，1998-04-17 (11).

② 余华，洪治纲. 火焰的秘密心脏 [M] //洪治纲. 余华研究资料. 天津：天津人民出版社，2007：18.

③ 余华，王尧. 一个人的记忆决定了他的写作方向 [J]. 当代作家评论，2002 (4)：19-30.

④ 苏童. 六十年代，一张标签 [M] //苏童. 河流的秘密. 北京：作家出版社，2009：94.

他们忽然发现，尽管在年龄上他们已进入了青年，但在世界观上他们仍旧停留在童年和少年，一切仍需重新开始。①

比较 20 世纪 50 年代与 20 世纪 60 年代出生的两代作家在处理十年动乱题材的异同时会发现，"50 年代作家"笔下那种对动乱时期历史场景的写实化与具象化的描绘到了"60 年代出生作家"笔下已经消匿了，后者对个体的生命体验与生存状态极端重视，纵若书写历史，也不直面大时代的历史场景，而是将这段历史退居为小说的背景与情境，让个体的生命或悲或喜地穿梭在大时代的夹缝中。比较《玫瑰门》《弥天》与《长势喜人》《身体里的声音》，便会看出两代作家在历史书写上的不同策略和侧重点的差别。出现文学叙事的这种差别，与两代作家的历史经历和历史记忆不无关系，历史亲历者和边缘者的不同历史位置影响了他们在文学中进入和表达这段历史的方法。

相较前两辈作家的亲历者和迟到者的身份，"70 年代出生作家"面对这段历史，更多是充当了历史的想象者和虚构者。生于十年动乱后期，错过了亲历这段历史的风云际会，他们在童年与成长阶段里只能领略到浮光掠影的历史碎片。十年动乱对这代人来说，不是作用于他们的感性行动与生命体验中，而更多是一种若有若无的文化记忆与历史余韵，或作为一种资源，储存在他们的思想库存中。这番虚弱的记忆无法使这一题材和母题占据"70 年代出生作家"创作的很大篇幅，只能在他（她）们的都市经验和个体欲望的书写之余窥见少量的这种历史书写。20 世纪 70 年代生人虽然成长于十年动乱后期这样一个渐趋开放与多元的社会，但由于社会转型期的动荡和纷繁，直接冲击了他们世界观和价值体系的建立，他们的认同一开始就带有危机，有着虚无主义、功利主义的危险，不像 20 世纪 50 年代、20 世纪 60 年代出生的人那样，有理想、有政治权威领袖作为信仰。他们出生在废墟的年代，精神的贫瘠不可避免。他们出生于 20 世纪 70 年代之初，正是革命风潮的后期，"革命的激情已经消退，由于不断地经历欺骗，社会内部涌动着深深的怀疑主义浪潮。所以，我们恰好错过了本世纪（笔者注：此处指 20 世纪）最重大的事件：革命，降生于革命激情过后的萧条时刻"②。在这种怀疑与拒斥中，20 世纪 70 年代生人选择了虚无主义、实利主义的人生态度和现世精神。"70 年代出生作家"是"生存没有深度，没有

---

① 杨厚均. 沉醉边缘——关于 60 年代出生的作家的断想 [J]. 理论与创作，1999（5）：20-23.

② 张宏杰. 所谓七十年代人 [M] //韩少功，蒋子丹. 在亚洲的天空下思想. 昆明：云南人民出版社，2003：197-198.

精神意义上的创伤与耻辱"的一代，他们"多数和90年代的生活方式之间有着高度的亲和性，俗常意义写作上的历史和记忆的重负，被他们轻易地推开了。某种痛苦的历史深度也在他们的作品中先验地缺席"①。

（二）历史叙事的代际分化：审美方式、表现内容、表现手法上的差异

十年动乱叙事的多样化与代际分野，是作家对历史的不同体验和记忆、不同的文化立场、审美偏向以及不同的文学观念等因素综合作用的结果。20世纪90年代以来，十年动乱叙事的代际差别明显地表现在三代作家的创作中，比如审美方式（进入历史的角度和方式）、历史叙事的手法、表现内容、语言表达的不同，以及历史叙事中所隐含的价值诉求、历史意识的相异（"50年代出生作家"责任意识，忧患意识浓厚；"60年代出生作家"在历史的夹缝中寻找生命的轨迹，不正面叩问历史，但历史却执拗地隐匿在个人生存和历史景观的背后；"70年代出生作家"没有历史的写作，以娱乐消费历史苦难）。

1. 正面进攻·主观经验·碎片虚构：作家审美方式上的代际分野

"50年代出生作家"由于人生经历、知识传统与人格气质和"40年代出生作家"的某些类似，因而在对十年动乱的历史书写中与后者呈现出某种相似点。这种相似点体现为正面进攻历史的写作方式。所谓正面进攻，是指小说并不回避对于动乱历史的暴虐场景、阴冷景观和狰狞人性这些内容的正面、直接描写，即历史的血腥和暴力，纷乱动荡的权力争夺与厮杀，人的苦难及其悲剧的生存境遇在他们笔下得到了写实化的呈现。此外，通过这种具象化的历史图景的复现，历史与权力内部的酷虐和乖张也得到了敞开，历史苦难与人性灾难的根源得到了某种不言自明的揭示。这些特点典型地表现在《玫瑰门》《坚硬如水》《弥天》《启蒙时代》等"50年代出生作家"的作品中。值得注意的是，在《芙蓉镇》《将军吟》等作品中，由于作家过于强烈的总结历史谬误和反思民族歧途的写作动机，以及作品中的亲历者和受害者对书写、对象本身缺少必要的审美距离，再加上这代作家在思想认识和历史理性上的局限，他们的写作直接指向历史和政治本身，对历史悲剧的根源和权力政治的歧途实现了某种程度的反思，但在社会"政治—历史"层面控诉政治灾难、诘问权力意志的"政治—历史"本位的思考显然多于对人与人性的思考。尽管到了《人啊，人！》等极富人道主义诉求的创作中，人的意义得到了一定程度的伸张，然而，在权力意志

---

① 谢有顺. 像卫慧那样疯狂·序［M］//卫慧. 像卫慧那样疯狂. 珠海：珠海出版社，1999：2-3，7.

和主流话语的规约下，这种写作在经过批判、争鸣后依然被纳入政治文化统辖下的群体性叙事话语中。也就是说，在20世纪七八十年代的历史叙事中，作家面对十年动乱这一巨大的历史废墟和文化毒瘤，采取正面书写历史苦难和人性灾难的策略，其审美意图均在历史反思本身，或者说，对历史本身的批判与思考要超过在个体伦理层面或文化心理向度的反思。"50年代出生作家"对于十年动乱同样选择了正面进攻的方法，这段大历史的纷乱和酷虐并未完全隐匿，但作家在正面展现这些大历史时，显然意不在对这段历史进行政治化的批判和道德化的审美，20世纪七八十年代控诉加反思的模式使他们不满，正如阎连科所说的："我觉得上一代人可能把苦难与荒谬的东西已经记得差不多了，或者说该记下的已经有文字留下来了。""我不愿意写所谓的历史长河呀、政治环境呀等史诗式的东西。我觉得那种说法特别荒唐。"① 因而，他们在书写大历史时，一方面正面掘进历史的灰色地带，展示狰狞场景；另一方面，他们又能突破单一的社会剖析向度，将这种书写引入对人性隐秘内部的勘察和个体的精神生成追踪上。这也是铁凝所说的注重对"思想的表情"进行表达之意，即"面向或者背对复杂纷乱的时代，小说家该做些什么呢？我觉得小说家必得有本领描绘思想的表情而不是思想本身，小说才有向读者进攻的实力和可能。小说可以如苏加诺对革命的形容那样，是'一个国家宣泄感情的痉挛'，小说家更应该耐心而不是浮躁地、真切而不是花哨地关注人类的生存、情感、心灵，读者才愿意接受你的进攻"②。对人的情感、心灵、精神和幽暗内部的关注，使"50年代出生作家"的正面进攻起于正面展示历史，又避免落入前辈作家道德化、政治化解释历史的窠臼。

　　如果说"50年代出生作家"对十年动乱有着某种共同经验和历史共识，那么对于"60年代出生作家"来说，只能是这种共同经验的缺失和匮乏，这种缺失性的历史体验影响了他们对这段历史的认识和审美方式。如20世纪60年代生人自己所言："'我们这一代人'是缺乏神话和共同经验的一代人，我们没有真正属于我们自己的话语，我们既没有红卫兵情结，也没有文攻武卫的体验，既不曾拥有过'阳光灿烂的日子'，也没有在黑土地或黄土地上播洒过青春热血。"因此，关于十年动乱的历史叙事在他们的知识传统和文学叙事中属于异质性话语，然而，这种异质性话语与审美体验又与他们的成长和存在状态胶着在

① 姜广平. 经过与穿越：与当代著名作家对话［M］. 桂林：广西师范大学出版社，2004：104、111.
② 於可训. 小说家档案［M］. 郑州：郑州大学出版社，2005：79.

一起，"也许我们的前辈不会料到文革竟然会成为我们想象的对象，事实上理想主义、英雄主义与献身精神，最容易成为一代人成长道路上的路标，而当这些青春的界碑成为想象与叙事的对象时，我们这一代人不可能悬离沉重的现实，但我们这一代人的确以这种特殊的方式，见证和参与了本不属于我们的叙事传统"①。十年动乱经验是"60 年代出生作家"无法规避的生命体验，这段历史也无可逃遁地成了他们这一代的叙事资源。换句话说，作为一种叙事资源和书写对象的十年动乱，"60 年代出生作家"与父兄辈是共享的。但是，在如何书写、如何进行审美的问题上，他们与父兄辈分道扬镳。在"60 年代出生作家"笔下，几乎难觅父兄辈那种强悍的正面进攻（当然像余华的《兄弟》、苏童的《河岸》局部还保留着对动乱历史的全景式正面的描写），但十年动乱开始由历史化向经验化蜕变，即个人经验、成长、主观体验中的动乱历史成为这代作家对这段历史进行审美和叙事的主要样式。比如毕飞宇的《地球上的王家庄》《怀念妹妹小青》，王彪的《身体里的声音》，苏童的"香椿树街"系列，韩东的《反标》《田园》《掘地三尺》，艾伟的《乡村电影》《水上的声音》《越野赛跑》，余华的《在细雨中呼喊》等小说都有这种特色。这类小说从对大时代的正面进攻转向从个体的生命体验和主体生存出发，在历史的进程中凸显个体的生命形态和人性畸变或扭曲的情状，审视历史的同时更注重在历史的挤压下，人的精神困境的揭示。比如《地球上的王家庄》②，小说以两条线索展开，一条线索是八岁的看鸭人"我"与同年的伙伴王爱贫、王爱国等人因一张《世界地图》引发的对于地球形状和生存环境的玄想、忧虑与恐惧，"我"喜欢鸭子，被队长指派看守和放养鸭子，乌金荡是鸭子的天堂，也是"我"的快乐之源。然而一张《世界地图》搅乱了"我"的平静生活，"我"与小伙伴们因地图而发出关于世界的大小、边缘的疑问，继而，这种疑问转化为一种难以释怀的恐惧：担心有天掉进世界的深渊而不能自拔。小说中是这样写的："我们感受到了恐惧，无边的恐惧，无尽无止的恐惧。"于是，"我"带着"王家庄到底在哪儿"的疑虑开始出走寻迹，试图去找寻世界的边缘，其结果是"我"遭遇迷途且丢失了鸭子，遭到父亲一顿毒打，此后被王家庄人称为"神经病"。从小说中可见，"我"因玄想滋生恐惧，继而独自去探险求解，最后失败遭罚，在这个过程中，成人的聆听和指导是缺席的。那么，成人在小说中充当什么角色？这就涉及第二条线索，"我"父亲的生活史和精神史。父亲在小说中是一个沉默寡言的

---

① 包亚明. 六十年代人：共同经验与知识传统 [J]. 上海文学，1997（11）：70-74.

② 毕飞宇. 地球上的王家庄 [J]. 上海文学，2002（1）：20-22.

人，他在白天一蹶不振，晚上则精神振奋地对着《宇宙里有些什么》研究星空和宇宙，父亲收回了他在现实世界里的热情，全把它转向了夜晚对宇宙秘密的探索，在这一点上，父子实现了某种精神气质上的传承与相通。然而，面对儿子的困惑与殷切的求教，父亲只言片语敷衍了事，他只关注那个闪烁的星空。父亲的冷漠是儿子最终只身探险的重要原因。小说中第二条线索充当了一个隐秘的背景，父亲的精神状态和生活方式隐喻了那个特定年代的紧张氛围。尽管小说没有明确交代时代背景，但还是轻易就能辨析出这个故事属于20世纪六七十年代。"我"与父亲有着两个惊人的相似点，一是对宇宙之源探秘的热情，二是都背负着"神经病"的骂名。父子相承的不仅是精神气质，还有悲剧的命运。某种程度上，父亲的冷漠催生了我的历险并导致失败，而父亲的悲剧则是时代的造化，父亲的沉默少语和龟缩于政治与现实之外的探究宇宙的方式，是对大时代的疏离，也是在凶险现实中明哲保身的做法，这是那个年代知识分子常有的选择。小说在十年动乱背景下对成人紧张、龟缩的精神世界进行了不动声色的书写，同时，小说对儿童成长期的幻想、恐惧的精神特质与隐秘世界做了某种复现。可以说，小说将沉重的大历史推至幕后，借助儿童的视角和命运，展示了儿童成长的困境和精神之苦，而对权力意志、历史暴政的反思悄然隐于其中。同样的书写方式还表现在《蛐蛐 蛐蛐》《怀念妹妹小青》等篇中。再如王彪《身体里的声音》，借助于一个傻病孩的视角书写个体的成长与大时代的动荡，小说在一种近乎魔幻的氛围和神话的结构中对这段动荡历史的纷乱、残暴以及人性的狂热、恐惧进行了夸饰的呈现。王彪从《病孩》《复眼》开始就已经写这段历史了，《身体里的声音》是一次更为集中的直面它，但小说的特色不在于对十年动乱历史进行了多么写实或正面化的摹写，而在于进入这段历史的审美方式。恰如新生代作家王彪所说，他不喜欢展示历史动荡的全过程的小说，他喜欢个体体验到的大历史，"这种体验是一种非常莫名其妙的体验，一种黑暗的体验"①。苏童、莫言都曾谈到由于历史体验的匮乏，他们的小说展现出一种"去悲剧化"的倾向，以儿童视角摹写个体成长，注重突出个体成长的困境与艰险，对于大时代的动荡不做正面地书写，正如苏童自己所言："我从来没有以成人的角度去切入那个年代。我都是以一个孩子的眼光去写70年代……一个时代的灾难，在不同的历史时期有不同的回顾，对不同经历的孩子来说，其影响也不一样。记忆有时候是自私的，不讲公德……在别人眼里极富悲剧性的事件，

---

① 王彪. 生命在梦魇和战栗中逃亡——王彪访谈录［M］//张钧. 小说的立场：新生代作家访谈录. 桂林：广西师范大学出版社，2001：536.

在我们的童年记忆中可能连一点悲哀的影子都找不到，甚至还会呈现出某种欢快的基调。"① 因而，作家体验、历史经验的深刻与浅显影响着作家对这段历史的审美方式和表现形式。对于"60年代出生作家"来说，这种审美方式已由"50年代出生作家"注重正面再现大时代的宏大叙事转向了注重个体经验②的个性化叙事。

"70年代出生作家"进入20世纪六七十年代历史的方式相对纯粹而简单一些，由于历史经验的匮乏以及前辈作家对这个题材的大规模言说，这一代作家在文学叙事上可以开拓与掘进的空间已经不大，再加上他们对于历史、政治、意识形态的天生厌弃，其小说中已难觅对这个题材的大量书写。但十年动乱作为一种写作记忆和叙事资源并未从他们笔下消失，反倒被他们演绎得别具特色。从审美方式来看，如徐则臣《苍声》③ 这类以十年动乱作为背景展示少年成长和青春期生活的作品不属多见，这类作品进入历史的方式与"60年代出生作家"有很大的相似性，即将十年动乱作为大背景，不注重呈现这段历史的动荡、狂乱图景，而是在这看似平淡的时代之下，突出这一时期压抑、紧张、敏感的氛围与脆弱的人际关系，在那淡淡且恐怖的氛围中，让日常生活成为小说叙事的主角，而一群愚顽、调皮的少年穿梭于日常生活的画轴之上，他们游戏、打斗、拉帮结派、相互报复与伤害，儿童版的历史乱象被他们演绎得恐怖而生动。薛舒《海棠红鞋》④ 中的女孩在自己的审美世界和认知视域中与那些有着历史创伤的灵魂形成某种心灵的默契和呼应，小女孩的幻想天性与小说中的妖狐气使小说笼罩了某种魔幻色彩。小说重心显然不在于对动荡历史的政治化、道德化的批判，而是书写一个女孩不同寻常的创伤的成长，同时，又有着对这段历史的解构，形成对十年动乱书写的一道独特景观。与此相比，在更多"70年代出生作家"的笔下，由于他（她）们对都市生活和个体经验的倚重，20世纪六七十年代作为一种依稀的记忆，并不是必不可少的叙事资源，在他们的虚构中，这段历史成为叙事的某种随时进入随时剥离的素材或情节，即历史本身不成为

① 苏童，王宏图. 苏童王宏图对话录［M］. 苏州：苏州大学出版社，2003：81、83、85.
② "60年代出生作家"非常注重个体的主观体验和成长经验，这种叙事倾向和偏好甚至使他们的小说显得有些封闭。陈晓明在评论余华的《在细雨中呼喊》时曾指出："因为余华过分强调个人的独特体验和私人的心理感受，小说（指《在细雨中呼喊》）的叙事结构就变得相当封闭，对生活和历史现实的再现也显得狭隘。"（陈晓明. 最后的仪式："先锋派"的历史及其评估［J］. 文学评论，1991（5）：128-141.
③ 徐则臣. 苍声［J］. 收获，2007（3）：4-22.
④ 薛舒. 海棠红鞋［J］. 飞天，2008（6）：4-15.

这些作家反思的对象，而是作为一种虚弱的背景存在。如《艾夏》① 讲述的是南方小镇上有关艾夏、王勇、丁鹏、六六顺等少男少女青春成长的故事，在这个故事里，有着属于乱世或大时代夹缝中迷乱、躁动的青春，他（她）们逃学、抽烟、酗酒、做爱、械斗，把十五六岁的青春岁月与成长过程演绎得战栗而丰富。然而，这篇小说的背景是那样模糊，几乎难以准确地将其归类到这类历史题材当中，只有从不多的细节交代中，我们才可以依稀辨析出十年动乱的印迹。比如，身着黄军装、腰束宽皮带、开着吉普车的少年对小镇少男少女的巨大吸引——这种流行、时尚的元素无疑属于那个特殊年代；再比如老浪子艾仲国的神秘失踪……这些都让我们看到淡淡的历史遗风，而这种历史背景的虚化与弱化正是"70 年代出生作家"在处理历史时区别于前辈作家的地方。作为没有历史重负的年轻一代，他们在"去历史化"的写作中将欲望、都市描绘得有声有色，正如他们自己所说："我也许无法回答时代深处那些重大性的问题，但我愿意成为这群情绪化的年轻孩子的代言人，让小说与摇滚、黑唇膏、烈酒、飙车……共同描绘欲望一代形而上的表情。"②

2. 深度述史·历史浮影·记忆碎片：表现内容和叙事广度上的代际区别

同样是以十年动乱作为题材或母题进行的创作，在表现的具体内容和叙事广度上却大异其趣。"50 年代出生作家"由于亲历历史的人生体验或对这段历史近距离的接触，加上他们所受的文化教育和成长背景都被打上了那个时代的深刻烙印，因而，他们普遍具有一种"大历史"情结，写作成了他们追溯历史悲剧和民族灾难的重要方式，他们习惯正面书写历史洪流中的场景与时代乱象，在这之上展示时代的荒谬和人性的冷酷或悲剧，所以，他们的文学叙事具有厚重和沉郁的风格。对于"50 年代出生作家"而言，其心目中的好小说，"一是要有（思想）重量，再是要有（艺术）光泽"③，也就是说，对思想性和艺术性的追求是"50 年代出生的作家"的共同的指向。

"50 年代出生作家"普遍具有一种历史焦虑和深度追踪、阐释历史的使命感与责任感。对于这点，批评家洪治纲曾深刻指出："50 年代出生的作家通常会自觉地带着某种历史重负，带着强烈的使命感和责任意识，积极探讨现实的巨变和对历史的深度反省……他们习惯于选择某种相对宏阔的精神视野，力图

---

① 卫慧. 艾夏 [J]. 小说界, 1997（1）：143-164.

② 卫慧. 我生活的美学·代后记 [M] //卫慧. 像卫慧那样疯狂. 珠海：珠海出版社, 1999：254.

③ 尤凤伟. 我心目中的小说 [M] //王尧, 林建法. 我为什么写作——当代著名作家讲演集. 郑州：郑州大学出版社, 2005：105.

将个体生命纳入宏大的社会现实和历史境域中去，进行一种正面的、富有深度和广度的展示，以便传达创作主体对社会历史的重构意愿和思考能力。"① 这种开阔的精神视野、强烈的责任感和使命感使这代作家的历史书写有着浓郁的历史感和现场感。所谓历史的现场感，是指小说常常正面书写十年动乱历史的惨烈暴虐，不隐笔、不夸饰，相当真实地描摹出这段历史图绘和纷乱动荡，比如《弥天》中学大寨万人兴修水库、公审倪老师的喧闹非凡的现场，《玫瑰门》中姑爸惨遭戕害的酷虐场景，《坚硬如水》中高爱军、夏红梅在程岗镇发动轰轰烈烈的群众运动，《启蒙时代》中南昌、小兔子、七月等人与顾老先生深夜激辩的情形……都使十年动乱的社会图景和历史氛围呼之欲出。重回悲剧而血腥的历史现场，并非为了炫耀这代人特有的历史体验，而是在典型的艺术化场景中浓缩历史的真实背影和悲怆底蕴。同时，这些逼真的历史画面为人性灾难和历史悲剧这一艺术主旨的表达提供了具象化的场景。也就是说，"50 年代出生作家"在对历史的宏大叙事中，不乏将笔触聚焦在历史的权力纷争、派系林立、规模化的群众运动等宏阔场面上。但与此同时，在这种大历史境遇中，他们更注重突出历史、政治、暴力对人性的损伤和戕害，对人的体恤与悲悯已经超出了对历史本身的关注，比如《弥天》对于那个匮乏年代人们压抑而蓬勃的欲望的书写，《无风之树》《万里无云》对于 20 世纪 60 年代中期前后知识分子作为启蒙失败者的精神历程的追踪，《启蒙时代》对于 1968 年前后红卫兵精神的生成与演变的勾勒，以及韩少功在 20 世纪 90 年代中后期发表的《鞋癖》《真要出事》等小说中对十年动乱造成的人的精神创伤和灵魂缺损的描摹，都可以看出"50 年代出生作家"书写这段历史时关注人们被时代挤兑或塑形的精神轨迹和内在困境。这种为一个特殊年代"写史"和勾勒人的精神史的努力，彰显了这代人开阔的精神视野和内在的历史焦虑，尽管我们在"60 年代出生作家"笔下，如余华的《兄弟》、东西的《后悔录》中也能看到这种对特定年代压抑人性和荒谬生存的展示，但历史本身的政治性和革命性被减弱，日常性和生活化的大历史得到了书写，这种书写已经远离了为时代写史和以写实化的手法追踪大历史下的人性肌理的旨归，历史的繁复和肌理被大大简化，他们的写作明显呈现出夸饰、寓言化，甚至商品文化语境下的消费性的特征。

"60 年代出生作家"由于是以反叛主流和前辈作家的姿态登上文坛，他们的写作坚守个人化的审美立场，自觉规避意识形态化的价值趋向。同时，"50

① 洪治纲. 新时期作家的代际差别与审美选择 [J]. 中国社会科学, 2008 (4): 160-178, 208.

年代出生作家"那番强烈的责任感和焦虑感在这代作家这里逐渐消弭，这种退却和松绑使"60年代出生作家"获得了相对自由和宽松的心灵空间与审美视角。不过，尽管"大历史"在他们笔下趋于弱化，但大历史下的成长故事、生存体验、日常生活，欲望本能的宣泄却丰盈起来，这使他们的小说世界与前辈作家产生了明显的代际差别，即"这代作家看重的并不是历史本身，而只是借助历史的特殊环境来推衍个体的生命情状……更注重个体生命的精神面貌，更强调人性内部各种隐秘复杂的存在状态"①。从60年代出生的代表作家来看，苏童、余华、毕飞宇、东西、艾伟等人的小说都体现了这种代际特点。苏童从包括《桑园留念》《舒家兄弟》《城北地带》在内的"香椿树街"系列开始，便在20世纪六七十年代的背景下对自我的成长进行着一种寻根式的写作，20世纪六七十年代既是"我"、红旗、舒工、舒农、毛头的成长背景，也是个体的生命记忆。在这些小说中，常常活跃着一帮缺少管教、年少无知的成长中的少年们，他们穿梭于动荡历史的边缘，青春期的躁动、叛逆，加上时代狰狞、混乱的现实图景，让他们无师自通地复制着成人世界的暴力和伤害，释放着青春期的"力比多"。这些小说写得残酷而富有诗意，坚硬而忧郁，苏童多次表达过对这个小说系列的珍爱。

2009年的《河岸》是苏童大规模以20世纪六七十年代作为背景的重要作品。从作家的文学母题表达和作品的谱系来看，《河岸》重复的还是《桑园留念》《舒家兄弟》《刺青时代》中书写过的历史，融汇了苏童以往小说的历史、逃亡、青春、成长、父子等诸多母题。不同的是，十年动乱作为"香椿树街"那群南方少年们置身的时代背景在《河岸》中成了小说的叙述焦点和表达重心。在这篇有明显的20世纪70年代时间和空间标识的小说中，苏童自称将背景的20世纪六七十年代作为时代的面孔加以刻画，小说通过库文轩和库东亮这对父子在所谓流放船上的故事再现了20世纪70年代的历史风云和人的生存悲剧。应该说，这篇小说有着"50年代出生作家"正面进攻大时代的叙事豪情和宏阔视野，它对20世纪70年代革命政治和意识形态下的日常生活及民间生存进行了贴近历史原生态的复现。揭示烈属身份的虚假、继而隔离审查、大时代中人人自危的惶恐心理、父亲库文轩的自宫，幽闭船上十三年的心酸历程都显示出这段历史对人们肉身和精神的钳制与戕害，而这种创伤又以库氏父子为最。库文轩因为烈属身份遭怀疑并被"证实"是假冒，被驱逐落户向阳船队。在渴望烈属身份回归和对自己放荡行为有辱烈士的自责中，库文轩选择了自戕。这种

---

① 洪治纲. 中国六十年代出生作家群研究［M］. 南京：江苏文艺出版社，2009：6、5.

自戕是对自己的惩罚，也是对自己犯事前作风问题的否定和拒斥。斩断了自己的性器后，库文轩更是走向了一条逃离之路，他追逐自己的孽史，逃离岸上的陆地，逃离众人不怀好意的目光，逃离造就了他河上十三年的幽闭生活，最终背负石碑溺河而亡。而库东亮因为父亲犯事而备受歧视和欺凌，从十几岁开始，他的人生就是一部不断失去的过程，失去亲人和家庭之爱，失去爱情（与慧仙），失去自由、失去乡土、失去陆地上原本的家园，直至最后成为一个彻底的精神赤贫者和流浪者。可以说，对于这对父子的描写，苏童着重展示他们不断被剥夺、不断失去的悲剧过程。纳博科夫在《优秀读者与优秀作家》中指出这样去衡量一篇小说的优与劣，"在我看来，从一个长远的眼光来看，衡量一部小说的质量如何，最终要看它能不能兼备诗道的精微与科学的直觉"①。"诗道的精微"与"科学的直觉"是好小说的元素。联系纳博科夫的文学思想，前者大致指细节上的逼真与整饬杂乱无章的现实的能力，后者大致指想象力以及所谓"魔法师的神妙"。对应苏童这部作品，无论是小说的故事性，还是对于 20 世纪六七十年代现实生活的"介入式"写作，抑或对人物悲剧命运和创伤灵魂的勾勒，以及"魔法师般"的幻想、写实、梦境的融合，都让这部小说进入了"好小说"的行列。

"60 年代出生作家"常以 20 世纪六七十年代的历史作为舞台或背景，在宏大而暴戾的历史境遇中书写充满危机、恐惧、骚动的童年和成长，凸显个体在时代夹缝下的心灵鬼魅和成长危机，这类小说如《在细雨中呼喊》《长势喜人》《身体里的声音》。或则，关注荒诞而非理性的历史造成的悲剧生存或人的生命、精神的损伤②，如《耳光响亮》《后悔录》等。20 世纪 60 年代出生的毕飞宇甚至将他的小说母题归纳为"伤害"，他的很多小说都以 20 世纪六七十年代作为背景，这段历史几乎是他的小说难以摆脱的一个情结。他认为，他的写作至今仍没有脱离那段历史，他还认为，有关 20 世纪六七十年代的写作"更能体现我的写作"③。在对 20 世纪六七十年代的人际关系和情感状态的体认上，他认为人的恨大于爱，冷漠大于关注，诅咒大于赞赏，因而，"我的创作母题是什么

---

① ［美］弗拉基米尔·纳博科夫. 文学讲稿［M］. 申慧辉，等译. 上海：上海三联书店，2005：5.

② 苏童在回顾他早期的"香椿树街"系列时，认为这些小说的共同点之一便是以"毁坏"作为结局，而不是完美的阳光式结尾。参见苏童，王宏图. 苏童王宏图对话录［M］. 苏州：苏州大学出版社，2003：80.

③ 毕飞宇，汪政. 语言的宿命［J］. 南方文坛，2002（4）：26-33.

呢？简单地说，伤害。我的所有的创作几乎都围绕在'伤害'的周围"①。诚然，他的小说如《怀念妹妹小青》《地球上的王家庄》《阿木的婚事》《蛐蛐 蛐蛐》《玉米》《玉秀》都对权力与暴政裹挟下的人际关系以及伤害与被伤害的主题进行了生动的描写。这是毕飞宇在历史书写的主题上的一个切入点，丰富了"60年代出生作家"的历史叙事。

从表现内容与小说的内在广度来看，三代作家中，"60年代出生作家"的小说无疑是最丰富和最为宽广的。从总体上看，"60年代出生作家"无论是对历史的残酷的诗意表达与真相揭露，还是对个体生命体验的推崇，又或是对人性内部的勘察②都超过了其他两个世代的作家。

对于"70年代出生作家"——这批"生在红旗下，长在物欲中"中的文学新人们来说，他们大都在都市出生和长大，城市经验与城市故事几乎成为这代人特有的写作标识。关于这一点，这代作家自己也承认："（城市书写和城市经验）成了七十年代后出生作家与其他作家们的区别之一。"③ 作为写作的另一向度，历史差不多在他们笔下付之阙如，评论家李敬泽甚至认为"历史的终结"是这代作家的根本特点④。历史在"70年代出生作家"笔下业已终结，这句话看似有些武断且绝对，但他们创作中的历史匮乏或"去历史化"的整体倾向是显见的。历史缺席后，个体的成长在小说中生长起来。作为一个母题，成长似乎是每代作家取之不竭的叙事资源，在"70年代出生作家"笔下，我们再次看到对这一母题的运用。诸如《海棠红鞋》《苍声》《流年》等小说，它们无疑都是借助成长的叙事结构来演绎个体伤痛与时代悲苦。何以如此叙事？"我们的成长历程中，没有上山下乡，没有炼钢和自然灾害，也没有大字报和右派，我们在写作时，视线更多地是回顾自身成长的历程，习惯性地去注视自己的伤口所从何来。因为是从个体的痛苦出发，难免会狭隘些，但也更加真实。"⑤ 比如《流年》，以回忆性的视角回顾了"我"的成长史以及水利大院微湖闸的日常生

---

① 毕飞宇，汪政. 语言的宿命 [J]. 南方文坛，2002（4）：26-33.
② 洪治纲在《中国六十年代出生作家群研究》（江苏文艺出版社，2009）一书的第三章至第五章对这代作家表现历史、表达个体生命体验、探寻生存之痛等主题做了精彩的论述。
③ 金仁顺. 之所以是我们 [M] //林建法，徐连源. 中国当代作家面面观：寻找文学的魂灵. 沈阳：春风文艺出版社，2003：460.
④ 宗仁发，施战军，李敬泽. 关于"七十年代人"的对话 [J]. 南方文坛，1998（6）：13-17.
⑤ 金仁顺. 之所以是我们 [M] //林建法，徐连源. 中国当代作家面面观：寻找文学的魂灵. 沈阳：春风文艺出版社，2003：460.

活图景。小说哀婉凄伤，叹时光流逝，更叹生命短促、人世蹉跎。小说叙事的起点始于 20 世纪 70 年代，聚焦 20 世纪七八十年代微湖闸的日常生活与各色人物的故事。"日常生活"是《流年》中出现频率最高的关键词，魏微无意于对急剧变革的 20 世纪七八十年代本身进行正面书写——事实上，这几乎是"70 年代出生作家"共同的叙事特征，他们着眼于大时代，但并不对此进行全景式的讴歌或批判，而是在大时代的幕布上书写个体成长的悲喜，在纷乱的时代卷轴上吟哦个体的细语。在小说开篇作者便自述："其实，我想记述的是那些沉淀在时间深处的日常生活。它们是那样的生动活泼，它们具有某种强大的真实，它们自身不带有任何感情色彩，它们态度端凝，因而显得冷静和中性。"① "日常生活"几乎是统领全篇的核心词汇，由日常生活形成的话语系统几乎楔入了作家要表达的所有元素和母题：小桔子与"我"被性与早熟填充着的危机重重的童年与成长史，杨婶、鲁小佟和奶奶等女性的或起伏或放荡或苦乐的女性生存史，李家男性们的或风流或风光或庄重的家族男性史……青春、恋爱、性事、婚姻、出走、死亡、疾病、权力，在微湖闸的日常图景中纷纷出场，上演着人世的悲欢苦乐。当然，小说的日常生活书写并没有彻底疏离时代，大时代的面影还是影影绰绰地笼罩着微湖闸。这里的大时代除了自由开放的 20 世纪 80 年代，还包括小说屡屡提及的"七十年代"。在很多小说中，"70 年代"并不是一个可有可无的小说环境，它是决定小说人物情感、行为方式和社会伦理的重要因素。具体说来，十年动乱对于社会秩序的破坏和对家庭肌体的损毁，带给人们的历史创伤与惨痛记忆，人们对历史的记忆与忘却——这些主题以及相关的反思、控诉、批判等叙事指向使得"70 年代"与十年动乱成为这些小说自觉追问和探寻的时间黑洞与历史废墟。

3. 写实主义·现代叙事：表现手法和叙事策略上的代际差异

"50 年代出生作家"大都偏向采用写实化的叙事手法，注重临摹大时代的宏阔场景或是革命年代的典型场景，执着地在小说中探寻历史真实和历史悲剧的真相。"与其说我们这一代关注'本土'，集中于'现实主义'的手法，不如说我们是从'本土'出发，从'现实主义'的出发地出发，我们能走多远，能超越多少境界、层面，那要看我们这一代的力量。"② "50 年代出生作家"普遍有着自觉追求史诗或准史诗风格的倾向，尽管他们对史诗这种过于主流化的称

① 魏微. 流年 [M]. 石家庄：花山文艺出版社，2002：1-2.
② 杨少波. 面对新世纪的思考——关于中年作家的访谈 [N]. 人民日报，1998-4-17 (11).

谓保持着警惕。由于他们早年的理想主义教育、以"毛主席—祖国—党—社会主义"四位一体为核心的价值体系、强烈的责任感、使命感和英雄精英情结，以及深切的历史体验，他们的写作虽与前代作家具有的那种过强的意识形态性分道扬镳，但总体上仍属于一种精神气质上的集体写作，这种精神气质，即上面所说的这些诸多因素形成他们共通或类似的文化品格和审美倾向，这一倾向在写作的表现手法上体现为以写实化和现实主义为主的叙述方法。因而，他们的小说往往比较注重故事与情节的完整性，注重英雄人物或主要人物的精神历程与人格特质的勾勒。"50 年代出生作家"对于丰富新时期文学的表现手法和叙事技巧做出了贡献。其中，韩少功、莫言等人在艺术样式和表现手法上的探索功不可没。除此，王安忆在《叔叔的故事》中破除真实与想象、材料与虚构的界限，用讲故事的方式连接叔叔的人生与历史间动荡而紧密的关系，李锐在《无风之树》《万里无云》中借鉴福克纳的第一人称转换式叙事开启了新的叙述视界，阎连科用《坚硬如水》实践了他的超现实主义的理论主张①。但不可否认的是，他们的小说在呈现历史和追索历史真相上基本上运用的还是写实化的现实主义手法。尽管在《玫瑰门》《大浴女》《无风之树》《万里无云》《弥天》《启蒙时代》《赤脚医生万泉和》中能找到某些现代叙事技巧和隐喻化（比如刘醒龙声称《弥天》是隐喻化的写作）、荒诞化（《坚硬如水》中高爱军、夏红梅打通隧道以及高亢的性爱有着夸饰化的意味，呈现出某种荒诞性）的倾向，可总体上展现出来的是写实手法和沉郁凝重的风格。

到了 20 世纪六七十年代出生作家这里，这种写实化的手法不再具有强大的统治力。由于 20 世纪六七十年代出生的这两代人接受了较好的文化教育和文学熏陶，弥补了"50 年代出生作家"先天不足的缺陷，在文学素养和艺术修养上得到了古典主义和西方营养的补给，因而，在表现历史的方法和技巧上，这两代作家是最为优裕而自如的。比如余华，从先锋时期的《一九八六年》《往事与刑罚》开始，他就在模糊的历史背景中探寻历史暴力对人的精神伤害和暴力遗存，被暴力记忆裹挟的不仅是他小说中的主人公，还有他们这些处于大历史边缘的 20 世纪 60 年代生人。十年动乱的阴影和暴力记忆伴随着余华一路走来，直到《在细雨中呼喊》《活着》《许三观卖血记》和 21 世纪以来的《兄弟》。在《兄弟》之前，余华笔下的历史有着高度的寓言化倾向，即在 20 世纪六七十年

---

① 阎连科对于现实主义、真实、现实等概念进行了富有卓见的阐释，他在《小说与世界的关系》《我的现实，我的主义》《个人的现实主义》《什么叫真实》等篇中，持续探讨着小说与现实的关系、真实观，以及他心目中的现实主义，极大地丰富了作为核心创作概念的现实主义和真实的理论内涵与实践意义。

代的背景下表达历史之暴、人性之恶、生存之悲这些主题，历史本身被最大程度地虚化。如果说《一九八六年》《往事与刑罚》中的暴力主体是历史的话，那么，到了20世纪90年代的三部小说中，历史已遭到了某种程度的剥离，历史退隐幕后。而暴力之源的历史悄然退场，"人"就奇异地复活了，人的温情与苦难，生与死成为小说的重心，甚至"卖血"和"活着"在阐释与批评视野中最终上升为具有哲学意味的生存论主题，而对历史本身的阐释和反思在这三部小说中被淡化。

值得一提的是，对20世纪六七十年代的表现方法和叙事重心发生这种迁移，跟社会的文化氛围、审美风尚以及作家的历史经验不断经历着某种整饬和变形息息相关。在初登文坛的20世纪80年代中期，历史对于余华们来说，更多体现为"由那种故事、那种场景、那种混乱的状态"形成的文化记忆和历史经验，这种记忆与经验带着20世纪六七十年代的阴鸷和暴力。到了20世纪90年代，随着整个社会文化语境的宽松以及审美上的非意识形态化，这时的历史记忆变成了一种纯粹的记忆，"就变成了一系列的事实了，就是不再调动我在政治上的判断力，道德上的判断力"。到了新世纪之后的2002年再来回忆这段历史，这段历史就成了"恐怖和欢乐并存的年代"①。

因而，沉潜十年之后，余华重拾对20世纪六七十年代的思考，以正面强攻所谓"两个时代相遇的故事"，于是，《兄弟》出场了。在《兄弟》中，小说的叙述强度明显增加，文风夸饰，视野阔大，在表现手法上融合了现实主义的写实化的敦实和现代叙事的复调、象征、寓言化、荒诞化等特点。暂且不论《兄弟》所引发的纷争和这部小说本身具有的缺陷，这种超大量的文学叙事和巨型文本确实显示了余华重塑历史叙述的自信和才华，显示了这代作家日益成熟的叙事能力。

再如艾伟的《回故乡之路》《乡村电影》《越野赛跑》，在叙述历史上都彰显出别具一格而意味深长的叙事智慧。《乡村电影》借助，儿童视角书写成人充满创伤和暴力的历史，在儿童稚拙的目光下，大历史退居幕后。在这种轻逸空灵的叙事中留下了一些未经阐释的空白，这些空白蕴藏着隽永丰富的意义生成的可能性（参见第一章）。《越野赛跑》更是一部有着独特叙事手法的小说。小说以一匹马和一个村庄为叙事支点，用"写实化的夸张的手法"②演绎了20世

① 余华，王尧. 一个人的记忆决定了他的写作方向 [J]. 当代作家评论，2002（4）：19-30.

② 艾伟. 越野赛跑 [M]. 北京：人民文学出版社，2001：347.

纪六七十年代和改革时代的社会变迁，展示了作者奔放的想象力和强劲的虚构能力，如在叙事模式和表现手法上创建了"现实—童话"模式①，这种写实与想象、现实与虚构相融合的手法使小说具有了诗性神韵和轻逸品质。事实上，不仅是余华、苏童、毕飞宇等人具备相当杰出的叙事智慧，"60 年代出生作家"出色的叙事能力和多样化的文学表现手法相较前辈作家，可以称得上整体的超越。正如评论者所赞誉的，相较更加老道和主流的前辈中年作家来说，"在语风以及对历史和现实的言说立场上，青年作家的超越气质则是鲜明的，至少，他们褪去了中年作家普遍存在的代言偏执和表达的不自然痕迹，历史、精神、天理、人欲不再是刻意而为的符码，小说的人物、场景、叙述、描写、对话等基本因素不再是作者本人的偏见或'时代共识'的道具"②。"70 年代出生作家"在叙事手法上无疑更接近比他们稍年长的"60 年代出生作家"。由于这代人历史记忆的模糊和历史经历的匮乏，因而，大规模正面描写 20 世纪六七十年代的历史或是客观写实化地呈现这段历史真相在他们笔下不再可能，在他们笔下，这段历史更多时候是作为一种写作元素或背景楔入文本中，所使用的叙事手法是去写实化的现代或后现代叙事。总体来说，20 世纪六七十年代出生作家在叙述历史的方法与策略上已经形成了具有代际意义的、区别于前辈作家的叙事风格和写作谱系，也即注重自我感觉和自我主体成长，青睐现代，甚至后现代的叙事手法，追求"去历史化"的写作，又执拗地时常穿梭在历史与革命的想象中，打捞被压抑或被遗忘的历史真实与精神真相。

三、不同代际作家历史叙事的优长与局限

以代际差异作为视角，"大多数研究者完全错误地假设，代问题真正存在的条件是，能够在研究中建立起一种以固定的间隔重复出现的代的节奏"③。其实，新时期以来的几代作家和他们的文学创作，在时间序列和文学的出场次序上并不存在着绝对的先后，并非有着鲜明的起始标识，相反，这种所谓代与代的划分是交互叠合在文学的发展史过程中的，代际只不过是这些作家因在思想气质、创作观念、文学叙事上呈现出一致性或相似性而进行的一种归类。可以

① 艾伟. 无限之路 [M] //林建法，徐连源. 中国当代作家面面观：寻找文学的魂灵. 沈阳：春风文艺出版社，2003：348.
② 施战军. 新活力：今日青年文学的高地 [M] //艾伟. 水上的声音. 济南：山东文艺出版社，2004：序言 13.
③ [德] 卡尔·曼海姆. 卡尔·曼海姆精粹 [M]. 徐彬，译. 南京：南京大学出版社，2002：76.

说，几代作家围绕 20 世纪六七十年代进行的文学叙事在新时期的文学格局中构成了一个多声部的文学世界和文化符码，事实上，这种历史叙事已经形成了相当重要的一类文学叙事和文学现象。对此，批评者的任务何在？曼海姆认为不同代在同一时代中构成了某种复调，"在任一既定时点，我们都应该分清不同代各自的声音，他们都用自己的方式来表达"①。运用代际视角分析三代作家的 20世纪六七十年代叙事，其学术诉求正是为了去"分清不同代的声音"和他们各自的方式，探究出他们在这一母题的文学表达上所体现出的代际共性和代际发展的优长或困境。

　　"50 年代出生作家"具有传统知识分子的精英意识和时代使命感，他们的历史叙事厚重而写实，他们在整体的叙事上并不追求新奇花哨的叙事技巧，而是注重呈现历史暴政对人的伤害，在人与历史的关系中努力探寻历史真相。他们有着叙述历史的焦虑感，试图用小说的形式去艺术地再现历史真实，在这种再现中显示出主体对历史的主动介入和执着思考的责任意识及饱满热情。米兰·昆德拉认为："作家位于他的时代、他的民族以及思想史的精神地图上。"②在笔者看来，"50 年代出生作家"秉持的价值体系，其核心还是责任、理想、道义、爱等内容，他们在历史叙事中体现出可贵的对民族历史的积极介入和追问姿态，以思想性和艺术性的双向追求创作出厚重的文本。无论是从韩少功，还是从李锐、铁凝等人身上，都可看出作家的历史担当和现实介入。他们对十年动乱这段历史怀着一种严肃的兴趣，以丰饶的艺术真实复现着历史的残酷与人性的灾难，对抗着消费文化下普遍的记忆遗忘。经历过纳粹大屠杀的捷克作家克里玛（Ivan Klima）曾如此规定自己的写作内涵："通过反抗死亡，我们反抗遗忘；反过来说也是一样：通过反抗遗忘，我们反抗死亡。"写作的意义对于作者来说是为了对抗遗忘，对抗死亡，对抗权力主体对历史的修饰，对抗真实的历史遭到篡改和扭曲。因而，作者愿意用写作去"建立一座比铜还持久的纪念碑"③。"50 年代出生作家"的历史叙事在某种程度上的实践的正是这样一种写作精神和追求。

　　同时，由于"50 年代出生作家"的"大历史"情结和对宏大叙事的青睐，他们的小说世界显示出宏阔的历史内容和深沉的思想气质。但是，他们对写实

---

① ［德］卡尔·曼海姆. 卡尔·曼海姆精粹［M］. 徐彬，译. 南京：南京大学出版社，2002：73.

② ［捷］米兰·昆德拉. 小说的艺术［M］. 董强，译. 上海：上海译文出版社，2004：186.

③ ［捷］伊凡·克里玛. 布拉格精神［M］. 崔卫平，译. 北京：作家出版社，1998：41.

风格过于倚重，加上他们这代人由于历史因素被耽误，除了少数人，像韩少功那样通过不懈努力弥补了知识与学养的匮乏外，大部分作家都缺少健全的知识传统和艺术积淀，因而，他们的艺术世界不免厚重有余且缺少灵动多姿。此外，意识形态①和政治集团是这代作家的精神"窄门"，他们尽管已具有相当的人格自主性和文学自觉，但在写作路数和对历史的认识上难以摆脱群体写作和所谓惯性写作的窠臼。因为这代作家亲历者的经历和他们在表现 20 世纪六七十年代时采取的主动介入历史的方式，所以，他们的历史叙事有着历史现场感，叙述人、作家与历史的距离很近，这又在一定程度上限制了历史叙事的艺术效果和思想深度。而 20 世纪六七十年代出生作家由于与历史的那种天然距离，他们往往不用宏视角进入历史现场，而是借助未成年人视角、童年视角、病孩视角等个性化的视角，以此构筑一个轻盈灵动的文学空间。在集中营度过了大部分战争岁月的克里玛，目睹了亲人和其他太多人的死亡，在再现和言说这段历史和经历时，他选择"变成他们的声音"的代言姿态和心灵角度，"这时我被一种类似赋予了一种责任和使命的情感所压倒：去变成他们的声音，他们抗议将他们的生命从这个世界上抹去的那种死亡的叫喊。几乎正是这种感情促使我去写作，而我当然没有想要去遏制去写作、创造故事和寻找最好的方式向别人转述我想说的东西那种不可遏制的冲动"②。见证叙事几乎是西方文学叙述历史灾难的一个重要方法。通过这种叙事立场和价值视点的后移，关于 20 世纪六七十年代的历史叙事大概才可以获得昆德拉所说的从表现历史环境的小说变成审视人类存在的历史范畴的小说。

如果说"50 年代出生作家"的历史叙事是一种追求历史本质化的写作，那么，20 世纪六七十年代出生的作家则是采用充满经验化、个体化的叙事方法。他们极大地丰富和开拓了前辈作家历史叙事的内容和表现手法，其写作呈现出某种先锋气质。相较前辈作家，20 世纪六七十年代出生的作家具有相对较好的文学教育和知识传统，他们的写作与主流话语有着较大的距离，不再为政治意识形态所捆绑。更为可贵的是，这些更为年轻的作家们有着很强的主体意识，他们的写作在穿梭历史与现实生存的同时，更愿意抚摩个体生命的疼痛，追忆个体的成长。与前辈作家呈现出的宏大历史叙事不同，他们的写作是一种去历史化、去深度化的写作。即使面对十年动乱这样的宏大历史，他们的写作仍然

---

① 阎连科. 我为什么写作［M］//王尧，林建法. 我为什么写作——当代著名作家讲演集. 郑州：郑州大学出版社，2005：213.

② ［捷］伊凡·克里玛. 布拉格精神［M］. 崔卫平，译. 北京：作家出版社，1998：40.

保持着旺盛的个人感觉、个人经验，注重个体情感和经验的真实表达，从个人经验出发，在个人的生存体验中楔入历史时代的内容，在对知青岁月、十年动乱记忆场景、城市生活的描写中，展示其独特的个人化的审美。这种"去历史化"的叙事看似摒弃了某种思想的重负，但从对新时期文学的影响来看，无论是在小说观念的解放上，还是在叙事方式的丰富上，都起到了功不可没的作用。20世纪50年代到80年代初的小说，由于政治化的特定语境以及频仍的政治运动对作家和知识分子主体意识的剥夺，呈现出工具化的代言特色，或是反映出基于"民族—国家"层面的共同价值诉求和社会共识进行创作的群体性和社会性特点，小说在这其中肩负着重大的社会命题，成为工具化的艺术存在。然而，20世纪六七十年代的出生作家则一举颠覆了这种写作成规和小说的书写规范。与20世纪80年代中期的先锋文学在语言和叙事技巧层面所做的开拓不同，他们在20世纪90年代的文学书写中以强烈的主体精神对都市、底层、历史进行着极富个人化的想象与言说，在对历史的叙事上，这代作家的叙述方式和价值诉求显然也有别于前辈作家，"苏童们描写的60年代或70年代，和王蒙、张贤亮或者史铁生、梁晓声们根本不可同日而语。这是迥乎不同的历史记忆与价值关怀，也是迥乎不同的世界图画与生存景观……60年代出生作家是在用完全不同的心灵方式讲述一个世代的往事"①。因而，这种书写无疑极大地解放了小说观念和小说叙事，无论是小说呈现出的智性特色，还是小说从沉重化、精致化重新回到松散、自由和世俗化的状态②这些都是这代作家对于当代小说艺术发展的贡献。

20世纪六七十年代出生作家的充满个性化、富有美学意味的历史叙事在极大丰富当代小说叙述艺术和文学表现的同时，也面临着一些困境与瓶颈。这两代作家对20世纪六七十年代的表现，在文学策略和思想探索层面采取的是"向后退"的方法，他们回避对历史本源的纵深掘进和深度勘察，"50年代出生作家"的历史本位的精神姿态已经转化为他们这代人的个体经验本位。他们对20世纪六七十年代的书写向个人经验进发，逃离大历史，但历史执拗地穿梭在个人的经验中，童年、成长成为他们的小说文本的关键词。所以，他们的历史记

---

① 郜元宝. 匮乏时代的精神凭吊者——60年代出生作家群印象［J］. 文学评论，1995（3）：51-58.

② 分别参见梁鸿. 理性乌托邦与中产阶级化审美——对六十年代出生作家美学思想的整体考察［J］. 当代作家评论，2008（5）：102-114；郜元宝. 匮乏时代的精神凭吊者——60年代出生作家群印象［J］. 文学评论，1995（3）：51-58.

忆和叙事"主要是突出了一种少年叙事视角和成长过程中人性被扭曲的惨痛情形"①，"50年代出生作家"的那种历史本质化的书写和对历史的深切体恤被这代作家轻易地遗弃了，这不仅是写作策略的变化，更是不同代际间历史意识和精神立场的断裂。对于20世纪六七十年代出生的作家来说，这种精神立场和文学叙事上的断裂也是一种自觉的后撤，它在丰富文学叙事的审美方式和表现手法的同时，简化了文学的精神力度，造成了历史叙事的某种简单化和贫瘠。比如"60年代出生作家"关于十年动乱的叙事有相当篇幅的作品从童年和个体成长的角度切入，再比如20世纪六七十年代无论是作为叙事资源还是写作背景，在"70年代出生作家"的笔下都已经大规模地退隐，他们在迷恋都市和自我的同时，彻底放逐了对这段历史的想象与虚构热情。具体到"60年代出生作家"来说，他们有浓厚的历史情结，这段历史是其创作无法绕开的一个圣地。当然，成长和历史作为两个重要的命题，虽然给作家带来了叙事资源，但在某种程度上也限制了作家向其他资源的开发和掘进，正如李敬泽所说的"写不写'文革'，这不是问题，问题是，如果你一写长一点的东西，你就找到你的'成长'、找到'文革'，这说明什么？这两样东西是你自然领受下来的，是摆在那里的大叙事，除此之外，你找不到足以支撑一部长篇的大叙事，除了你成长的过程你想不出命运的其他方式，除了'文革'给定的历史节律你看不出别的节律，这难道不是问题？"② 因而，书写历史和成长而不拘泥于二者，以此作为叙事的出发点，而非徘徊不前的终点，应是"60年代出生作家"谨记的。

此外，关于20世纪六七十年代这段历史的叙事在"70年代出生作家"笔下的集体缺席不能不引起我们的忧虑。面对作为社会事件或民族记忆的这段历史，他们拒绝如前辈作家那样执着地给予解释、建构或利用其充满文学性的想象进行书写，这种对民族伤痛和历史记忆的拒绝姿态容易滑向虚无主义的深渊。法国历史学家哈布瓦赫（Maurice Halbwachs）曾指出："我们保存着对自己生活的各个时期的记忆，这些记忆不停地再现；通过它们，就像是通过一种连续的关系，我们的认同感得以终生长存。"③ 记忆不仅对个人的认同很重要，对民族文化、历史与精神的延续，以及个体在群体中的归属感和认同感都有着至关重

---

① 洪治纲，李敬泽，汪政，朱小如. 文学"瓶颈"与精神"窄门"——漫谈60年代出生作家及其长篇小说创作［J］. 上海文学，2006（3）：62-68.

② 洪治纲，李敬泽，汪政，朱小如. 文学"瓶颈"与精神"窄门"——漫谈60年代出生作家及其长篇小说创作［J］. 上海文学，2006（3）：62-68.

③ ［法］莫里斯·哈布瓦赫. 论集体记忆［M］. 毕然，郭金华，译. 上海：上海人民出版社，2002：82.

要的作用。所以，"对自己的过去和对自己所属的大我群体的过去的感知和诠释，乃是个人和集体赖以设计自我认同的出发点，而且也是人们当前——着眼于未来——决定采取何种行动的出发点"①。20世纪六七十年代作为"60年代出生作家"或是"70年代出生作家"的人生起点，成为"60年代出生作家"挥之不去的一个阴影，却在某种程度上造成了他们写作的一个逡巡不前的叙事窠臼；"70年代出生作家"则轻易地绕开了这一历史记忆，少数作家偶尔涉猎。然而，作为新时期成长起来的一代人，"70年代出生作家"有着良好的知识结构和文学素养，较少受到主流意识形态的规约和传统文学陈规的影响，按理说，对这段历史的书写，他们是得天独厚的一代。但是，他们的致命缺陷在于对历史缺乏热情，对解构和怀疑的坚持远远要大于建立和认同，对都市意象和个人感官的迷恋大大超过了对历史的追问和索解。不过，笔者仍然愿意相信，"70年代出生作家"能够在历史书写上创造出思想性和艺术性兼备的佳作，但前提是他们不在虚无和怀疑的轨道上渐行渐远。

在几代作家中，历史叙事的代际差异是实存的，但代际作为一种评价视角与区分纷纭复杂的文学实践时，又具有某种虚弱性和局限性。这种虚弱性和局限性首先表现在，以代际差异视角去考察几代作家的创作时，虽然能从宏观视野区分出出生于不同世代的作家处理历史题材所呈现出的总体特征和不同侧重点，但在求同一代际的"同"、存不同代际的"异"时，极有可能因为阐释视角和论证过程的所谓完美和便捷而忽略同一代际间的差异和不同代际间的共性，即化零为整，有意无意忽略文学现象的丰富性和复杂性，这无疑犯了削足适履的毛病。因而，对这部分规整之外的"零头"与统一之外的"异数"，我们不能熟视无睹，甚至有意忽略。比如，同为"50年代出生作家"，铁凝、刘醒龙、阎连科与李锐、王安忆等人在叙述20世纪六七十年代上有着诸多共性的同时又有着明显的差异，《玫瑰门》《弥天》《坚硬如水》等以宏阔的视野正面再现十年动乱的历史场景和纷乱世相，在这一宏大的布景之上上演人的苦难、欲望与悲剧，而《无风之树》《万里无云》《启蒙时代》等篇则回避了对历史本相的这种正面强攻，大历史或历史的某个节点成为小说的生存背景，在这一背景之中追踪人的精神生成史和精神蜕变历程。不仅仅在"50年代出生作家"内部存在着这种分野，20世纪60年代与70年代出生作家内部同样存在着这种喧哗与差异。这种分野所昭示的倒不是作家的精神立场和艺术旨趣的高下，而是提醒我

---

① ［德］哈拉尔德·韦尔策. 社会记忆：历史、回忆、传承［M］. 季斌，等译. 北京：北京大学出版社，2007：代序3.

们，在以代际作为视角划分作家的历史叙事或者在宏观层面寻找代际的共性和差别时，更要兼顾和辨识到代际内部的差异性和多样性，不能由于群体的命名而无视充满个性化的文学事实和作家个体。因为对于相同境遇和同一叙事资源，不同作家个体的审美方式和叙述重心会有不同，而此时，代际的归纳和命名很可能会造成对文学多样性和丰富性的遮蔽与简化①。

事实上，出生于同一年代或世代中的作家很可能是两代人。有评论者就指出，20世纪60年代前期和中后期出生作家就是因为历史事件和价值立场的迥异而成为截然不同的两代人。作家的创作常常是跨越代际的，社会学上所谓跨代和滞代在文学创作上同样存在。比如，倘若按照出生意义上的代际来说，出生于1957年的叶兆言应该属于20世纪50年代生人，但在文化立场、文学叙事和艺术特征上，他无疑更接近20世纪60年代出生的那拨作家。他的《没有玻璃的花房》以20世纪六七十年代作为表现内容和反思对象，小说以八岁的木木作为视点人物展开所思所想，以儿童懵懂的视野再现20世纪六七十年代的批斗、游行和种种暴力，但小说的叙述重心并不在于对历史的严肃、庄重或残暴、纷乱的展示，而是借助儿童的感知，凸显历史的游戏、狂欢和充满快感的儿童知觉与审美倾向。于是，历史的神圣外表和庄重实践被还原为游戏本质与快乐而荒诞的历史场景。无论是历史意识还是叙述重心，叶兆言都已明显区别于铁凝、李锐、刘醒龙等人那种自觉追问历史所显示出的厚重敦实的大历史式的宏大叙事，却与苏童的《城北地带》、艾伟的《回故乡之路》、叶弥的《成长如蜕》等"60年代出生作家"借助儿童感知与童年视角观照历史呈现出的经验化、个性化、诗性化的叙事更为接近。

第四节　历史观与历史记忆叙事

新时期以来，随着西方各种社会或文化思潮的蜂拥而入，以及中国社会在政治、经济、文化层面的深刻变革和数度转型，作家自身的历史观念经历了不同程度的更新或重组。不同代际间作家的历史观念更是有着显见的差异。作家

---

① 吴义勤等人认为，代际的好处在于容易对一代作家做出整体的概括与评判，但这种集体与群体的概念虚设夸大了一些内容，同时也遮蔽了文学的丰富性和复杂性。这番提醒和反对是有道理的（吴义勤等. 代际想像的误区——也谈60年代出生作家及其长篇小说创作［J］. 上海文学，2006（6）：44-55，在使用这一视角时，我们有必要对代际的这种局限性保持警惕。

在历史认识上的这种差异性以及不同的处理方式，带来了关于 20 世纪六七十年代的不同叙事形态。那么，在新时期以来的若干年间，小说作为讲述这段历史的非常重要的载体①，形成了哪些典型的历史观，如何影响和制约着历史形态或历史形象的生成，这类历史叙事又具有怎样的风貌，都是颇有意味的话题。

客观地说，新时期以来作家在叙述 20 世纪六七十年代时并非每个人都有自觉而鲜明的历史观念和历史视野，但大多数作家还是呈现出比较自觉的意识和追求，而且，他们还在努力寻找独具个性的历史观。正如作家阎连科所说的："你一旦关注历史……你就要在历史中扮演一个审查员的角色，甚至扮演一个历史审判官的角色。就是说，你要有自己的历史观。要有个性的历史观，要在历史中表达出个性的声音和看法。""《白鹿原》的不凡之处，就在于陈忠实在《白鹿原》中有了历史审查员的眼光，在表现那段历史时，表达了作家个人的、个性的历史观。同样，我们从莫言的《丰乳肥臀》中看到的也是莫言的历史观。从《长恨歌》中看到的是王安忆的历史观。他们都有重新审视历史、辨别历史的眼光和能力。"② 面对同样的历史和题材，不同的作家由于历史观的不同而使这种历史书写呈现出相异的叙事风貌和历史诉求。从总体趋向来看，大陆作家在叙述 20 世纪六七十年代这段历史时，在历史观念层面，经历着从进化史观到反思进化史观的变迁。在进化史观的影响下，作家追求的是一种"历史化"的书写方式。所谓"历史化"，是说"文学从历史发展的总体观念来理解把握社会现实生活，探索和揭示社会发展的本质和方向，从而在时间整体性的结构中来建立文学世界"③。新时期之初的"伤痕""反思"小说追求的就是这种"历史化"的文学叙事，即注重对社会总体性目标的表达，注重对社会历史规律与本质的探寻。到了 20 世纪 80 年代中期，先锋文学、新历史主义小说开始试图超越旧有的文学样式，从根本上来说，它们试图超越的是旧有文学对历史的理解和作家对历史本质化的追求。简言之，新时期以来，随着中国社会在多个层面结构性、整体性的变迁，大陆作家在本土社会文化语境中对十年动乱的历史认知也经历着从依附主流话语到独立思考、从确信到怀疑到重新考量的动态过程，在这一过程中形成了如下几种典型的历史观：以乐观为基调的进化史观、以怀疑和解构为追求的新历史主义历史观、以退守乡村和农耕文明为内容的新复古主义历史观。这些历史观是作家的"思想武器"，制约、指引着他们的历史叙事

① 许子东. 许子东讲稿（卷一）[M]. 北京：人民文学出版社，2011：2.
② 阎连科. 拆解与叠拼：阎连科文学演讲 [M]. 广州：花城出版社，2008：55.
③ 陈晓明. 表意的焦虑：历史祛魅与当代文学变革 [M]. 北京：中央编译出版社，2002：475.

或渗透在文学作品中，影响着小说中的历史记忆形态与美学风貌。

在新时期之初直至 20 世纪 80 年代中期，作家在审视社会进程和叙述历史时信奉的是带有乐观精神表征的进化史观。这种历史视野有这样几个特色：第一个特点是它的理论资源和思想支撑来自辩证唯物主义的进化史观和马克思主义的乌托邦主义。在这一思想视域和历史视野下，社会历史的发展是朝着一个预设的理想目标迈进，尽管会有曲折坎坷，但历史进程的总体方向是向前的。因而，这就带来了第二个特色，即在这种史观影响下的评判和叙述历史的基调是乐观并激越的。作家们受进化史观的蛊惑，相信眼前的磨难和个体所经历的苦痛是暂时和偶然的，历史的发展和胜利是绝对和必然。所以，他们在情感和认识上充满了乐观基调，而在叙述层面体现为小说整体洋溢着光明色彩。比如作家们的"月食"情结、"鲜花与墓场"的文学比喻典型地彰显了这种特色①。第三个特点是，既然信奉历史是进化的，而劫难和悲剧是暂时和偶然的，那么，这就必须给阻碍历史进程的破坏性因素和历史的停滞寻找到某种合理的解释。在如何解释这一问题上，作家按照主流意识形态的要求，自觉将这种具有破坏性的因素和停滞阶段规定为历史的支流，将历史的悲剧和坎坷归结为"少数人"的破坏，以完成对历史起源的解释，从而，在历史认识上走向了道德化述史的窠臼。洪子诚先生在分析从维熙等人关于 20 世纪六七十年代的"历史记忆"书写时曾这样说道："从维熙继续了中国传统戏曲、小说的历史观，即把历史运动，看作是善恶、忠奸的政治力量之间的冲突、较量的过程。"同时，十年动荡历史的曲折，以及正直善良之士的蒙冤受屈，都是奸佞之徒一时得势的结果。"这种历史的道德化的观念，决定了从维熙的小说形态"②。不仅是包括从维熙在内的"右派"作家，新时期之初的大部分作家在叙述十年动乱和讲述这段历史起源问题时，启用的都是这种思维方式和历史视野。

随着西方各种哲学思潮和社会思潮在 20 世纪 80 年代涌入本土语境，以及作家主体意识的复苏，年轻一代作家开始质疑和反思以乐观为精神表征的进化史观。在这一背景下，以怀疑和解构为追求的新历史主义历史观便产生了，这种历史观下的写作表现在先锋小说、新历史主义小说等流派中。包括残雪、莫言在内的一大批先锋作家，如苏童、余华、格非、叶兆言，以及虽未被归纳到

---

① 比如李国文的《月食》以"月食"譬喻，来表达"明朝准晴天"式的对光明的确信。这种乐观的进化史观和光明心态，在《墓场与鲜花》（上海文艺，1978）中表达得更为明确，作家用墓地和鲜花分别比喻黑暗和光明，"墓场终有尽头……是的，黑暗终久要被光明所代替，反动、邪恶的势力最终要被消灭"。

② 洪子诚. 中国当代文学史 [M]. 北京：北京大学出版社，1999：266-267.

这一流派但在创作风格上极富先锋气质的王小波、刘震云等人,他们的创作反映了这种历史观,应该说其理论主张和创作实践对于中国新时期文学的贡献是巨大的,这种贡献尤其体现为他们对传统文学观念、文学功能和叙事方式的颠覆及反叛。在文学观念和文学功能上,他们果敢地逃离意识形态和传统经典现实主义的藩篱,大量引入西方解构主义、新历史主义,甚至包括后现代主义的观念和技法,使中国文学在这一时期呈现出令人目眩的创作景观。在与主流话语以及传统文学的关系上,先锋作家们倾力消解主流话语,中断与传统现实主义的关系。在历史观念上,他们不满前辈作家乐观的进化史观,意图调整和改变这种目的式的历史观念,展示出去历史化、非历史化和反历史化的特点,"大历史"从他们笔下消失,个人化的历史与个体的情欲、生命欲求、善恶等在历史发展中的作用得到了某种书写。

可以看出,新历史主义与后现代主义的思想观念和叙述方式已经渗透在这些作家的文学叙事中。从知识谱系上看,先锋作家所秉持的历史观念和表现手法是对传统历史主义或实证历史主义的反叛。传统历史主义相信世界井然有序,通过人的主观能力可以找到历史发展的规律,厘清历史发展的逻辑和轨迹。然而,随着新历史主义的崛起,历史不再是一个明确的实体,而是一种"话语"和"文本",历史叙事依靠建构者的"想象的建构力"组织事件,或赋予事件以整体性和意义的敏感性①。因而,在这种新历史主义与后现代主义历史观交融影响下的历史叙事呈现出高度的隐喻性与象征性,这种叙事"利用真实事件和虚构中的常规结构之间的隐喻式的类似性来使过去的事件产生意义""历史是象征结构、扩展了的隐喻"②。比如残雪的《黄泥街》《山上的小屋》,余华的《一九八六年》,格非的《追忆乌攸先生》,刘震云的《故乡相处流传》等作品,叙事晦涩零乱,让人觉得在描述 20 世纪六七十年代,又似乎超越了这段历史;有十年动乱时期的阴森气质,又有在这之外对人类灾难生存的一种普遍式隐喻。在他们的叙事中,"一改以往的历史小说对史实的高度依赖,将历史轻松地还原成现代性意义上的庸常生活——使历史脱离了抽象的权力体系和实证性的史实制约,成为生命存在的一种虚拟化的时空背景"③。

20 世纪 90 年代以来,乡土、民间是被知识界不断激活和阐释的重要语汇。

---

① 南帆. 二十世纪中国文学批评 99 个词 [M]. 杭州:浙江文艺出版社,2003:419.
② [美] 海登·怀特. 作为文学虚构的历史本文 [M] //张京媛. 新历史主义与文学批评. 北京:北京大学出版社,1993:171.
③ 洪治纲. 守望先锋:兼论中国当代先锋文学的发展 [M]. 桂林:广西师范大学出版社,2005:214.

乡土与民间成为作家们热衷表达的资源和视角，作家对乡土、民间的倚重，以及对前工业时代的文明与生存样态的讴歌甚至形成了某种价值观和历史观，影响着小说的视角选择与价值诉求。乡村是当代很多作家的人生起点和精神故乡，信息时代的光怪陆离、城市生存的快节奏和高压力都使他们无比怀念那个宁静而静态的农业文明形态，"语言和图画携来的讯息堆积如山，现代传递技术可以让人蹲在一隅遥视世界""（但）它损伤的是人的感知器官。失去了辨析的基本权力，剩下的只是一种苦煞"。只有沉入这种区别于现代文明形态的空间中，才会感到"一种相依相伴的情感驱逐了心理上的不安。我与野地上的一切共存共生，共同经历和承受"①。因而，在叙事层面和精神层面重回乡村和静态的农耕文明成为很多作家自觉的艺术选择和精神立场。无论是李佩甫的《红蚂蚱 绿蚂蚱》《黑蜻蜓》《村魂》，还是李锐的《万里无云》《无风之树》，阎连科的《坚硬如水》，都将大时代的故事放置在偏远闭塞的乡村世界里上演。在这些小说中，均有一个小国寡民、世外桃源式的乡村世界：画匠王村、矮人坪、五人坪、程岗镇，在这块闭塞、贫瘠的土地上生活着像德运舅、队长舅、拐叔、天柱、陈三爷、程天青等善良、憨厚的乡民们。此类小说的叙事一般是将这样的世界描写成虽贫瘠但却有着浓厚的人伦情感与和谐的人际交往的空间，然而，"革命"的到来打破了既有生存方式和伦理情感，人的生存陷入更大的苦难和悲剧中，从而在叙事目标上完成对"革命"不义的指认，进一步反省和批判极"左"政治与激进革命对人类生存的破坏和对人性的戕害。李锐曾这样表达他的"历史观"：

> 在我的故事里，在贫瘠苍凉的吕梁山上，自然和人之间千百年来的相互剥夺和相互赠与，给人生和历史留下一幅近乎永恒的画面，为此我曾写下一句话："在吕梁山干旱贫瘠的黄土塬上，历史这个词儿，就是有人叫谷子黄了几千次，高粱红了几千次。"如今，来启蒙的巨人们，带着他们的真理和信仰，带着他们的革命和暴力，带着他们的激情和冷酷，闯进这千载悠悠的画面，以革命、进步和现代的名义，他们打破了什么？剥夺了什么？又真的给予了什么？②

---

① 张炜. 张炜文集（2）[M]. 上海：上海文艺出版社，1997：333-344，351.
② 李锐. 幻灭之痛 [M] // 李锐，毛丹青. 烧梦——李锐日本讲演纪行. 桂林：广西师范大学出版社，2009：80-81.

"历史"在小说所塑造的"吕梁山"这个独特空间里，在李锐的文学王国里，与通常的历史概念是不同的，它直接化约为"谷子黄了几千次，高粱红了几千次"这种形象的比喻——以农作物的成长喻示历史与时间的变动，以自然事物的荣枯象征历史的年轮和时间的刻度。可以说，这些作家在叙事基点上，是立足于农业文明的静态社会，以此视角将极"左"政治和激进革命视为外来物。由于要从价值立场上否定这种革命的非法性和破坏性，因而，就必须肯定农业文明形态下人的原初生存和伦理道德的自足性与合理性。于是，作家们对于这些社会形态下的生存方式和人伦情感都给予了不遗余力的讴歌，尽管地理空间偏僻、物质生存极端贫瘠，但人在道德和品质上是善良而淳厚的，散发着人性的光辉，他们的交往洋溢着传统农业文明形态下的温情。应该说，这种社会形态是去政治化的，内部虽也有权力，但革命的进入是这种文明形态集体抵制的。同时，现代文明的进入也是徒劳的，不管是作为启蒙者的张仲银（李锐《万里无云》）带着启蒙动机兴致勃勃地来到五人坪，以饱受牢狱而终；还是高爱军（阎连科《坚硬如水》）在程岗镇惊天动地发动"革命"以摧毁旧的文明和旧的权贵，最终以悲剧收场，都意味着农业文明形态的稳固，以及极"左"政治作为一种扭曲变形的现代革命形式不能推动社会良性发展的历史定律。

作家们对农耕文明形态下生存方式和交往伦理的合理性与自足性的肯定及讴歌，遭到了一些批评家的诟病，他们称其为"宣扬原始自然主义和封建宗法主义"①。这种倾心前工业文明的历史书写，"其实不过是抹杀中国现代化历程的一种手段。对中国现代化历程真正意义上的反思，必须切合中国现代历史的本真存在，否则，任何'超现实写作的重要尝试'都只能是'历史保守主义和历史复古主义'的虚假或随意的虚构"②。简而言之，批评家认为李锐、阎连科这些作家宣扬历史保守主义和历史复古主义，笔者认为言过其实。他们对乡土经验进行艺术建构时采取的是"向后退"的策略，在肯定和营造农业文明原有的静谧温情，否定极"左"革命的残酷和荒诞时，流露出对这一小国寡民的乌托邦和中国传统农耕文明的几许追怀和诗意，至多只能说这种历史观念和历史意识有着和所谓历史保守主义和复古主义的某种契合之处。因而，笔者将这种并非意在复古和宣扬保守主义，但在主张和创作中呈现出某些复古特征的历史观称为新复古主义历史观。这种历史观区别于进化史观和解构主义历史观，对历史叙事的叙事风貌产生了不可忽略的影响，尤其因为有了民间世界和乡土伦

---

① 胡良桂. 论当代作家的历史观问题 [N]. 文艺报，2006-04-06 (3).
② 胡良桂. 论当代作家的历史观问题 [N]. 文艺报，2006-04-06 (3).

理的参照坐标，这段历史及其人格化形象①的狰狞、残酷的本性显得更加清晰和不言自明。

　　如果从代际的角度看"50年代出生作家""60年代出生作家"以及"70年代出生作家"的文学创作，便不难发现，他们对20世纪六七十年代的历史热情、历史意识大致是呈递减趋势的。"50年代出生作家"作为这段历史的亲历者，对历史悲剧有刻骨的体验，他们所受的思想教育、文化熏陶和个人成长历程也都深深烙上了那个时代的印记。因此，大多数作家怀有一种"大历史"情结，回眸往事时，写作成为他们追溯历史悲剧、诉说民族灾难、探究历史悲剧起源的有效且重要的途径。在他们笔下，历史的动荡纷乱、残暴冷酷得到了正面而有力的书写与控诉。比如铁凝的《玫瑰门》、刘醒龙的《弥天》、王安忆的《启蒙时代》等篇饱含着那段历史的现场感，作家浓郁的历史关怀、清晰的历史观念、高度的责任感透过文字一览无遗。"60年代出生作家"以反叛主流和前辈作家的姿态登上文坛，崇尚个性化的历史观和文学写作，尽管大历史从他们笔下逃逸，但历史边缘人的成长记忆还是让他们频频触及这种历史记忆题材，日常经验、个人成长的内容在20世纪六七十年代的背景下被书写得熠熠生辉。这种特征表现在苏童、毕飞宇、余华、王彪、艾伟等作家的创作中。到了"70年代出生作家"笔下，历史观和历史意识进一步消弭。在魏微的《流年》、卫慧的《艾夏》等小说中，20世纪六七十年代只是个体成长的一个淡淡的轮廓，作家没有兴趣也不愿意去索解历史悲剧起源、责任归咎等命题，他们钟情的是在沧海横流的历史卷轴上吟哦个体生命的细语，在大时代的荧屏上放映个体成长的悲喜剧。诚如评论者指出的那样，"她们的历史书写并不存在明确的写史动机，她们意欲向读者展示的只是一个空间存在意义上的自我，而非处于时间发展轨迹中的自我。她们并不特别看重历史或者记忆的意义。在作品中，她们甚至表现出了甩脱历史和记忆的渴望"②。因而，历史记忆上的这种代际性差异表

---

①　所谓"20世纪六七十年代的人格化形象"，是指脱胎于20世纪六七十年代环境，具有那个时代的思维、心理和暴力行为模式的、异化的人物形象。比如作为烈士遗孤的"苦根儿"赵卫国（李锐《无风之树》）是一个被意识形态化的、典型的"政治人"，在他身上，人的情感缺失，他以启蒙者的姿态和巨大的热情在矮人坪实践其政治抱负，带来的却是彻头彻尾的灾难。再如，回乡军人高爱军（阎连科《坚硬如水》）以"革命者"的身份在程岗镇进行的反对旧制的现代性运动，实际上是一个革命投机者以革命的名义实现个人私欲的阴谋，高爱军本质上是一个阴谋家、刽子手，一个以革命名义行己私欲的荒淫者。

②　路文彬.历史想像的现实诉求：中国当代小说历史观的承传与变革［M］.南昌：百花洲文艺出版社，2003：416.

现为作家在关于 20 世纪六七十年代的历史认知与历史形象建构上的代际性变迁，这也构成了小说 20 世纪记忆六七十年代的重要特征。

　　总之，通过梳理新时期以来作家对历史的不同理解方式以及这类小说的不同叙事形态可见，这类历史小说的叙事形态、价值言说都与作家的历史观念之间存在着或隐或显的内在关联，即历史观影响或主导着作家们对于历史的想象与艺术构思。

第四章

世界坐标与本土症候——世界文学坐标中的历史记忆小说

第一节 华语文学中的历史记忆叙事及其症结

不管作家是出于某种原因移民海外，还是作为华裔出生在海外，都因为海外这种独特空间位置的获得，使他们具有了与本土作家迥然不同的文化语境、语言系统和意识形态体系，甚至带来了他们文学审美、艺术风格和写作诉求的变化。严歌苓曾自言，在美国的十几年"让我的观念都重新洗牌了""我的是非观被洗得乱七八糟"。美国老师的写作观念改变了她的写作方式，由此影响她对20世纪六七十年代的书写呈现出从《天浴》到"穗子"系列两种不同的风格①。总体来看，书写20世纪六七十年代在海外作家笔下是一个颇受青睐的写作向度，甚至"最近十多年海外华人作家在西方产生重大影响的作品（特别是以非中文写成的作品）"②几乎都与这段历史有关。由于海外的写作环境摆脱了意识形态的束缚，加上空间上与这段历史的距离，使写作者可能获得与大陆本土作家截然不同的文学语境和写作心态。那么，在这种情况下，海外作家对20世纪六七十年代这场灾难的历史起源进行了怎样的回答与还原？他们对历史阴霾下的中国形象进行了怎样的建构？相比大陆本土作家的文学叙事，海外作家的历史书写究竟提供了哪些不同的质素？另外，鉴于可能要满足或迎合西方读者口味的特定写作诉求，海外作家在书写这段历史时，是否存在着主动或被动的东方化或殖民化的倾向？归根结底，海外作家对20世纪六七十年代进行历史叙事时描绘了怎样的历史图景，建构了怎样的中国形象，呈现出怎样的历史观，均是值得我们深思的话题。

---

① 严歌苓. 十年一觉美国梦 [J]. 华文文学, 2005 (3)：47-48.
② 唐海东. 海外华人的文革写作 [J]. 世界华文文学论坛, 2008 (4)：17-21.

　　海外关于 20 世纪六七十年代的历史叙事由于涉及的国别较多、作家作品浩繁、风格多样，因而，本节难以用史的眼光和类型史的归类方法细致梳理海外叙事的类型变迁史，而是选取了一些典型文本，抓住作家进入历史的角度和建构方法，根据作家观照这段历史的艺术和秉持的史观，分析作家如何建构以及建构了怎样的历史形态。在大陆，作为一种文学现象，反思十年动乱是从"伤痕""反思"小说开始的。在今天看来，"伤痕""反思"小说存在着叙事、美学和价值判断上的种种缺憾，但也开启了将这段历史视为暴力和罪恶的"伤痕叙事"与"控诉美学"。在海外的同类题材小说创作中，从 20 世纪 70 年代末到21 世纪的当下，我们都能读到这类历史叙事。比如，较早的有中国台湾留美作家陈若曦的《尹县长》《任秀兰》，美籍华裔作家严歌苓的《天浴》《白蛇》《人寰》；时间较近的有美籍华裔作家王瑞芸的《姑父》，陈谦的《特蕾莎的流氓犯》①。这些小说将十年动乱看作一种暴力事件和历史困境，突出这段历史对个体身心造成的深重创伤以及历史后遗症，在叙事结构与历史评判上与"伤痕""反思"小说比较接近。陈若曦的《尹县长》《任秀兰》写于 20 世纪七八十年代，作为亲历者，陈若曦对那段历史的书写多了一份历史现场感，她的小说以写实的手法正面诉说动乱中知识分子和普通人的创伤与痛楚，在艺术手法上并未超越后来的"伤痕""反思"小说，相反，与之形成很大的同构性②。

　　严歌苓的《天浴》《白蛇》《人寰》中包含了作家对这段动乱历史自觉的"控诉情绪"③。《天浴》以女知青文秀的命运遭际作为线索，为了回城，她天真地试图用身体打开一条可行之路，结果，身体的付出非但没能得到权力的庇佑，反而招致更多的男性"权力"者竞相享用她的身体。身体沦为权力的奴隶，看似是文秀的无知和其回城的急切导致的认识与行为上的重大失误，实则是严歌苓欲通过这样一个女性牺牲者写出那个时代女性作为弱者面临的悲惨境遇。人性的明净、淳朴与时代的冷酷、黑暗构成小说叙事的两极。不管是文秀，还是善良却无力拯救文秀的藏族牧人老金，他们都是畸形时代的受害者。所以，这则"悲伤童话"还意在表达严歌苓对动乱背景下人性退化④和人心恶化的巨大感喟。《白蛇》在严歌苓的创作中，甚至是整个海外华语叙事中都是相当独特的一个文本。独特之一在于"官方版本""民间版本"式的多视角叙事。其独特之二在于再现了特定时代背景下女性之间的同性之爱以及人的正常情感、爱欲

---

① 《姑父》和《特蕾莎的流氓犯》分别刊于《收获》2005（1）、2008（2）：4-22.

② 许子东. 许子东讲稿（卷一）[M]. 北京：人民文学出版社，2011：215.

③ 严歌苓. 十年一觉美国梦 [J]. 华文文学，2005（3）：47-48.

④ 严歌苓. 严歌苓自选集 [M]. 济南：山东文艺出版社，2006：238.

被时代撕裂的阵痛。独特之三在于小说的十年动乱背景。如果没有这种历史作为背景，著名舞蹈家孙丽坤不会沦落到民间，进而蜕变为一个泼辣村妇，关于她的命运遭际也就不会引起多方人物的关注，从而形成不同视野和不同版本的叙述；如果没有从天堂到地狱的这种浮沉，孙丽坤不会经历情感的孤独和爱欲的疼痛——十年动乱成为这种悲凄命运和变异情感的生成酵母与置放空间。或者说，通过人在特定环境下情感的迷惘和爱欲的挣扎，严歌苓将这段历史的暴力性和残酷性淋漓尽致地表达出来。小说中当孙丽坤明知眼前这个帅气阳刚的徐群山就是女儿身的珊珊后，却不愿去拆穿真相，对她来说，"珊珊是照进她生活的唯一一束太阳，充满灰尘，但毕竟有真实的暖意"。因而，"她把她当徐群山那个虚幻来爱，她亦把她当珊珊这个实体来爱"①。人身处绝境中的孤独感、生存的希望与虚妄在这个历史叙事的框架下被展示得深刻而逼真。

《人寰》更是一部大规模直面十年动乱的小说。小说通过三段历史还原了一个华人女性的心灵史和成长史。在20世纪六七十年代的背景下，书写了父亲和老友贺一骑之间友谊的破裂与修复，这是一个故事。成长中的少女"我"对贺叔叔的依恋和爱欲是第二个故事。旅居美国的女博士婚姻蹉跎，与年长"我"三十岁的舒茨教授之间分分合合的婚恋过程是第三个故事。这三段历史都有极强的悲剧意味。父亲在运动中为了自保当众打了贺一骑一记耳光，从此，父亲陷入了永远的忏悔和赎罪之中。非理性的大时代也使"我"的情感处于一种畸恋之中，甚至影响到"我"移居美国后的婚姻生活。通过这三个故事，小说反复申诉"回归正常"的主题。比如，经历过历史的阴霾后，父亲试图走出赎罪和内疚的情感黑洞，渴望"做一个正常的人""只要安安生生做个正常的人"；而"我"在飘零他乡，在医院疗治精神之伤中，渴望"做个正常的人"②。可以说，《人寰》对十年动乱的书写突出了历史乱序引发的人的背叛与和解、忏悔与赎罪，同时，也在小说的主题层面提出人的异化和回归的问题。

对十年动乱进行"伤痕文学"式的直接描写和历史评判，无疑不会成为海外历史叙事的持续生长点。比如陈若曦经历了最初的控诉式、批判式的写作后，从20世纪80年代开始，干脆转向其他题材的写作，她自言其中原委是有很多人比她更了解十年动乱，更有资格进行写作③。确如某些作家所意识到的那样，对于身处非母语环境的华语作家而言，"一个母语不是英语的作家和那些美国小

---

① 严歌苓. 严歌苓自选集［M］. 济南：山东文艺出版社，2006：109.
② 严歌苓. 人寰·草鞋权贵［M］. 沈阳：春风文艺出版社，1998：189、191.
③ 朱立立. 身份认同与华文文学研究［M］. 上海：上海三联书店，2008：90.

说界的'正规军'有不同的任务。我们必须要面临和考虑这样一个问题：我们如何丰富英语文学、如何形成自己独特的风格和文体"①。具体来说，一方面如何从十年动乱这段历史废墟中演绎出更多的文学韵味，如何让这段历史激发西方读者更多的兴趣，这些可能是华语作家们会反复考量的问题。另一方面，由于与这段历史的时空距离，作家的审美方式会发生很大的变化。"移民也是最怀旧的人，怀旧使故国发生的一切往事，无论多狰狞，都显出一种奇特的情感价值。它使政治理想的斗争，无论多血腥，都成为遥远的一种氛围，一种特定环境，有时荒诞，有时却很凄美。移民特定的存在改变了他和祖国的历史和现实的关系，少了些对政治的功罪追究，多了些对人性这现象的了解。"②

　　到了"穗子"系列中，严歌苓在艺术立场和文学表现上显示出与《天浴》《人寰》截然不同的选择，作家开始"后撤"。"作者巧妙地构筑一个童真世界和成人世界的对立，'文革'的喧闹简化为一些意象，如来回跑动的黄色解放鞋、院子里不断被贴上又撕掉的大字报、无法理解的跳楼和自杀等。这是一个8岁孩子眼睛里的世界，作者放弃了通常所见的轰轰烈烈的'文革'场景来描摹乱世，而是以静态的内心感受、以儿童的纯真视角揭示变态的社会以及人性的扭曲。"③ 在这些小说中，20世纪六七十年代化作一种淡化的背景隐于文本之后，成为制约人的行为和心理的力量，小说在叙事层面不去追究十年动乱的历史起源，不对这段历史进行总体的认知和评说。个体的成长、青春、小儿女的爱恋恩怨成为叙事的主调。然而，细细研读此类小说又会发现，在这些残酷青春物语和小儿女呢喃式的叙事中，随处可见20世纪六七十年代的暴力文化对个体生命的戕害及对人们行为方式的塑形，比如《老人鱼》《灰舞鞋》《拖鞋大队》。《灰舞鞋》围绕部队文工团舞蹈演员穗子与邵冬骏之间的恋爱事件，讲述政治如何粗暴惩戒、改造个体。十五岁的穗子与邵冬骏之间的恋爱本来是青春期少男少女的正常情感，然而，在禁欲的20世纪六七十年代，二人的恋爱很快上升为部队里的一桩"男女作风大案"，痴心不改的穗子因此受到了严厉的惩罚：当众读"悔过书"、被开除军籍。除此，她的情爱日记被偷看，日记里的私密话语被人们当作笑料，成为战士们用来嘲讽、侮辱穗子的凭证。正常的恋爱问题被定性为政治问题，以"开除军籍"和"非正常退役"来惩戒这位十五岁少女在青春期爱的萌动，看似可笑而滑稽，实际却令人心酸，这从一个侧面呈

① 河西. 哈金专访 [J]. 华文文学, 2006 (2)：22-23.
② 严歌苓. 呆下来，活下去 [J]. 北京文学, 2002 (11)：55-56.
③ 李亚萍. 故国回望——20世纪中后期美国华文文学主题研究 [M]. 北京：中国社会科学出版社, 2006：87.

现了那个时代的内部机理和全部暴力本质。值得注意的是，小说的叙事是由中年作家穗子、"犯事"时的穗子、"我们"的群体视角聚合拼贴而成。在叙述过程中，总会有"多年以后""也许当时"式的字眼中断这段残酷的青春故事——回忆的叙事机制中断了历史的一致性，时时提醒读者这个故事已成为过去时，因而，悲剧感、现场感被淡化了。到了《第九个寡妇》《小姨多鹤》《一个女人的史诗》等篇中，由于作家追求一番大历史的叙述，所以，十年动乱成为抗战、"土改"、抗美援朝、"三反"和"五反""大跃进"、改革开放等众多历史事件构成的历史编年中的一个节点，成为王葡萄、多鹤、田苏菲苦难人生历程的历史之一，即十年动乱的篇幅减少，成了故事发生的"背景颜色"①。历史叙述在这里显示出与主流宏大历史截然不同的情形：个体走向前台，而"历史"则成为一种点缀。这种向度的历史书写，开拓了这类历史叙事的美学空间、人性深度和历史叙述法则。但是，在一个更大的文学时空中再现人的生存，也使 20 世纪六七十年代本身的叙述空间和叙述长度都明显"缩水"。因此，另外一些值得探析的问题便出现了：历史叙事上的这种"减法"到底为反思这段历史带来了什么？在丰富文学表现手段的同时是否遮蔽了这段历史自身的复杂性？

可以说，严歌苓关于十年动乱叙事的这种变化具有一定的典型性。一方面它所标示或反映的其实是一个更为庞大的命题，即作为移民作家，在异质文化语境中，面对市场（生存）的压力，如何以文学的方式讲述故国经验，如何及时调整文学叙事策略以保证自己的文学书写立于不败之地。这是华语作家在现实层面的考量。另一方面，"离散"和异质的文化处境与"背井离乡的感伤情怀"② 是华语作家文化和心理层面的特征。很多研究者都注意到，移民作家在移民之后面临着文化认同与身份认同的双重重要课题，"无论是从价值观念、道德伦理方面，还是在生活习惯和思维方式等方面，都要历经艰辛而长期的一个过程"。同时，在这种跨文化的文学写作中，"离散心态"和"中国视角"清晰可辨③。因而，十年动乱历史作为一种写作资源，对于华语作家而言并非是一个简单的题材问题，它是作家极为看重的"戏剧性的生活"④。此外，对于身处异域的"离散"作家而言，这段历史作为一种家国政治和故国经验，相比西方

---

① 李晓鸥. 遥望历史的个人表述——当美国新移民作家表述文革 [J]. 华文文学，2013（1）：72-79.

② 徐淑卿. 严歌苓说不尽历劫的故事 [J]. 台港文学选刊，1998（8）：27.

③ 刘艳. 美国华文女性写作的历史嬗变——以於梨华和严歌苓为例 [J]. 中国文学研究，2009（4）：114-119.

④ 徐淑卿. 严歌苓说不尽历劫的故事 [J]. 台港文学选刊，1998（8）：27.

语境，最能彰显东方特色和中国身份。所以，可以说，关于十年动乱的历史叙事是华语作家带有文化认同和原乡体认的文学实践。鉴于此，笔者认为，十年动乱由一个庞然大物式的"大历史"转变为作家的"小历史"和"个体记忆"，但这并不意味着作家历史意识的淡化或退化，而是关于如何叙述历史这一问题，在解决方法上的"后撤"，是基于市场和读者（甚或艺术的完美）的因素如何在异域将这段历史写得具有"异彩"的问题。笔者注意到，异质文化语境与中西方文化冲突非但没有消弭华语作家对这段历史的兴趣，反而还提示了华裔作家的中国身份和中国经验，甚至唤醒了作家的这段历史经验，激发了他们对这一领域的写作兴趣。创作了小说《阿飞街女生》的美籍华裔作家唐颖，曾这样解释写作这部小说的动机与诱因：

> 现实层面，也就是美国经历，如同催化剂，它刺激起沉淀在记忆中的"文革"故事，当时给我创作冲动的正是这两个时空的交融……也就是说，我几乎时时在受到另一种文化的冲击，心情一直处在激荡中……同时，我不断遇见过去的故人，"文革"结束后的这么多年我们已不再提起的往事，却在异国不断被搅起，这对我来说非常刺激，非常震撼。①

由此可见，离散身份和东西方文化冲突激活了作家沉睡多年的历史经验，20世纪六七十年代和当下在纽约成为小说的两个空间，以此呈现郁芳们在十年动乱中惨痛的成长历程和米真真、章霏们在异国的精神逃亡。

十年动乱作为一种个体记忆和历史背景，同样也出现在高行健的小说中。他的《一个人的圣经》对这段历史的叙述是在一套复式叙事结构中完成的。小说采用"你"和"他"两种人称的并置叙事，"你"和"他"分别代表出国后和动乱中知识分子迥异的经历，而这两种不同的时空所折射出的关于人性、尊严、性爱的不同描写，无疑将控诉和批判的焦点指向了这段历史：对动乱中的激进政治及其起源进行了深度的勘察，对创伤性的历史记忆和暴力历史做了有效的敞开。对于高行健而言，无论是《一个人的圣经》还是《灵山》，要完成的都是对十年内乱历史暴力的深度指陈与清算。但从《一个人的圣经》到《灵山》是有转变的，就批判的意味来看，后者比前者更为克制和含蓄，历史的暴力性和残酷性呈现出淡化趋势。对这段历史的清算，在《灵山》中表现为"对

---

① 程永新. 一个人的文学史［M］. 天津：天津人民出版社，2007：261.

暴力采取了淡化的姿态""整体而言，这些暴力书写往往都化为一种传奇式的背景与传说故事，将之置于惊奇不断的他者描述中并不显得突兀和突出"①。

对于海外华语作家而言，潜在的读者群体及其阅读偏好、审美眼光是他们在创作时不容回避的现实问题，毕竟，海外图书市场优胜劣汰的严酷性、族裔身份的特殊性以及最基本的生存问题都要求作家面向市场需求而创作。以美籍华裔作家为例，对于他们来说，无论是以母语写作，还是以非母语写作，"它除了需要作者在语言上达到相当的水准，还要求作者在美国主流文化的偏见和冷遇面前具有极大的耐心和不轻易言败的自信。熟悉自己，也熟悉美国，知道面对美国读者如何结构和剪裁自己的中国故事，在保持自己个性风格的同时兼顾到美国人的阅读欣赏习惯"②。因此，东方的民族或家族秘史、地方风俗或野史奇观、民族革命历史都曾在西方图书市场成为备受欢迎的卖点。那么，当20世纪六七十年代成为作家的创作资源时，同样可能面临这种文化殖民的境遇。一方面，东方相较西方，无论是经济与政治实力，还是文化心态，都处于劣势地位，而且东方时常被西方诉诸"东方的怪异，东方的差异，东方的肉欲"等"修辞策略"③。十年动乱作为中国社会封建野蛮和极权主义合力造成的一次极大灾难，是中国发展历程中的一段异质历史，也是中国社会的一种倒退，它的这一不光彩属性与罪性特征恰好契合了西方人对东方长久以来所具有的那种优越感和傲慢，也很容易满足西方读者对中国的想象。另一方面，如果作家在西方文化语境中，为了生计，为了文学上的标新立异，而放弃书写历史应有的民族立场，以取悦、迎合西方读者的文学心态来言说这段历史，那么，这种历史叙事无疑会沦为一种被观看的"景观化历史"。在这个意义上，戴思杰的《巴尔扎克与中国小裁缝》、哈金的《等待》所表现出的写作立场和艺术构思是值得警惕的。

哈金的《等待》是一部得到美国主流社会认可的长篇小说，曾获1999年度"美国国家图书奖"及2000年度"美国笔会/福克纳小说奖"。这部作品被翻译成中文引入后在国内引起很多争议，饱受诟病的地方是：作为一部在西方语境

① 朱崇科. 华语比较文学：问题意识及批评实践 [M]. 上海：上海三联书店，2012：111.
② 高小刚. 乡愁以外：北美华人写作中的故国想像 [M]. 北京：人民文学出版社，2006：190.
③ [美] 爱德华·萨义德. 东方学 [M]. 王宇根，译. 北京：生活·读书·新知三联书店，1999：92.

下由东方作者书写的作品，它所具有的"东方主义"色彩①。评论者冠以"东方主义"的证据包括：小说中的淑玉作为小脚女人所体现出的缠足文化、20世纪80年代孔林和吴曼娜举行婚礼时对毛泽东像三鞠躬。很多研究者都指出，结婚时对着领袖像鞠躬在当时的语境中几乎不可能发生。哈金如此叙述的意图，大概只能解释成，他执意要将20世纪六七十年代的婚姻遗风打造成一种"景观"，以飨甚至是迎合西方读者。在笔者看来，哈金这篇小说的东方主义倾向确实很明显。不仅反映在以上两个细节中，在整个小说的叙事上，他都有意构建一种"中国式的人格景观与政治景观"。孔林和淑玉十七年来的无爱婚姻一直藕断丝连，未能了断，导致孔林、淑玉、曼娜三人被夹在婚姻的死胡同口，进出不能，直到婚姻自动解除的第十八年。小说为什么要如此叙述？作为一个现代知识分子，由于父母之命而背负着的无爱无性的婚姻为何如此难以辞却？其实，这种中国式的婚姻拉锯战，其原因也是中国式的。简言之，原因有以下几点：集"温良恭俭让"的传统美德于一身的，代表东方女性形象淑玉在道德上的优势；中国式的司法体系的劝阻——法院审判时受到情感伦理原则和大众的道德认知的影响；中国式的社会制度和体制性障碍——部队医院规定分居十八年后才准自动离婚，以及青年男女不得离开部队医院谈情说爱；中国式阉割型男性——孔林孱弱无能的性格。这几个方面是导致他们婚恋悲剧的根本原因，而且都被打上了中国文化、中国社会体制及其影响下的中国人格的烙印——以致有评论者认为"哈金的创作回应了美国文学中那个久已存在的有关中国男性的'被阉割'的认知体系"②。总之，《等待》中的病态人格和落后坚硬的体制以及合谋催生的这种婚姻爱情悲剧极具中国特色，满足了西方人对东方的想象。

戴思杰的《巴尔扎克与中国小裁缝》最初是用法语写成，并在法国斩获多种文学奖项，成为占据法国畅销书排行榜的小说③。小说讲述的是在20世纪70年代背景下的四川山区，"我"、阿罗作为知识青年与山区漂亮的小裁缝之间的交往以及精神成长的故事，而一箱巴尔扎克的书是"我们"成长与启蒙的精神食粮。小说反复叙述知识青年如饥似渴地阅读巴尔扎克的书籍，意在说明"文化大革命"时期的文化虚无主义造成的精神困顿和阅读饥渴，是外来文学（文化）打开了他们的精神视野。这样一个平淡无奇、在知青文学中屡见不鲜的主

---

①　刘俊. 西方语境下的"东方"呈现——论哈金的《等待》[J]. 世界华文文学论坛，2003（1）：24-27.

②　罗义华.《等待》中的道德问题和哈金的批判指向 [J]. 外国文学研究，2010（6）：112-119.

③　戴思杰. 巴尔扎克与中国小裁缝 [M]. 北京：北京十月文艺出版社，2003：202-203.

题与故事，缘何在戴思杰这里写成了获奖的畅销书？笔者认为，除了受众是法语读者或其他西方读者的原因外，最关键的因素大概是这个中国故事刻意营造出的关于东方、乡土中国的"异国情调"。这种"异国情调"在叙事层面又通过两个方面获得，一是奇异的中国边远山寨图景。小说的地点是在四川山区一个叫天凤山的山寨，荒蛮、原始、封闭是其空间和地理特征，与此对应的是纯朴的人性和敦厚的民风。对于这里的人来说，电影、书籍、小提琴是极为奢侈的现代事物，吊脚楼、三弦琴、老裁缝光临时引起的热闹和喜庆是他们生活的常态景观。因而，这个"边城式"的奇异"中国"是打动法语读者和其他西方读者的第一个因素。二是刻板的现代中国社会图景。小说展现的是 20 世纪 70 年代政治风潮肆虐下的现代中国，是"上山下乡"运动将"我"、阿罗等"知青"带到了闭塞偏远的天凤山。此地文化贫瘠，阅读饥渴、精神赤贫的现状所象征的是一个表面亢奋热闹而内部危机重重的现代中国形象。这个形象符合西方人对包括中国在内的东方国家以落后、封闭、愚昧为主要特征的想象。

当然，仅有这些还不能使《巴尔扎克与中国小裁缝》成为一部传播甚广的小说，因为这些在其他的华语小说里也能找到。考察这部小说，不能忽略小说在价值层面的诉求，而这第一点恰恰是它在西方获得好评的原因。也即戴思杰的成功在于，他从文本的叙事层面设置了符合西方意识形态的"改造—被改造""启蒙—被启蒙"的文化启蒙框架。巴尔扎克的小说隐喻的是法兰西文化和西方文化。在小说中，"我"和阿罗通过阅读巴尔扎克填补了"知青"自己的精神空虚，同时通过"读"和"抄"完成了对小裁缝、老磨工，包括医生、老巫婆的征服。尤其是小裁缝受巴尔扎克的启发（启蒙），从一个天真、稚拙的山里女孩转变为一个向往城市文明，并孤绝出走的现代女性——实际上，小裁缝的"出走"在叙事层面显得急切而突兀。在这里，巴尔扎克所隐喻的文化力量是巨大并笼罩一切的，这种"高位"而"强势"的文明如同一道神光，经此照耀，天凤山所有的传统、风俗以及人的性情、信仰都被清洗殆尽。可以说，戴思杰的小说在文化层面意在向西方人明示：以巴尔扎克为代表的法兰西文学及其文化参与建构了中国偏僻山寨的人们在特定年代中的精神生成，有力促进了其文明和思想的开化，有效构建了现代中国中从文化废墟上走出的一代青年的心灵成长史。这篇从细部楔入了史泰龙、罗曼·罗兰、米歇尔神甫、堂吉诃德等西方文化元素，从宏观意欲标示西方文化对贫瘠东方进行启蒙和改造的小说，是一部赤裸裸自我殖民化的文本。十年动乱在小说中成为这个巨大"东方景观"的一部分，甚至是这个景观的生成背景，即十年动乱被设置为一种具有"东方主义"色彩的历史事件和特定时空。

第二节 历史记忆叙事与见证叙事传统

一、见证的实质：小说能否见证历史？

文学具有教化、娱乐、怡情等功能，正如中国传统文学中对诗歌的功能定位一样，"诗可以兴，可以观，可以群，可以怨"。激发情志、体察社会、人际交往与揭批不平大体涵盖了现在我们所理解的文学的审美、认识和教化这几项功能。从内涵上来看，我们所说的见证与"观"和"怨"较为接近，但又具有超出二者的独特之处。所谓"见证"，实为法律术语，与文学耦合形成见证叙事和见证文学。随着 20 世纪东西方历经多次人类劫难和历史厄运，作为幸存者与后人，在重新回顾和书写这些灾难和厄运时，见证便产生了。学者徐贲在多篇论文中介绍和论证了见证叙事的内涵及意义，凯尔泰斯、赫塔·缪勒（Herta Müller）等一批因描写西方奥斯维辛以及极权社会而获诺贝尔文学奖的作家，被评论家多次用见证文学和见证叙事概括他们的历史价值。在通俗意义上，见证文学是指为历史作见证的文学，它强调的是见证人的真诚和真实，即只有亲历过集中营、大屠杀等历史灾难的当事人与幸存者才有资格去见证。可见，真实尺度是见证叙事的重要特性，有着真实而无虚构色彩的回忆录和自传叙述因而常常被归到见证叙事之中。即"只有真实经历者本人才有权利说，这是'我'的经历。'我'不只是一个方便的叙述角度，而且是一个对经验真实的承诺和宣称。这是一个别人无法代替的'我'，一个非虚构的'我'"①。

真实性和亲历性构成了见证叙事的重要原则，因此，将纪实性散文、自传性叙述与回忆录纳入见证文学旗下并没有什么歧义。比如，有学者在研究新时期以来有关 20 世纪六七十年代记忆的回忆性散文时，就将这一类散文归为见证文学，认为新时期中国的见证文学"不仅是一种非常重要和不容轻忽的文学存在，而且还创生、坚持和发展出一种相当独特的文学伦理，这就是'见证的伦理'。见证伦理的基本特点，就是'反抗遗忘'和'坚持真实'，它们也是见证文学对待历史、对待现实以及对待写作者和文学自身的最为基本的伦理姿

---

① 徐贲.《记忆窃贼》和见证叙事的公共意义 [J]. 外国文学评论, 2008 (1): 79-86.

态"①。确立和强调见证文学的真实原则并没有任何不妥，问题是，由于小说与诗歌、戏剧以及包括散文、回忆录等在内的写实性文学存在着根深蒂固的文类区别，且小说并不以真实性作为唯一重要的原则，至少不是所有小说都可以用真实来作为评价的标尺，相反，很多优秀小说恰恰是因为杰出的虚构艺术而引人入胜的。所以，倘以真实性作为见证叙事的基本属性，那么，小说被称为见证叙事就值得怀疑。同时，那些作者本人并没有明确声明属于哪种文类或介于小说与散文之间的文学能否被当作见证叙事也需要深思。比如创作了《夜》三部曲的大屠杀幸存者犹太作家维赛尔（Elie Wiesel），尽管其作品被称作见证文学，但研究者们也遇到了小说是否属于见证叙事的困惑。虽然在与学者华克教授的对话中，维赛尔声称《夜》是"自传历史"，而非小说，然而，研究者们一直是把它当作小说文类来研究的。更为重要的是，这部集历史与小说元素于一炉的作品确实体现了神话、神学等非真实的特性，准确地说，是"融哲学和神学为一体、合神话和模仿为一处"。故而，"关注历史的读者会把注意力放在写实的叙述上，偏爱文学的读者会对神话成分更感兴趣"。正因为此，华克将维赛尔小说的这种叙述效果称为"旨在将人的行为中的神话和模仿合二为一的转化"②。由此可见，如果我们不在艺术门类和所谓绝对真实的标尺上界定见证叙事的话，那么小说是可以作为一种见证叙事的。笔者认为真实性不应是见证文学的唯一特性，纵然小说是虚构的艺术，但作家若是怀着真诚严肃的态度，借助多样化的形式和血肉饱满的艺术质感，如维赛尔一样，带着探讨人类命运和秩序的闳深主旨去追问历史劫难、拷问历史暴政，那么，这类小说不是见证叙事又是什么呢？我之所以将书写十年动乱的小说视为见证叙事，是因为在我看来，这类小说通过丰富多彩的艺术化的建构，通过个体的悲苦演绎，共同见证了20世纪六七十年代对于中国社会和个体造成的创伤与破坏，它们在理论和实践意义上确实起到了见证历史的作用。这类小说尽管存在种种不足和叙事限度③，但总体上没有违背特定时代的基本精神特征，它们以丰富的或群体化或个性化的叙事彰显了历史的灾难图景或人性内部真实，少数作家甚至通过个体

---

① 何言宏. 当代中国的见证文学——"文革"后中国文学中的"文革记忆"之一 [J]. 当代作家评论，2010（6）：25-34.

② 徐贲. 见证文学的道德意义：反叛和"后灾难"共同人性 [J]. 文艺理论研究，2008（2）：42-49.

③ 比如，在某些特定的文化语境中，这类叙事呈现出较多的意识形态性或商业文化的消费性、叙述主体介入历史现场和批判历史制度的意识不够主动与深刻、缺少由个体经验的摹写上升到对人类总体困境的思考。

的苦难而上升到对民族命运的思考。因而，这类小说有着见证叙事和见证文学的功效及属性。见证十年动乱的形式很多，比如博物馆、自传或回忆录，那么，作为文学大类的小说，其见证功能有什么独特性？其见证功能为什么不会受制于其文体的虚构特性？泰戈尔在《历史小说》中指出莎士比亚戏剧具有"历史情味"，尽管这种历史情味是通过虚构所产生，可其意义并不会因为新证据的出现而丧失——"如果历史学家曼森对莎士比亚这个剧进行历史考证，那他可能会找出许多违反时代的错误（anachronism）和历史错误，但是莎士比亚在读者心灵上所施加的魔力和通过虚构的历史所复制的历史情味，不会因为历史的新证据的发现而泯灭"①。这也就是昆德拉一直所说的，小说存在的唯一理由是说出唯有小说才能说出的东西。

二、见证叙事的意义：抵制遗忘与建构公共记忆

历史是在记忆与遗忘中滚滚向前的。由于对 1966—1976 年的历史叙事首先是关于历史之恶和历史之伤的记忆，所以，在情感层面，并不是每个人都愿意去回首与挖掘这段历史。加上社会语境给予的反思使这段历史的空间并不阔大，时过境迁，对这段历史的遗忘便成了一种主动与被动的社会机制或社会心理了。正如冯骥才所说，这段历史不过十年，但在当下，"已经很少再见提及。那些曾经笼罩人人脸上的阴影如今在哪里？也许由于上千年封建政治的高压，小百姓习惯用抹掉记忆的方式对付苦难。但是，如此乐观未必是一个民族的优点"②。遗忘是对记忆的断裂，也是对个体记忆向社会公共记忆、集体记忆转化的中断，影响着民族精神和文化记忆的传承。"记忆必须在公共空间中有自由交流，才会成为分享的记忆。分享的记忆以自由的公共交流为条件，因而成为一种具有公共政治性质的记忆"。同时，"共同记忆会随着事件直接见证者的遗忘或消灭而变得不那么共同"③。个人记忆是一个社会的集体记忆和公共记忆的基础，它具有松散性与随意性。所以，只有聚合了个人记忆、并通过共同的价值认同以及必要的公共空间或场所，个人记忆才会转化为集体记忆。指出这点很重要。20世纪 90 年代以前，由于社会尚处于价值认同和时代主题的"大一统"时期，所谓的新时期共识还没有破裂，知识分子和普通大众对十年动乱的记忆及叙事基本与主流合拍，个人关于这段历史的经验和叙事尽管有所差异，但总体上并无

---

① 泰戈尔. 历史小说［M］//吕同六. 20 世纪世界小说理论经典（上）. 北京：华夏出版社，1995：12.

② 冯骥才. 一百个人的十年［M］. 北京：中国文联出版社，2008：前言 2.

③ 徐贲. 人以什么理由来记忆［M］. 长春：吉林出版集团有限责任公司，2008：8-9.

太多分裂。但在 20 世纪 90 年代以后，随着市场经济和全球一体化的到来，人们对这段历史的记忆和言说发生了较大的分化，大家纷纷从集体经验中逃离，个体记忆和个体叙事不再能轻易聚合成一种共识性的集体记忆。尤其是在信息传媒和消费文化的语境下，网上博物馆以及各种以商业价值或以怀旧为目的的历史旧物的收藏和交易，极大地剥离了这段历史的历史感与意识形态性，社会记忆呈现出去集体化①的特点。因此，面对 20 世纪 90 年代以来纷呈多样、极具个性的历史叙事，我们要善于将这种分散的见证叙事所书写的各种记忆进行理论上的汇聚与提炼，更要为这些不同的记忆提供公共交流的空间。这是因为，关于 20 世纪六七十年代历史的记忆，"必须依赖某种公共场所和公共论坛，通过人与人之间的相互接触才得以保存"，同时，这种历史记忆的公共场所，"大至博物馆、纪念活动、公共论坛、学术研究，小至家庭相处、朋友聚会、受难者间的定期活动，都是保持文革集体记忆的必要条件"②。另一方面，见证叙事的主体和叙述内容常常受到权力话语与国家意志的制约和影响。福柯的"权力—话语"理论揭示了权力对于话语建构的渗透和影响。文学作为一种话语活动，不能幸免于权力对它的覆盖和渗透，尤其是像灾难叙事、幸存者的纳粹大屠杀叙事、这些涉及历史创伤、民族身份建构和民众情感修复等重大问题的叙事类型，更是受到国家政治的规定与影响。

正因为真实的历史记忆易受篡改、易遭遗忘，尤其诸如纳粹大屠杀这种"极端年代"的暴力及其创伤，在越来越消费化的社会语境中，在闲适化、"去政治化"的当代文学实践中，更容易被集体遗忘或被权力意志扭曲、控制。所以，我们有重申历史记忆叙事的见证意义和功能的必要。

---

① 徐贲认为，网上博物馆或电子传媒提供的历史记忆存在着不容忽视的缺陷，即缺乏与之相配的公共生活场所，"它们的发生往往是个体性的，尚无法转变为一种公共生活中的集体经验。在大众传媒时代，身临其境的集体体验愈来愈被传媒体验所代替，这在很大程度上造成了法兰克福学派文化批评所担忧的那种将社会成员去集体化和个人原子化的效果"。参见：徐贲. 变化中的文革记忆 [J]. 二十一世纪, 2006 (2)：19-28.

② 徐贲. 变化中的文革记忆 [J]. 二十一世纪, 2006 (2)：19-28.

第五章

内在困境与叙事重建——历史记忆叙事的困境与出路

第一节　历史记忆叙事的困境

　　十年动乱被一些作家视为创作的母题和终身要表达的命题。确实,在新时期以来的四十余年的文学天地里,以十年动乱作为背景或题材的小说蔚为大观,不管是曾经风靡全国的"伤痕""反思"文学,还是极具个性的先锋文学、异彩纷呈的新生代创作,抑或所谓老、中、青几代作家,均对这一题材有所涉猎。这类叙事能够在多个层面解释、书写十年动乱的历史。比如,这段历史可以作为心理范畴的创伤记忆或集体记忆,可以在历史视域作为对中国社会进程进行书写的历史叙述,可以作为文学母题或独特题材,甚至可以作为反观民族文化心理与民族人格的文化原型。那么,作为一种历史叙述,在四十多年的小说叙事中,究竟是在不断增殖还是不断被遮蔽?按照"一切历史都是当代史"的命题逻辑,克罗齐(Benedetto Croce)还得出了"历史是愈来愈丰富、愈来愈深刻的"结论,他觉得人的精神是不断发展的,因而人的历史视野和历史认识也在深化,历史不断地被重写着,在新的解释和书写中不断丰富和完善①。所以,笔者将追问的是:作为近百余年中最为悲壮和缠绕的一段历史,它被新时期以来的文学知识分子和作家以小说的形式清理、阅读、审视、书写时,究竟呈现出怎样的话语和叙事特征,当代的历史叙述是作为还原十年动乱时期的真实历史还是建构动态的"当代史"视野里的历史,这种还原或建构的努力彰显了什么,遮蔽了什么?对此,我们又应以何种精神姿态和文学策略去建立历史叙述的生态?

---

① 韩震,孟鸣歧. 历史·理解·意义——历史诠释学 [M]. 上海:上海译文出版社,2002:17.

一、十年动乱叙事的历史性与多样性

黄子平在《灰阑中的叙述》的前言中提及 20 世纪 50 至 70 年代的革命历史题材小说时，认为这种题材在出现和走向经典化的过程中承载着巨大的意识形态性，"它们承担了将刚刚过去的'革命历史'经典化的功能，讲述革命的起源神话、英雄传奇和终极承诺，以此维系当代国人的大希望与大恐惧，证明当代现实的合理性，通过全国范围内的讲述与阅读实践，建构国人在这革命所建立的新秩序中的主体意识"。因而，对于他来说，重新解读这些革命历史小说，目的便是"回到历史深处去揭示它们的生产机制和意义架构，去暴露现存文本中被遗忘、被遮掩、被涂饰的历史多元复杂性"①。历史是一个巨大而复杂的存在，既散逸在已逝的时光隧道里，又被刻在了典籍、木牍、石碑上，既指官修正史，又包含民间野史趣闻。历史是一幅丰富而多义的画卷，任何试图对它进行的描述都充满了陷阱和困难。那么，面对历史这张模糊又暧昧的面孔，历史叙述何为？文学性的十年动乱叙事又能何为？

提到历史叙述，不能不说到旧历史主义与新历史主义这两种历史叙述。前者认为历史是确证与实存的，是客观、连续、整体的实存，而他们的历史叙述相信，通过语言和叙事可以触摸、勾勒和恢复这一历史情境。新历史主义则认为历史是一种文本和话语，具有偶然性、临时性，只能通过文学技巧和"想象的建构力"② 获得，即"利用真实事件和虚构中的常规结构之间的隐喻式的类似性来使过去的事件产生意义"，从而形成所谓的历史叙事③。历史学或历史哲学视野里的历史叙述通常包含事实的意义层（数据或资料）与阐释的意义层（解释或关于事实的故事）④，而后者在海登·怀特（Hayden White）和科林伍德（Robin George Collingwood）的研究中一般是经由建构的想象力和文学的手段，如隐喻、象征去编织获得。正是在这一点上，历史叙述从史学和文学这两个学科间找到了共同的交汇点，即"如何组合一个历史境遇取决于历史学家如何把具体的情节结构和他所希望赋予某种意义的历史事件相结合。这个作法从根本上是文学操作，也就是说，是小说创造的运作""事实上，历史——随着时

---

① 黄子平. "灰阑"中的叙述［M］. 上海：上海文艺出版社，2001：前言 2、3.

② 南帆. 二十世纪中国文学批评 99 个词［M］. 杭州：浙江文艺出版社，2003：419.

③ ［美］海登·怀特. 作为文学虚构的历史本文［M］//张京媛. 新历史主义与文学批评. 北京：北京大学出版社，1993：171.

④ ［美］海登·怀特. 历史主义、历史与修辞想象［M］//张京媛. 新历史主义与文学批评. 北京：北京大学出版社，1993：186.

间而进展的真正的世界——是按照诗人或小说家所描写的那样使人理解的……不管我们把世界看成是真实的还是想象的，解释世界的方式都一样"①。

由于历史是复杂而多面的，所以，对历史的认识与叙述便处于一种变化之中，这就涉及历史叙述的发展性和变化性问题，指出这点很重要，因为历史叙述的变化也可以直接解释新时期以来这类叙事为何发生变迁、其叙述重心为何转移。那么，历史叙述缘何而变？历史之所以能存在，用汤因比的话讲是基于一种假设，这种假设在"现实具有某种意义，而且是我们在解释活动中能够把握的意义……在千变万化的现象之间至少存在着某些秩序或规律"②。于是，认识历史与理解历史便包含在一种动态的过程以及过去和现在相互影响的二维交互之中了，正如研究者所发现的，"实际上，当前的理解处于不断地形成过程中，当前的现实也不可能完全摆脱过去。过去在规定着现在，现在也重新理解着过去。理性反思到人类知识是有局限性的，从而确证了理性的历史性"③。对此，爱德华·卡尔（Edward Hallett Carr）在《历史是什么?》一书中指出：历史就是现在与过去之间无终止的对话。因而，对历史的理解及理性反思于作家而言是个历史过程，受制于现在和过去的两重关系。不仅如此，随之产生的历史叙述也应是一种历史性的存在。

历史叙述的历史性和变化性带来了它的多样性，中国当代十年动乱叙事的多样性在这儿也找到了部分原因。十年动乱是新时期以来作家面对的，最近且最压抑的历史，对这段历史的描述，不同作家的叙述与书写也呈现出不同的风格和形态。一段历史曲折演绎几多伤心事，一段往事又带来多少悲喜剧。那么，何以会形成这么多关于这段历史的文学叙事呢？海登·怀特在《作为文学虚构的历史本文》中的论述部分地揭示了其中原委。"在历史上，从一个角度看来是悲剧性的事件也许从另一个角度来看就是喜剧性的。在同一个社会里从某个阶

---

① ［美］海登·怀特. 作为文学虚构的历史本文［M］//张京媛. 新历史主义与文学批评. 北京：北京大学出版社，1993：165、178. 需要说明的是，指出历史叙述在小说与历史两个领域的类同，是为了从方法论上借鉴史学中的历史叙述，进一步拓宽20世纪六七十年代叙事的研究。而且，小说的历史叙述首先也涉及作家如何看待历史的问题，这就与作家的历史观和历史哲学等内容息息相关了。因此，对照历史与历史哲学这一参照系理应会便于本书的研究。但是，值得注意的是，历史叙述在两个不同学科间的差异也是很明显的，主要还是旧历史主义者们坚持这种差异的，这一点，怀特在《作为文学虚构的历史本文》中简略提及过。

② ［英］汤因比. 历史研究（插图本）［M］. 刘北成，郭小凌，译. 上海：上海人民出版社，2005：425.

③ 韩震，孟鸣歧. 历史·理解·意义——历史诠释学［M］. 上海：上海译文出版社，2002：136-137.

级立场来看似乎是悲剧性事件，但另一个阶级则可以把它看成是一场滑稽戏。"怀特认为历史事件本身在价值判断上是中立的，最终属于悲剧、喜剧、传奇或讽喻中的哪一范畴，取决于按照何种情节结构或神话组合，关键是如何排列事件顺序、如何编织历史片段，"以便提供关于事件的不同解释和赋予事件不同的意义"①。怀特继而以法国大革命为例，指出米歇利特将之描写成浪漫主义超验论的一个戏剧，同代人托奎维利则将它打造成一部令人啼笑皆非的悲剧。面对同一个历史故事，之所以出现风格迥异的历史叙事，是因为两人"不同编排故事的方式"和"采取的不同叙事视点"。在一些历史学家看来，历史是由异质性与间断性构成的，由一个事件、一个人物、一个结构，或由悲欢离合、典章古籍构成了这个社会的"殊相"，每一个"殊相"都对应着一个存在的点，即为"视点"。人们视点的不同导致了视物时"殊相"的差异，这种差异还包括种种轻重、分别、不平等，由此造成了我们在研究历史时，有时强调的是政治，有时又是经济或是思想。那么，差异何以有这些区别呢？这源于时代、环境的影响，源于视者的不同。也就是说，不同环境的不同视点造成了侧重点是在生产方式，还是在政治因素或地理因素，又或是在人伦关系上的不同，因而，历史叙述呈现出不同②。这对我们从宏观上理解新时期以来的关于这段历史的小说叙事具有一定的启示。作家不同的生命历程与历史体验（亲历者，还是想象者）、不同的历史观念（乐观的进化论史观，还是怀疑的、解构的历史观）、不同的地域环境与教育背景、不同的创作目的（印证主流意识形态规定的历史讲述，还是反抗主流叙事）等的差异影响了叙述这段历史的"视点"不同，视点的不同以及作家"排列事件顺序"的不同便引起了十年动乱叙述风貌与形态的差异。客观地讲，这段历史叙述的悲剧性—喜剧化、主流化—民间化、启蒙式—游戏化书写，除了与作家采取的不同视点和编排故事的方式有关，还与不同时期的主流文化、意识形态规约、读者审美文化心理、作家的历史意识和文学观念等内容密不可分，这些因素合力促成了十年动乱叙述呈现出多元芜杂的现状。

二、十年动乱叙事的困境与出路

从宏观上分析了历史叙述的内涵、功能以及十年动乱叙述的多样性和发展

---

① ［美］海登·怀特. 作为文学虚构的历史本文［M］//张京媛. 新历史主义与文学批评. 北京：北京大学出版社，1993：163、164.

② 李纪祥. 时间·历史·叙事［M］. 兰州：兰州大学出版社，2004：9.

性后，接下来我们将目光聚焦到这类叙述的困境和出路上来。

孟悦在《历史与叙述》中将康有为、梁启超以及"五四"一代文化先驱称为观照近代以来中国历史的"读史者"，"（他们的）'读史'行为乃是一种象征行动，它在文化领域完成了生产方式领域、社会政治领域所没有完成的'革命'任务。"而他们"读史"形成的小说叙事"一直是关于历史、关于民族生存的叙事"①。那么，新时期以来的知识分子作家，也即"读史者"，面对20世纪六七十年代这段历史，又是如何去阅读和叙述的呢？关于这段历史，如何阅读，如何叙述，应该是新时期以来作家的集体焦虑，芒刺在背，不拔不行，可想拔除却不知道如何痛快淋漓地施展手脚。

尤其对于亲历者或在十年动乱中成长起来的一代作家来说，十年动乱像梦魇一样如影随形。出生于20世纪30至50年代的作家们，对这段历史有着切肤的体验，正如叶兆言所言：毫无疑问，"我属于那个时代里成长起来的一代人"，世界观不可能不带着那个时代的深刻烙印，也许是烙印太深了，时至今日，总有一种疑惑，那就是那段历史"究竟有没有结束"②。这种深刻烙印和历史震惊所形成的文化记忆，即使对20世纪六七十年代出生的作家的影响依然顽强，他们同样留存着对这段历史或清晰或模糊的印记，甚至认为，有关20世纪六七十年代的历史记忆，"更能体现我的写作"③。对于当代作家而言，这番强烈的文化记忆与历史体验必然要诉诸创作和历史叙述。尽管新时期以来的小说已经产生了关于十年动乱林林总总的叙事形态，显示出追求历史还原或历史建构的雄心，但过于共识化的意识形态性的书写或是一味个人化、民间化的历史叙事，使这种历史叙述显得粗疏、表象而无序，作家们也因此产生了集体焦虑症，正如研究者指出的，"到现在，我们拥有了多重经验以后怎么讲述自己、讲述这个民族一百年来的遭遇，这个问题就没有解决，一大批作家为此寝食不安，他们想为此做出自己的表述"④。没有对民族苦难执着的表述与书写，忙于追随新潮与文学技艺，过早地放逐了关于20世纪六七十年代的历史记忆与叙述，是知青一代受到责难的原因，这种批评还是很有道理的。但其实，在中国文学界或知识界，不乏这样的知识分子或作家：他们对民族苦难的历史从未相忘，执着于

① 孟悦. 历史与叙述 [M]. 西安：陕西人民教育出版社，1998：18.
② 叶兆言. 记忆中的"文革"开始 [M] //张贤亮，杨宪益等. 亲历历史. 北京：中信出版社，2008：62.
③ 毕飞宇，汪政. 语言的宿命 [J]. 南方文坛，2002（4）：26-33.
④ 追求历史的还原或建构——《圣天门口》座谈会纪要 [J]. 文艺争鸣，2007（4）：59-68.

用手中的笔去书写、去叙述，去延续记忆，去建构历史，去追问或反思，比如韩少功、李锐等作家。极富思想家气质的韩少功不仅创作了大量历史记忆题材小说，还在众多的思想性随笔、访谈、对话录中表达了对这段历史的深邃性思考。其中，在和王尧的对话录中，他提出在反思十年动乱历史时要杜绝"妖化和美化"① 的两种倾向，同时也不应对这段历史做简单想象和判断，这段历史首先要靠中国知识分子和知识界来反思，不能像西方学者那样审视它②。丁帆等学者指出，用现代和后现代文化理论进行反思、书写这段历史，虽然带来了很高的理论切入，但也要防止文化思想理论与文学事实之间的错位③。

知识界的这种声音对于历史记忆叙述有着很好的匡正和补充作用，但创作与理论毕竟不是简单的对应关系。现今，创作领域中对十年动乱的历史讲述不容乐观。新时期之初的文学叙述在表达十年动乱经验和时代创伤上显示出正面强攻的姿态，无论是真诚而有责任感的态度还是采用现实主义创作手法，都展现出亲历者们对这段历史的真诚反思。但是此时，由于特定的政治文化和主流话语的规约，不管是在艺术上，还是在思想深度上，十年动乱叙述均处于起步阶段。1985 年后，随着社会语境的开放和文学主体性的自觉，文学开始疏离历史，大历史逐渐淡出作家的书写，即"历史"开始从叙述中滑脱④。洪子诚先生认为，新时期之初的作家在叙述十年动乱时，将这段历史处理成了历史进程中的偶然、暂时的事件，这种概念化、主观化的历史叙述简化了历史的复杂性。在谈《鼠疫》的阅读笔记中⑤，他对照中国的"伤痕""反思"小说，将加缪和新时期作家处理灾难（灾变）主题的态度与方式进行比较，指出中国作家太过乐观与光明地对待灾难及创伤，那些看似明亮、快慰的结尾缺乏的是"对于灾难的绝不屈膝投降的态度和行动"，中国作家过早地将自己的叙述当作了胜利的证词，而《鼠疫》的差别在于：在一些人止步的地方，另一些人却继续他们的追问与思考。

① 韩少功，王尧. 韩少功王尧对话录 [M]. 苏州：苏州大学出版社，2003：21.
② 韩少功，王尧. 韩少功王尧对话录 [M]. 苏州：苏州大学出版社，2003：9-10.
③ 乐黛云等. 跨文化对话（13）[M]. 上海：上海文化出版社，2003：138.
④ 孟悦. 历史与叙述 [M]. 西安：陕西人民教育出版社，1998：27.
⑤ 洪子诚. 文学与历史叙述 [M]. 郑州：河南大学出版社，2005：213-217.

第二节 历史记忆叙事的可能性维度

对于小说家而言，该如何进行历史叙述才是有效且有意义的，这是他们进行历史题材创作时不容回避的问题，或者说，这也是研究者或批评者应该提醒作家的地方。彼得·盖伊（Peter Gay）在《小说的真理》中认为，伟大的小说家通过完美的虚构可能创造出真正的历史。盖伊以拉美作家马尔克斯出版于1975 年的《独裁者的秋天》为例，细致分析了这部书写历史暴政和暴君的历史作品是如何利用历史，如何处理文学想象、历史真实与小说真理的关系。盖伊指出马尔克斯在处理独裁主题时并没有简单地把事实和虚构加以区分，而是让历史成为人物心灵世界的背景，同时通过多个叙述者轮流讲故事、模棱两可的叙述方式，故意切断可能说明事实的蛛丝马迹，从而让小说带有了寓言性质。在对专制和暴君的描写中，作者对极权下人的生存境遇的怜悯，爱的主题，人类孤独的真理呼之欲出。因而，"他利用文学的想像手法做到了历史学家想做或应该做却做不到的事情，他写了一本极具历史意义的小说"。"这本小说以最戏剧性的形式提出了小说中的真理此一问题"①。以小说探讨历史的真相或在历史叙述中用完美的虚构创造出真正的历史，这是彼得·盖伊苦心追问的真理所在。

追寻历史的真理也好，建构历史的本质也好，这毕竟是历史叙述力图要达到的理想目标。那么究竟用什么形式或方式去呈现呢？费里德兰德（Saul Fried-lander）对于电影和小说中处理纳粹第三帝国和最终判决时存在的美化现象曾给予了严厉的批评，在他眼里，这种把第三帝国的事件建构为喜剧或田园牧歌的美化式叙事是不可接受的。然而，关于如何表述诸如革命、灾难、战争浩劫等命题，不同流派的人各执一词。乔治·斯坦纳（George Steiner）和 A. R. 艾克哈德都认为对这些领域的讲述是在"语言"之外的。兰格（Berel Lang）认为除了用沉默待之外，大屠杀和灾难叙事应杜绝使用比喻性语言和比喻性表达。在他看来，这种比喻性语言会对真实历史发生增添或篡改，容易将事件中的行为者和行为人格化，影响历史真实和对历史的理解。因此，兰格的理想是杜绝比喻性语言，而依赖字面语言来揭示历史与政治的真实本质。可以说，这是兰格式的从事实或字面意义的角度阐释和叙述历史的范式。王安忆和张旭东在 2004

---

① ［美］彼得·盖伊. 历史学家的三堂小说课［M］. 刘森尧，译. 北京：北京大学出版社，2006：153、150.

年的一次题为《理论与实践：文学如何呈现历史？》的对话中探讨了在叙述和想象历史中的"纪实与虚构""现实主义和现代主义"等理论问题，他们认为真实性的纪实与现实经验固然便于历史叙述的操作，但过于直接和真实的经验有时往往会限制历史叙述和艺术想象。以史铁生为例，他们评论说，"在他的写作里边，当他书写他的经验的时候，比如插队、生病、回城、街道厂、画彩蛋，他不大虚构，都是写实，而他一旦进入到抽象的领域……都是虚构的，就是说，现实经验反而限制他想象了。他从现实经验出来以后，他进入抽象的、玄思的一种写作的时候，他开始虚构了"①。从这一角度就容易理解新时期之初刚刚走出历史阴霾的作家们的历史叙述和特点了：他们大都是十年动乱的亲历者，当他们开始用笔书写时，首先复苏和召唤的便是其历史经验，由于缺少必要的审美距离和情感积淀，他们的写作都拘囿于这种太过直接的"现实经验"之中，想象力无法进入，即使是现实主义的写实和直面切入，在情感上也表现出不加节制的滥情（如写作时太多的泪水）。此外，在内容上，他们的历史叙述具有书写共识性经验的特点；在与意识形态的关系上，呈现出"共谋"与"合流"的特性。

因而，讲述十年动乱时选择怎样的叙述视点，采取写实的还是虚构的创作方法，运用隐喻象征的语言还是客观描绘的语言，都影响着历史叙述的形态和风格，以及叙述意图和思想意义的表达。2002年的诺贝尔文学奖颁给了匈牙利籍犹太小说家凯尔泰斯这个据一项在瑞典进行的调查显示96.4%的受访者从来没有听过的作家，当年成了世界文坛的一匹黑马。那么，这个终身执着书写奥斯维辛经历的文坛"灰姑娘"如何在一夜之间声名鹊起，他以什么征服了严明而又挑剔的瑞典学院的评审委员？2001年纪念诺贝尔奖一百周年时，瑞典学院举办了一个特别的研讨会，题目是《见证的文学》，这个研讨会为第二年凯尔泰斯获奖埋下了伏笔，因为瑞典学院向来是表扬特殊而独特的文学的，当年凯尔泰斯正好是这种特殊文学的代表，即给历史作见证的文学。凯尔泰斯一生的创作并不多，他获奖也不是因为他在艺术风格和语言叙事上有所突破，而是因为他直面奥斯维辛，否弃了阿多诺"奥斯维辛之后写诗是野蛮的"的论断，坚持认为"奥斯维辛之后，只有写奥斯维辛""奥斯维辛通过我说话"，凭借非凡的勇气在历史审判台上以脆弱的个体经验为历史作证。在笔者看来，凯尔泰斯提供了一种面对历史的不屈的精神姿态，更提供了一种叙述历史的基点与视角，

---

① 陈婧祾. 理论与实践：文学如何呈现历史？——王安忆、张旭东对话（上）[J]. 文艺研究，2005（1）：60-70.

而这正是他区别于很多描写奥斯维辛的作家的地方。那么，作为一种见证者的叙述和见证的姿态，究竟是何意呢？面对历史时，作为一个见证人，"在再现个人经验的历史时，作家只能是见证人而不是其他。他首先不能把自己当作法官，或者当作陪审团的成员，他不需要作出判决，或者干预判决，对谁有罪或者历史功过做出超越见证人立场的判决。因此，作家就只是一个当事的见证人，一个个人，而不代表法律，不代表任何意识形态，不代表道德标准，不代表任何政党、集团和政权"①。而且从叙述的姿态和角度来看，"见证人必须有原本的当事人的立场和叙述方式，而不是脱离了时代背景的历史回顾的立场和方式"②。以"原本的当事人的立场和叙述方式"进入历史的书写和叙述时，便会开启历史的原初情境，在这一原初情境中展开和历史的对话，在这番对话中不是单纯去声讨和暴露，而是可以像凯尔泰斯在《无形的命运》中那样书写苦难中的温馨和快活。在对原初历史情境的重造与生活场景的再现，以及人在苦难情境中痛与乐、恐惧与幸福的逼真复现下，历史鲜活而有张力地通过作家的语言和叙述展示出来。这种叙述相较中国新时期初历史叙述中的控诉批判和后来的夸张变形等种种叙述要独特得多，对于我们有较大的启发意义。

第三节　历史记忆的叙事伦理

对于过去的 20 世纪六七十年代及其历史曲折，不仅是"过去的历史"，还是"活着的历史"，甚至是一种"当代中国人生命中最重要的一部分，一个生命的主题"③。因而，可以说，十年动乱作为一种写作资源，区别于一般的资源，它与民族情感、集体记忆、历史建构等概念息息相关。正是在这个意义上，笔者认可美国作家弗兰克·诺里斯（Frank Norris）对小说家责任的定义："作家，不应该象农村集市上机灵的魔术师那样，只想从观众身上捞取敷余钱，而应该严肃、斟酌、认识自己的可能和限度，并以极其正直的精神对待自己的任务。"④ 笔者认为，这一点，无论是对于本土作家，还是海外华语作家都适用，尤其是从事历史记忆题材创作的小说家，更是如此。

除了严肃的历史态度，操持怎样的历史观念同样影响着这类历史题材小说

---

①　[瑞典] 万之. 诺贝尔文学奖传奇 [M]. 上海：上海人民出版社，2010：120.

②　[瑞典] 万之. 诺贝尔文学奖传奇 [M]. 上海：上海人民出版社，2010：123.

③　冯骥才. 一百个人的十年 [M]. 北京：中国文联出版社，2008：329.

④　美国作家论文学 [M]. 刘保端，等译. 北京：生活·读书·新知三联书店，1984：151.

的叙事风貌、美学特征和价值取向，因为"文学创作，特别是历史题材的文学创作总是以一定的历史观为指导的，同时又总是体现出一定的历史观的"①。如何回答十年动乱的历史起源，如何建构 20 世纪六七十年代背景下的群众形象和人民史观、建立怎样的归咎方式和赎罪主体，均从不同方面体现着作家关于这段历史的认知。总体来看，大陆作家的史观尽管有差异，但大致呈现出流派性或代际性。这些不同历史观制导下的历史叙事也彰显出不同的艺术追求和叙事特征，其区别典型地表现在人物形象的塑造、对于历史起源的解释和回答、小说的情绪与审美基调等方面——即不同历史观引领下的历史叙事使人物形象具有不同的性格特征、人格气质和精神风貌。如进化史观下的人物往往历经磨难且胸怀理想，确信光明在前方，而解构主义历史观下的人物则常常怀疑历史，对于历史和个人命运充满了悲观，从而在小说的情绪特征和审美基调上呈现出高昂激越与宿命悲观两种截然不同的风格。在对历史起源的解释上，也因为历史观的差异而大相径庭：进化史观和决定论史观一般将历史的阻滞归结为人的主观意志与偶然性因素，奸佞小人和错误路线是历史悲剧的起源性因素，非决定论史观和解构主义史观则注重从社会心理、人的欲望与精神结构层面解释历史悲剧的心理根源。对于海外华语作家而言，他们的十年动乱叙事具有先天的"他者"身份和处境。一方面，作为华裔作家，题材上的异族性和东方化的特性使他们的文学与西方主流文学存在着显著的差异。另一方面，由于身处海外，相对本土历史叙事和中国文学来说，他们又处于文学序列上的"他者"地位。这种"他者"身份既是华语作家的宿命，又可能属于一种优势，他们的文学可能会因此显露出与本土历史记忆不一样的文学新质。那么，对我们而言，海外作家的这种"他者"属性如何形成作家的文学立场、创作心态，进而如何影响或制约历史记忆上的视角、题材、语言的选择，又提供了哪些他者化或异质化的历史叙事，这些问题值得我们理性反思和仔细辨析。

但是，换个角度看，身处海外的华人作家作为弱势的社会群体，其实面临着生存和进入西方文学主流的双重压力。故国经验（资源）与东方族裔是他们内在的文化属性。面对这种写作资源和身份属性，在异国的现实境遇下，作家们怀着多重思考和顾虑，结果就是，当故国经验被诉诸笔端的时候，形成了华语文学表达的复杂性。比如，对于美国华人作家来说，"他们通过记忆、传说、想像等方式产生的对'故国'的叙述，一方面体现了在主流文化挤压下为保留自己的声音与尊严，力图抗衡美国社会中的种族偏见和文化误解的努力；而另

---

① 胡良桂. 论当代作家的历史观问题 [N]. 文艺报，2006-04-06 (3).

一方面，也反映出他们在接受了某些西方社会观念后，开始取用观察中国的新视点，和他们力求融入甚至取悦美国主流文化的心态。中国风物和中国的传统文化成了一个特别的文本，在他们的笔下被不断加以翻译、解构和重建，因此具有一种可变性和不确定性"①。这种可变性和不确定性可能带来的结果是如萨义德（Edward Wadie Said）所说的东方被"妖魔化"。他说，在后现代社会，"东方形象的类型化趋势不断加强"，这种"标准化和文化类型化加剧了19世纪学术研究和公共想像中'妖魔化东方'的倾向"②。萨义德的警示也正是笔者对海外十年动乱叙事的忧虑之处。

从作家的历史观念来看，海外华语作家对十年动乱的理解也是千差万别，难以简单归类。这些作家，有的以写实的立场剖析这段历史对人的精神上的戕害，严肃探究这段历史悲剧的起源，比如陈若曦、陈谦；有的在持续书写这段历史的过程中不断调整历史视野和艺术方式，因为十年动乱是一种历史悲剧，也是一种个体记忆，比如严歌苓；有的将这段历史视为一种装饰性、具有东方异域色彩的历史景观，比如戴思杰、哈金……不同的历史观形成了林林总总的历史形态，这些小说里的十年动乱形态与本土小说的历史记忆叙事共同参与着20世纪六七十年代历史的文学建构，丰富了世界范围内华语文学该类题材的书写。值得注意的是，十年动乱叙事作为华语文学的一个独特叙事传统，作为华语作家的一张独特标签，具有标示华语作家文化身份和文学族性的特殊功能。由于海外这一特定生存空间和文学空间，作家对这段历史的书写少了很多限制，但也多了很多诱惑，出于对历史应有的严肃和真诚，历史书写是否应该坚持一些底线，是否应该提倡十年动乱叙事的伦理问题？大陆和海外作家面对这段历史时，是否应在思想层面和历史观念层面多一份沉思和理性？

何谓叙事伦理？叙事伦理是对"怎样进行叙事"和"为什么如此叙事"的回答，"叙事伦理体现着作家主体性的叙事目的、叙事原则、文化选择、道德哲学和艺术诗学建构"③。因而，所谓十年动乱叙事伦理，大致是指作家对这段历史具有的历史哲学、道德理性以及历史叙事的目的、原则和诗学主张等内容。笔者之所以提出建构十年动乱叙事伦理，希望作家操持着理性、严肃和真诚的态度，是基于这段历史在我们民族文化版图和思想史、社会史上的重要意义，

---

① 高小刚. 乡愁以外：北美华人写作中的故国想像［M］. 北京：人民文学出版社，2006：1.

② ［美］爱德华·萨义德. 东方学［M］. 王宇根，译. 北京：生活·读书·新知三联书店，1999：34.

③ 张文红. 伦理叙事与叙事伦理：90年代小说的文本实践［M］. 北京：社会科学文献出版社，2006：引论8.

以及当下世界范围内十年动乱叙事的纷繁多元，甚至杂乱无序这两个层面的考虑。由于十年动乱本身的复杂性及其在思想史、制度史、社会史上所处的特殊阶段和巨大意义，它在建构民族记忆、愈合民族情感创伤、探寻现代民主国家道路和发展模式等方面具有不可置换的独特地位。另外，从文学的角度看，文学知识分子对这段历史的想象、记忆和书写，是我们民族建构 20 世纪六七十年代历史形象的重要组成部分与重要方式。那么，中国的文学知识分子，无论是本土的，还是从中国移居外国并入了外籍的作家，在面对 20 世纪六七十年代时，都不应简单地想象这段历史，尤其是用小说"生产"这段历史时，作家应该怀有必要的严肃态度，不能将这种历史当作一种普通的母题、题材，而应视为与民族情感、大众记忆、国家形象息息相关的情感母题和国家母题。作家应该警惕十年动乱书写中充满暧昧且混乱的历史观，警惕关于这段历史想象与书写中的"妖魔化和美化"（韩少功语）这两种倾向，警惕建构历史形象时的自我他者化或自我殖民化的不良心态，不拿民族悲剧做卖点，不拿民族灾难当景观，警惕历史记忆叙事中过度的"游戏性"，以必要的严肃之心、公正之心书写这段历史，探究十年动乱历史的内部机理，写出纳博科夫所说的具有"诗道的精微"与"科学的直觉"的这种艺术和思想兼备的好小说来。

反思 20 世纪六七十年代是中国社会的一个庞大课题，四十多年来，大陆本土以及海外的文学知识分子都以极大的热情参与到对这一课题的文学实践和思想探索中，创造了大量的虚构或纪实性作品。一方面，文学知识分子们的这种热情的实践对于清理和反思历史的作用是不可忽略的。但另一方面，由于文学，尤其是小说的虚构特性，作家有着不必拘囿史实的优势，这致使十年动乱叙事文本形成了关于这段历史的多重面孔。多副面孔和多维解释视角看似带来了历史叙事的增加，实则形成了 20 世纪六七十年代的历史建构和历史理解层面的"乱象"与"繁复"。因此，笔者认为从历史观的角度去研究文学知识分子的十年动乱叙事，辨析作家的史观与艺术建构之间的关系，有利于从源头上厘清或理解作家对于 20 世纪六七十年代的认知阈限和进入角度。事实上，新时期以来，关于这段历史的叙述，中国作家经历了最初"把账算在'四人帮'头上"和新时期伊始小说中持有的简单的道德批判的认识后，尽管其提供了丰富多样的历史叙事，但在历史认知和思想层面仍存在着令人不安的局限性和问题。一种是在这段历史认识上的"妖化"、美化甚至"神化"的两极叙事①，还有一种

---

① 韩少功. 在后台的后台 [M]. 北京：人民文学出版社，2008：229.

是鼓吹人们对历史的遗忘①，即怂恿人们"使劲遗忘前十年的惨重教训，仅仅把它视为一场完全可以避免的偶发事件，并没有什么根植于文明建构深层土壤的必然根基"②。这番历史认知带来了思想层面的贫弱，一方面造成了 20 世纪六七十年代历史的简化和扭曲，引起了理解的困难；另一方面，使得大量的历史叙事对于这段历史本身以及历史悲剧成因等问题悬而未解或浅尝辄止，纠缠于"理想非罪""谁可宽恕""他人恶魔、自我受害""个体无罪、群体代罪"等伪命题或叙事模式的文学表达中。

纵观海内外中国作家的文学实践，十年动乱叙事从思想层面到艺术层面都有很多可以开拓的空间。因而，在这个意义上，笔者同意这样的看法：我们需要更多视角与立场各异的作者，来拓展和丰富对 20 世纪六七十年代及其历史动荡的叙事，从而还原历史的真实面貌③。但除此之外，作家还应该拥有清晰的历史视野、严肃的历史态度，并能找到一个稳定的价值支点，这个支点不仅指向 20 世纪六七十年代本身的历史归咎、罪责承担、真诚的反省姿态，更应指向新的时代基于这段悲剧历史如何重建我们的历史认知、道德秩序和社会理性。

---

① 这方面的作品，如新时期之初张弦的《记忆》，参见：上海文学，2001（7）：13-20.
② 朱学勤. 风声·雨声·读书声［M］. 北京：中国人民大学出版社，2010：67.
③ 韩少功. 在后台的后台［M］. 北京：人民文学出版社，2008：229.

历史记忆题材小说编目（1977—2014）

序号	作者	作品名称	原发期刊		出版社	出版时间
			名称	时间		
1	刘心武	《班主任》（短）	《人民文学》	1977 年第 11 期		
2	卢新华	《伤痕》（短）	《文汇报》	1978 年 8 月 11 日		
3	王亚平	《神圣的使命》（短）	《人民文学》	1978 年第 9 期		
4	肖平	《墓场与鲜花》（短）	《上海文艺》	1978 年第 11 期		
5	茹志鹃	《剪辑错了的故事》（短）	《人民文学》	1979 年第 2 期		
6	陈世旭	《小镇上的将军》（短）	《十月》	1979 年第 3 期		
7	陈国凯	《我应该怎么办》（短）	《作品》	1979 年第 2 期		
8	从维熙	《大墙下的红玉兰》（中）	《收获》	1979 年第 2 期		
9	郑义	《枫》（短）	《文汇报》	1979 年 2 月 11 日		
10	方之	《内奸》（短）	《北京文艺》	1979 年第 3 期		

续表

序号	作者	作品名称	原发期刊		出版社	出版时间
			名称	时间		
11	张弦	《记忆》（短）	《人民文学》	1979 年第 3 期		
12	刘克	《飞天》（中）	《十月》	1979 年第 3 期		
13	金河	《重逢》（短）	《上海文学》	1979 年第 4 期		
14	冯骥才	《啊!》（中）	《收获》	1979 年第 6 期		
15	高晓声	《李顺大造屋》（短）	《雨花》	1979 年第 7 期		
16	宗璞	《我是谁》（短）	《长春》	1979 年第 12 期		
17	靳凡	《公开的情书》（中）	《十月》	1980 年第 1 期		
18	礼平	《晚霞消失的时候》（中）	《十月》	1981 年第 1 期		
19	张弦	《被爱情遗忘的角落》（短）	《上海文学》	1980 年第 1 期		
20	张一弓	《犯人李铜钟的故事》（中）	《收获》	1980 年第 1 期		
21	高晓声	《陈奂生上城》（短）	《人民文学》	1980 年第 2 期		
22	王蒙	《蝴蝶》（中）	《十月》	1980 年第 4 期		
23	张贤亮	《灵与肉》（短）	《朔方》	1980 年第 9 期		
24	周克芹	《许茂和他的女儿们》（长）	《红岩》	1979 年第 2 期		
25	莫应丰	《将军吟》（长）	《当代》	1979 年第 3 期		
26	戴厚英	《人啊，人!》（长）			花城出版社	1980

续表

序号	作者	作品名称	原发期刊		出版社	出版时间
			名称	时间		
27	古华	《芙蓉镇》（长）	《当代》	1981 年第 1 期		
28	赵振开	《波动》（中）	《长江》	1981 年第 1 期		
29	古华	《爬满青藤的木屋》（短）	《十月》	1981 年第 2 期		
30	韩少功	《飞过蓝天》（短）	《中国青年》	1981 年第 13 期		
31	王安忆	《本次列车终点》（短）	《上海文学》	1981 年第 10 期		
32	陈建功	《辘轳把胡同 9 号》（短）	《北方文学》	1981 年第 10 期		
33	韦君宜	《洗礼》（中）	《当代》	1982 年第 1 期		
34	王安忆	《流逝》（中）	《钟山》	1982 年第 6 期		
35	梁晓声	《这是一片神奇的土地》（长）	《北方文学》	1982 年第 8 期		
36	史铁生	《我的遥远的清平湾》（短）	《青年文学》	1983 年第 1 期		
37	梁晓声	《今夜有暴风雪》（中）	《青春增刊》	1983 年第 1 期		
38	张贤亮	《河的子孙》（中）	《当代》	1983 年第 1 期		
39	丛维熙	《雪落黄河静无声》（中）	《人民文学》	1984 年第 1 期		
40	史铁生	《奶奶的星星》（短）	《作家》	1984 年第 4 期		
41	何立伟	《白色鸟》（短）	《人民文学》	1984 年第 10 期		
42	张贤亮	《绿化树》（中）	《十月》	1984 年第 2 期		

续表

序号	作者	作品名称	原发期刊		出版社	出版时间
			名称	时间		
43	孔捷生	《大林莽》（中）	《十月》	1984 年第 6 期		
44	李存葆	《山中，那十九座坟茔》（中）	《昆仑》	1984 年第 6 期		
45	王安忆	《69 届初中生》（长）	《收获》	1984 年第 3、4 期		
46	阿城	《棋王》（中）	《上海文学》	1984 年第 7 期		
47	阿城	《树王》（中）	《中国作家》	1985 年第 1 期		
48	阿城	《孩子王》（中）	《人民文学》	1985 年第 2 期		
49	莫言	《透明的红萝卜》（中）	《中国作家》	1985 年第 2 期		
50	朱晓平	《桑树坪纪事》（中）	《钟山》	1985 年第 3 期		
51	残雪	《山上的小屋》	《人民文学》	1985 年第 8 期		
52	张贤亮	《男人的一半是女人》（中）	《收获》	1985 年第 5 期		
53	史铁生	《插队的故事》（中）	《钟山》	1986 年第 1 期		
54	迟子建	《北极村童话》（中）	《人民文学》	1986 年第 2 期		
55	迟子建	《没有夏天了》（中）	《钟山》	1988 年第 4 期		
56	陈村	《死——给"文革"》（短）	《上海文学》	1986 年第 9 期		
57	残雪	《黄泥街》（中）	《中国》	1986 年第 11 期		
58	胡月伟	《疯狂的上海》（长）			四川文艺出版社	1986

续表

序号	作者	作品名称	原发期刊		出版社	出版时间
			名称	时间		
59	马原	《错误》(短)	《收获》	1987年第1期		
60	张炜	《古船》(长)	《当代》	1986年第5期		
61	余华	《一九八六年》(中)	《收获》	1987年第6期		
62	莫应丰	《桃源梦》(长)			人民文学出版社	1987
63	张承志	《金牧场》(长)	《收获》	1987年第2期		
64	梁晓声	《一个红卫兵的自白》(长)	《海峡》	1987年第1,2期	工人出版社	1987
65	老鬼	《血色黄昏》(长)				
66	苏童	《桑园留念》(短)	《北京文学》	1987年第2期		
67	苏童	《乘滑轮车远去》(短)	《上海文学》	1988年第3期		
68	苏童	《伤心的舞蹈》(短)	《上海文学》	1988年第10期		
69	苏童	《舒家兄弟》(中)	《钟山》	1989年第3期		
70	铁凝	《玫瑰门》(长)	《文学四季》	1988年创刊号		
71	安文江	《我不忏悔——一个红卫兵司令的自白》	《东方纪事》	1989年第5期		
72	王安忆	《叔叔的故事》(中)	《收获》	1990年第6期		
73	王安忆	《乌托邦诗篇》(中)	《钟山》	1991年第5期		

续表

序号	作者	作品名称	原发期刊		出版社	出版时间
			名称	时间		
74	王朔	《动物凶猛》（中）	《收获》	1991 年第 6 期		
75	余华	《呼喊与细雨》（长）	《收获》	1991 年第 6 期		
76	余华	《活着》（长）	《收获》	1992 年第 6 期		
77	韩东	《反标》（短）	《收获》	1992 年第 1 期		
78	李锐	《北京有个金太阳》（中）	《收获》	1993 年第 2 期		
79	刘震云	《故乡相处流传》（长）	《钟山》	1993 年第 2 期		
80	韩东	《田园》（短）	《北京文学》	1993 年第 8 期		
81	韩东	《掘地三尺》（短）	《北京文学》	1993 年第 8 期		
82	苏童	《城北地带》（长）	《钟山》	1993 年 4—6 期		
83	王安忆	《纪实与虚构》（长）	《收获》	1993 年第 2 期		
84	王安忆	《"文革"轶事》（中）	《小说界》	1993 年第 5 期		
85	苏童	《刺青时代》（中）	《作家》	1993 年第 1 期		
86	王小波	《黄金时代》（中）			华夏出版社	1994
87	王小波	《革命时期的爱情》（中）	《花城》	1994 年第 3 期		
88	阎连科	《最后一名女知青》（长）			百花文艺出版社	1995
89	韩东	《富农翻身记》（短）	《青年文学》	1995 年第 11 期		

续表

序号	作者	作品名称	原发期刊		出版社	出版时间
			名称	时间		
90	韩东	《乃东》（短）			作家出版社	1995
91	韩东	《母狗》（短）	《收获》	1992 年第 6 期		
92	韩东	《西天上》（短）	《作家》	1993 年第 6 期		
93	韩东	《农具厂回忆》（短）	《江南》	1994 年第 1 期		
94	余华	《许三观卖血记》（长）	《收获》	1995 年第 6 期		
95	李锐	《无风之树》（长）	《收获》	1995 年第 1 期		
96	李锐	《万里无云》（长）	《钟山》	1997 年第 1 期		
97	韩少功	《马桥词典》（长）	《小说界》	1996 年第 2 期		
98	南台	《一朝县令》（长）			北岳文艺出版社	1996
99	东西	《耳光响亮》（长）	《花城》	1997 年第 6 期		
100	曹文轩	《红瓦》（长）			十月文艺出版社	1998
101	王朔	《看上去很美》（长）			华艺出版社	1999
102	王彪	《身体里的声音》（长）	《收获》	1998 年第 1 期		
103	徐坤	《招安，招安，招甚鸟安》（中）	《小说家》	1998 年第 6 期		
104	毕飞宇	《写字》（短）	《山花》	1996 年第 9 期		
105	毕飞宇	《白夜》（短）	《钟山》	1998 年第 5 期		

续表

序号	作者	作品名称	原发期刊		出版社	出版时间
			名称	时间		
106	艾伟	《乡村电影》（短）	《人民文学》	1998 年第 3 期		
107	艾伟	《去上海》（短）	《人民文学》	1999 年第 2 期		
108	艾伟	《穿过长长的走廊》（中）	《东海》	1999 年第 5 期		
109	毕飞宇	《怀念妹妹小青》（短）	《作家》	1999 年第 5 期		
110	毕飞宇	《阿木的婚事》（短）	《人民文学》	1999 年第 10 期		
111	李佩甫	《羊的门》（长）	《中国作家》	1999 年第 4 期		
112	毕飞宇	《蛐蛐、蛐蛐》（短）	《作家》	2000 年第 2 期		
113	艾伟	《越野赛跑》（长）	《花城》	2000 年第 3 期		
114	艾伟	《回故乡之路》（中）	《人民文学》	2000 年第 12 期		
115	毕飞宇	《玉秀》（中）	《钟山》	2001 年第 6 期		
116	毕飞宇	《玉米》（中）	《人民文学》	2001 年第 4 期		
117	铁凝	《大浴女》（长）			春风文艺出版社	2000
118	王蒙	《狂欢的季节》（长）	《当代》	2000 年第 2 期		
119	柯云路	《芙蓉国》（长）			中国电影出版社	2000
120	柯云路	《蒙昧》（长）	《花城》	2000 年第 4 期		
121	柯云路	《黑山堡纲鉴》（长）	《花城》	2000 年第 6 期		

续表

序号	作者	作品名称	原发期刊		出版社	出版时间
			名称	时间		
122	阎连科	《坚硬如水》(长)	《钟山》	2001 年第 1 期		
123	池莉	《怀念声名狼藉的日子》(中)	《收获》	2001 年第 1 期		
124	潘靖	《抒情年华》(长)			作家出版社	2002
125	毕飞宇	《地球上的王家庄》(短)	《上海文学》	2002 年第 1 期		
126	艾伟	《水上的声音》(短)	《收获》	2002 年第 2 期		
127	王松	《红汞》(中)	《收获》	2002 年第 3 期		
128	何立伟	《我们都是有疤痕的人》(短)	《作家》	2002 年第 2 期		
129	迟子建	《花瓣饭》(短)	《青年文学》	2002 年第 4 期		
130	刘醒龙	《弥天》(长)			上海文艺出版社	2002
131	懿翎	《把绵羊和山羊分开》(长)			人民文学出版社	2002
132	韩少功	《暗示》(长)	《钟山》	2002 年第 5 期		
133	叶兆言	《没有玻璃的花房》(长)	《收获》	2002 年第 6 期		
134	沈乔生	《狗在 1966 年咬谁》(长)			江苏文艺出版社	2002
135	叶兆言	《我们的心多么顽固》(长)	《花城》		春风文艺出版社	2003
136	韩东	《扎根》(长)	《花城》	2003 年第 2 期		
137	迟子建	《越过云层的晴朗》(长)	《钟山》	2003 年第 2 期		

续表

序号	作者	作品名称	原发期刊		出版社	出版时间
			名称	时间		
138	刘庆	《长势喜人》（长）	《收获》	2003 年第 4 期		
139	陈世旭	《波湖谣》（中）	《人民文学》	2003 年第 6 期		
140	徐景阳	《灰星出世》（中）	《天涯》	2003 年第 2 期		
141	赵德发	《震际》（长）	《中国作家》	2003 年第 5 期		
142	何玉茹	《杀猪的日子》（短）	《当代》	2003 年第 1 期		
143	陈昌平	《特务》（短）	《收获》	2003 年第 2 期		
144	刘庆邦	《走姥娘家》（中）	《小说界》	2003 年第 2 期		
145	王璞	《毕业合影》（中）	《收获》	2003 年第 2 期		
146	张抗抗	《请把我带走》（中）	《小说界》	2003 年第 4 期		
147	都梁	《血色浪漫》（长）			长江文艺出版社	2004
148	莫言	《挂像》（短）	《收获》	2004 年第 3 期		
149	东西	《后悔录》（长）	《收获》	2005 年第 3 期		
150	阎连科	《为人民服务》（中）	《花城》	2005 年第 1 期		
151	毕飞宇	《平原》（长）	《收获》	2005 年第 4、5 期		
152	余华	《兄弟》（上）	《收获》长篇专号	2005 年秋冬卷		
153	余华	《兄弟》（下）	《收获》	2006 年第 3 期		

续表

序号	作者	作品名称	原发期刊 名称	原发期刊 时间	出版社	出版时间
154	王安忆	《启蒙时代》(长)	《收获》	2007 年第 2 期		
155	范小青	《赤脚医生万泉和》(长)	《西部华语文学》	2007 年第 1,2 期		
156	徐坤	《野草根》(长)	《中国作家》	2006 年第 9 期		
157	徐则臣	《苍声》(中)	《收获》	2007 年第 3 期		
158	薛舒	《海棠红鞋》(中)	《飞天》	2008 年第 6 期		
159	苏童	《河岸》(长)	《收获》	2009 年第 2 期		
160	贾平凹	《古炉》(长)	《当代》	2010 年第 6 期、2011 年第 1 期		
161	路内	《花街往事》(长)	《人民文学》	2012 年第 7 期		
162	马原	《牛鬼蛇神》(长)	《收获》	2012 年第 2-3 期		
163	叶兆言	《一号命令》(长)	《收获》	2012 年第 5 期		
164	乔叶	《认罪书》(长)	《人民文学》	2013 年第 5 期		
165	韩少功	《日夜书》(长)	《收获》	2013 年第 2 期		
166	王小妮	《1966 年》(小说集)			东方出版社	2014
167	项小米	《记忆洪荒》(长)			北京出版社	2013
168	严歌苓	《陆犯焉识》(长)			作家出版社	2014

续表

序号	作者	作品名称	原发期刊		出版社	出版时间
			名称	时间		
169	袁劲梅	《疯狂的榛子》（长）	《人民文学》	2015 年第 11 期		
170	麦家	《人生海海》（长）			北京十月文艺出版社	2019
171	杨本芬	《秋园》（长）			北京联合出版公司	2020
172	冯骥才	《艺术家们》（长）			人民文学出版社	2020

说明：

1. 此表统计的作品为 1977 至今在期刊发表或公开出版的小说；

2. 此处的历史记忆是指以 1966—1976 年的历史作为记忆对象和叙事内容；

3. 表格统计的是作品的原发刊物或单行本。

参考文献

(按作者首字音序排列)

一、著作类

[1] 北岛，李陀. 七十年代 [M]. 北京：生活·读书·新知三联书店，2009.

[2] 蔡翔. 神圣回忆 [M]. 上海：东方出版中心，1998.

[3] 蔡翔. 革命/叙述：中国社会主义文学—文化想象（1949—1966）[M]. 北京：北京大学出版社，2010.

[4] 曹文轩. 小说门 [M]. 北京：作家出版社，2002.

[5] 陈建华. "革命"的现代性：中国革命话语考论 [M]. 上海：上海古籍出版社，2000.

[6] 陈平原. 中国小说叙事模式的转变 [M]. 上海：上海人民出版社，1988.

[7] 陈晓明. 移动的边界：多元文化与欲望表达 [M]. 武汉：湖北教育出版社，2000.

[8] 陈晓明. 表意的焦虑：历史祛魅与当代文学变革 [M]. 北京：中央编译出版社，2002.

[9] 陈晓明，杨鹏. 结构主义与后结构主义在中国 [M]. 北京：首都师范大学出版社，2011.

[10] 陈映芳. 在角色与非角色之间——中国的青年文化 [M]. 南京：江苏人民出版社，2002.

[11] 程德培. 当代小说艺术论 [M]. 上海：学林出版社，1990.

[12] 程光炜. 文学史的兴起：程光炜自选集 [M]. 郑州：河南大学出版社，2009.

[13] 程永新. 一个人的文学史 [M]. 天津：天津人民出版社，2007.

［14］戴锦华. 犹在镜中：戴锦华访谈录［M］. 北京：知识出版社，1999.

［15］《第欧根尼》中文精选版编辑委员会. 对历史的理解［M］. 北京：商务印书馆，2007.

［16］丁帆. 重回"五四"起跑线［M］. 北京：人民文学出版社，2004.

［17］丁帆. 文化批判的审美价值坐标：中国现当代文学思潮、流派与文本分析［M］. 北京：北京师范大学出版社，2009.

［18］董小英. 叙述学［M］. 北京：社会科学文献出版社，2001.

［19］杜士玮，许明芳，何爱英. 给余华拔牙：盘点余华的"兄弟"店［M］. 北京：同心出版社，2006.

［20］段建军. 西方文论选读［M］. 西安：西北大学出版社，2003

［21］樊星. 当代文学新视野讲演录［M］. 桂林：广西师范大学出版社，2007.

［22］冯骥才. 我心中的文学［M］. 上海：上海文艺出版社，1986.

［23］冯骥才. 一百个人的十年［M］. 北京：中国文联出版社，2008.

［24］高小刚. 乡愁以外：北美华人写作中的故国想像［M］. 北京：人民文学出版社，2006.

［25］格非. 小说艺术面面观［M］. 南京：江苏文艺出版社，1995.

［26］韩少功. 在后台的后台［M］. 北京：人民文学出版社，2008.

［27］韩少功，蒋子丹. 在亚洲的天空下思想［M］. 昆明：云南人民出版社，2003

［28］韩少功，王尧. 韩少功王尧对话录［M］. 苏州：苏州大学出版社，2003.

［29］韩震，孟鸣歧. 历史·理解·意义——历史诠释学［M］. 上海：上海译文出版社，2002.

［30］河清. 全球化与国家意识的衰微［M］. 北京：中国人民大学出版社，2003.

［31］洪治纲. 余华评传［M］. 郑州：郑州大学出版社，2004.

［32］洪治纲. 守望先锋：兼论中国当代先锋文学的发展［M］. 桂林：广西师范大学出版社，2005.

［33］洪治纲. 余华研究资料［M］. 天津：天津人民出版社，2007.

［34］洪治纲. 中国六十年代出生作家群研究［M］. 南京：江苏文艺出版社，2009.

［35］洪子诚. 中国当代文学史［M］. 北京：北京大学出版社，1999.

［36］洪子诚. 文学与历史叙述［M］. 郑州：河南大学出版社，2005.

［37］洪子诚等. 重返八十年代［M］. 北京：北京大学出版社，2009.

［38］胡健玲. 中国新时期小说研究资料：中［M］. 济南：山东文艺出版社，2006.

［39］黄新原. 五十年代生人成长史［M］. 北京：中国青年出版社，2009.

［40］黄子平. 沉思的老树的精灵［M］. 杭州：浙江文艺出版社，1986.

［41］黄子平. "灰阑"中的叙述［M］. 上海：上海文艺出版社，2001.

［42］李桂起. 中国小说体式的现代转型与流变［M］. 济南：山东大学出版社，2003.

［43］贾平凹，走走. 我的人生观［M］. 昆明：云南人民出版社，2005.

［44］姜广平. 经过与穿越：与当代著名作家对话［M］. 桂林：广西师范大学出版社，2004.

［45］金汉. 中国当代文学发展史［M］. 上海：上海文艺出版社，2002.

［46］乐黛云等. 跨文化对话：13［M］. 上海：上海文化出版社，2003.

［47］李庚，许觉民. 中国新文艺大系（1976—1982）理论一集（上下卷）［M］. 北京：中国文联出版公司，1988.

［48］李纪祥. 时间·历史·叙事［M］. 兰州：兰州大学出版社，2004.

［49］李建军. 小说修辞研究［M］. 北京：中国人民大学出版社，2003.

［50］李锐. 被克隆的眼睛［M］. 北京：人民文学出版社，2008.

［51］李锐，毛丹青. 烧梦——李锐日本讲演纪行［M］. 桂林：广西师范大学出版社，2009.

［52］李锐，王尧. 李锐王尧对话录［M］. 苏州：苏州大学出版社，2003.

［53］李亚萍. 故国回望：20世纪中后期美国华文文学主题研究［M］. 北京：中国社会科学出版社，2006.

［54］李杨. 抗争宿命之路："社会主义现实主义"（1942—1976）研究［M］. 长春：时代文艺出版社，1993.

［55］李友梅等. 快速城市化过程中的乡土文化转型［M］. 上海：上海人民出版社，2007.

［56］李泽厚. 马克思主义在中国［M］. 北京：生活·读书·新知三联书店，1988.

［57］李泽厚. 世纪新梦［M］. 合肥：安徽文艺出版社，1998.

［58］李泽厚. 中国现代思想史论［M］. 北京：生活·读书·新知三联书店2008年版。

［59］林建法，徐连源. 中国当代作家面面观：寻找文学的魂灵［M］. 沈阳：春风文艺出版社，2003

［60］美国作家论文学［M］. 刘保端等，译. 北京：生活·读书·新知三联书店，1984.

［61］刘恪. 先锋小说技巧讲堂［M］. 天津：百花文艺出版社，2007.

［62］刘俐俐. 隐秘的历史河流：当前文学创作与批评中的历史观问题考察［M］. 天津：天津人民出版社，2002.

［63］刘晓东. 儿童精神哲学［M］. 南京：南京师范大学出版社，1999.

［64］刘小枫. 这一代人的怕和爱［M］. 北京：华夏出版社，2007.

［65］陆士桢，任伟，常晶晶. 儿童社会工作［M］. 北京：社会科学文献出版社，2003.

［66］路文彬. 历史想像的现实诉求：中国当代小说历史观的承传与变革［M］. 南昌：百花洲文艺出版社，2003.

［67］吕同六. 20 世纪世界小说理论经典［M］. 北京：华夏出版社，1995.

［68］孟繁华. 1978：激情岁月［M］. 济南：山东教育出版社，1998.

［69］孟繁华，林大中. 九十年代文存（上下卷）［M］. 北京：中国社会科学出版社，2001.

［70］孟悦. 历史与叙述［M］. 西安：陕西人民教育出版社，1998.

［71］莫言. 作为老百姓写作：访谈对话集［M］. 深圳：海天出版社，2007.

［72］莫言，王尧. 莫言王尧对话录［M］. 苏州：苏州大学出版社，2003.

［73］南帆. 小说艺术模式的革命［M］. 上海：上海三联书店 1987.

［74］南帆. 二十世纪中国文学批评 99 个词［M］. 杭州：浙江文艺出版社，2003.

［75］南帆. 后革命的转移［M］. 北京：北京大学出版社，2005.

［76］南帆. 文学的维度［M］. 北京：中国人民大学出版社，2009.

［77］南帆. 优美与危险［M］. 郑州：河南大学出版社，2009.

［78］彭华生，钱光培. 新时期作家谈创作［M］. 北京：人民文学出版社，1983.

［79］钱理群. 追寻生存之根：我的退思录［M］. 桂林：广西师范大学出版社，2005.

［80］苏童. 河流的秘密［M］. 北京：作家出版社，2009.

［81］苏童，王宏图. 苏童王宏图对话录［M］. 苏州：苏州大学出版

社, 2003.

　　[82] 陶东风. 文体演变及其文化意味 [M]. 昆明：云南人民出版社, 1994.

　　[83] 陶东风. 社会转型期审美文化研究 [M]. 北京：北京出版社, 2002.

　　[84] 童庆炳. 文学理论教程 [M]. 北京：高等教育出版社, 1998.

　　[85] 童庆炳, 曹卫东. 西方文论专题十讲 [M]. 北京：高等教育出版社, 2005.

　　[86] [瑞典] 万之. 诺贝尔文学奖传奇 [M]. 上海：上海人民出版社, 2010.

　　[87] 王安忆. 王安忆说 [M]. 长沙：湖南文艺出版社, 2003.

　　[88] 王光明等. 市场时代的文学：二十世纪九十年代中国文学对话录 [M]. 合肥：安徽教育出版社, 2008.

　　[89] 王国维. 王国维论学集 [M]. 北京：中国社会科学出版社, 1997.

　　[90] 王年一. 大动乱的年代 [M]. 北京：人民出版社, 2009.

　　[91] 王庆生. 中国当代文学史 [M]. 北京：高等教育出版社, 2003.

　　[92] 王先霈, 王又平. 文学理论批评术语汇释 [M]. 北京：高等教育出版社, 2006.

　　[93] 王晓明. 在新意识形态的笼罩下——90年代的文化和文学分析 [M]. 南京：江苏人民出版社, 2000.

　　[94] 王尧. "思想事件"的修辞 [M]. 北京：人民文学出版社, 2008.

　　[95] 王尧, 林建法. 我为什么写作——当代著名作家讲演集 [M]. 郑州：郑州大学出版社, 2005.

　　[96] 吴俊. 文学的变局 [M]. 桂林：广西师范大学出版社, 2005.

　　[97] 吴士余. 中国文化与小说思维 [M]. 上海：上海三联书店, 2000.

　　[98] 吴义勤. 中国新时期文学的文化反思 [M]. 南京：江苏文艺出版社, 2009.

　　[99] 伍茂国. 现代小说叙事伦理 [M]. 北京：新华出版社, 2008.

　　[100] 席宣, 金春明. "文化大革命"简史 [M]. 北京：中共党史出版社, 1996.

　　[101] 徐贲. 人以什么理由来记忆 [M]. 长春：吉林出版集团有限责任公司, 2008.

　　[102] 徐岱. 小说形态学 [M]. 杭州：杭州大学出版社, 1992.

　　[103] 徐友渔. 1966：我们那一代的回忆 [M]. 北京：中国文联出版公司, 1998.

［104］许志英，丁帆. 中国新时期小说主潮（上下册）［M］. 北京：人民文学出版社，2002.

［105］许子东. 为了忘却的集体记忆：解读50篇文革小说［M］. 北京：生活·读书·新知三联书店，2000.

［106］许子东. 许子东讲稿（卷一）［M］. 北京：人民文学出版社，2011.

［107］阎连科. 拆解与叠拼：阎连科文学演讲［M］. 广州：花城出版社，2008.

［108］杨小滨. 历史与修辞［M］. 兰州：敦煌文艺出版社，1999.

［109］杨义. 中国叙事学［M］. 北京：人民出版社，1997.

［110］姚新勇. 悖论的文化［M］. 南京：江苏教育出版社，2002.

［111］尹昌龙. 1985：延伸与转折［M］. 济南：山东教育出版社，1998.

［112］於可训. 小说家档案［M］. 郑州：郑州大学出版社，2005.

［113］虞和平. 中国现代化历程（第三卷）［M］. 南京：江苏人民出版社，2001.

［114］余华. 说话［M］. 沈阳：春风文艺出版社，2002.

［115］余华. 我能否相信自己——余华随笔集［M］. 济南：明天出版社，2007.

［116］余开伟. 忏悔还是不忏悔［M］. 北京：中国工人出版社，2004.

［117］查建英. 八十年代访谈录［M］. 北京：生活·读书·新知三联书店，2006.

［118］张国义. 生存游戏的水圈［M］. 北京：北京大学出版社，1994.

［119］张闳. 感官王国：先锋小说叙事艺术研究［M］. 上海：同济大学出版社，2007.

［120］张化，苏采青. 回首“文革”：中国十年“文革”分析与反思［M］. 北京：中共党史出版社，2000.

［121］张京媛. 新历史主义与文学批评［M］. 北京：北京大学出版社，1993.

［122］张钧. 小说的立场：新生代作家访谈录［M］. 桂林：广西师范大学出版社，2001.

［123］张抗抗. 谁敢问问自己：我的人生笔记［M］. 长春：时代文艺出版社，2007.

［124］张清华. 存在之镜与智慧之灯——中国当代小说叙事及美学研究［M］. 福州：福建教育出版社，2009.

[125] 张炜，王光东. 张炜王光东对话录 [M]. 苏州：苏州大学出版社，2003.

[126] 张文红. 伦理叙事与叙事伦理：90 年代小说的文本实践 [M]. 北京：社会科学文献出版社，2006.

[127] 张贤亮，杨宪益等. 亲历历史 [M]. 北京：中信出版社，2008.

[128] 张旭东. 批评的踪迹：文化理论与文化批评：1985-2002 [M]. 北京：生活·读书·新知三联书店，2003.

[129] 张寅德. 叙述学研究：法国现代当代文学研究资料丛刊 [M]. 北京：中国社会科学出版社，1989.

[130] 张永杰，程远忠. 第四代人 [M]. 北京：东方出版社，1988.

[131] 张志扬. 创伤记忆：中国现代哲学的门槛 [M]. 上海：上海三联书店，1999.

[132] 赵毅衡. 当说者被说的时候：比较叙述学导论 [M]. 北京：中国人民大学出版社，1998.

[133] 赵园. 地之子 [M]. 北京：北京大学出版社，2007.

[134] 郑崇选. 镜中之舞：当代消费文化语境中的文学叙事 [M]. 上海：华东师范大学出版社，2006.

[135] 郑谦. 中国：从"文革"走向改革 [M]. 北京：人民出版社，2008.

[136] 中共中央文献研究室编. 三中全会以来重要文献选编（上下册）[M]. 北京：人民出版社，1982.

[137] 中国社会科学院文学研究所当代文学研究室新时期文学六年 [M]. 北京：中国社会科学出版社，1985.

[138] 中国作家协会编.1982 年全国优秀短篇小说评选获奖作品集 [M]. 上海：上海文艺出版社，1983.

[139] 周克芹等. 新时期获奖小说创作经验谈 [M]. 长沙：湖南人民出版社，1985.

[140] 朱崇科. 华语比较文学：问题意识及批评实践 [M]. 上海：上海三联书店，2012.

[141] 朱狄. 原始文化研究：对审美发生问题的思考 [M]. 北京：生活·读书·新知三联书店，1998.

[142] 朱立立. 身份认同与华文文学研究 [M]. 上海：上海三联书店，2008.

[143] 朱晓进等. 非文学的世纪：20 世纪中国文学与政治文化关系史论 [M]. 南京：南京师范大学出版社，2004.

[144] 朱晓进. 政治文化与中国二十世纪三十年代文学 [M]. 北京：人民出版社，2006.

[145] 朱学勤. 风声·雨声·读书声 [M]. 北京：中国人民大学出版社，2010.

[146] [美] A. J. 赫舍尔. 人是谁 [M]. 隗仁莲，译. 贵阳：贵州人民出版社，1994.

[147] [美] 爱德华·W. 萨义德. 东方学 [M]. 王宇根，译. 北京：生活·读书·新知三联书店，1999.

[148 [英] 安东尼·吉登斯. 民族—国家与暴力 [M]. 胡宗泽，赵力涛，王铭铭，译. 北京：生活·读书·新知三联书店，1998.

[149] [苏] B. A. 苏霍姆林斯基. 怎样培养真正的人 [M]. 蔡汀，译. 北京：教育科学出版社，1992.

[150] [英] 鲍曼. 现代性与大屠杀 [M]. 杨渝东，史建华，译. 南京：译林出版社，2002.

[151] [英] 彼得·奥斯本. 时间的政治：现代性与先锋 [M]. 王志宏，译. 北京：商务印书馆，2004.

[152] [美] 彼得·盖伊. 历史学家的三堂小说课 [M]. 刘森尧，译. 北京：北京大学出版社，2006.

[153] [美] 戴卫·赫尔曼. 新叙事学 [M]. 马海良，译. 北京：北京大学出版社，2002.

[154] [荷兰] 佛克马，伯顿斯. 走向后现代主义 [M]. 北京：北京大学出版社，1991.

[155] [美] 弗拉基米尔·纳博科夫. 文学讲稿 [M]. 申慧辉，等译. 上海：上海三联书店，2005.

[156] [法] 古斯塔夫·勒庞. 乌合之众：大众心理研究 [M]. 冯克利，译. 桂林：广西师范大学出版社，2007.

[157] [德] 哈拉尔德·韦尔策. 社会记忆：历史、回忆、传承 [M]. 季斌，王立君，白锡堃，译. 北京：北京大学出版社，2007.

[158] [德] 黑格尔. 历史哲学 [M]. 王造时，译. 上海：上海书店出版社，2006.

[159] [美] 华莱士·马丁. 当代叙事学 [M]. 伍晓明，译. 北京：北京大学出版社，1990.

[160] [以色列] 里蒙-凯南. 叙事虚构作品 [M]. 姚锦清，黄虹伟，傅

浩，等译. 北京：生活·读书·新知三联书店，1989.

[161] [法] 加斯东·巴什拉. 梦想的诗学 [M]. 刘自强，译. 北京：生活·读书·新知三联书店，1996.

[162] [德] 卡尔·曼海姆. 卡尔·曼海姆精粹 [M]. 徐彬，译. 南京：南京大学出版社，2002.

[163] [德] 卡尔·雅斯贝尔斯. 历史的起源与目标 [M]. 魏楚雄，俞新天，译. 北京：华夏出版社，1989.

[164] [捷] 伊凡·克里玛. 布拉格精神 [M]. 崔卫平，译. 北京：作家出版社，1998.

[165] [法] 罗贝尔·埃斯卡皮. 文学社会学 [M]. 王美华，于沛，译. 合肥：安徽文艺出版社，1987.

[166] [英] 罗德里克·麦克法夸尔. 文化大革命的起源（第一卷）[M]. 翻译组，译. 石家庄：河北人民出版社，1989.

[167] [俄] 巴赫金. 巴赫金全集（第五卷）[M]. 白春仁，晓河，译，石家庄：河北教育出版社，1998.

[168] [苏] 巴赫金. 小说理论 [M]. 白春仁，等译. 石家庄：河北教育出版社，1998.

[169] [美] 玛格丽特·米德. 代沟 [M]. 曾胡，译. 北京：光明日报出版社，1988.

[170] [英] 迈克·费瑟斯通. 消费文化与后现代主义 [M]. 刘精明，译. 南京：译林出版社，2000.

[171] [捷] 米兰·昆德拉. 被背叛的遗嘱 [M]. 孟湄，译. 上海：上海人民出版社，1995.

[172] [捷] 米兰·昆德拉. 小说的艺术 [M]. 董强，译. 上海：上海译文出版社，2004.

[173] [法] 莫里斯·哈布瓦赫. 论集体记忆 [M]. 毕然，郭金华，译. 上海：上海人民出版社，2002.

[174] [法] 热拉尔·热奈特. 叙事话语 新叙事话语 [M]. 王文融，译. 北京：中国社会科学出版社，1990.

[175] [英] 汤因比. 历史研究（插图本）[M]. 刘北成，郭小凌，译. 上海：上海人民出版社，2005.

[176] [德] 瓦尔特·本雅明. 写作与救赎：本雅明文选 [M]. 李茂增，苏仲乐，译. 上海：东方出版中心，2009.

［177］王斑. 全球化阴影下的历史与记忆［M］. 南京：南京大学出版社，2006.

［178］［美］W·C·布斯. 小说修辞学［M］. 华明，胡晓苏，周宪，译. 北京：北京大学出版社，1987.

［179］［古希腊］亚里士多德. 诗学［M］. 陈中梅，译. 北京：商务印书馆，1996.

［180］［罗马尼亚］法国作家论文学［M］. 王忠琪，等译. 北京：生活·读书·新知三联书店，1984.

后 记

  本书是在我的博士论文基础上修改和完善而成。博士毕业后，由于种种原因，这部博士论文并没有立即出版。在这十年里，我一直在尽力打磨和用心完善这部学术上的处女作。最近这几年，"新时期小说的历史叙事"和"新世纪小说的现实书写"是我学术研究中的两个重要方向，后者是对前者的自然延伸，并对前者的很多命题进行了必要的深化和拓展。经过这种必要的"自我否定"，本书的章节和内容已经与最初的博士论文有了很大的不同。比如，在结构上，我几乎推倒了原先博士论文的框架，形成了现在的这种体例。再如，在论题的疆域上，原先没有涉及海外华文小说中的历史记忆，这次增补了这部分内容，当然，汉语小说中的历史记忆是个大命题，本书只是进行了一种尝试，这一问题上的学术广度和深度都有待拓展。

  导师朱晓进先生主张青年学人在学术中既要专注"堆堡垒"，又要适时"竖红旗"。我非常认同这一学术主张。所谓"堆堡垒"是指学术起步阶段不能急于求成，应注重学术积累，集腋成裘；"竖红旗"是指在夯实基础和注重积累的基础上也要适时地形成一些成果，发出自己的声音。这些年，我一方面注重从学术阅读、知识体系、学术方法、问题意识等方面打好基础，以学徒心态夯实学术堡垒的基石；另一方面，我也努力通过文章发表、成果评奖等方式积极发出自己的学术声音，围绕新时期以来小说中的历史记忆问题，我主持了一项国家社科基金项目和一项教育部人文社科项目，其中，国家社科基金项目在结项时获得优秀等级。围绕这一研究方向，我陆续发表了二十余篇成果，分别见于《文学评论》《中国现代文学研究丛刊》《当代作家评论》《中国比较文学》《文艺争鸣》《南方文坛》等刊物。这些文章难脱稚拙，但有幸被接纳了，衷心感谢在这过程中指点和帮助我的诸多编辑老师：刘艳老师、易晖老师、吴锦老师、王双龙老师、陆林老师、林建法老师、韩春燕老师、陈颖老师，等等，衷心感谢诸位师友的包容与教诲。

  感谢师妹周银银博士为这本的校稿付出的艰辛的劳动，她耗费很多时间校对了书稿全文和所有注释，她用红笔标注的很多讹误使我非常汗颜。同时，拙作得以出版，离不开樊仙桃老师的多方联络与倾力推进，衷心感谢樊老师的无私相助和专业指点。感谢责任编辑老师的细致校对，感谢九州出版社！

沈杏培　谨识

2022 年 8 月